U0107141

西南联大文学课

Southwest Associated University Literature Class

朱自清

等著

北京联合出版公司
Beijing United Publishing Co.,Ltd.

新流出品

目录

第六部分　明清文学——浦江清

总论

文

  现存的中国最早的文，是商代的卜辞。这只算是些句子，很少有一章一节的。后来《周易》卦爻辞和《鲁春秋》也是如此，不过经卜官和史官按着卦爻与年月的顺序编纂起来，比卜辞显得整齐些罢了。便是这样，王安石还说《鲁春秋》是"断烂朝报"。所谓"断"，正是不成片段、不成章节的意思。卜辞的简略大概是工具的缘故，在脆而狭的甲骨上用刀笔刻字，自然不得不如此。卦爻辞和《鲁春秋》似乎没有能够跳出卜辞的氛围去，虽然写在竹木简上，自由比较多，却依然只跟着卜辞走。《尚书》就不同了。《虞书》《夏书》大概是后人追记，而且大部分是战国末年的追记，可以不论；但那几篇《商书》，即使有些是追记，也总在商周之间。那不但有章节，并且成了篇，足以代表当时史的发展，就是叙述文的发展。而议论文也在这里面见了源头。卜辞是"辞"，《尚书》里大部分也是"辞"。这些都是官文书。

  记言、记事的辞之外，还有讼辞。打官司的时候，原被告的口供都叫作"辞";辞原是"讼"的意思,是辩解的言语。这种辞关系两造的利害很大,两造都得用心陈说;审判官也得用心听,他得公平地听两面儿的。这种辞也兼有叙述和议论;两造自己办不了,可以请教讼师。这至少是周代的情形。春秋时候,列国交际频繁,外交的言语关系国体和国家的利害更大,不用说更需慎重了。这也称为"辞",又称为"命",又合称为"辞命"或"辞令"。郑子产便是个善于辞命的人。郑是个小国,他办外交,却能教大国折服,便靠他的辞命。他的辞引古为证,婉转而有理,他的态度却坚强不屈。孔子赞美他的辞,更赞美他的"慎辞"。孔子说当时郑国的辞命,子产先教裨谌创意起草,交给世叔审查,再教行人子羽修改,末了儿他再加润色。他的确是很慎重的。辞命得"顺",就是婉转而有理;还得"文",就是引古为证。

孔子很注意辞命,他觉得这不是件易事,所以自己谦虚地说是办不了。但教学生却有这一科;他称赞宰我、子贡,擅长言语,"言语"就是"辞命"。那时候言文似乎是合一的。辞多指说出的言语,命多指写出的言语;但也可以兼指。各国派使臣,有时只口头指示策略,有时预备下稿子让他带着走。这都是命。使臣受了命,到时候总还得随机应变,自己想说话;因为许多情形是没法预料的。——当时言语,方言之外有"雅言"。"雅言"就是"夏言",是当时的京话或官话。孔子讲学似乎就用雅言,不用鲁语。卜、《尚书》和辞命,大概都是历代的雅言。讼辞也许不同些。雅言用的既多,所以每字都能写出,而写出的和说出的雅言,大体上是一致的。孔子说"辞"只要"达"就成。辞是辞命,"达"是明白,辞多了像背书,少了说不明白,多少要恰如其分。辞命的重要,代表议论文的发展。

战国时代,游说之风大盛。游士立谈可以取卿相,所以最重说辞。他们的说辞却不像春秋的辞命那样从容婉转了。他们铺张局势，滔滔不绝，真像背书似的；他们的话，像天花乱坠，有时夸饰，有时诡曲，不问是非，只图激动人主的心。那时最重辩。墨子是第一个注意辩论方法的人，他主张"言必有三表"。"三表"是"上本之于古者圣王之事""下原察百姓耳目之实""废（发）以为刑政，观其中国家百姓人民之利"；便是三个标准。不过他究竟是个注重功利的人，不大喜欢文饰，"恐人怀其文，忘其'用'"，所以楚王说他"言多不辩"。——后来有了专以辩论为事的"辩者"，墨家这才更发展了他们的辩论方法，所谓《墨经》便成于那班墨家的手里。——儒家的孟、荀也重辩。孟子说："予岂好辩哉？予不得已也！"荀子也说："君子必辩。"这些都是游士的影响。但道家的老、庄，法家的韩非，却不重辩。《老子》里说"信言不美，美言不信"，"老学"所重的是自然。《庄子》里说"大辩不言"，"庄学"所要的是神秘。韩非也注重功利，主张以法禁辩，说辩"生于上之不明"。后来儒家作《易·文言传》，也道："君子进德修业。忠信，所以进德也；修辞立其诚，所以居业也。"这不但是在暗暗地批评着游士好辩的风气，恐怕还在暗暗地批评着后来称为名家的"辩者"呢。《文言传》旧传是孔子所作，不足信；但这几句话和"辞达"论倒是合拍的。

孔子开了私人讲学的风气，从此也便有了私家的著作。第一种私家著作是《论语》，却不是孔子自作而是他的弟子们记的他的说话。诸子书大概多是弟子们及后学者所记，自作的极少。《论语》以记言为主，所记的多是很简单的。孔子主张"慎言"，痛恨"巧言"和"利口"；他向弟子们说话，大概是很质直的，弟子们体念他的意思，也只简单地记出。到了墨子和孟子，可就铺排得多。《墨子》大约也是弟子们所记。《孟子》据说是孟子晚年和他的弟子公孙丑、万章等编定的，可也是弟子们记言的体制。那时是个"好辩"的时代。墨子虽不好辩，却也脱不了时代影响。孟子本是个好辩的人。记言体制的恢张，也是自然的趋势。这种记言是直接的对话。由对话而发展为独白，便是"论"。初期的论，言意浑括，《老子》可为代表；后来的《墨经》，《韩非子·储说》的经，《管子》的《经言》，都是这体制。再进一步，便是恢张的论，《庄子·齐物论》等篇以及《荀子》《韩非子》《管子》的一部分，都是的。——群经诸子书里常常夹着一些韵句，大概是为了强调。后世的文也偶尔有这种例子。中国的有韵文和无韵文的界限，是并不怎样严格的。

还有一种"寓言"，借着神话或历史故事来抒论。《庄子》多用神话，《韩非子》多用历史故事，《庄子》有些神仙家言，《韩非子》是继承《庄子》的寓言而加以变化。战国游士的说辞也好用譬喻。譬喻成了风气，这开了后来辞赋的路。论是进步的体制，但还只以篇为单位，"书"的观念还没有。直到《吕氏春秋》，才成了第一部有系统的书。这部书成于吕不韦的门客之手，有十二纪、八览、六论，共三十多万字。十二代表十二月，八是卦数，六是秦代的圣数，这些数目是本书的间架，是外在的系统，并非逻辑的秩序，汉代刘安主编《淮南子》，才按照逻辑的秩序，结构就严密多了。自从有了私家著作，学术日渐平民化。著作越过越多，流传也越过越广。"雅言"便成了凝定的文体了。后世大体采用，言文渐渐分离。战国末期，"雅言"之外，原还有齐语、楚语两种有势力的方言。但是齐语只在《春秋公羊传》里留下一些，楚语只在屈原的"辞"里留下几个助词如"羌""些"等；这些都让"雅言"压倒了。

伴随着议论文的发展，记事文也有了长足的进步。这里《春秋左氏传》是一座里程碑。在前有分国记言的《国语》，《左传》从它里面取材很多。那是铺排的记言，一面以《尚书》为范本，一面让当时记言体的、恢张的趋势推动着，成了这部书。其中自然免不了记事的文字；《左传》便从这里出发，将那恢张的趋势表现在记事文里。那时游士的说辞也有人分国记载，也是铺排的记言，后来成为《战国策》那部书。《左传》是说明《春秋》的，是中国第一部编年史。它最长于战争的记载；它能够将千头万绪的战事叙得层次分明，它的描写更是栩栩如生。它的记言也异曲同工，不过不算独创罢了。它可还算不得一部有自己的系统的书；它的顺序是依着《春秋》的。《春秋》的编年并不是自觉的系统，而且"断如复断"，也不成一部"书"。

汉代司马迁的《史记》才是第一部有自己的系统的史书。他创造了"纪传"的体制。他的书包括十二本纪、十表、八书、三十世家、七十列传，共五十多万字。十二是十二月，是地支，十是天干，八是卦数，三十取《老子》"三十辐共一毂"的意思，表示那些"辅弼股肱之臣""忠信行道以奉主上"；七十表示人寿之大齐，因为列传是记载人物的。这也是用数目的哲学作系统，并非逻辑的秩序，和《吕氏春秋》一样。这部书"厥协六经异传，整齐百家杂语"，以剪裁与组织见长。但是它的文字最大的贡献，还在描写人物。左氏只是描写事，司马迁进一步描写人；写人更需要精细的观察和选择，比较的更难些。班彪论《史记》"善叙事理，辨而不华，质而不野，文质相称"，这是说司马迁行文委曲自然。他写人也是如此。他又往往即事寓情，低徊不尽；他的悲愤的襟怀，常流露在字里行间。明代茅坤称他"出《风》入《骚》"，是不错的。

汉武帝时候，盛行辞赋；后世说"楚辞汉赋"，真的，汉代简直可以说是赋的时代。所有的作家几乎都是赋的作家。赋既有这样压倒的势力，一切的文体，自然都受它的影响。赋的特色是铺张、排偶、用典故。西汉记事记言，都还用散行的文字，语意大抵简明；

东汉就在散行里夹排偶，汉魏之际，排偶更甚。西汉的赋，虽用排偶，却还重自然，并不力求工整；东汉到魏，越来越工整，典故也越用越多。西汉普通文字，句子很短，最短有两个字的。东汉的句子，便长起来，最短的是四个字；魏代更长，往往用上四下六或上六下四的两句以完一意。所谓"骈文"或"骈体"，便这样开始发展。骈体出于辞赋，夹带着不少的抒情的成分；而句读整齐，对偶工丽，可以悦目，声调和谐，又可悦耳，也都助人情韵。因此能够投人所好，成功了不废的体制。

梁昭明太子在《文选》里第一次提出"文"的标准，可以说是骈体发展的指路牌。他不选经、子、史，也不选"辞"。经太尊，不可选；史"褒贬是非，纪别异同"，不算"文"；子"以立意为宗，不以能文为本"；"辞"是子史的支流，也都不算"文"。他所选的只是"事出于沉思，义归乎翰藻"之作。"事"是"事类"，就是典故；"翰藻"兼指典故和譬喻。典故用得好的，譬喻用得好的，他才选在他的书里。这种作品好像各种乐器，"并为入耳之娱"；好像各种绣衣，"俱为悦目之玩"。这是"文"，和经、子、史及"辞"的作用不同，性质自异。后来梁元帝又说："吟咏风谣，流连哀思者谓之文"，"文者，惟须绮縠纷披，宫徵靡曼，唇吻遒会，情灵摇荡。"这是说，用典故、有对偶、谐声调的抒情作品才叫作"文"呢。这种"文"大体上专指诗赋和骈体而言；但应用的骈体如章奏等，却不算在里头。汉代本已称诗赋为"文"，而以"文辞"或"文章"称记言、记事之作。骈体原也是些记言、记事之作，这时候却被提出一部分来，与诗赋并列在"文"的尊称之下，真是"附庸蔚为大国"了。

这时有两种新文体发展。一是佛典的翻译，一是群经的义疏。佛典翻译从前不是太直，便是太华；太直的不好懂，太华的简直是魏晋人讲老庄之学的文字，不见新义。这些译笔都不能做到"达"的地步。东晋时候，后秦主姚兴聘龟兹僧鸠摩罗什为国师，主持译事。他兼通华语及西域语，所译诸书，一面曲从华语，一面不失本旨。他的译笔可也不完全华化，往往有"天然西域之语趣"；他介绍的"西域之语趣"是华语所能容纳的，所以觉得"天然"。新文体这样成立在他的手里。但他的翻译虽能"达"，却还不能尽"信"；他对原文是不太忠实的。到了唐代的玄奘，更求精确，才能"信""达"兼尽，集佛典翻译的大成。这种新文体一面增扩了国语的词汇，也增扩了国语的句式。词汇的增扩，影响最大而易见，如现在口语里还用着的"因果""忏悔""刹那"等词，便都是佛典的译语。句式的增扩，直接的影响比较小些，但像文言里常用的"所以者何""何以故"等也都是佛典的译语。另一面，这种文体是"组织的，解剖的"。这直接影响了佛教徒的注疏和"科分"之学，间接影响了一般解经和讲学的人。

演释古人的话的有"故""解""传""注"等。用故事来说明或补充原文，叫作"故"。演释原来辞意，叫作"解"。但后来解释字句，也叫作"故"或"解"。"传"，转也，兼有"故""解"的各种意义。如《春秋左氏传》补充故事，兼阐明《春秋》辞意。《公羊传》《穀梁传》只阐明《春秋》辞意——用的是问答式的记言。《易传》推演卦爻辞的意旨，也是铺排的记言。《诗毛氏传》解释字句，并给每篇诗作小序，阐明辞意。"注"原只解释字句，但后来也有推演辞意、补充故事的。用故事来说明或补充原文，以及一般的解释辞意，大抵明白易晓。《春秋》三传和《诗毛氏传》阐明辞意，却是断章取义，甚至断句取义，所以支离破碎，无中生有。注字句的本不该有大出入，但因对于辞意的见解不同，去取字义，也有各别的标准。注辞意的出入更大。像王弼注《周易》，实在是发挥老、庄的哲学；郭象注《庄子》，更是借了《庄子》发挥他自己的哲学。南北朝人作群经"义疏"，一面便是王弼等人的影响，一面也是翻译文体的间接影响。这称为"义疏"之学。

汉、晋人作群经的注，注文简括，时代久了，有些便不容易通晓。南北朝人给这些注作解释，也是补充材料，或推演辞意。"义疏"便是这个。无论补充或推演，都得先解剖文义；这种解剖必然的比注文解剖经文更精细一层。这种精细的确不算是破坏的解剖，似乎是佛典翻译的影响。就中推演辞意的有些也只发挥老、庄之学，虽然也是无中生有，却能自成片段，便比汉人的支离破碎进步。这是王弼等人的衣钵，也是魏晋以来哲学发展的表现。这是又一种新文体的分化。到了唐修《五经正义》，削去玄谈，力求切实，只以疏明注义为重。解剖字句的功夫，至此而极详。宋人所谓"注疏"的文体，便成立在这时代。后来清代的精详的考证文，就是从这里变化出来的。

不过佛典只是佛典，义疏只是义疏，当时没有人将这些当作"文"的。"文"只用来称"沉思翰藻"的作品。但"沉思翰藻"的"文"，渐渐有人嫌"浮""艳"了。"浮"是不直说，不简截说的意思。"艳"正是隋代李谔《上文帝书》中所指斥的："连篇累牍，不出月露之形；积案盈箱，唯是风云之状。"那时北周的苏绰是首先提倡复古的人，李谔等纷纷响应。但是他们都没有找到路子，死板地模仿古人到底是行不通的。唐初，陈子昂提倡改革文体，和者尚少。到了中叶，才有一班人"宪章六艺，能探古人述作之旨"，而元结、独孤及、梁肃最著。他们作文，主于教化，力避排偶，辞取朴拙。但教化的观念，广泛难以动众，而关于文体，他们不曾积极宣扬，因此未成宗派。开宗派的是韩愈。

韩愈，邓州南阳（今河南南阳）人。唐宪宗时，他做刑部侍郎，因谏迎佛骨被贬；后来官至吏部侍郎，所以称为韩吏部。他很称赞陈子昂、元结复古的功劳，又曾请教过梁肃、独孤及。他的脾气很坏，但提携后进，最是热肠。当时人不愿为师，以避标榜之名；他却不在乎，大收其弟子。他可不愿做章句师，他说师是"传道、授业、解惑"的。他实在是以文辞为教的创始者。他所谓"传道"，便是传尧、舜、禹、汤、文、武、周公、孔子、孟子的道；所谓"解惑"，便是排斥佛、老。他是以继承孟子自命的；他排佛、老，正和孔子的拒杨、墨一样。当时佛、老的势力极大，他敢公然排斥，而且因此触犯了皇帝。这自然足以惊动一世。他并没有传了什么新的道，却指示了道统，给宋儒开了先路。他的重要的贡献，还在他所提倡的"古文"上。

他说他作文取法《尚书》、《春秋》、《左传》、《周易》、《诗经》以及《庄子》、《楚辞》、《史记》、扬雄、司马相如等。《文选》所不收的经、子、史，他都排进"文"里去。这是一个大改革、大解放。他这样建立起文统来。但他并不死板地复古，而以变古为复古。他说："惟古于辞必己出，降而不能乃剽贼"，又说："惟陈言之务去，戛戛乎其难哉"；他是在创造新语。他力求以散行的句子换去排偶的句子，句逗总弄得参参差差的。但他有他的标准，那就是"气"。他说："气盛则言之短长与声之高下者皆宜。""气"就是自然的语气，也就是自然的音节。他还不能跳出那定体"雅言"的圈子而采用当时的白话；但有意地将白话的自然音节引到文里去，他是第一个人。在这一点上，所谓"古文"也是不"古"的；不过他提出"语气流畅"（气盛）这个标准，却给后进指点了一条明路。他的弟子本就不少，再加上私淑的，都往这条路上走，文体于是乎大变。这实在是新体的"古文"，宋代又称为"散文"——算成立在他的手里。

柳宗元与韩愈，宋代并称，他们是好朋友。柳作文取法《书》《诗》《礼》《春秋》《易》以及《榖梁》《孟》《荀》《庄》《老》《国语》《离骚》《史记》，也将经、子、史排在"文"里，和韩的文统大同小异。但他不敢为师，"摧陷廓清"的劳绩，比韩差得多。他的学问见解，却在韩之上，并不墨守儒言。他的文深幽精洁，最工游记；他创造了描写景物的新语。韩愈的门下有难、易两派。爱易派主张新而不失自然，李翱是代表；爱难派主张新就不妨奇怪，皇甫湜是代表。当时爱难派的流传盛些。他们矫枉过正，语艰意奥，扭曲了自然的语气、自然的音节，僻涩诡异，不易读诵。所以唐末宋初，骈体文又回光返照了一下。雕琢的骈体文和僻涩的古文先后盘踞着宋初的文坛。直到欧阳修出来，才又回到韩愈与李翱，走上平正通达的古文的路。

韩愈抗颜为人师而提倡古文，形势比较难；欧阳修居高位而提倡古文，形势比较容易。明代所称唐宋八大家，韩、柳之外，六家都是宋人。欧阳修为首，以下是曾巩、王安石、苏洵和他的儿子苏轼、苏辙。曾巩、苏轼是欧阳修的门生，别的三个也都是他提拔的。他真是当时文坛的盟主。韩愈虽然开了宗派，却不曾有意立宗派；欧、苏是有意地立宗派。他们虽也提倡道，但只促进了并且扩大了古文的发展。欧文主自然。他所作纡徐曲折，而能条达疏畅，无艰难劳苦之态；最以言情见长，评者说是从《史记》脱化而出。曾学问有根柢，他的文确实而谨严；王是政治家，所作以精悍胜人。三苏长于议论，得力于《战国策》《孟子》；而苏轼才气纵横，并得力于《庄子》。他说他的文"随物赋形"，"常行于所当行，常止于不可不止"；又说他意到笔随，无不尽之处。这真是自然的极致了。他的文，学的人最多。南宋有"苏文熟，秀才足"的俗谚，可见影响之大。

欧、苏以后，古文成了正宗。辞赋虽还算在古文里头，可是从辞赋出来的骈体却只拿来作应用文了。骈体声调铿锵，便于宣读，又可铺张辞藻不着边际，便于酬酢，作应用文是很相宜的。所以流传到现在，还没有完全死去。但中间却经过了散文化。自从唐代中叶的陆贽开始。他的奏议切实恳挚，绝不浮夸，而且明白晓畅，用笔如舌。唐末骈体的应用文专称"四六"，却更趋雕琢；宋初还是如此。转移风气的也是欧阳修。他多用虚字和长句，使骈体稍稍近于语气之自然。嗣后群起仿效，散文化的骈文竟成了定体了。这也是古文运动的大收获。

唐代又有两种新文体发展。一是语录，一是"传奇"，都是佛家的影响。语录起于禅宗。禅宗是革命的宗派，他们只说法而不著书。他们大胆地将师父们的话参用当时的口语记下来。后来称这种体制为语录。他们不但用这种体制记录演讲，还用来通信和讨论。这是新的记言的体制，里面夹杂着"雅言"和译语。宋儒讲学，也采用这种记言的体制，不过不大夹杂译语。宋儒的影响究竟比禅宗大得多，语录体从此便成立了，盛行了。传奇是有结构的小说。从前只有杂录或琐记的小说，有结构的从传奇起头。传奇记述艳情，也记述神怪，但将神怪人情化。这里面描写的人生，并非全是设想，大抵还是以亲切的观察作底子。这开了后来佳人才子和鬼狐仙侠等小说的先路。它的来源一方面是俳谐的辞赋，一方面是翻译的佛典故事；佛典里长短的寓言所给予的暗示最多。当时文士作传奇，原来只是向科举的主考官介绍自己的一种门路。当时应举的人在考试之前，得请达官将自己姓名介绍给主考官；自己再将文章呈给主考官看。先呈正经文章，过些时再呈杂文如传奇等，传奇可以见史才、诗、笔、议论，人又爱看，是科举的很好媒介。这样，作者便日见其多了。

到了宋代，又有"话本"。这是白话小说的老祖宗。话本是"说话"的底本；"说话"略同后来的"说书"，也是佛家的影响。唐代佛家向民众宣讲佛典故事，连说带唱，本子夹杂"雅言"和口语，叫作"变文"；"变文"后来也有说唱历史故事及社会故事的。"变文"便是"说话"的源头；"说话"里也还有演说佛典这一派。"说话"是平民的艺术；宋仁宗很爱听，以后便变为专业，大流行起来了。这里面有说历史故事的，有说神怪故事的，有说社会故事的。"说话"渐渐发展，本来由一个或几个同类而不相关联的短故事，引出一个同类而不相关联的长故事的，后来却能将许多关联的故事组织起来，分为"章回"了。这是体制上一个大进步。

话本留存到现在的已经很少，但还足以见出后世的几部小说名著，如元罗贯中的《三国志演义》，明施耐庵的《水浒传》，吴承恩的《西游记》，都是从话本演化出来的；不过这些已是文人的作品，而不是话本了。就中《三国志演义》还夹杂着"雅言"，《水浒传》和《西游记》便都是白话了。这里除《西游记》以设想为主外，别的都可以说是写实的。这种写实的作风在清代曹雪芹的《红楼梦》里得着充分的发展。《三国志演义》等书里的故事虽然是关联的，却不是连贯的。到了《红楼梦》，组织才更严密了；全书只是一个家庭的故事。虽然包罗万有，而能"一以贯之"。这不但是章回小说，而且是近代所谓"长篇小说"了。白话小说到此大成。

明代用八股文取士，一般文人都镂心刻骨地去简练揣摩，所以极一代之盛。"股"是排偶的意思；这种体制，中间有八排文字互为对偶，所以有此称。——自然也有变化，不过"八股"可以说是一般的标准。——又称为"四书文"，因为考试里最重要的文字，题目都出在四书里。又称为"制艺"，因为这是朝廷法定的体制。又称为"时文"，是对古文而言。八股文也是推演经典辞意的；它的来源，往远处说，可以说是南北朝义疏之学，往近处说，便是宋、元两代的经义。但它的格律，却是从"四六"演化的。宋代定经义为考试科目，是王安石的创制；当时限用他的群经"新义"，用别说的不录，元代考试，限于"四书"，规定用朱子的章句和集注。明代制度，主要的部分也是如此。

经义的格式，宋末似乎已有规定的标准，元、明两代大体上递相承袭。但明代有两种大变化：一是排偶，一是代古人语气。因为排偶，所以讲究声调。因为代古人语气，便要描写口吻；圣贤要像圣贤口吻，小人要像小人的。这是八股文的仅有的本领，大概是小说和戏曲的不自觉的影响。八股文格律定得那样严，所以得简练揣摩，一心用在技巧上。除了口吻、技巧和声调之外，八股文里是空洞无物的。而因为那样难，一般作者大都只能套套滥调，那真是"每下愈况"了。这原是君主牢笼士人的玩意儿，但它的影响极大；明、清两代的古文大家几乎没有一个不是八股文出身的。

清代中叶，古文有桐城派，便是八股文的影响。诗文作家自己标榜宗派，在前只有江西诗派，在后只有桐城文派。桐城派的势力，绵延了二百多年，直到民国初期还残留着；这是江西派比不上的。桐城派的开山祖师是方苞，而姚鼐集其大成。他们都是安徽桐城人，当时有"天下文章在桐城"的话，所以称为桐城派。方苞是八股文大家。他提倡归有光的文章，归也是明代八股文兼古文大家。方是第一个提倡"义法"的人。他论古文以为六经和《论语》《孟子》是根源，得其枝流而义法最精的是《左传》《史记》，其次是《公羊传》《穀梁传》《国语》《国策》，两汉的书和疏，唐宋八家文——再下怕就要数到归有光了。这是他的，也是桐城派的文统论。"义"是用意，是层次；"法"是求雅、求洁的条目。雅是纯正不杂，如不可用语录中语、骈文中丽语、汉赋中板重字法、诗歌中俊语、《南史》《北史》中佻巧语以及佛家语。后来姚鼐又加上注疏语和尺牍语。洁是简省字句。这些"法"其实都是从八股文的格律引申出来的。方苞论文，也讲"阐道"；他是信程、朱之学的，不过所入不深罢了。

方苞受八股文的束缚太甚，他学得的只是《史记》、欧、曾、归的一部分，只是严整而不雄浑，又缺乏情韵。姚鼐所取法的还是这几家，虽然也不雄浑，却能"迂回荡漾，余味曲包"，这是他的新境界。《史记》本多含情不尽之处，所谓远神的。欧文颇得此味，归更向这方面发展——最善述哀，姚简直用全力揣摩。他的老师刘大櫆指出作文当讲究音节，音节是神气的迹象，可以从字句下手。姚鼐得了这点启示，便从音节上用力，去求得那绵邈的情韵。他的文真是所谓"阴与柔之美"。他最主张诵读，又最讲究虚助字，都是为此。但这分明是八股文讲究声调的转变。刘是雍正副榜，姚是乾隆进士，都是用功八股文的。当时汉学家提倡考据，不免烦琐的毛病。姚鼐因此主张义理、考据、辞章三端相济，偏废的就是"陋"儒。但他的义理不深，考据多误，所有的还只是辞章本领。他选了《古文辞类纂》；序里虽提到"道"，书却只成为古文的典范。书中也不选经、子、史；经也因为太尊，子、史却因为太多。书中也选辞赋。这部选本是桐城派的经典，学文的必由于此，也只须由于此。方苞评归有光的文庶几"有序"，但"有物之言"太少。曾国藩评姚鼐也说一样的话，其实桐城派都是如此。攻击桐城派的人说他们空疏浮浅，说他们范围太窄，全不错；但他们组织的技巧，言情的技巧，也是不可抹杀的。

姚鼐以后，桐城派因为路太窄，渐有中衰之势。这时候仪征阮元提倡骈文正统论。他以《文选序》和南北朝"文""笔"的分别为根据，又扯上传为孔子作的《易·文言传》。他说用韵用偶的才是文，散行的只是笔，或是"直言"的"言"，"论难"的"语"。古文以立意、记事为宗，是子、史正流，终究与文章有别。《文言传》多韵语、偶语，所以孔子才题为"文"言。阮元所谓韵，兼指句末的韵与句中的"和"而言。原来南北朝所谓"文""笔"，本有两义："有韵为文，无韵为笔"，是当时的常言——韵只是句末韵。阮元根据此语，却将"和"也算是韵，这是曲解一。梁元帝说有对偶、谐声调的抒情作品是文，骈体的章奏与散体的著述都是笔。阮元却只以散体为笔，这是曲解二。至于《文言传》，固然称"文"，却也称"言"，况且也非孔子所作——这更是附会了。他的主张，虽然也有一些响应的人，但是不成宗派。

曾国藩出来，中兴了桐城派。那时候一般士人，只知作八股文；另一面汉学、宋学的门户之争，却越来越厉害，各走偏锋。曾国藩为补偏救弊起见，便就姚鼐义理、考据、辞章三端相济之说加以发扬光大。他反对当时一般考证文的芜杂琐碎，也反对当时崇道贬文的议论，以为要明先王之道，非精研文字不可；各家著述的见道多寡，也当以他们的文为衡量的标准。桐城文的病在弱在窄，他却能以深博的学问、弘通的见识、雄直的气势，使它起死回生。他才真回到韩愈，而且胜过韩愈。他选了《经史百家杂钞》，将经、史、子也收入选本里，让学者知道古文的源流，文统的一贯，眼光便比姚鼐远大得多。他的幕僚和弟子极众，真是登高一呼，群山四应。这样延长了桐城派的寿命几十年。

但"古文不宜说理"，从韩愈就如此。曾国藩的力量究竟也没有能够补救这个缺陷于一千年之后。而海通以来，世变日亟，事理的繁复，有些绝非古文所能表现。因此聪明才智之士渐渐打破古文的格律，放手作去。到了清末，梁启超先生的"新文体"可算登峰造极。他的文"时杂以俚语、韵语及外国语法，纵笔所至不检束，学者竞效之"。而"条理明晰，笔锋常带情感，对于读者，别有一种魔力"。但这种"魔力"也不能持久；中国的变化实在太快，这种"新文体"又不够用了。胡适之先生和他的朋友们这才起来提倡白话文，经过五四运动，白话文是畅行了。这似乎又回到古代言文合一的路。然而不然。这时代是第二回翻译的大时代。白话文不但不全跟着国语的口语走，也不全跟着传统的白话走，却有意地跟着翻译的白话走。这是白话文的现代化，也就是国语的现代化。中国一切都在现代化的过程中，语言的现代化也是自然的趋势，并不足怪的。

授课人：朱自清

第一部分

先秦的文学

第一章 人民的诗人——屈原

古今没有第二个诗人像屈原那样曾经被人民热爱的。我说"曾经",因为今天过着端午节的中国人民,知道屈原这样一个人的实在太少,而知道《离骚》这篇文章的更有限。但这并不妨碍屈原是一个人民的诗人。我们也不否认端午这个节日,远在屈原出世以前,已经存在,而它变为屈原的纪念日,又远在屈原死去以后。也许正因如此,才足以证明屈原是一个真正的人民诗人。唯其端午是一个古老的节日,"和中国人民同样的古老",足见它和中国人民的生活如何不可分离,唯其中国人民愿意把他们这样一个重要的节日转让给屈原,足见屈原的人格,在他们生活中,起着如何重大的作用。也唯其远在屈原死后,中国人民还要把他的名字,嵌进一个原来与他无关的节日里,才足见人民的生活里,是如何的不能缺少他。端午是一个人民的节日,屈原与端午的结合,便证明了过去屈原是与人民结合着的,也保证了未来屈原与人民还要永远结合着。

是什么使得屈原成为人民的屈原呢?

第一，说来奇怪，屈原是楚王的同姓，却不是一个贵族。战国是一个封建阶级大大混乱的时期，在这混乱中，屈原从封建贵族阶级，早被打落下来，变成一个作为宫廷弄臣的卑贱的伶官，所以，官爵尽管很高，生活尽管和王公们很贴近，他，屈原，依然和人民一样，是在王公们脚下被践踏着的一个。这样，首先在身份上，屈原便是属于广大人民群众的。

第二，屈原最主要的作品——《离骚》的形式，是人民的艺术形式，"一篇题材和秦始皇命博士所唱的《仙真人诗》一样的歌舞剧"。虽则它可能是在宫廷中演出的。至于他的次要的作品——《九歌》，是民歌，那更是明显，而为历来多数的评论家所公认的。

第三，在内容上，《离骚》"怨恨怀王，讥刺椒兰"，无情地暴露了统治阶层的罪行，严正地宣判了他们的罪状，这对于当时那在水深火热中敢怒而不敢言的人民，是一个安慰，也是一个兴奋。用人民的形式，喊出了人民的愤怒，《离骚》的成功不仅是艺术的，而且是政治的，不，它的政治的成功，甚至超过了艺术的成功，因为人民是最富于正义感的。

但，第四，最使屈原成为人民热爱与崇敬的对象的，是他的"行义"，不是他的"文采"。如果对于当时那在暴风雨前窒息得奄奄待毙的楚国人民，屈原的《离骚》唤醒了他们的反抗情绪，那么，屈原的死，更把那反抗情绪提高到爆炸的边沿，只等秦国的大军一来，就用那溃退和叛变的方式，来向他们万恶的统治者，实行报复性的反击（楚亡于农民革命，不亡于秦兵，而楚国农民的革命性的优良传统，在此后陈胜、吴广对秦政府的那一着上，表现得尤其清楚）。历史决定了暴风雨的时代必然要来到，屈原一再地给这时代执行了"催生"的任务，屈原的言、行，无一不是与人民相配合的，虽则也许是不自觉的。有人说他的死是"匹夫匹妇自经于沟壑"，对极了，匹夫匹妇的作风，不正是人民革命的方式吗？

　　以上各条件，若缺少了一件，便不能成为真正的人民诗人。尽管陶渊明歌颂过农村，农民不要他，李太白歌颂过酒肆，小市民不要他，因为他们既不属于人民，也不是为着人民的。杜甫是真心为着人民的，然而人民听不懂他的话。屈原虽没写人民的生活，诉人民的痛苦，然而实质的等于领导了一次人民革命，替人民报了一次仇。屈原是中国历史上唯一有充分条件称为人民诗人的人。

授课人：闻一多

第二章　什么是《九歌》

一、神话的九歌

　　传说中九歌本是天乐。赵简子梦中升天所听到的"广乐九奏万舞"，即《九歌》与配合着《九歌》的韶舞（《离骚》"奏九歌而舞韶兮"）。《九歌》自被夏后启偷到人间来，一场欢宴，竟惹出五子之乱而终于使夏人亡国。这神话的历史背景大概如下。《九歌》韶舞是夏人的盛乐，或许只郊祭上帝时方能使用。启曾奏此乐以享上帝，即所谓"钧台之享"。正如一般原始社会的音乐，这乐舞的内容颇为猥亵。只因原始生活中，宗教与性爱颇不易分，所以虽猥亵而仍不妨为享神的乐。也许就在那次郊天的大宴享中，启与太康父子之间，为着有仍二女（即"五子之母"）起了冲突。事态扩大到一种程度，太康竟领着弟弟们造起反来，结果敌人——夷羿乘虚而入，把有夏灭了（关于此事，另有考证）。启享天神，本是启请客。传说把启请客弄成启被请，于是乃有启上天做客的故事。这大概是因为所谓

"启宾天"的"宾"字（《天问》"启棘宾商"即宾天，《大荒西经》"开上三嫔于天"，嫔宾同），本有"请客"与"做客"二义，而造成的结果。请客既变为做客，享天所用的乐便变为天上的乐，而奏乐享客也就变为做客偷乐了。传说的错乱大概只在这一点上，其余部分说启因《九歌》而亡国，却颇合事实。我们特别提出这几点，是要指明《九歌》最古的用途及其带猥亵性的内容，因为这对于下文解释《楚辞·九歌》是颇有帮助的。

二、经典的九歌

《左传》两处以九歌与八风、七音、六律、五声连举（昭公二十年、二十五年），看去似乎九歌不专指某一首歌，而是歌的一种标准体裁。歌以九分，犹之风以八分，音以七分，……那都是标准的单位数量，多一则有余，少一则不足。歌的可能单位有字、句、章三项。以字为单位者又可分两种。（一）每句九字，这句法太长，古今都少见。（二）每章九字，实等于章三句，句三字。这句法又嫌太短。以上似乎都不可能。若以章为单位，则每篇九章，连《诗经》里都少有。早期诗歌似乎不能发展到那样长的篇幅，所以也不可能。我们以为最早的歌，如其是以九为标准的单位数，那单位必定是句——便是三章，章三句，全篇共九句。这样不但篇幅适中，可能性最大，并且就"歌"字的意义看，"九歌"也必须是每歌九句。"歌"的本音应与今语"啊"同，其意义最初也只是唱歌时每句中或句尾一声拖长的"啊，……"（后世歌辞多以兮或猗、为、我、乎等字拟其音），故《尧典》曰"歌永言"，《乐记》曰"故歌之为言也，长言之也"。然则"九歌"即九"啊"。九歌是九声"啊"，而"啊"

又必在句中或句尾，则九歌必然是九句了。《大风歌》三句共三用"兮"字，《史记·乐书》称之为"三侯之章"，兮侯音近，三侯犹言三兮。《五噫诗》五句，每句末于"兮"下复缀以"噫"，全诗共用五"噫"字，因名之曰"五噫"。九歌是九句，犹之三侯是三句，五噫是五句，都是可由其篇名推出的。

全篇九句即等于三章，章三句。《皋陶谟》载有这样一首歌（下称《元首歌》）：

> 元首起哉！股肱喜哉！百工熙哉！
> 元首明哉！肌肱良哉！庶事康哉！
> 元首丛脞哉！股肱惰哉！庶事隳哉！

唐立庵先生根据上文"箫韶九成""帝用作歌"二句，说它便是《九歌》。这是很重要的发现。不过他又说即《左传》文七年郤缺引《夏书》"戒之用休，董之用威，劝之以九歌，勿使坏"之九歌，那却不然。因为上文已证明过，书传所谓九歌并不专指某一首歌，因之《夏书》"劝之以九歌"只等于说"劝之以歌"。并且《夏书》三句分指礼、刑、乐而言，三"之"字实谓在下的臣民，而《元首歌》则分明是为在上的人君和宰辅发的。实则《元首歌》是否即《夏书》所谓九歌，并不重要，反正它是一首典型的《九歌》体的歌（因为是九句），所以尽可称为《九歌》。

和《元首歌》格式相同的，在《国风》里有《麟之趾》《甘棠》《采葛》《著》《素冠》等五篇。这些以及古今任何同类格式的歌，实际上都可称为九歌（就这意义说，九歌又相当于后世五律、七绝诸名词）。九歌既是表明一种标准体裁的公名，则神话中带猥亵性的启的九歌，和经典中教诲式的《元首歌》，以及《夏书》所称而郤缺所解为"九德之歌"的九歌，自然不妨都是九歌了。

神话的九歌，一方面是外形固守着僵化的古典格式，内容却在反动的方向发展成教诲式的"九德之歌"一类的九歌，一方面是外形几乎完全放弃了旧有的格局，内容则仍本着那原始的情欲冲动，经过文化的提炼作用，而升华为飘然欲仙的诗——那便是《楚辞》的《九歌》。

三、"东皇太一""礼魂"何以是迎送神曲

前人有疑《礼魂》为送神曲的，近人郑振铎、孙作云、丁山诸氏又先后一律主张《东皇太一》是迎神曲。他们都对，因为二章确乎是一迎一送的口气。除这内在的理由外，我们现在还可举出一般祭歌形式的沿革以为旁证。

迎神、送神本是祭歌的传统形式，在《宋书·乐志》里已经讲得很详细了。再看唐代多数宗庙乐章，及一部分文人作品，如王维《祠渔山神女歌》等，则祭歌不但必须具有迎送神曲，而且有时只有迎送神曲。迎送的仪式在祭礼中的重要性于此可见了。本篇既是一种祭歌，就必须含有迎送神的歌曲在内，既有迎送神曲，当然是首尾两章。这是常识的判断，但也不缺少历史的证例。以内容论，汉《郊祀歌》的首尾两章——《练时日》与《赤蛟》相当于《九歌》的《东皇太一》与《礼魂》（参看原歌便知），谢庄又仿《练时日》与《赤蛟》作宋《明堂歌》的首尾二章（《宋书·乐志》："迎送神歌，依汉《郊祀》三言四句一转韵。"），而直题作《迎神歌》《送神歌》。由《明堂歌》上推《九歌》，《东皇太一》《礼魂》是迎送神曲，是不成问题的。

或疑《九歌》中间九章也有带迎送意味，甚至明出迎送字样的（《湘夫人》"九嶷缤兮并迎"，《河伯》"送美人兮南浦"），怎见九章不也有迎送作用呢？答：九章中的迎送是歌中人物自相迎送，或对假想的对象迎送，与二章为致祭者对神的迎送迥乎不同，换言之，前者是粉墨登场式的表演迎送的故事，后者是实质的迎送的祭典。前人混为一谈，所以纠缠不清。

　　除去首尾两章迎送神曲，中间所余九章大概即《楚辞》所谓《九歌》。《九歌》本不因章数而得名，已详上文。但因文化的演进，文体的篇幅是不能没有扩充的。上古九句的《九歌》，到现在——战国，涨大到九章的《九歌》，乃是必然的趋势。

四、被迎送的神只有东皇太一

　　《东皇太一》既是迎神曲，而歌辞只曰"穆将愉兮上皇"（上皇即东皇太一），那么辞中所迎的，除东皇太一以外，似乎不能再有别的神了。《礼魂》是作为《东皇太一》的配偶篇的送神曲，这里所送的，论理也不应超出先前所迎的之外。其实东皇太一是上帝，祭东皇太一即郊祀上帝。只有上帝才够得上受主祭者楚王的专诚迎送。其他九神论地位都在王之下，所以典礼中只为他们设享，而无迎送之礼。这样看来，在理论原则上，被迎送的又非只限于东皇太一不可。对于九神，既无迎送之礼，难怪用以宣达礼意的迎送神的歌辞中，绝未提及九神。

　　但请注意：我们只说迎送的歌辞，和迎送的仪式所指的对象，不包括那东皇太一以外的九神。实际上九神仍不妨和东皇太一同出同进，而参与了被迎送的经验，甚至可以说，被"饶"给一点那样的荣耀。换言之，我们讲九神未被迎送，是名分上的未被迎送，不是事实的。谈到礼仪问题，当然再没有比名分观念更重要的了。超出名分以外的事实，在礼仪的精神下，直可认为不存在。因此，我们还是认为未被迎送，而祭礼是专为东皇太一设的。

五、九神的任务及其地位

祭礼既非为九神而设，那么他们到场是干什么的？汉《郊祀歌》已有答案："合好效欢虞太一，……《九歌》毕奏斐然殊。"《郊祀歌》所谓"九歌"可能即《楚辞》十一章中之九章之歌（详下），九神便是这九章之歌中的主角，原来他们到场是为着"效欢"以"虞太一"的。这些神道——实际是神所"凭依"的巫们——按照各自的身份，分班表演着程度不同的哀艳的或悲壮的小故事，情形就和近世神庙中演戏差不多。不同的只是在当时，戏是由小神们做给大神瞧的，而参加祭礼的人们是沾了大神的光而得到看热闹的机会；现在则专门给小神当代理人的巫既变成了职业戏班，而因尸祭制度的废弃，大神只是一只"土木形骸"的偶像，并看不懂戏，于是群众便索性把他撇开，自己霸占了戏场而成为正式的观众了。

九神之出现于祭场上，一面固是对东皇太一"效欢"，一面也是以东皇太一的从属的资格来受享。效欢时是立于主人的地位替主人帮忙，受享时则立于客的地位做陪客。作陪凭着身份（二三等的神），帮忙仗着技能（唱歌与表情）。九神中身份的尊卑既不等，技能的高下也有差，所以他们的地位有的作陪的意味多于帮忙，有的帮忙的意味多于作陪。然而作陪也是一种帮忙，而帮忙也有吃喝（受享），所以二者又似可分而不可分。

六、二章与九章

因东皇太一与九神在祭礼中的地位不同，所以二章与九章在十一章中的地位也不同。在说明这两套歌辞不同的地位时，可以有宗教的和艺术的两种相反的看法。就宗教观点说，二章是作为祭歌主体的迎送神曲，九章即真正的《九歌》，只是祭歌中的插曲。插曲的作用是凑热闹，点缀场面，所以可多可少，甚至可有可无。反之，就艺术观点说，九章是十一章中真正的精华，二章则是传统形式上一头一尾的具文。《楚辞》的编者统称十一章为"九歌"，是根据艺术观点，以中间九章为本位的办法。《楚辞》是文艺作品的专集，编者当然只好采取这种观点。如果他是《郊祀志》的作者，而仍采用了这样的标题，那便是犯了反客为主和舍己从人的严重错误，因为根据纯宗教的立场，十一章应改称"楚《郊祀歌》"，或更详明点，"楚郊祀东皇太一《乐歌》"，而《九歌》这称号是只应限于中间的九章插曲。或许有人要说，启享天神的乐称《九歌》，《楚辞》概称祀东皇太一的全部乐章为《九歌》，只是沿用历史的旧名，并没有什么重视《九歌》艺术性的立场在背后。但他忘记诸书谈到启奏《九歌》时不满的态度。不是还说启因此亡国吗？须知说启奏《九歌》以享天神，是骂他胡闹，不应借了祭天的手段来达其"康娱而自纵"（《离骚》）的目的，所以又说"章闻于天，天用弗式"（《墨子·非乐》篇引《武观》）。他们言外之意，祭天自有规规矩矩的音乐，那太富娱乐性的《九歌》是不容掺进祭礼来以亵渎神明的。他们反对启，实即反对《九歌》，反对《九歌》的娱乐性，实即承认了它的艺术性。在认识《九歌》的艺术性这一点上，他们与《楚辞》的编者没有什么不同，不过在运用这认识的实践行为上，他们是凭那一点来攻击启，《楚辞》的编者是凭那一点来欣赏文艺而已。

七、九章的再分类

不但十一章中，二章与九章各为一题，若再细分下去，九章中，前八章与后一章（《国殇》）又当分为一类。八篇所代表的日、云、星（指司命，详后）、山、川一类的自然神（《史记·留侯世家》"学者多言无鬼神，然言有物"，物即自然神），依传统见解，仿佛应当是天神最贴身的一群侍从。这完全是近代人的想法。在宗教史上，因野蛮人对自然现象的不了解与畏惧，倒是自然神的崇拜发生得最早。次之是人鬼的崇拜，那是在封建型的国家制度下，随着英雄人物的出现而产生的一种宗教行为。最后，因封建领主的逐渐兼并，直至大一统的帝国政府行将出现，像东皇太一那样的一神教的上帝才应运而生。八章中尤其《湘君》《湘夫人》等章的猥亵性的内容（此其所以为淫祀），已充分暴露了这些神道的原始性和幼稚性（苏雪林女士提出的人神恋爱问题，正好说明八章宗教方面的历史背景，详后）。反之，《国殇》却代表进一步的社会形态，与东皇太一的时代接近了。换言之，东君以下八神代表巫术降神的原始信仰，国殇与东皇太一则是进步了的正式宗教的神了。我们发觉国殇与东皇太一性质相近的种种征象，例如祭国殇是报功，祭东皇太一是报德，国殇在祀家的系统中当列为小祀，东皇太一列为大礼等等都是。这些征象都使国殇与东皇太一贴近，同时也使他去八神疏远。这就是我们将九章又分为八神与国殇二类的最雄辩的理由。甚至假如我们愿走极端，将全部十一章分为二章（《东皇太一》《礼魂》）、一章（《国殇》）与八章三个平列的大类，似亦无不可，我们所以不那样做，是因为那太偏于原始论的看法。在历史上，东皇太一、国殇与八神虽发生于三个不同的文化阶段，而各有其特殊的属性，但那究竟是历史。在《九歌》的时代，国殇恐怕已被降级而与八神同列了。至少楚国制定乐章的有司，为凑足九章之歌的数目以合传统《九歌》之名，已决意将国殇排入八神的班列，而让他在郊祀东皇太一的典礼里，分担着陪祀意味较多的助祀的工作（看歌辞八章与《国殇》皆转韵，属于同一型类，制定乐章者的意向益明）。他这安排也许有点牵强，但我们研究的是这篇《九歌》，我们的任务是了解制定者用意，不是修改他的用意。这是我们不能不只认八章与《国殇》为一大类中之两小类的另一理由。

为醒目起见，我们再将上述主要各点依一种新的组织制成下表。有些意思，因行文的限制，上文来不及阐明的，大致已在表中补足了。

神道及其意义						歌辞					
							内容的特征与情调			外形	
客	东君、云中君、湘君、湘夫人、大司命、少司命、河伯、山鬼	（自然神）物	淫祀	助祀		杂曲（九章）	用独白或对话的形式抒写悲欢离合的情绪	似风（恋歌）	哀艳	长短句	转韵
体	国殇	鬼	小祀	陪祀	报功		叙述战争的壮烈颂扬战争的英勇	似雅（挽歌）	悲壮	七字句	
主体	东皇太一	神	大祀	正祀	报德	迎神曲送神曲（二章）	铺叙祭礼的仪式和过程	似颂（祭歌）	肃穆	长短句	不转韵

八、"赵代秦楚之讴"

《汉书·礼乐志》曰：

> 武帝定郊祀之礼，祠太一于甘泉，……乃立乐府，采诗夜
> 诵，有赵、代、秦、楚之讴。以李延年为协律都尉，多举司马相
> 如等数十人造为诗赋，略论律吕，以合八音之调，作为十九章之
> 歌。以正月上辛用事圆丘，使童男女七十人俱歌，昏祠至明。

"有赵、代、秦、楚之讴"对我们是一句极关重要的话，因为经
我们的考察，九章之歌所代表诸神的地理分布，恰恰是赵、代、秦、
楚。现在即依这国别的顺序，逐条分述如下：

（1）《云中君》 罗膺中先生曾据"览冀州兮有余"及《史记·封
禅书》"晋巫祠五帝东君、云中君，……"之语，说云中即云中郡之
云中，这是一个重要的发现。云中是赵地（《史记·赵世家》："武灵
王……欲从云中、九原直南袭秦。"），赵是三晋之一，正当古冀州域。

（2）《东君》 依照以东方殷民族为中心的汉族本位思想，日神
羲和是女性（《大荒南经》"有女子名曦和……帝俊之妻，生十日"，
《七发》"神归日母"），但《九歌》的日神东君是男性（《九歌》诸
神凡称君的皆男性），可能他是一位客籍的神。《史记·赵世家》索
隐引谯周曰"余尝闻之，代俗以东西阴阳所出入，宗其神谓之王母
父"，阴阳指日月（《大戴记·曾子天圆》篇"阳之精气日神，阴之
精气月灵"），似乎以日为阳性的男神，本是代俗。据《封禅书》，东
君也是晋巫所祠，代地本近晋，古本歌辞次第，《东君》在《云中
君》前（今本错置，详拙著《楚辞校补》），是以二者相次为一组的。
《史记·封禅书》及《索隐》引《归藏》亦皆东君、云中君连称。这

种排列，大概是依农业社会观念，象征着两个对立的重要自然现象——晴与雨的。云中君在赵，东君的地望想必与他相近，不然是不会和他排在一起的。

（3）《河伯》《穆天子传》一"天子西征，骛行至阳纡之山，河伯无冯夷之所都"，据《尔雅·释地》与《淮南子·地形篇》，阳纡是秦的泽薮，可见河伯本是秦地的神，所以祭河为秦国的常祀。《史记·六国年表》"秦灵公八年，初以君主妻河"，《封禅书》"及秦并天下，令祠官所常奉天地名山大川鬼神，……水曰河，祠临晋"是其证。《封禅书》又曰"昔秦文公出猎，获黑龙（按，即水神玄冥），此其水德之瑞，于是秦更命河曰德水"，这是秦祀河的理论根据。

（4）《国殇》 歌曰"带长剑兮挟秦弓"，罗先生据此疑国殇即《封禅书》所谓"南山巫祠南山秦中。秦中者二世皇帝"。我们以为说国殇是秦人所祀则可，以为即二世则不可。二世是赵高逼死在望夷宫中的，并非死于疆场。且若是二世，《九歌》岂不降为汉代的作品？但截至目前，我们尚无法证明《九歌》必非先秦楚国的乐章。

（5）《湘君》（6）《湘夫人》 这还是南楚湘水的神。即令如钱宾四先生所说，湘水即汉水，那还是在楚境。

（7）《大司命》（8）《少司命》 大司命见于金文《洹子（即田桓子）孟姜壶》，而《风俗通·祀典篇》也说"司命……齐地大尊重之"，似乎司命本是齐地的神。但这时似乎已落籍在楚国了。歌中空桑、九坑皆楚地名可证（《大招》"魂乎归来，定空桑只"。九坑《文苑》作九冈，九冈山在今湖北松滋县，即昭十一年《左传》"楚子……用隐太子于冈山"之冈山）。《封禅书》且明说"荆巫祠司命"。

（9）《山鬼》 顾天成《九歌解》主张山鬼即巫山神女，也是《九歌》研究中的一大创获。详孙君作云《九歌·山鬼考》。我们也完全同意。然则山鬼也是楚神。

以上除（2）（4）二项证据稍嫌薄弱，其余七项可算不成问题，何况以（2）属代，以（4）属秦，充其量只是缺证，并没有反证呢！"赵、代、秦、楚之讴"是汉武因郊祀太一而立的乐府中所诵习的歌曲，《九歌》也是楚祭东皇太一时所用的乐曲，而《九歌》中九章的地理分布，如上文所证，又恰好不出赵、代、秦、楚四国的范围，然则我们推测《九歌》中九章即《汉志》所谓"赵、代、秦、楚之讴"，是不至离事实太远的。并且《郊祀歌》已有"《九歌》毕奏斐然殊"之语，这"《九歌》"当亦即"赵、代、秦、楚之讴"。《礼乐志》称祭前在乐府中练习的为"赵、代、秦、楚之讴"，《郊祀歌》称祭时正式演奏的为"《九歌》"，其实只是一种东西（《礼乐志》所以不称"《九歌》"而称"赵、代、秦、楚之讴"，那是因为"有赵、代、秦、楚之讴"一语是承上文"采诗夜诵"而言的。上文说"采诗"，下文点明所采的地域，文意一贯）。由上言之，赵、代、秦、楚既恰合九章之歌的地理分布，而《郊祀歌》又明说出"《九歌》"的名字，然则所谓"赵、代、秦、楚之讴"即《九歌》，更觉可靠了。总之，今《楚辞》所载《九歌》中作为祀东皇太一乐章中的插曲的九章之歌，与夫汉《郊祀歌》所谓"合好效欢虞太一，……《九歌》毕奏斐然殊"的《九歌》，与夫《礼乐志》所谓因祠太一而创立的乐府中所"夜诵"的"赵、代、秦、楚之讴"，都是一回事。

承认了九章之歌即"赵、代、秦、楚之讴"，我们试细玩九章的内容，还可发现一个有趣的现象。九章之歌依地理分布，自北而南，可排列如下：

《东君》	代
《云中君》	赵
《河伯》(《国殇》)	秦
《大司命》《少司命》《山鬼》	楚
《湘君》《湘夫人》	南楚

国殇是人鬼，我们曾经主张将他和那八位自然神分开。现在我们即依这见解，暂时撇开他，而单独玩索那代表自然神的八章歌辞。这里我们可以察觉，地域愈南，歌辞的气息愈灵活，愈放肆，愈顽艳，直到那极南端的《湘君》《湘夫人》，例如后者的"捐余袂兮江中，遗余褋兮醴浦"二句，那猥亵的含义几乎令人不堪卒读了。以当时的文化状态而论，这种自北而南的气息的渐变，不是应有的现象吗？

九、楚九歌与汉郊祀歌的比较

虽然汉郊祀太一是沿用楚国的旧典，虽然汉祭礼中所用以娱神的《九歌》也就是楚人在同类情形下所用的《九歌》，但汉《郊祀歌》十九章与楚《九歌》十一章仍大有区别。汉歌十九章每章都是祭神的乐章。因为汉礼除太一外，还有许多次等的神受祭。但楚歌十一章中只有首尾的《东皇太一》与《礼魂》(相当于汉歌首尾的《练时日》与《赤蛟》)，是纯粹祭神的乐章。其余九章，正如上文所说，都只是娱神的乐章。楚礼除东皇太一外，是否也有纯粹陪祭的次等神如汉制一样，今不可知。至少今《九歌》中不包含祭这类次等神的乐章是事实。反之，楚歌将娱神的乐章（九章）与祭神的乐章（二章）并列而组为一套歌辞。汉歌则将娱神的乐章完全摒弃，而专录祭神的乐章。总之楚歌与汉歌相同的是首尾都分列着迎送神曲，不同的是中间一段，一方是九章娱神乐章，一方是十七章祭次等神的乐章。这不同处尤可注意。汉歌中间与首尾全是祭神乐章（迎送神曲也是祭神乐章），它的内容本是一致的，依内容来命名，当然该题作"《郊祀歌》"。楚歌首尾是祭神，中间是娱神，内容既不统一，那么命名该以何者为准，便有选择的余地了。若以首尾二章为准，自然当题作"楚《郊祀歌》"。现在它不如此命名，而题作"《九歌》"，可见它是以中间九章娱神乐章为准的。以汉歌与楚歌的命名相比较，益可证所谓"《九歌》"者是指十一章中间的九章而言的。

十、巫术与巫音

苏雪林女士以"人神恋爱"解释《九歌》的说法，在近代关于《九歌》的研究中，要算最重要的一个见解，因为她确实说明了八章中大多数的宗教背景。我们现在要补充的，是"人神恋爱"只是八章的宗教背景而已，而不是八章本身。换言之，八章歌曲是扮演"人神恋爱"的故事，不是实际的"人神恋爱"的宗教行为。而且这些故事之被扮演，恐怕主要的动机还是因为其中"恋爱"的成分，不是因为那"人神"的交涉，虽则"人神"的交涉确乎赋予了"恋爱"的故事以一股幽深、玄秘的气氛，使它更富于麻醉性。但须知道在领会这种气氛的经验中，那态度是审美的、诗意的，是一种make believe，那与实际的宗教经验不同。《吕氏春秋·侈乐》篇曰：

"楚之衰也，作为巫音。"八章诚然是典型的"巫音"，但"巫音"断乎不是"巫术"，因为在"巫音"中，人们所感兴趣的，毕竟是"音"的部分远胜于"巫"的部分。"人神恋爱"许可以解释《山海经》所代表的神话的《九歌》，却不能字面地 literally 说明《楚辞》时代的《九歌》。严格地讲，二千年前，《楚辞》时代人们对《九歌》的态度，和我们今天的态度，并没有什么差别。同是欣赏艺术，所差的是，他们是在祭坛前观剧———种雏形的歌舞剧，我们则只能从纸上欣赏剧中的歌辞罢了。在深浅不同的程度中，古人和我们都能复习点原始宗教的心理经验，但在他们观剧时，恐怕和我们读诗时差不多，那点宗教经验是躲在意识的一个暗角里，甚至有时完全退出意识圈外了。

授课人：闻一多

第三章 《尚书》

《尚书》是中国最古的记言的历史。所谓记言，其实也是记事，不过是一种特别的方式罢了。记事比较的是间接的，记言比较的是直接的。记言大部分照说的话写下来；虽然也须略加剪裁，但是尽可以不必多费心思。记事需要化自称为他称，剪裁也难，费的心思自然要多得多。

中国的记言文是在记事文之先发展的。商代甲骨卜辞大部分是些问句，记事的话不多见。两周金文也还多以记言为主。直到战国时代，记事文才有了长足的进展。古代言文大概是合一的，说出的写下的都可以叫作"辞"。卜辞我们称为"辞"，《尚书》的大部分其实也是"辞"。我们相信这些辞都是当时的"雅言"，就是当时的官话或普通话。但传到后世，这种官话或普通话却变成诘屈聱牙的古语了。

《尚书》包括虞夏商周四代；大部分是号令，就是向大众宣布的话，小部分是君臣相告的话。也有记事的；可是照近人的说数，那记事的几篇，大都是战国末年人的制作，应该分别地看。那些号令多称为"誓"或"诰"，后人便用"誓""诰"的名字来代表这一类。平时的号令叫"诰"，有关军事的叫"誓"。君告臣的话多称为"命"；臣告君的话却似乎并无定名，偶然有称为"谟"的。这些辞有的是当代史官所记，有的是后代史官追记。当代史官也许根据亲闻，后代史官便只能根据传闻了。这些辞原来似乎只是说的话，并非写出的文告；史官记录，意在存作档案，备后来查考之用。这种古代的档案，想来很多，留下来的却很少。汉代传有《书序》，来历不详，也许是周秦间人所作。有人说，孔子删《书》为百篇，每篇有序，说明作意。这却缺乏可信的证据。孔子教学生的典籍里有《书》，倒是真的。那时代的《书》是个什么样子，已经无从知道。"书"原是记录的意思；大约那所谓"书"只是指当时留存着的一些古代的档案而言；那些档案恐怕还是一件件的，并未结集成书。成书也许是在汉人手里。那时候这些档案留存着的更少了，也更古了，更稀罕了；汉人便将它们编辑起来，改称《尚书》。"尚"，"上"也；《尚书》据说就是"上古帝王的书"。"书"上加一"尚"字，无疑的是表示着尊信的意味。至于《书》称为"经"，始于《荀子》；不过也是到汉代才普遍罢了。

儒家所传的"五经"中，《尚书》残缺最多，因而问题也最多。秦始皇烧天下诗书及诸侯史记，并禁止民间私藏一切书。到汉惠帝时，才开了书禁；文帝接着更鼓励人民献书。书才渐渐见得着了。那时传《尚书》的只有一个济南伏生。伏生本是秦博士。始皇下诏烧诗书的时候，他将《书》藏在墙壁里。后来兵乱，他流亡在外。汉定天下，才回家；检查所藏的《书》，已失去数十篇，剩下的只二十九篇了。他就守着这一些，私自教授于齐鲁之间。文帝知道了他的名字，想召他入朝。那时他已九十多岁，不能远行到京师去。

文帝便派掌故官晁错来从他学。伏生私人的教授，加上朝廷的提倡，使《尚书》流传开去。伏生所藏的本子是用"古文"写的，还是用秦篆写的，不得而知；他的学生却只用当时的隶书抄录流布。这就是东汉以来所谓《今尚书》或《今文尚书》。汉武帝提倡儒学，立"五经"博士；宣帝时每经又都分家数立官，共立了十四博士。每一博士各有弟子员若干人。每家有所谓"师法"或"家法"，从学者必须严守。这时候经学已成利禄的途径，治经学的自然就多起来了。《尚书》也立下欧阳（和伯）大小夏侯（夏侯胜、夏侯建）三博士，却都是伏生一派分出来的。当时去伏生已久，传经的儒者为使人尊信的缘故，竟有硬说《尚书》完整无缺的。他们说，二十九篇是取法天象的，一座北斗星加上二十八宿，不正是二十九吗！这二十九篇，东汉经学大师马融、郑玄都给作过注；可是那些注现在差不多亡失干净了。

汉景帝时，鲁恭王为了扩展自己的宫殿，去拆毁孔子的旧宅。在墙壁里得着"古文"经传数十篇，其中有《书》。这些经传都是用"古文"写的；所谓"古文"，其实只是晚周民间别体字。那时恭王肃然起敬，不敢再拆房子，并且将这些书都交还孔家的主人孔子的后人叫孔安国的。安国加以整理，发见其中的《书》比通行本多出十六篇；这称为《古文尚书》。武帝时，安国将这部书献上去。因为语言和字体的两重困难，一时竟无人能通读那些"逸书"，所以便一直压在皇家图书馆里。成帝时，刘向、刘歆父子先后领校皇家藏书。刘向开始用《古文尚书》校勘今文本子，校出今文脱简及异文各若干。哀帝时，刘歆想将《左氏春秋》《毛诗》《逸礼》及《古文尚书》立博士；这些都是所谓"古文"经典。当时的"五经"博士不以为然，刘歆写了长信和他们争辩。这便是后来所谓今古文之争。

今古文之争是西汉经学一大史迹。所争的虽然只在几种经书，他们却以为关系孔子之道即古代圣帝明王之道甚大。"道"其实也是幌子，骨子里所争的还在禄位与声势；当时今古文派在这一点上是一致的。不过两派的学风确也有不同处。大致今文派继承先秦诸子的风气，"思以其道易天下"，所以主张通经致用。他们解经，只重微言大义；而所谓微言大义，其实只是他们自己的历史哲学和政治哲学。古文派不重哲学而重历史，他们要负起保存和传布文献的责任；所留心的是在章句、训诂、典礼、名物之间。他们各得了孔子的一端，各有偏畸的地方。到了东汉，书籍流传渐多，民间私学日盛。私学压倒了官学，古文经学压倒了今文经学；学者也以兼通为贵，不再专主一家。但是这时候"古文"经典中《逸礼》即《礼》古经已经亡佚，《尚书》之学，也不昌盛。

东汉初，杜林曾在西州（今新疆境）得漆书《古文尚书》一卷，非常宝爱，流离兵乱中，老是随身带着。他是怕"《古文尚书》学"会绝传，所以这般珍惜。当时经师贾逵、马融、郑玄都给那一卷《古文尚书》作注，从此《古文尚书》才显于世。原来"《古文尚书》学"直到贾逵才真正开始，从前是没有什么师说的。而杜林所得只一卷，绝不如孔壁所出的多。学者竟爱重到那般地步。大约孔安国献的那部《古文尚书》，一直埋没在皇家图书馆里，民间也始终没有盛行，经过西汉末年的兵乱，便无声无臭地亡失了吧。杜林的那一卷，虽经诸大师作注，却也没传到后世；这许又是三国兵乱的缘故。《古文尚书》的运气真够坏的，不但没有能够露头角，还一而再地遭到了些冒名顶替的事儿。这在西汉就有。汉成帝时，因孔安国所献的《古文尚书》无人通晓，下诏征求能够通晓的人。东莱有个张霸，不知孔壁的书还在。便根据《书序》，将伏生二十九篇分为数十，作为中段，又采《左氏传》及《书序》所说，补作首尾，共成《古文尚书百二篇》。每篇都很简短，文意又浅陋。他将这伪书献上去。成帝教用皇家图书馆藏着的孔壁《尚书》对看，满不是的。成帝便将张霸下在狱里，却还存着他的书，并且听它流传世间。后来张霸的再传弟子樊并谋反，朝廷才将那书毁废；这第一部伪《古文尚书》就从此失传了。

到了三国末年，魏国出了个王肃，是个博学而有野心的人。他伪作了《孔子家语》《孔丛子》，又伪作了一部孔安国的《古文尚书》，还带着孔安国的传。他是个聪明人，伪造这部《古文尚书》孔传，是很费了心思的。他采辑群籍中所引"逸书"，以及历代嘉言，改头换面，巧为联缀，成功了这部书。他是参照汉儒的成法，先将伏生二十九篇分割为三十三篇，另增多二十五篇，共五十八篇，以合于东汉儒者如桓谭、班固所记的《古文尚书》篇数。所增各篇，用力阐明儒家的"德治主义"，满纸都是仁义道德的格言。这是汉武帝罢黜百家，专崇儒学以来的正统思想，所谓大经大法，足以取信于人。只看宋以来儒者所口诵心维的"十六字心传"，正在他伪作的《大禹谟》里，便见出这部伪书影响之大。其实《尚书》里的主要思想，该是"鬼治主义"，像《盘庚》等篇所表现的。"原来西周以前，君主即教主，可以为所欲为，不受什么政治道德的拘束。逢到臣民不听话的时候，只要抬出上帝和先祖来，自然一切解决。"这叫作"鬼治主义"。"西周以后，因疆域的开拓，交通的便利，富力的增加，文化大开。自孔子以至荀卿、韩非，他们的政治学说都建筑在人性上面。尤其是儒家，把人性扩张得极大。他们觉得政治的良好只在诚信的感应；只要君主的道德好，臣民自然风从，用不到威力和鬼神的压迫。"这叫作"德治主义"。看古代的档案，包含着"鬼治主义"思想的，自然比包含着"德治主义"思想的可信得多。但是王肃的时代早已是"德治主义"的时代，他的伪书所以专从这里下手。他果然成功了。只是词旨坦明，毫无诘屈聱牙之处，却不免露出了马脚。

晋武帝时候，孔安国的《古文尚书》曾立过博士；这《古文尚书》大概就是王肃伪造的。王肃是武帝的外祖父，当时即使有怀疑的人，也不敢说话。可是后来经过怀帝永嘉之乱，这部伪书也散失了，知道的人很少。东晋元帝时，豫章内史梅赜发见了它，便拿来献到朝廷上去。这时候伪《古文尚书》孔传便和马、郑注的《尚书》并行起来了。大约北方的学者还是信马、郑的多，南方的学者才是信伪孔的多。等到隋统一了天下，南学压倒了北学，马、郑《尚书》，习者渐少。唐太宗时，因章句繁杂，诏令孔颖达等编撰《五经正义》；高宗永徽四年（公元653年），颁行天下，考试必用此本。《正义》成了标准的官书，经学从此大统一。那《尚书正义》便用的伪《古文尚书》孔传。伪孔定于一尊，马、郑便更没人理睬了；日子一久，自然就残缺了，宋以来差不多就算亡了。伪《古文尚书》孔传如此这般冒名顶替了一千年，直到清初的时候。

这一千年中间，却也有怀疑伪《古文尚书》孔传的人。南宋的吴棫首先发难。他有《书稗传》十三卷，可惜不传了。朱子因孔安国的"古文"字句皆完整，又平顺易读，也觉得可疑。但是他们似乎都还没有去找出确切的证据。至少朱子还不免疑信参半；他还采取伪《大禹谟》里"人心""道心"的话解释"四书"，建立道统呢。元代的吴澄才断然地将伏生今文从伪古文分出；他的《尚书纂言》只注解今文，将伪古文除外。明代梅鷟著《尚书考异》，更力排伪孔，并找出了相当的证据。但是严密钩稽决疑定谳的人，还得等待清代的学者。这里该提出三个可尊敬的名字。第一是清初的阎若璩，著《古文尚书疏证》，第二是惠栋，著《古文尚书考》；两书辨析详明，证据确凿，教伪孔体无完肤，真相毕露。但将作伪的罪名加在梅赜头上，还不免未达一间。第三是清中叶的丁晏，著《尚书余论》，才将真正的罪人王肃指出。千年公案，从此可以定论。这以后等着动手的，便是搜辑汉人的伏生《尚书》说和马、郑注。这方面努力的不少，成绩也斐然可观；不过所能做到的，也只是抱残守缺的工作罢了。伏生《尚书》从千年迷雾中重露出真面目，清代诸大师的劳绩是不朽的。但二十九篇固是真本，其中也还该分别地看。照近人的意见，《周书》大都是当时史官所记，只有一二篇像是战国时人托古之作。《商书》究竟是当时史官所记，还是周史官追记，尚在然疑之间。《虞书》《夏书》大约多是战国末年人托古之作，只《甘誓》那一篇许是后代史官追记的。这么着，《今文尚书》里便也有了真伪之分了。

授课人：朱自清

第四章 "四书"

　　"四书""五经"到现在还是我们口头上一句熟语。"五经"是《易》《书》《诗》《礼》《春秋》；"四书"按照普通的顺序是《大学》《中庸》《论语》《孟子》，前二者又简称《学》《庸》，后二者又简称《论》《孟》；有了简称，可见这些书是用得很熟的。本来呢，从前私塾里，学生入学，是从"四书"读起的。这是那些时代的小学教科书；而且是统一的标准的小学教科书，因为没有不用的。那时先生不讲解，只让学生背诵，不但得背正文，而且得背朱熹的小注。只要囫囵吞枣地念，囫囵吞枣地背；不懂不要紧，将来用得着，自然会懂的。怎么说将来用得着？那些时候行科举制度。科举是一种竞争的考试制度，考试的主要科目是八股文，题目都出在"四书"里，而且是朱注的"四书"里。科举分几级，考中的得着种种出身或资格，凭着这种资格可以建功立业，也可以升官发财；作好作歹，都得先弄个资格到手。科举几乎是当时读书人唯一的出路。每个学生都先读"四书"，而且读的是朱注，便是这个缘故。

将朱注"四书"定为科举用书，是从元仁宗皇庆二年（公元1313年）起的。规定这四种书，自然因为这些书本身重要，有人人必读的价值；规定朱注，也因为朱注发明书义比旧注好些，切用些。这四种书原来并不在一起，《学》《庸》都在《礼记》里，《论》《孟》是单行的。这些书原来只算是诸子书，朱子原来也只称为"四子"；但《礼记》《论》《孟》在汉代都立过博士，已经都升到经里去了。后来唐代的"九经"里虽然只有《礼记》，宋代的"十三经"却又将《论》《孟》收了进去。《中庸》很早就被人单独注意，汉代已有关于《中庸》的著作，六朝时也有，可惜都不传了。关于《大学》的著作却直到司马光的《大学通义》才开始，这部书也不传了。这些著作并不曾教《学》《庸》普及，教《学》《庸》和《论》《孟》同样普及的是朱子的注，"四书"也是他编在一起的，"四书"的名字也因他而有。

但最初用力提倡这几种书的是程颢、程颐兄弟。他们说："《大学》是孔门的遗书，是初学者入德的门径。只有从这部书里，还可以知道古人做学问的程序。从《论》《孟》里虽也可看出一些，但不如这部书的分明易晓。学者必须从这部书入手，才不会走错了路。"这里没提到《中庸》。可是他们是很推尊《中庸》的。他们在另一处说："'不偏'叫作'中'，'不易'叫作'庸'；'中'是天下的正道，'庸'是天下的定理。《中庸》是孔门传授心法的书，是子思记下来传给孟子的。书中所述的人生哲理，意味深长；会读书的细加玩赏，自然能心领神悟终身受用不尽。"这四种书到了朱子手里才打成一片。他接受二程的见解，加以系统的说明，四种书便贯串起来了。

他说，古来有小学大学。小学里教洒扫进退的规矩，和礼、乐、射、御、书、数，所谓"六艺"的。大学里教穷理、正心、修己、治人的道理。所教的都切于民生日用，都是实学。《大学》这部书便是古来大学里教学生的方法，规模大，节目详；而所谓"格物、致知、诚意、正心、修身、齐家、治国、平天下"，是循序渐进的。程子说是"初学者入德的门径"，就是为此。这部书里的道理，并不是为一时一事说的，是为天下后世说的。这是"垂世立教的大典"，所以程子举为初学者的第一部书。《论》《孟》虽然也切实，却是"应机接物的微言"，问的不是一个人，记的也不是一个人。浅深先后，次序既不分明，抑扬可否，用意也不一样，初学者领会较难。所以程子放在第二步。至于《中庸》，是孔门的心法，初学者领会更难，程子所以另论。

但朱子的意思，有了《大学》的提纲挈领，便能领会《论》《孟》里精微的分别去处；融贯了《论》《孟》的旨趣，也便能领会《中庸》里的心法。人有人心和道心；人心是私欲，道心是天理。人该修养道心，克制人心，这是心法。朱子的意思，不领会《中庸》里的心法，是不能从大处着眼，读天下的书，论天下的事的。他所以将《中庸》放在第三步，和《大学》《论》《孟》合为"四书"，作为初学者的基础教本。后来规定"四书"为科举用书，原也根据这番意思。不过朱子教人读"四书"，为的成人，后来人读"四书"，却重在猎取功名；这是不合于他提倡的本心的。至于顺序变为《学》《庸》《论》《孟》，那是书贾因为《学》《庸》篇页不多，合为一本的缘故；通行既久，居然约定俗成了。

《礼记》里的《大学》，本是一篇东西，朱子给分成经一章，传十章；传是解释经的。因为要使传合经，他又颠倒了原文的次序，并补上一段儿。他注《中庸》时，虽没有这样大的改变，可是所分的章节，也与郑玄注的不同。所以这两部书的注，称为《大学章句》《中庸章句》。《论》《孟》的注，却是融合各家而成，所以称为《论语集注》《孟子集注》。《大学》的经一章，朱子想着是曾子追述孔子的话；传十章，他相信是曾子的意思，由弟子们记下的。《中庸》的著者，朱子和程子一样，都接受《史记》的记载，认为是子思。但关于书名的解释，他修正了一些。他说，"中"除"不偏"外，还有"无过无不及"的意思；"庸"解作"不易"，不如解作"平常"的好。照近人的研究，《大学》的思想和文字，很有和荀子相同的地方，大概是荀子学派的著作。《中庸》，首尾和中段思想不一贯，从前就有人疑心。照近来的看法，这部书的中段也许是子思原著的一部分，发扬孔子的学说，如"时中""忠恕""知仁勇""五伦"等。首尾呢，怕是另一关于《中庸》的著作，经后人混合起来的；这里发扬的是孟子的天人相通的哲理，所谓"至诚""尽性"，都是的。著者大约是一个孟子学派。

《论语》是孔子弟子们记的。这部书不但显示一个伟大的人格——孔子，并且让读者学习许多做学问做人的节目：如"君子""仁""忠恕"，如"时习""阙疑""好古""隅反""择善""困学"等，都是可以终身应用的。《孟子》据说是孟子本人和弟子公孙丑、万章等共同编定的。书中说"仁"兼说"义"，分辨"义""利"甚严；而辩"性善"，教人求"放心"，影响更大。又说到"养浩然之气"，那"至大至刚""配义与道"的"浩然之气"，这是修养的最高境界，所谓天人相通的哲理。书中攻击杨朱、墨翟两派，辞锋咄咄逼人。这在儒家叫作攻异端，功劳是很大的。孟子生在战国时代，他不免"好辩"，他自己也觉得的；他的话流露着"英气"，"有圭角"，和孔子的温润是不同的。所以儒家只称为"亚圣"，次于孔子一等。《孟子》有东汉的赵岐注。《论语》有孔安国、马融、郑玄诸家注，却都已残佚，只零星地见于魏何晏的《集解》里。汉儒注经，多以训诂名物为重；但《论》《孟》词意显明，所以只解释文句，推阐义理而止。魏晋以来，玄谈大盛，孔子已经道家化；解《论语》的也多参入玄谈，参入当时的道家哲学。这些后来却都不流行了。到了朱子，给《论》《孟》作注，虽说融会各家，其实也用他自己的哲学作架子。他注《学》《庸》，更显然如此。他的哲学切于世用，所以一般人接受了，将他解释的孔子当作真的孔子。

　　他那一套"四书"注实在用尽了平生的力量，改定至再至三；直到临死的时候，他还在改定《大学·诚意章》的注。注以外又作了《四书或问》，发扬注义，并论述对于旧说的或取或舍的理由。他在"四书"上这样下功夫，一面固然为了诱导初学者，一面还有一个用意，便是排斥老、佛，建立道统。他在《中庸章句序》里论到诸圣道统的传承，末尾自谦说，"于道统之传，不敢妄议"；其实他是隐隐在以传道统自期呢。《中庸》传授心法，正是道统的根本。将它加在《大学》《论》《孟》之后而成"四书"，朱子自己虽然说是给初学者打基础，但一大半恐怕还是为了建立道统，不过他自己不好说出罢了。他注"四书"在宋孝宗淳熙年间（公元 1174—1189 年）。他死后朝廷将他的"四书"注审定为官书，从此盛行起来。他果然成了传儒家道统的大师了。

授课人：朱自清

第五章 《春秋》三传（《国语》附）

"春秋"是古代记事史书的通称。古代朝廷大事，多在春、秋二季举行，所以记事的书用这个名字。各国有各国的春秋，但是后世都不传了。传下的只有一部《鲁春秋》，《春秋》成了它的专名，便是《春秋经》了。传说这部《春秋》是孔子作的，至少是他编的。鲁哀公十四年，鲁西有猎户打着一只从没有见过的独角怪兽，想着定是个不祥的东西，将它扔了。这个新闻传到了孔子那里，他便去看。他一看，就说："这是麟啊。为谁来的呢！干什么来的呢！唉唉！我的道不行了！"说着流下泪来，赶忙将袖子去擦，泪点儿却已滴到衣襟上。原来麟是个仁兽，是个祥瑞的东西；圣帝、明王在位，天下太平，它才会来，不然是不会来的。可是那时代哪有圣帝、明王？天下正乱纷纷的，麟来得真不是时候，所以让猎户打死；它算是倒了运了。

孔子这时已经年老，也常常觉着生得不是时候，不能行道；他为周朝伤心，也为自己伤心。看了这只死麟，一面同情它，一面也引起自己的无限感慨。他觉着生平说了许多教；当世的人君总不信他，可见空话不能打动人。他发愿修一部《春秋》，要让人从具体的事例里，得到善恶的教训，他相信这样得来的教训，比抽象的议论深切著明得多。他觉得修成了这部《春秋》，虽然不能行道，也算不白活一辈子。这便动起手来，九个月书就成功了。书起于鲁隐公，终于获麟；因获麟有感而作，所以叙到获麟绝笔，是纪念的意思。但是《左传》里所载的《春秋经》，获麟后还有，而且在记了"孔子卒"的哀公十六年后还有：据说那却是他的弟子们续修的了。

　　这个故事虽然够感伤的，但我们从种种方面知道，它却不是真的。《春秋》只是鲁国史官的旧文，孔子不曾掺进手去。《春秋》可是一部信史，里面所记的鲁国日食，有三十次和西方科学家所推算的相合，这决不是偶然的。不过书中残缺、零乱和后人增改的地方，都很不少。书起于隐公元年，到哀公十四年止，共二百四十二年（公元前722—前481年）；后世称这二百四十二年为春秋时代。书中纪事按年月日，这叫作编年。编年在史学上是个大发明；这教历史系统化，并增加了它的确实性。《春秋》是我国现存的第一部编年史。书中虽用鲁国纪元，所记的却是各国的事，所以也是我们第一部通史。所记的齐桓公、晋文公的霸迹最多；后来说"尊王攘夷"是《春秋》大义，便是从这里着眼。

　　古代史官记事，有两种目的：一是征实，二是劝惩。像晋国董狐不怕权势，记"赵盾弑其君"，齐国太史记"崔杼弑其君"，虽杀身不悔，都为的是征实和惩恶，作后世的鉴戒。但是史文简略，劝惩的意思有时不容易看出来，因此便需要解说的人。《国语》记楚国申叔时论教太子的科目，有"春秋"一项，说"春秋"有奖善、惩恶的作用，可以戒劝太子的心。孔子是第一个开门授徒，拿经典教给平民的人，《鲁春秋》也该是他的一种科目。关于劝惩的所在，他大约有许多口义传给弟子们。他死后，弟子们散在四方，就所能记忆的又教授开去。《左传》《公羊传》《穀梁传》，所谓《春秋》三传里，所引孔子解释和评论的话，大概就是捡的这一些。

三传特别注重《春秋》的劝惩作用；征实与否，倒在其次。按三传的看法，《春秋》大义可以从两方面说：明辨是非，分别善恶，提倡德义，从成败里见教训，这是一；夸扬霸业，推尊周室，亲爱中国，排斥夷狄，实现民族大一统的理想，这是二。前者是人君的明鉴，后者是拨乱反正的程序。这都是王道。而敬天事鬼，也包括在王道里。《春秋》里记灾，表示天罚；记鬼，表示恩仇，也还是劝惩的意思。古代记事的书常夹杂着好多的迷信和理想，《春秋》也不免如此；三传的看法，大体上是对的。但在解释经文的时候，却往往一个字一个字地咬嚼；这一咬嚼，便不顾上下文穿凿附会起来了。《公羊》《穀梁》，尤其如此。

这样咬嚼出来的意义就是所谓"书法"，所谓"褒贬"，也就是所谓"微言"。后世最看重这个。他们说孔子修《春秋》，"笔则笔，削则削"，"笔"是书，"削"是不书，都有大道理在内。又说一字之褒，比教你做王公还荣耀；一字之贬，比将你作罪人杀了还耻辱。本来孟子说过，"孔子成《春秋》而乱臣贼子惧"，那似乎只指概括的劝惩作用而言。等到褒贬说发展，孟子这句话倒像更坐实了。而孔子和《春秋》的权威也就更大了。后世史家推尊孔子，也推尊《春秋》，承认这种书法是天经地义；但实际上他们却并不照三传所咬嚼出来的那么穿凿附会地办。这正和后世诗人尽管推尊《毛诗传笺》里比兴的解释，实际上却不那样穿凿附会地作诗一样。三传，特别是《公羊传》和《穀梁传》，和《毛诗传笺》，在穿凿解经这件事上是一致的。

三传之中，公羊、穀梁两家全以解经为主，左氏却以叙事为主。

公、穀以解经为主，所以咬嚼得更厉害些。战国末期，专门解释《春秋》的有许多家，公、穀较晚出而仅存。这两家固然有许多彼此相异之处，但渊源似乎是相同的；他们所引别家的解说也有些是一样的。这两种《春秋经传》经过秦火，多有残缺的地方；到汉景帝、武帝时候，才有经师重加整理，传授给人。公羊、穀梁只是家派的名称，仅存姓氏，名字已不可知。至于他们解经的宗旨，已见上文；《春秋》本是儒家传授的经典，解说的人，自然也离不了儒家，在这一点上，三传是大同小异的。

《左传》这部书，汉代传为鲁国左丘明所作。这个左丘明，有的说是"鲁君子"，有的说是孔子的朋友；后世又有说是鲁国的史官的。这部书历来讨论的最多。汉时有五经博士。凡解说"五经"自成一家之学的，都可立为博士。立了博士，便是官学；那派经师便可做官受禄。当时《春秋》立了公、穀二传的博士。《左传》流传得晚些，古文派经师也给它争立博士。今文派却说这部书不得孔子《春秋》的真传，不如公、穀两家。后来虽一度立了博士，可是不久还是废了。倒是民间传习的渐多，终于大行！原来公、穀不免空谈，《左传》却是一部仅存的古代编年通史（残缺又少），用处自然大得多。《左传》以外，还有一部分国记载的《国语》，汉代也认为左丘明所作，称为《春秋外传》。后世学者怀疑这一说的很多。据近人的研究，《国语》重在"语"，记事颇简略，大约出于另一著者的手，而为《左传》著者的重要史料之一。这书的说教，也不外尚德、尊天、敬神、爱民，和《左传》是很相近的。只不知著者是谁。其实《左传》著者我们也不知道。说是左丘明，但矛盾太多，不能教人相信。《左传》成书的时代大概在战国，比《公》《穀》二传早些。

《左传》这部书大体依《春秋》而作；参考群籍，详述史事，征引孔子和别的"君子"解经评史的言论，吟味书法，自成一家言。

但迷信卜筮，所记祸福的预言，几乎无不应验；这却大大违背了征实的精神，而和儒家的宗旨也不合了。晋范宁作《穀梁传序》说："左氏艳而富，其失也巫"；"艳"是文章美，"富"是材料多，"巫"是多叙鬼神，预言祸福。这是句公平话。注《左传》的，汉代就不少，但那些许多已散失；现存的只有晋杜预注，算是最古了。

杜预作《春秋序》，论到《左传》，说"其文缓，其旨远"，"缓"是委婉，"远"是含蓄。这不但是好史笔，也是好文笔。所以《左传》不但是史学的权威，也是文学的权威。《左传》的文学本领，表现在记述辞令和描写战争上。春秋列国，盟会颇繁，使臣会说话不会说话，不但关系荣辱，并且关系利害，出入很大，所以极重辞令。《左传》所记当时君臣的话，从容委曲，意味深长。只是平心静气地说，紧要关头却不放松一步，真所谓恰到好处。这固然是当时风气如此，但不经《左传》著者的润饰功夫，也决不会那样在纸上活跃的。战争是个复杂的程序，叙得头头是道，已经不易，叙得有声有色，更难；这差不多全靠忙中有闲，透着优游不迫神儿才成。这却正是《左传》著者所擅长的。

授课人：朱自清

第六章 战国策

　　春秋末年，列国大臣的势力渐渐膨胀起来。这些大臣都是世袭的，他们一代一代聚财养众，明争暗夺了君主的权力，建立起自己的特殊地位。等到机会成熟，便跳起来打倒君主自己干。那时候各国差不多都起了内乱。晋国让韩、魏、赵三家分了，姓姜的齐国也让姓田的大夫占了。这些，周天子只得承认了。这是封建制度崩坏的开始。那时候周室也经过了内乱，土地大半让邻国抢去，剩下的又分为东、西周；东、西周各有君王，彼此还争争吵吵的。这两位君王早已失去春秋时代"共主"的地位，而和列国诸侯相等了。后来列国纷纷称王，周室更不算回事；他们至多能和宋、鲁等小国君主等量齐观罢了。

　　秦、楚两国也经过内乱，可是站住了。它们本是边远的国家，却渐渐伸张势力到中原来。内乱平后，大加整顿，努力图强，声威便更广了。还有极北的燕国，向来和中原国家少来往；这时候也有力量向南参加国际政治了。秦、楚、燕和新兴的韩、魏、赵、齐，是那时代的大国，称为"七雄"。那些小国呢，从前可以仰仗霸主的保护，做大国的附庸；现在可不成了，只好让人家吞的吞，并的并，算只留下宋、鲁等两三国，给七雄当缓冲地带。封建制度既然在崩坏中，七雄便各成一单位，各自争存，各自争强；国际政局比春秋时代紧张多了。战争也比从前严重多了。列国都在自己边界上修起长城来。这时候军器进步了，从前的兵器都用铜打成，现在有用铁打成的了。战术也进步了。攻守的方法都比从前精明，从前只用兵车和步卒，现在却发展了骑兵了。这时候还有以帮人家作战为职业的人。这时候的战争，杀伤是很多的。孟子说："争地以战，杀人盈野；争城以战，杀人盈城。"可见那凶惨的情形。后人因此称这时代为战国时代。

在长期混乱之后，贵族有的做了国君，有的渐渐衰灭。这个阶级算是随着封建制度崩坏了。那时候的国君，没有了世袭的大臣，便集权专制起来。辅助他们的是一些出身贵贱不同的士人。那时候君主和大臣都竭力招揽有技能的人，甚至学鸡鸣、学狗盗的也都收留着。这是所谓"好客""好士"的风气。其中最高的是说客，是游说之士。当时国际关系紧张，战争随时可起。战争到底是劳民伤财的，况且难得有把握；重要的还是做外交的功夫。外交办得好，只凭口舌排难解纷，可以免去战祸；就是不得不战，也可以多找一些与国，一些帮手。担负这种外交的人，便是那些策士，那些游说之士。游说之士既然这般重要，所以立谈可以取卿相；只要有计谋，会辩说就成，出身的贵贱倒是不在乎的。

七雄中的秦，从孝公用商鞅变法以后，日渐强盛。到后来成了与六国对峙的局势。这时候的游说之士，有的劝六国联合起来抗秦，有的劝六国联合起来亲秦。前一派叫"合纵"，是联合南北各国的意思；后一派叫"连横"，是联合东西各国的意思——只有秦是西方的国家。合纵派的代表是苏秦，连横派的是张仪，他们可以代表所有的战国游说之士。后世提到游说的策士，总想到这两个人，提到纵横家，也总是想到这两个人。他们都是鬼谷先生的弟子。苏秦起初也是连横派。他游说秦惠王，秦惠王老不理他；穷得要死，只好回家。妻子、嫂嫂、父母，都瞧不起他。他恨极了，用心读书，用心揣摩；夜里倦了要睡，用锥子扎大腿，血流到脚上。这样整一年，他想着成了，便出来游说六国合纵。这回他果然成功了，佩了六国相印，又有势又有钱。打家里过的时候，父母郊迎三十里，妻子低头，嫂嫂趴在地下谢罪。他叹道："人生世上，势位富贵，真是少不得的！"张仪和楚相喝酒。楚相丢了一块璧。手下人说张仪穷而无行，一定是他偷的，绑起来打了几百下。张仪始终不认，只好放了他。回家，他妻子说："唉，要不是读书游说，哪会受这场气！"他不理，只说："看我舌头还在吧？"妻子笑道："舌头是在的。"他说："那就成！"后来果然做了秦国的相；苏秦死后，他也大大得意了一番。

苏秦使锥子扎腿的时候，自己发狠道："哪有游说人主不能得金玉锦绣，不能取卿相之尊的道理！"这正是战国策士的心思。他们凭他们的智谋和辩才，给人家划策，办外交；谁用他们就帮谁。他们是职业的，所图的是自己的功名富贵；帮你的时候帮你，不帮的时候也许害你。翻覆，在他们看来是没有什么的。本来呢，当时七雄分立，没有共主，没有盟主，各干各的，谁胜谁得势。国际间没有是非，爱帮谁就帮谁，反正都一样。苏秦说连横不成，就改说合纵，在策士看来，这正是当然。张仪说舌头在就行，说是说非，只要会说，这也正是职业的态度。他们自己没有理想，没有主张，只求揣摩主上的心理，拐弯儿抹角投其所好。这需要技巧，《韩非子·说难》篇专论这个。说得好固然可以取"金玉锦绣"和"卿相之尊"，说得不好也会招杀身之祸，利害所关如此之大，苏秦费一整年研究揣摩不算多。当时各国所重的是威势，策士所说原不外战争和诈谋；但要因人、因地进言，广博的知识和微妙的机智都是不可少的。

记载那些说辞的书叫《战国策》，是汉代刘向编定的，书名也是他提议的。但在他以前，汉初著名的说客蒯通，大约已经加以整理和润饰，所以各篇如出一手。《汉书》本传里记着他"论战国时说士权变，亦自序其说，凡八十一篇，号曰《隽永》"，大约就是刘向所根据的底本了。蒯通那支笔是很有力量的。铺陈的伟丽，叱咤的雄豪，固然传达出来了；而那些曲折微妙的声口，也丝丝入扣，千载如生。读这部书，真是如闻其语，如见其人。汉以来批评这部书的都用儒家的眼光。刘向的序里说战国时代"捐礼让而贵战争，弃仁义而用诈谲，苟以取强而已矣"，可以代表。但他又说这些是"高才秀士"的"奇策异智"，"亦可喜，皆可观"。这便是文辞的作用了。宋代有个李文叔，也说这部书所记载的事"浅陋不足道"，但"人读之，则必乡其说之工，而忘其事之陋者，文辞之胜移之而已"。又道，说的还不算难，记的才真难得呢。这部书除文辞之胜外，所记的事，上接春秋时代，下至楚、汉兴起为止，共二百零二年（公元前403—前202年），也是一部重要的古史。所谓战国时代，便指这里的二百零二年；而战国的名称也是刘向在这部书的序里定出的。

授课人：朱自清

第二部分

秦汉文学

《史记》《汉书》

西汉民间乐府

东汉文人乐府

第一章 《史记》《汉书》

　　说起中国的史书，《史记》《汉书》，真是无人不知，无人不晓。这有两个原因。一则这两部书是最早的有系统的历史，再早虽然还有《尚书》《鲁春秋》《国语》《春秋左氏传》《战国策》等，但《尚书》《国语》《战国策》，都是记言的史，不是记事的史。《春秋》和《左传》是记事的史了，可是《春秋》太简短，《左氏传》虽够铺排的，而跟着《春秋》编年的系统，所记的事还不免散碎。《史记》创了"纪传体"，叙事自黄帝以来到著者当世，就是汉武帝的时候，首尾三千多年。《汉书》采用了《史记》的体制，却以汉事为断，从高祖到王莽，只二百三十年。后来的史书全用《汉书》的体制，断代成书；二十四史里，《史记》《汉书》以外的二十二史都如此。这称为"正史"。《史记》《汉书》，可以说都是"正史"的源头。二则，这两部书都成了文学的古典；两书有许多相同处，虽然也有许多相异处。大概东汉、魏、晋到唐，喜欢《汉书》的多，唐以后喜欢《史记》的多，而明、清两代尤然。这是两书文体各有所胜的缘故。

但历来班、马并称,《史》《汉》连举,它们叙事写人的技术,毕竟是大同的。

《史记》,汉司马迁著。司马迁字子长,左冯翊夏阳(今陕西韩城)人。景帝中元五年(公元前145年)生,卒年不详。他是太史令司马谈的儿子。小时候在本乡只帮人家耕耕田放放牛玩儿。司马谈做了太史令,才将他带到京师(今西安)读书。他十岁的时候,便认识"古文"的书了。二十岁以后,到处游历,真是足迹遍天下。他东边到过现在的河北、山东及江、浙沿海,南边到过湖南、江西、云南、贵州,西边到过陕、甘、西康等处,北边到过长城等处;当时的"大汉帝国",除了朝鲜、河西(今宁夏一带)、岭南几个新开郡外,他都走到了。他的出游,相传是父亲命他搜求史料去的;但也有些处是因公去的。他搜得了多少写的史料,没有明文,不能知道。可是他却看到了好些古代的遗迹,听到了好些古代的逸闻;这些都是活史料,他用来印证并补充他所读的书。他作《史记》,叙述和描写往往特别亲切有味,便是为此。他的游历不但增扩了他的见闻,也增扩了他的胸襟;他能够综括三千多年的事,写成一部大书,而行文又极其抑扬变化之致,可见出他的胸襟是如何的阔大。

他二十几岁的时候,应试得高第,做了郎中。武帝元封元年(公元前110年),大行封禅典礼,步骑十八万,旌旗千余里。司马谈是史官,本该从行;但是病得很重,留在洛阳不能去。司马迁却跟去了。回来见父亲,父亲已经快死了,拉着他的手呜咽着道:"我们先人从虞夏以来,世代做史官;周末弃职他去,从此我家便衰微了。我虽然恢复了世传的职务,可是不成;你看这回封禅大典,我竟不能从行,真是命该如此!再说孔子因为眼见王道缺,礼乐衰,才整理文献,论《诗》《书》,作《春秋》,他的功绩是不朽的。孔子到现在又四百多年了,各国只管争战,史籍都散失了,这得搜求整理；汉朝一统天下，明主、贤君、忠臣、死义之士，也得记载表彰。我做了太史令，却没能尽职，无所论著，真是惶恐万分。你若能继承先业，再做太史令，成就我的未竟之志，扬名于后世，那就是大孝了。你想着我的话罢。"司马迁听了父亲这番遗命，低头流泪答道："儿子虽然不肖，定当将你老人家所搜集的材料，小心整理起来，不敢有所遗失。"司马谈便在这年死了；司马迁这年三十六岁。父亲的遗命指示了他一条伟大的路。

父亲死的第三年，司马迁果然做了太史令。他有机会看到许多史籍和别的藏书，便开始做整理的功夫。那时史料都集中在太史令手里，特别是汉代各地方行政报告，他那里都有。他一面整理史料，一面却忙着改历的工作；直到太初元年（公元前104年），太初历完成，才动手著他的书。天汉二年（公元前99年），李陵奉了贰师将军李广利的命，领了五千兵，出塞打匈奴。匈奴八万人围着他们；他们杀伤了匈奴一万多，可是自己的人也死了一大半。箭完了，又没吃的，耗了八天，等贰师将军派救兵。救兵竟没有影子。匈奴却派人来招降。李陵想着回去也没有脸，就降了。武帝听了这个消息，又急又气。朝廷里纷纷说李陵的坏话。武帝问司马迁，李陵到底是个怎样的人。李陵也做过郎中，和司马迁同过事，司马迁是知道他的。

他说李陵这个人秉性忠义，常想牺牲自己，报效国家。这回以少敌众，兵尽路穷，但还杀伤那么些人，功劳其实也不算小。他决不是怕死的人，他的降大概是假意的，也许在等机会给汉朝出力呢。武帝听了他的话，想着贰师将军是自己派的元帅，司马迁却将功劳归在投降的李陵身上，真是大不敬；便教将他抓起来，下在狱里。第二年，武帝杀了李陵全家，处司马迁宫刑。宫刑是个大辱，污及先人，见笑亲友。他灰心失望已极，只能发愤努力，在狱中专心致志写他的书，希图留个后世名。过了两年，武帝改元太始，大赦天下。他出了狱，不久却又做了宦者做的官——中书令，重被宠信。但他还继续写他的书。直到征和二年（公元前 91 年），全书才得完成，共一百三十篇，五十二万六千五百字。他死后，这部书部分地流传；到宣帝时，他的外孙杨恽才将全书献上朝廷去，并传写公行于世。汉人称为《太史公书》《太史公》《太史公记》《太史记》。魏晋间才简称为《史记》，《史记》便成了定名。这部书流传时颇有缺佚，经后人补续改窜了不少；只有元帝、成帝间褚少孙补的有主名，其余都不容易考了。

司马迁是窃比孔子的。孔子是在周末官守散失时代第一个保存文献的人，司马迁是秦火以后第一个保存文献的人。他们保存的方法不同，但是用心一样。《史记·自序》里记着司马迁和上大夫壶遂讨论作史的一番话。司马迁引述他的父亲称扬孔子整理"六经"的丰功伟业，而特别着重《春秋》的著作。他们父子都是相信孔子作《春秋》的。他又引董仲舒所述孔子的话："我有种种觉民救世的理想，凭空发议论，恐怕人不理会；不如借历史上现成的事实来表现，可以深切著明些。"这便是孔子作《春秋》的趣旨；他是要明王道，辨人事，分明是非善恶贤不肖，存亡继绝，补敝起废，作后世君臣龟鉴。《春秋》实在是礼义的大宗，司马迁相信礼治是胜于法治的。他相信《春秋》包罗万象，采善贬恶，并非以刺讥为主。像他父亲遗命所说的，汉兴以来，人主明圣盛德，和功臣、世家、贤大夫之业，是他父子职守所在，正该记载表彰。他的书记汉事较详，固然是史料多，也是他意主尊汉的缘故。他排斥暴秦，要将汉远承三代。这正和今文家说的《春秋》尊鲁一样，他的书实在是窃比《春秋》的。他虽自称只是"厥协《六经》异传，整齐百家杂语"，述而不作，不敢与《春秋》比，那不过是谦辞罢了。

他在《报任安书》里说他的书，"欲以究天人之际，通古今之变，成一家之言"。《史记·自序》里说："网罗天下放佚旧闻，王迹所兴，原始察终，见盛观衰，论考之行事。""王迹所兴"，始终盛衰，便是"古今之变"，也便是"天人之际"。"天人之际"只是天道对于人事的影响，这和所谓"始终盛衰"都是阴阳家言。阴阳家倡"五德终始说"，以为金木水火土五行之德，互相克胜，终始运行，循环不息。当运者盛，王迹所兴；运去则衰。西汉此说大行，与"今文经学"合而为一。司马迁是请教过董仲舒的，董就是今文派的大师；他也许受了董的影响。"五德终始说"原是一种历史哲学，实际的教训只是让人君顺时修德。

《史记》虽然窃比《春秋》，却并不用那咬文嚼字的书法，只据事实录，使善恶自见。书里也有议论，那不过是著者牢骚之辞，与大体是无关的。原来司马迁自遭李陵之祸，更加努力著书。他觉得自己已经身废名裂，要发抒意中的郁结，只有这一条通路。他在《报任安书》和《史记·自序》里引了文王以下到韩非诸贤圣，都是发愤才著书的。他自己也是个发愤著书的人。天道的无常，世变的无常，引起了他的慨叹；他悲天悯人，发为牢骚抑扬之辞。这增加了他的书的情韵。后世论文的人推尊《史记》，一个原因便在这里。

班彪论前史得失，却说他"论议浅而不笃，其论术学，则崇黄老而薄《五经》，序货殖，则轻仁义而羞贫穷，论游侠，则贱守节而贵俗功"，以为"大敝伤道"；班固也说他"是非颇谬于圣人"。其实推崇道家的是司马谈；司马迁时，儒学已成独尊之势，他也成了一个推崇的人了。至于《游侠》《货殖》两传，确有他的身世之感。那时候有钱可以赎罪，他遭了李陵之祸，刑重家贫，不能自赎，所以才有"羞贫穷"的话；他在穷窘之中，交游竟没有一个抱不平来救他的，所以才有称扬游侠的话。这和《伯夷传》里天道无常的疑问，都只是偶一借题发挥，无关全书大旨。东汉王允死看"发愤"著书一语，加上咬文嚼字的成见，便说《史记》是"佞臣"的"谤书"，那不但误解了《史记》，也太小看了司马迁。

《史记》体例有五：十二本纪，记帝王政迹，是编年的。十表，以分年略记世代为主。八书，记典章制度的沿革。三十世家，记侯国世代存亡。七十列传，类记各方面人物。史家称为"纪传体"，因为"纪传"是最重要的部分。古史不是断片的杂记，便是顺案年月的纂录；自出机杼，创立规模，以驾驭去取各种史料的，从《史记》起始。司马迁的确能够贯穿经传，整齐百家杂语，成一家言。他明白"整齐"的必要，并知道怎样去"整齐"：这实在是创作，是以述为作。他这样将自有文化以来三千年间君臣士庶的行事，"合一炉而冶之"，却反映着秦汉大一统的局势。《春秋左氏传》虽也可算通史，但是规模完具的通史，还得推《史记》为第一部书。班固根据他父亲班彪的意见，说司马迁"善叙事理，辩而不华，质而不俚；其文直，其事核，不虚美，不隐恶，故谓之实录"。"直"是"简省"的意思；简省而能明确，便见本领。《史记》共一百三十篇，列传占了全书的过半数；司马迁的史观是以人物为中心的。他最长于描写；靠了他的笔，古代许多重要人物的面形，至今还活现在纸上。

《汉书》，汉班固著。班固，字孟坚，扶风安陵（今陕西咸阳）人。光武帝建武八年生，和帝永元四年卒（公元 32—92 年）。他家和司马氏一样，也是个世家；《汉书》是子继父业，也和司马迁差不多。但班固的凭藉，比司马迁好多了。他曾祖班斿，博学有才气，成帝时，和刘向同校皇家藏书。成帝赐了他全套藏书的副本，《史记》也在其中。当时书籍流传很少，得来不易；班家得了这批赐书，真像大图书馆似的。他家又有钱，能够招待客人。后来有好些学者，老远的跑到他家来看书，扬雄便是一个。班斿的次孙班彪，既有书看，又得接触许多学者；于是尽心儒术，成了一个史学家。《史记》以后，续作很多，但不是偏私，就是鄙俗；班彪加以整理补充，著了六十五篇《后传》。他详论《史记》的得失，大体确当不移。他的书似乎只有本纪和列传，世家是并在列传里。这部书没有流传下来，但他的儿子班固的《汉书》是用它作底本的。

班固生在河西，那时班彪避乱在那里。班固有弟班超，妹班昭，后来都有功于《汉书》。他五岁时随父亲到那时的京师洛阳。九岁时能作文章，读诗赋。大概是十六岁罢，他入了洛阳的大学，博览群书。他治学不专守一家；只重大义，不沾沾在章句上。又善作辞赋。为人宽和容众，不以才能骄人。在大学里读了七年书，二十三岁上，父亲死了，他回到安陵去。明帝永平元年（公元58年），他二十八岁，开始改撰父亲的书。他觉得《后传》不够详的，自己专心精究，想完成一部大书。过了三年，有人上书给明帝，告他私自改作旧史。当时天下新定，常有人假造预言，摇惑民心；私改旧史，更有机会造谣，罪名可以很大。

明帝当即诏令扶风郡逮捕班固，解到洛阳狱中，并调看他的稿子。他兄弟班超怕闹出大乱子，永平五年（公元62年），带了全家赶到洛阳；他上书给明帝，陈明原委，请求召见。明帝果然召见。他陈明班固不敢私改旧史，只是续父所作。那时扶风郡也已将班固稿子送呈。明帝却很赏识那稿子，便命班固做校书郎，兰台令史，跟别的几个人同修世祖（光武帝）本纪。班家这时候很穷，班超也做了一名书记，帮助哥哥养家。后来班固等又述诸功臣的事迹，作列传载记二十八篇奏上。这些后来都成了刘珍等所撰的《东观汉记》的一部分，与《汉书》是无关的。

明帝这时候才命班固续完前稿。永平七年（公元64年），班固三十三岁，在兰台重新写他的大著。兰台是皇家藏书之处，他取精用弘，比家中自然更好。次年，班超也做了兰台令史。虽然在官不久，就从军去了，但一定给班固帮助很多。章帝即位，好辞赋，更赏识班固了。他因此得常到宫中读书，往往连日带夜地读下去。大概在建初七年（公元82年），他的书才大致完成。那年他是五十一岁了。和帝永元元年（公元89年），车骑将军窦宪出征匈奴，用他做中护军，参议军机大事。这一回匈奴大败，逃得不知去向。窦宪在出塞三千多里外的燕然山上刻石纪功，教班固作铭。这是著名的大手笔。

次年他回到京师，就做窦宪的秘书。当时窦宪威势极盛；班固倒没有仗窦家的势欺压人，但他的儿子和奴仆却都无法无天的。这就得罪了许多地面上的官儿，他们都敢怒而不敢言。有一回他的奴子喝醉了，在街上骂了洛阳令种兢；种兢气恨极了，但也只能记在心里。永元四年（公元92年），窦宪阴谋弑和帝；事败，自杀。他的党羽，或诛死，或免官。班固先只免了官，种兢却饶不过他，逮捕了他，下在狱里。他已经六十一岁了，受不得那种苦，便在狱里死了。和帝得知，很觉可惜，特地下诏申斥种兢，命他将主办的官员抵罪。班固死后，《汉书》的稿子很散乱。他的妹子班昭也是高才博学，嫁给曹世叔，世叔早死，她的节行并为人所重。当时称为曹大家。这时候她奉诏整理哥哥的书；并有高才郎官十人，从她研究这部书——经学大师扶风马融，就在这十人里。书中的八表和天文志那时还未完成，她和马融的哥哥马续参考皇家藏书，将这些篇写定，这也是奉诏办的。

《汉书》的名称从《尚书》来，是班固定的。他说唐虞三代当时都有记载，颂述功德；汉朝却到了第六代才有司马迁的《史记》。而《史记》是通史，将汉朝皇帝的本纪放在尽后头，并且将尧的后裔的汉和秦、项放在相等的地位，这实在不足以推尊本朝。况《史记》只到武帝而止，也没有成段落似的。他所以断代述史，起于高祖，终于平帝时王莽之诛，共十二世，二百三十年，作纪、表、志、传凡百篇，称为《汉书》。班固著《汉书》，虽然根据父亲的评论，修正了《史记》的缺失，但断代的主张，却是他的创见。他这样一面保存了文献，一面贯彻了发扬本朝功德的趣旨。所以后来的正史都以他的书为范本，名称也多叫作"书"。他这个创见，影响是极大的。他的书所包举的，比《史记》更为广大；天地、鬼神、人事、政治、道德、艺术、文章，尽在其中。

书里没有世家一体，本于班彪《后传》。汉代封建制度，实际上已不存在；无所谓侯国，也就无所谓世家。这一体的并入列传，也是自然之势。至于改"书"为"志"，只是避免与《汉书》的"书"字相重，无关得失。但增加了《艺文志》，叙述古代学术源流，记载皇家藏书目录，所关却就大了。《艺文志》的底本是刘歆的《七略》。刘向、刘歆父子都曾奉诏校读皇家藏书；他们开始分别源流，编订目录，使那些"中秘书"渐得流传于世，功劳是很大的。他们的原著都已不存，但《艺文志》还保留着刘歆《七略》的大部分。这是后来目录学家的宝典。原来秦火之后，直到成帝时，书籍才渐渐出现；成帝诏求遗书于天下，这些书便多聚在皇家。刘氏父子所以能有那样大的贡献，班固所以想到在《汉书》里增立《艺文志》，都是时代使然。司马迁便没有这样好运气。

《史记》成于一人之手，《汉书》成于四人之手。表、志由曹大家和马续补成；纪、传从昭帝至平帝有班彪的《后传》作底本。而从高祖至武帝，更多用《史记》的文字。这样一看，班固自己作的似乎太少。因此有人说他的书是"剽窃"而成，算不得著作。但那时的著作权的观念还不甚分明，不以抄袭为嫌；而史书也不能凭虚别构。班固删润旧文，正是所谓"述而不作"。他删润的地方，却颇有别裁，绝非率尔下笔。史书叙汉事，有阙略的，有隐晦的，经他润色，便变得详明；这是他的独到处。汉代"明主、贤君、忠臣、死义之士"，他实在表彰得更为到家。书中收载别人整篇的文章甚多，有人因此说他是"浮华"之士。这些文章大抵关系政治学术，多是经世有用之作。那时还没有文集，史书加以搜罗，不失保存文献之旨。至于收录辞赋，却是当时的风气和他个人的嗜好；不过从现在看来，这些也正是文学史料，不能抹煞的。

　　班、马优劣论起于王充《论衡》。他说班氏父子"文义浃备，纪事详赡"，观者以为胜于《史记》。王充论文，是主张"华实俱成"的。汉代是个辞赋的时代，所谓"华"，便是辞赋化。《史记》当时还用散行文字；到了《汉书》，便弘丽精整，多用排偶，句子也长了。这正是辞赋的影响。自此以后，直到唐代，一般文士，大多偏爱《汉书》，专门传习，《史记》的传习者却甚少。这反映着那时期崇尚骈文的风气。唐以后，散文渐成正统，大家才提倡起《史记》来；明归有光及清桐城派更力加推尊，《史记》差不多要驾乎《汉书》之上了。这种优劣论起于二书散整不同，质文各异；其实是跟着时代的好尚而转变的。

　　晋代张辅，独不好《汉书》。他说："世人论司马迁、班固才的优劣，多以固为胜，但是司马迁叙三千年事，只五十万言，班固叙二百年事，却有八十万言。烦省相差如此之远，班固哪里赶得上司马迁呢！"刘知几《史通》却以为"《史记》虽叙三千年事，详备的也只汉兴七十多年，前省后烦，未能折中；若教他作《汉书》，恐怕比班固还要烦些"。刘知几左祖班固，不无过甚其辞。平心而论，《汉书》确比《史记》繁些。《史记》是通史，虽然意在尊汉，不妨详近略远，但叙汉事到底不能太详；司马迁是知道"折中"的。《汉书》断代为书，尽可充分利用史料，尽其颂述功德的职分；载事既多，文字自然繁了，这是一。《汉书》载别人文字也比《史记》多，这是二。《汉书》文字趋向骈体，句子比散体长，这是三。这都是"事有必至，理有固然"，不足为《汉书》病。范晔《后汉书·班固传赞》说班固叙事"不激诡，不抑抗，赡而不秽，详而有体，使读之者亹亹而不厌"，这是不错的。

宋代郑樵在《通志总序》里抨击班固，几乎说得他不值一钱。刘知几论通史不如断代，以为通史年月悠长，史料亡佚太多，所可采录的大都陈陈相因，难得新异。《史记》已不免此失；后世仿作，贪多务得，又加上繁杂的毛病，简直教人懒得去看。按他的说法，像《鲁春秋》等，怕也只能算是截取一个时代的一段儿，相当于《史记》的叙述汉事；不是无首无尾，就是有首无尾。这都不如断代史的首尾一贯好。像《汉书》那样，所记的只是班固的近代，史料丰富，搜求不难。只需破费工夫，总可一新耳目，"使读之者亹亹而不厌"的。郑樵的意见恰相反。他注重会通，以为历史是联贯的，要明白因革损益的轨迹，非会通不可。通史好在能见其全，能见其大。他称赞《史记》，说是"六经之后，惟有此作"。他说班固断汉为书，古今间隔，因革不明，失了会通之道，真只算是片段罢了。其实通古和断代，各有短长，刘、郑都不免一偏之见。

《史》《汉》可以说是各自成家。《史记》"文直而事核"，《汉书》"文赡而事详"。司马迁感慨多，微情妙旨，时在文字蹊径之外；《汉书》却一览之余，情词俱尽。但是就史论史，班固也许比较客观些，比较合体些。明茅坤说"《汉书》以矩矱胜"，清章学诚说"班氏守绳墨""班氏体方用智"，都是这个意思。晋傅玄评班固，"论国体则饰主阙而折忠臣，叙世教则贵取容而贱直节"。这些只关识见高低，不见性情偏正，和司马迁《游侠》《货殖》两传蕴含着无穷的身世之痛的不能相比，所以还无碍其为客观的。总之，《史》《汉》二书，文质和繁省虽然各不相同，而所采者博，所择者精，却是一样；组织的弘大，描写的曲达，也同工异曲。二书并称良史，绝不是偶然的。

授课人：朱自清

第二章 西汉民间乐府

揆之事理，证以班书所录吴、楚、汝南歌诗，邯郸、河间歌诗，燕、代、雁门、云中、陇西歌诗，周谣歌诗，秦歌诗，以及淮南、南郡、洛阳、齐、郑等诸歌诗之篇目，西汉民歌，其数量当远过于东汉。唯今则适得其反。在三十余首"古词"中，吾人能确认其为西汉之作者，不过寥寥数首而已。

（一）《江南》：

> 江南可采莲，莲叶何田田！鱼戏莲叶间。鱼戏莲叶东，鱼戏莲叶西。鱼戏莲叶南，鱼戏莲叶北。

吴兢《乐府古题要解》："江南古词，盖美芳辰丽景，嬉游得时。"按此篇始载《宋书·乐志》，《通志·相和歌》亦首列《江南曲》，以为正声。当为传世五言乐府之最古者，殆武帝时所采吴楚歌诗。西北二字，古韵通，《楚辞·大招》："无东无西，无南无北。"

是其证。

（二）《薤露》（相和曲）：

> 薤上露，何易晞！露晞明朝更复落，人死一去何时归？

（三）《蒿里》：

> 蒿里谁家地？聚敛魂魄无贤愚。鬼伯一何相催促，人命不得少踟蹰！

《古今注》曰："薤露蒿里，并丧歌也。本出田横门人，横自杀，门人伤之，为作悲歌，言人命奄忽，如薤上之露易晞灭也。亦谓人死魂魄归于蒿里。至汉武帝时，李延年乃分为二曲，《薤露》送王公贵人，《蒿里》送士丈夫庶人。使挽柩者歌之，亦谓之《挽歌》。"是二歌盖作于汉初。然以其中多用七言句一事按之，必经李延年润色增损，以武帝之世，乐府始大倡七言也。要为西汉文字无疑。

薤露一名，始见《文选·宋玉对楚王问》："其为阳阿薤露，国中属而和者数百人。""蒿里"者，《汉书·武五子传》："蒿里召兮郭门阅"，师古注："蒿里，死人里。"又《武帝纪》："太初元年十二月禮高里"。注引伏俨曰："山名，在泰山下。"师古曰："此高字，自作高下之高。而死人之里，谓之蒿里，或呼为下里者也。字则为蓬蒿之蒿。或者既见泰山神灵之府，高里山又在其旁，即误以高里为蒿里，混同一事。文学之士，共有此谬，陆士衡尚不免（按指陆《泰山吟》："梁甫亦有馆，蒿里亦有亭。"），况其余乎！今流俗书本，此高字有作蒿者，妄加增耳。"然则高里自高里，乃泰山下一山名，蒿里自蒿里，为死人里之通称，或曰下里，不容相混也。

此二曲者，至东汉已不仅为丧歌。有用之宴饮者，如《后汉书·周举传》："商（大将军梁商）大会宾客，宴于洛水，举时称疾不往，商与亲暱酣饮极欢，及酒阑倡罢，续以《薤露》之歌，座中闻者皆为掩涕。太仆张种时亦在焉，会还，以事告举，举叹曰：此所谓哀乐失时，非其所也，殃将及乎。商至秋果薨。"有用之婚嫁者，如《风俗通》云："时京师殡、婚、嘉会，皆作魁檑，酒酣之后，续以《挽歌》。魁檑，丧家之乐；《挽歌》，执绋相偶和之者。"按曹植有《元会》诗，而云"悲歌厉响，咀嚼清商。"所谓悲歌，当即挽歌，则知流风所及，至魏犹未泯。于此，亦可见二曲感人之深矣。

（四）《鸡鸣》（相和曲）：

鸡鸣高树巅，狗吠深宫中。荡子何所之？天下方太平。刑法非有贷，柔协正乱名。黄金为君门，璧玉为轩堂。上有双樽酒，作使邯郸倡。刘王碧青甓，后出郭门王。舍后有方池，池中双鸳鸯。鸳鸯七十二，罗列自成行。鸣声何啾啾，闻我殿东厢。兄弟四五人，皆为侍中郎。五日一时来，观者满路旁。黄金络马头，颎颎何煌煌。桃生露井上，李树生桃旁。虫来啮桃根，李树代桃僵。树木身相代，兄弟还相忘！

按汉作多"缘事而发"，此诗必有所刺！云天下方太平者，微词也。正言若反。夫刑法非有所假贷，况正当此乱名之时乎？故戒荡子以不可轻犯法网。乱名者，谓善恶无别，尊卑无序，即下文所叙僭越诸事。《尔雅·释诂》："协，服也。"柔协，犹柔服。《左传》："伐叛，刑也。柔服，德也。"此盖谓优柔姑息，为乱名之渐。《汉书·外戚列传》赵昭仪"居昭阳舍，……切皆铜沓冒，黄金涂。壁带往往为黄金钉，函蓝田璧，明珠翠羽饰之"。注云："切，门限也。杳冒，其头也。涂，以黄金涂铜上也。壁带，壁之横木露出如带者也。于壁带之中，往往以金为钉，若车钉之形也。其钉中著玉璧明珠翠羽耳。"是金门玉堂唯皇家为能有之，非臣下所得僭用。刘王者，汉同姓诸侯王也。郭门王，则郭门外之异姓诸侯王也。陈沆云："汉制，非刘氏不得王。故惟宗室王家，得殿砌青锁，而僭效之者则郭门之王氏也。郭门，其所居之地。鸳鸯七十二，伎妾之盛也。"按《汉书·武五子·昌邑哀王贺传》："贺到灞上，旦至广明东都门，（龚）遂曰：'礼，奔丧，望见国都哭，此长安东郭门也。'贺曰：'我嗌痛，不能哭。'至城门，遂复言。贺曰：'城门与郭门等耳。'"是长安当西汉时，城门外别有郭门也。陈氏以为所居之地，盖得之。凡此，皆诗所谓"乱名"之事。

朱乾《乐府正义》云："本言其僭侈，言外有尊本宗，抑外戚意，此诗人微旨。"说甚有见。按西汉外戚，势最猖獗，故《汉书·王商传赞》云："自宣、元、成、哀，外戚兴者，许、史、三王、丁、傅之家，皆重侯累将，穷贵极富，见其位矣，未见其人也。"而就中尤以三王之一，五侯家为最僭侈。《汉书·元后传》："河平（成帝）二年（前27年），上悉封舅谭为平阿侯，商成都侯，立红阳侯，根曲阳侯，逢时高平侯，五人同日受封，故世谓之五侯。"此事在当日，度必轰动天下，为世艳羡也。《传》又云："上幸商第，见穿城引水，意恨，内衔之，未言。后微行出，过曲阳侯第，又见园中土山渐台，似类白虎殿，于是上怒，……乃使尚书责问司隶校尉、京兆尹：知成都侯商擅穿帝城，决引沣水，曲阳侯根骄奢僭上，赤墀青琐，司隶、京兆，皆阿纵不举奏正法。二人顿首省户下。……是日，诏尚书奏文帝时诛将军薄昭故事。商、立、根皆负斧质谢，上不忍诛。"此五侯之僭侈，固尝触天子之怒者。《传》又云："五侯群弟，争为奢侈，赂遗珍宝，四面而至，后庭姬妾，各数十人，僮奴以千百数。罗钟磬，舞郑女，作倡优狗马驰逐。大治第室，起土山渐台，洞门高廊阁道，连属弥望。百姓歌之曰：'五侯初起，曲阳最怒。坏决高都，连竟外杜。土山渐台西白虎。'（注：皆仿效天子之制也）其奢侈如此！"此五侯之僭侈，见于民歌者。又刘向《极谏外家封事》石："今王氏一姓，乘朱轮华毂者二十三人，大将军（王凤）秉事用权，五侯骄奢僭盛，并作威福，尚书、九卿、州牧、郡守，皆出其门。历上古至秦汉，外戚僭贵，未有如王氏者也。"此五侯之僭侈，见于宗室大臣之奏疏者。与诗所咏甚切合，疑即为五侯作也。

又王凤于五侯，本属同产，凤卒后，以次当及平阿侯谭为大司马，乃凤以其不附己，因以死保从弟音以自代，致谭、音二人构隙。其后，曲阳侯根复阴陷红阳侯立，致立被遣就国，皆兄弟相忘之事也。要之此诗必有所刺，其所表现之时代，亦为一骄奢僭侈之时代，而求之两汉，厥为五侯之事，适足以当之，则此篇固亦西汉末作品也。

（五）《乌生八九子》：

> 乌生八九子，端坐秦氏桂树间。唶！我秦氏家有遨游荡子，工用睢阳彊，苏合弹。左手持彊弹两丸，出入乌东西。唶！我一丸即发中乌身，乌死魂魄飞扬上天。阿母生乌子时，乃在南山岩石间。唶！我人民安知乌子处？蹊径窈窕安从通？白鹿乃在上林西苑中，射工尚复得白鹿脯。唶！我黄鹄摩天极高飞，后宫尚复得烹煮之。鲤鱼乃在洛水深渊中，钓竿尚得鲤鱼口。唶！我人民生，各各有寿命，死生何须复道前后！

句格苍劲，迥异寻常。黄鹄二句，与《铙歌》"黄鹄高飞离哉翻，关弓射鹄，令我主寿万年"，情事相同。又篇中言及上林苑，上林苑当景、武之世，多养白鹿狡兔，为游猎之地，并足为作于西京（长安）之证。

此篇为寓言，极言祸福无形，主意只在末二句。《文选》李善注："古《乌生八九子》歌曰：黄鹄摩天极高飞。"是作"噫我"一读。朱嘉徵云："噫音借，叹声，一音谪。嗟、噫，多辞句也。"陈祚明曰："噫字，读嗟叹之音。"李子德曰："噫，托乌语以发之。白鹿、鲤鱼不用噫字，极有理。"是诸家又皆作噫字一读也。按《史记·滑稽列传》："郭舍人疾言骂之曰：'咄！老女子何不疾行？陛下已壮矣！'"又《外戚世家》："武帝下车泣曰：'嚄！大姊，何藏之深也！'"又《汉书·东方朔传》，朔笑之曰："咄！口无毛，声謷謷，尻益高。"又《后汉·光武纪》："后望气者苏伯阿为王莽使至南阳，望见春陵郭，唶曰：'气佳哉！郁郁葱葱然。'"注云："唶，叹也。音子夜反。"则知汉人原有此种语法。作噫字读，似于义为长。我秦氏，我黄鹄，盖乌与黄鹄自我也。此类汉乐府中多有之。如《豫章行》："何意万人巧，使我离根株。"则白杨自我也。《蜻蝶行》："奈何卒逢三月养子燕，接我苜蓿间。"则蜻蝶自我也。《战城南》："为我谓乌，且为客豪。"则死者自我也。《白鹄行》："吾欲衔汝去，口噤不能开。吾欲负汝去，毛羽何摧颓。"吾，亦白鹄自吾也。所谓"我人民""我黄鹄"者，亦犹《汉书》："我儿子，安敢望汉天子！"（《匈奴传》）又"我丈夫，一取单于耳"之类。（《李陵传》）

《毛传》："善其事曰工"。彄，彄弩也。睢阳，古宋国地，汉为梁所都，梁孝王尝广睢阳城七十里，其人夙善为弓，故云。苏合，西域香也。

75

（六）《董逃行》（清调曲）：

吾欲上谒从高山。山头危险大难。遥望五岳端，黄金为阙班璘。但见芝草叶落纷纷。（一解）

百鸟集来如烟。山兽纷纶麟辟邪。其端鹍鸡声鸣，但见山兽援戏相拘攀。（二解）

小复前行玉堂，未心怀流还。传教出门："来！门外人何求所言？""欲从圣道求得一命延！"（三解）

教敕凡吏受言："采取神药若木端。玉兔长跪捣药虾蟆丸。奉上陛下一玉柈。服此药可得神仙。"（四解）

服尔神药莫不欢喜，陛下长生老寿。四面肃肃稽首。天神拥护左右。陛下长与天相保守！（五解）

按别有《董逃歌》，为董卓时童谣，见《后汉书·五行志》，与此无涉。吴旦生《历代诗话》引《乐府原题》，谓《董逃行》作于汉武之时，盖武帝有求仙之兴。董逃者，古仙人也。朱嘉徵亦谓此方士迂怪语，使王人庶几遇之，或武帝时使方士入海求三神山，为公孙卿辈所作。按《史记·封禅书》：武帝时，李少君、栾大等以方术见，少君拜文成将军，栾大拜五利将军，贵震天下。"而海上燕齐之间，莫不搤腕而自言有禁方，能神仙矣。"篇中神药若木，玉兔虾蟆，即所谓禁方、不死之药也。

五岳者，闻一多先生云："《列子·汤问》篇曰：'渤海之东，其中有五山焉，一曰岱舆，二曰员峤，三曰方壶，四曰瀛洲，五曰蓬莱，其上台观皆金玉，其上禽兽皆纯缟。五山之根，无所连著，帝乃命禺彊使臣鳌十五举首而戴之，五山始崎。而龙伯之国有大人，一钓而连六鳌，合负而趋归其国，于是岱舆、员峤二山流于北极，沉于大海。'疑五岳初谓海上五山。此诗黄金为阙之语，与《列子》台观皆金玉，《史记》黄金银为阙（《封禅书》）正合。《王子乔》古辞曰，东游四海五岳山，谓大海中之五山也"。（节录）

《急就篇》："射魃辟邪。"《韵会》："辟邪，兽名。"按《汉书·西域传》："乌弋山离国有桃拔。"孟康注："桃拔一名符拔。似鹿长尾。一角者或为天鹿，两角者或为辟邪。"是此兽盖出于西域。汉人往往篆刻其形于钟旋、印钮或带钩，虽皇后首饰亦用之（见《后汉书·舆服志》）。隋时绘于军旗。至唐则多绣于帘额，秦韬玉诗所谓"地衣镇角香狮子，帘额侵钩绣辟邪"者是也。五代以后，始无闻。前人多以"麟辟邪其端"为句，误。其端，即指上五岳端也。何求所言，倒语，犹云何所求言也。昆仑山有碧玉之堂，见《十洲记》。流还，犹游旋，言行至玉堂，而求仙之意弥坚也。

李子德曰："幻想直写，朴淡参差，而音节殊遒，乐府之本也。"范大士曰："短长错综间，真鸣金石而叶宫商。"然则即以作风论，亦允为西汉作品也。

（七）《平陵东》：

> 平陵东，松柏桐，不知何人劫义公。劫义公，在高堂上。交钱百万两走马。两走马，亦诚难。顾见追吏心中恻。心中恻，血出漉。归告我家卖黄犊！

崔豹《古今注》曰："《平陵东》，汉翟义门人所作也。"《乐府古题要解》云："义，丞相方进之少子，字文仲，为东郡太守，以莽篡汉，举兵诛之，不克，见害。门人作歌以悲之也。"按其事详《汉书·翟方进传》，兹节录如下："义为东郡太守数岁，平帝崩，王莽居摄，义心恶之。谓陈丰曰：吾幸得备宰相子，身守大郡，父子受汉厚恩，义当为国讨贼。设令时命不成，死国埋名，犹可以不惭于先帝。于是举兵，立刘信为天子，移檄郡国，郡国皆震，比至山阳，众十余万。莽大惧，乃拜孙建为奋武将军，凡七人，以击义。攻围义于圉城（在河南），破之。义与刘信，弃军庸亡，至固始（在河南）界中，捕得义。尸磔陈都市。莽尽坏义第宅污池之，发父方进及先祖冢在汝南者，烧其棺椁，夷灭三族，诛及种嗣，至皆同坑以棘五毒并葬之。莽于是自谓大得天人之助，至其年十二月，遂即真矣。"此其本末也。《王莽传》亦谓："莽既灭翟义，自谓威德日盛，获天人之助，遂谋即真之事矣。"然则义不死，莽不得篡汉也。

此篇之作，其当翟义兵败被捕之时乎？《汉书·地理志》："右扶风有平陵县。"注云："昭帝置，莽曰广利。"在今西安市咸阳县西北。曰平陵东，松柏桐者，暗指莽居摄地也。《后汉书·郡国志》，长安下，注引《皇览》云："卫思后葬城东南桐松园，今千人聚是。"是知汉时长安固多植松柏梧桐也。不知何人者，不敢斥言，故云不知也。交钱百万两走马，言如其可赎，则不惜以百万巨资赎之，盖汉法可以货贿赎罪也。然义于新莽，实为大逆，罪在不赦，故曰亦诚难。顾见追吏，想象之词，言营救者法当连坐，自身且将为吏追捕，正所谓诚难也。钱既不能赎，则唯有救之以力耳，故云归告我家卖黄犊，言欲卖牛买刀，以死救之也。观末语，知此歌必出于民间。

作者作此诗时，殆尚不知义之已死，故犹存万一之望。吴兢以为门人悲义之见害，后人不察，牵强为说，皆非诗意。按《后汉书·王昌传》："王昌一名郎。更始元年（23年）十二月，林（景帝七代孙）等遂立郎为天子。移檄州郡曰：'王莽窃位，获罪于天。天命佑汉，故使东郡太守翟义，严乡侯刘信，拥兵征讨。普天率土，知朕隐在人间，朕仰观天文，以今月壬辰即位赵宫，盖闻为国，子之袭父，古今不易。（郎诈称为成帝子子舆）刘圣公（刘玄）未知朕，故且持帝号，已诏圣公及翟太守亟与功臣诣行在所。'郎以百姓思汉，既多言翟义不死，故诈称之，以从人望。"（节引）考翟义被害，在居摄二年（7年）冬，下迄更始，凡十六年。据此，则当日翟义之死，民间或不遍知，故历十余年后，犹多有不死之传说，因而王昌辈得以诈称之。然义之忠义，其感人之深，结人之固，亦正可见。此诗所以有"义公"之目，与心恻血出、归家卖犊诸语也。旧以为出义门人，正不必尔。呜呼，乐府，"缘事而发"之言，岂欺我哉！

西汉民间乐府，约如上述七篇。其《东光》一曲，咏汉武平南越事，然张永《元嘉伎录》云："《东光》，旧但有弦无音，宋识造其声歌。"则此曲终当存疑也。

授课人：萧涤非

第三章 东汉文人乐府

西汉文人制作甚多，如唐山夫人《安世房中歌》十七章，司马相如等《郊祀歌》十九章，王褒《中和》《乐职》《宣布》诗三章，综计不下四十篇，然皆歌颂体之贵族乐府耳。其袭用当时民间乐府之五言体而自作好诗者，唯一班婕妤而已。若夫东汉，则作者渐繁，傅毅有《冉冉孤生竹》，张衡有《同声歌》，蔡邕有《饮马长城窟行》，辛延年有《羽林郎》，宋子侯有《董娇娆》，颇极一时之盛。盖自西汉武帝始有民间乐府，下迄西汉之末，不过百年，为时既浅，故仿作者少。至于东汉，则积渐已久，故作者辈出也。今不曰两汉文人乐府，而曰东汉文人乐府者，正以明一时风气之所趋也。

郭茂倩《乐府诗集》列《杂曲歌辞》一部。其中即多文士制作。所谓《杂曲》者，郭氏云："杂曲者历代有之。或心志之所存，或情思之所感，或宴游欢乐之所发，或忧愁怨怒之所兴，或叙离别悲伤之怀，或言征战行役之苦，或缘于佛老，或出自夷虏，并收备载，故总谓之《杂曲》。"又云："或因意命题，或学古叙事。"大抵凡属于《相和歌辞》之民间乐府，皆尝入乐，而属于《杂曲歌辞》之文人乐府，则间有未入乐者。民间乐府为创作的，而文人乐府则为因袭民间而来者，观其形式多为五言，内容率乏个性，即其明验也。若夫班姬《团扇》，于歌行之中，寓身世之感，则亦犹韦端己、李后主词之发生于五代，各有其特殊环境，未可一概而论也。今并班姬之作，次叙于后。

（一）班婕妤 有《怨歌行》一首（楚调曲）：

> 新裂齐纨素，鲜洁如霜雪。裁为合欢扇，团圆似明月。出入君怀袖，动摇微风发。常恐秋节至，凉飙夺炎热。弃捐箧笥中，恩情中道绝！

《汉书·外戚传》谓婕妤为赵飞燕所谮，遂求供养太后于长信宫。诗盖为此而作。故钟嵘《诗品》云："婕妤团扇短章，辞旨清越，怨深文绮。"第观其立言之得体，即足征非他人所能代庖。后世拟作，如梁元帝《婕妤怨》，徐悱妻刘氏《和婕妤怨》等篇，何曾一字道著耶？"常恐"二字，直贯篇末。王夫之曰："说到'常恐'便止，但堪作今人半首古诗耳。汉人有高过《国风》者，此类是也。"吴湛曰："出入句，谓蒙君恩。动摇句，谓虽无大功，亦有微劳。蒙恩曰'怀袖'，失恩曰'箧笥'，谓即至失恩，不过弃置，此待君忠厚处，婕妤此时，已失宠矣。其曰'常恐'，若为预虑之词然者，用意特深，所谓怨而不怒者也。"

按《文选》所录女作家作品有二：一为曹大家《东征赋》，一即《怨歌行》。李善注云："《歌录》曰：'怨歌行古辞'。然言古者有此曲，而班婕妤拟之。"则是此篇且为文人拟作民间乐府之始祖矣。

近有据《汉书》无作怨诗之言，遂疑此篇为伪作者。关于此点之解释有二：（1）由于当时史家，轻视此种文艺作品，以为小道郑声，无关大体，故阙而不载。《汉书·艺文志》全载《安世》《郊祀》二歌，而于当时民间谣讴，不载一字，即其例。（2）由于班固为亲者讳之微意。观《艺文志》不列婕妤作赋之目（婕妤尝作赋自伤悼，载《外戚传》），而《外戚传》赞语，于婕妤亦独不置一辞，与后世赞不绝口者异趣（曹植、傅玄皆有赞），婕妤于班固为大姑母，则此篇班氏不载，亦自在情理中，并非不可能。至于《文选》所录，原不尽出正史，如崔子玉《座右铭》，《后汉书》本传便未载，岂得亦谓为伪作耶？

又有据宋严羽《沧浪诗话》："乐府作颜延年"一语，遂直以为颜延年作者。于是并陆机之《班婕妤》亦不得不指为伪作，以陆作曾明言"寄情在玉堦，托意惟团扇"，且又为西晋时人，在颜延年之前也。但凭臆断，以全其说，其不足信，实无待言。夫颜延年乃宋之有数诗人，与谢灵运齐名，与陶渊明有故，下迄梁初，其间又不过百年，使果为颜作者，则萧统编《文选》，何得不知？藉令《文选》有误，何以《诗品》竟不提及？《文心雕龙》亦不直指其人？稍后之《玉台新咏》又一仍《文选》之旧？李善注《文选》亦屡引作班婕妤《怨诗》？而梁元帝、刘孝绰、孔翁归诸人之《婕妤怨》，又并有"遂作裂纨诗""妾身似秋扇""团扇逐秋风"等语？说不见于与颜延年同时代之六朝，不见于唐初，而见于数百年后之宋人诗话，谓曰可信，其谁信耶？《宋书·颜延年传》："延之性既褊激，兼有酒过，肆意直言，曾无遏隐，当其为适，旁若无人。"如使诗为心声，延年当不办此！

（二）马援 有《武溪深行》（杂曲）：

　　　　滔滔武溪一何深！鸟飞不度，兽不敢临。——嗟哉武溪兮多毒淫！

《古今注》："《武溪深》，马援为南征之所作。援门生袁寄生善吹笛，援作歌以和之。"按《后汉书·马援传》："建武二十四年（48年）刘尚击武陵五溪蛮夷，深入军没，援因复请行，时六十二。明年三月，进营壶头，贼乘高守隘，水疾，船不得上。会暑甚，士卒多疫死，援亦中病，遂困。贼每升险鼓噪，援辄曳足以观之，左右哀其壮意，莫不为之流涕。"（节引）此篇盖作于是时。与后曹操《苦寒行》同其悲壮。《柳亭诗话》云："乐府有《武溪深》曲，'毒淫'二字写尽蛮烟瘴雨之酷。即'仰视飞鸢，跕跕落水中'意，却只如是而止，更不旁及一语。觉后人《从军行》铺张扬历，未免过情。"

（三）东平王苍 有《武德舞歌》一首（舞曲歌辞）：

> 於穆世庙，肃雍显清。俊乂翼翼，秉文之成。越序上帝，骏奔来宁。建立三雍，封禅泰山。章明图谶，放唐之文，休矣惟德，罔射协同。本支百世，永保厥功。

《东观汉记》："明帝永平三年（60年）八月，公卿奏议世祖庙舞名。东平王苍议：以为汉制，宗庙各奏其乐，不皆相袭，以明功德，光武皇帝受命中兴，武功盛大，庙乐宜曰《大武》之舞，其《文始》《五行》之舞如故，勿进《武德舞》。诏书曰：如骠骑将军议，可进《武德》之舞如故！"按《汉书·礼乐志》："《武德舞》者，高祖四年作。"则此篇盖因旧曲而为之辞者。《通志》云舞之有辞，始于晋，观此，知其不然。

《光武纪》："中元元年（56年）二月，登封泰山，禅于梁父。

初起明堂、灵台、辟雍，宣布图谶于天下。"诗所谓"三雍"，盖指明堂、灵台、辟雍。不曰三堂，三台者，举一以概其余耳。班固《白虎通德论》，兼论明堂、灵台、辟雍三者，而独以辟雍名篇，是其证。《后汉书》注："图，河图也。谶，符命之书。谶，验也，言为王者受命之征验也。"《后汉书·张衡传》："初，光武善谶，及显宗、肃宗，因祖述焉。自中兴之后，儒者争学图纬，兼复附以妖言。"又光武初即皇帝位，其祝文亦引谶记曰："刘秀发兵捕不道，卯金修德为天子。"然则图谶之兴，实自光武，此歌亦纪实也。

（四）傅毅有《冉冉孤生竹》（杂曲）：

> 冉冉孤生竹，结根太山阿。与君为新婚，兔丝附女萝。兔丝生有时，夫妇会有宜。千里远结婚，悠悠隔山陂。思君令人老，轩车来何迟！伤彼蕙兰花，含英扬光辉。过时而不采，将随秋草萎。君亮执高节，贱妾亦何为？

此篇亦在《古诗十九首》内。《乐府诗集》亦作古词。《文心雕龙》云："《孤竹》一篇，傅毅之辞。"必有所据。《后汉书·傅毅传》云："毅追美孝明皇帝功德最盛，而庙颂不立，乃依《清庙》作《显宗颂》十篇奏之，由是文雅显于朝廷。"今显宗十颂已不传，此篇之独存，当以采用民歌体裁而自为抒情诗之故。一存一亡之间，良非偶然。

（五）张衡有《同声歌》（杂曲）：

> 邂逅承际会，得充君后庭。情好新交接，恐栗若探汤。不才勉自竭，贱妾职所当。绸缪主中馈，奉礼助蒸尝。思为莞蒻席，在下蔽匡床。愿为罗衾帱，在上卫风霜。洒扫清枕席，鞞芬以狄

香。重户结金扃，高下华灯光。衣解巾粉御，列图陈枕张。素女为我师，仪态盈万方。众夫所希见，天老教轩皇。乐莫斯夜乐，没齿焉可忘？

此篇首见《玉台新咏》，然《文心雕龙》已论及："张衡怨篇，清典可味；仙诗缓歌，雅有新声。"所谓仙诗，即指此曲。以篇中有天老素女之言也。《说文》："蒻，蒲子也。可为荐。"《毛诗》："下莞上簟。"郑《笺》："小蒲之席也。"《玉篇》："衾，大被也。"《尔雅》："帱谓之帐。"鞮，《说文》："革履也。"狄香，夷狄之香，谓以香薰履也。列图以下，写房中之事，《汉书·艺文志》载房中八家，百八十六卷，其中有"《天老杂子阴道》二十五卷，《黄帝三王养阳方》二十卷，《三家内房有子方》十七卷"等，当即是。

《西溪丛话》："陶渊明《闲情赋》，必有所自，乃出张衡《同声》。"按陶赋有云："愿在衣而为领，承华首之余芳。愿在丝而为履，附素足以周旋。"《丛话》盖指此数语，亦即昭明太子《陶集序》谓为"白玉微瑕，惟在《闲情》一赋"者也。迄于有唐，则效颦者益多，如裴诚《新添杨柳词》："愿作琵琶槽那畔，美人长抱在胸前。"又和凝《河满子》："却爱蓝罗裙子，羡他长束纤腰。"然厚薄亦有间矣。

（六）辛延年 有《羽林郎》：

昔有霍家奴，姓冯名子都。依倚将军势，调笑酒家胡。胡姬年十五，春日独当垆。长裾连理带，广袖合欢襦。头上蓝田玉，耳后大秦珠。两鬟何窈窕，一世良所无。一鬟五百万，两鬟千万余。不意金吾子，娉婷过我庐。银鞍何煜爚，翠盖空踟蹰。就我求清酒，丝绳提玉壶。就我求珍肴，金盘脍鲤鱼。贻我青铜镜，结我红罗裙。不惜红罗裂，何论轻贱躯！男儿爱后妇，女子重前夫。人生有新故，贵贱不相逾。多谢金吾子，私爱徒区区！

此篇作者身世不详，《玉台》列班婕妤《怨歌行》前，以诗之风格论，殆东汉时人。羽林郎武帝时置。颜师古云："羽林，宿卫之官，言其如羽之疾，如林之多。"后白居易之《神策军》，命题盖仿此。

《乐府正义》云："汉以南、北二军相制。南军卫尉主之，掌宫城门内之兵。北军中尉主之，掌京城门内之兵。武帝增置期门羽林，以属南军。增置八校以属北军，更名中尉为执金吾。南军掌宿卫，当时以二千石以上子弟充之，期门羽林亦以六郡良家子选给，未有如冯子都其人者。自太尉勃以北军除吕氏，于是北军势重。武帝用兵四夷，发中尉之卒，远击南粤，后又增置八校，募知胡事者为胡骑，知越事者为越骑，武骑纷然，将骄兵横，殆盛于南军矣。光武所以有'仕宦当至执金吾'之云也。题曰《羽林郎》，本属南军，而诗云'金吾子'，则知当时南、北军制败坏，而北军之害为尤甚也。案后汉和帝永元元年（89 年）以窦宪为大将军，窦氏兄弟骄纵，而执金吾景尤甚，奴客缇骑，强夺财货，篡取罪人，妻略妇女，商贾闭塞，如避寇仇。此诗疑为窦景而作。盖托往事以讽今也。"其言甚确。所引窦氏兄弟事，见《后汉书·窦宪传》，传并云"有司畏懦，莫敢举奏"，则其势之炙手可热，不难想见。此正诗人之所以不能已于言者。

霍家奴，《玉台》《乐府》"奴"并作"姝"。《古乐府》作"奴"。丁福保则谓作姝者是，古士之美者亦曰姝，如彼姝者子。案《汉书·霍光传》："光爱幸监奴冯子都"，又"使苍头奴上朝谒，莫敢谴者"。自以作"奴"为是。《汉宫仪》云："执金吾，缇骑二百人。"篇中金吾子，当指缇骑之属，所谓奴，亦未必即家奴也。《后汉书·马援传》："伏波（马援为伏波将军）类西域贾胡，到一处辄止。"注云："言似商胡，所至之处辄停留。"此酒家胡，疑为当时之贾胡，非必女子之姓。张荫嘉曰："不惜红罗裂，何论轻贱躯，言其势可畏。若不惜此红罗之裂者，轻贱之躯，几难保矣！"

（七）宋子侯有《董娇娆》（杂曲）：

> 洛阳城东路，桃李生路旁，花花自相对，叶叶自相当。春风东北起，花叶自低昂。不知谁家子，提笼行采桑。纤手折其枝，花落何飘飏。"请谢彼姝子，何为见损伤？""高秋八九月，白露变为霜。终年会飘堕，安得久馨香？""秋时自零落，春月复芬芳。何时盛年去，欢爱永相忘？"吾欲竟此曲，此曲愁人肠。归来酌美酒，挟瑟上高堂。

《汉诗说》曰："请谢彼姝子二句，是问词。高秋八九月四句，是姝子答词。秋时自零落四句，又是答姝子之词。正意全在吾欲竟此曲数语。"按所论良是，汉作固往往有此奇境也。此篇作者，身世亦不详，《玉台》列班婕妤后。《诗薮》云："汉名士若王逸、孔融、高彪、赵壹辈，诗存者皆不工，而不知名若辛、宋乐府，妙绝千古，信诗有别才也。"

（八）蔡邕有《饮马长城窟行》（瑟调曲）：

> 青青河畔草，绵绵思远道。远道不可思，宿昔梦见之。梦见在我傍，忽觉在他乡。他乡各异县，展转不相见。枯桑知天风？海水知天寒？入门各自媚，谁肯相谓言？客从远方来，遗我双鲤鱼。呼儿烹鲤鱼，中有尺素书。长跪读素书，书中竟何如？上言加餐饭，下言长相忆。

按此篇,《文选》作古辞,《玉台》作蔡邕,《蔡中郎集》亦载。首八句,两句一韵,一韵一转,在诗歌中亦属创格。"枯桑"二句为比,古今无异议,唯所比为何,则解说纷然。朱嘉徵曰:"白乐天云:诗有隐一字而意自见者,海水知天寒,言不知也。"此解独得。盖二句正言若反,犹云枯桑岂知天风?海水岂知天寒?以喻人情浇薄,莫知我艰也!曹植诗云:"狐裘足御冬,焉念无衣客?"杜甫云:"江上形容吾独老,天边风俗自相亲!"炎凉之感,正所谓"古来共如此"者也。"自媚",犹"自相亲"矣。

鲤鱼素书者,黄晦闻先生曰:"《诗·桧风》:'谁能烹鱼,溉之釜鬵。谁将西归,怀之好音。'烹鱼得书,古辞借以为喻。注者或言鱼腹中有书,或言汉时书札以绢素结成双鲤,或言鱼沉潜之物,以喻隐密,皆望文生义。未窥诗意所出。"(按后来诗词中每以鱼或鲤鱼代指书信,即本此诗。)

(九)繁钦 有《定情诗》(杂曲):

我出东门游,邂逅承清尘。思君即幽房,侍寝执衣巾。时无桑中契,迨此路侧人。我既媚君姿,君亦悦我颜。何以致拳拳?绾臂双金环。何以致殷勤?约指一双银。何以致区区?耳中双明珠。何以致叩叩?香囊系肘后。何以致契阔?腕绕双跳脱。何以结恩情?美玉缀罗缨。何以结中心?素缕连双针。何以结相于?金薄画搔头。何以慰别离?耳后玳瑁钗。何以答欢忻?纨素三条裙。何以结愁悲?白绢双中衣。与我期何所?乃期山东隅。日旰兮不至,谷风吹我襦。远望无所见,涕泣起踟蹰。与我期何所?乃期山南阳。日中兮不来,飘风吹我裳。逍遥莫谁睹,望君愁我肠。与我期何所?乃期西山侧。日夕兮不来,踯躅长叹息。远望凉风至,俯仰正衣服。与我期何所?乃期山北岑。日暮兮不来,凄风吹我衿。望君不能坐，悲苦愁我心。爱身以何为？惜我华色时。中情既款款，然后克密期。褰衣蹑花草，谓君不我欺。厕此丑陋质，徒倚无所之！自伤失所欲，泪下如连丝！

钦与建安七子同时，而最不得志，此盖其自伤之作，然情思摇荡已极，风骨殊未高。《文选·洛神赋》李善注引繁钦《定情诗》云："何以消滞忧，足下双远游。"今此二语不见，是其中尚有佚文也。《广雅》："拳拳，区区，爱也。"又："叩叩，诚也。"孔融《与韦休甫书》："不得与足下岸帻广坐，举杯相于。"又曹植诗："广情故，心相于。"是"相于"乃建安时常语，犹言相亲耳。区区之事，而铺陈至数百言，《孔雀东南飞》，不犹短已乎！

（十）诸葛亮 有《梁甫吟》（楚调曲）：

> 步出齐城门，遥望荡阴里。里中有三墓，累累正相似。问是谁家墓，田疆古冶子。力能排南山，文能绝地纪。一朝被谗言，二桃杀三士。谁能为此谋，国相齐晏子！

《三国志·本传》："诸葛亮躬耕陇亩，好为《梁甫吟》。"《乐府诗集》云："梁甫，山名，在泰山下。《梁甫吟》盖言人死葬此山，亦《葬歌》也。"按东汉以来，特好《挽歌》，虽宴饮嫁娶亦喜用之（见前西汉民间乐府）。孔明之好为《梁甫吟》，度亦爱其声调耳。此篇《艺文类聚》题诸葛亮作，后人颇多怀疑，然以诗而论，殆非武侯一流人物不办。"谁能为此谋，国相齐晏子！"不着议论，而含意无尽，真乃春秋笔法。

此篇本事见《晏子春秋》，兹节录如下："公孙接、田开疆、古冶子，事景公以勇力闻。晏子过而趋，三子者不起，晏子入见，请公使人馈之二桃曰：'三子何不计功而食桃？'公孙曰：'接一搏豴，再搏乳虎，功可以食。'田曰：'吾伏兵而却三军者再，功可以食。'古冶子曰：'吾尝从君济于河，鼋衔左骖以入砥柱之流，当是时也，冶少不能游，潜行逆流百步，顺流九里，得鼋而杀之，左操骖尾，右挈鼋头，鹤跃而出津，人皆曰河伯也，若冶之功，可以食桃矣！'二子曰：'吾勇不子若，功不子逮，取桃不让，是贪也。然而不死，无勇也。'皆反其桃，挈领而死。古冶子曰：'二子死之，冶独生之，不仁。耻人以言，而夸其声，不义。恨乎所行，不死，无勇。'亦反其桃，挈领而死。公葬以士礼焉。"《一统志》："三士墓在临淄县治南。"《诗·南山》："南山崔崔"，《毛传》："南山，齐南山也。"《庄子》："此剑上决浮云，下绝地纪。"按《唐书·天文志》："云汉自坤抵艮为地纪。"又《礼记》："义理，礼之文也。"三子者本有勇而无文，而谓之"文能绝地纪"者，亦言其忠义之气足以贯绝地纪耳。

（十一）无名氏 以上列叙东汉文人乐府，自班婕妤外，凡得九人。今所欲述者，为汉末无名氏之杰作《孔雀东南飞》。其作者虽失名，然要必出于文人（但非一人）之手，如辛延年、宋子侯之流，则绝无可疑。故不归之民间乐府，而从徐陵所编《玉台新咏》作"无名人"，次于本章之后，且以明民间乐府之影响焉。

此篇首载《玉台新咏》，题为《古诗为焦仲卿妻作》(《乐府诗集》入《杂曲歌词》)，其篇首有序云："汉末建安中，庐江府小吏焦仲卿妻刘氏，为仲卿母所遣，自誓不嫁，其家逼之，乃投水而死。仲卿闻之，亦自缢于庭树。时人伤之，为诗云尔。"全诗长达一千七百余字，兹分段录如下：

孔雀东南飞，五里一徘徊。"十三能织素，十四学裁衣。十五弹箜篌，十六诵诗书。十七为君妇，心中常苦悲。君既为府吏，守节情不移。贱妾留空房，相见常日稀。鸡鸣入机织，夜夜不得息。三日断五匹，大人故嫌迟。非为织作迟，君家妇难为。妾不堪驱使，徒留无所施。便可白公姥，及时相遣归！"

府吏得闻之，堂上启阿母："儿已薄禄相，幸复得此妇。结发同枕席，黄泉共为友。共事二三年，始尔未为久。女行无偏斜，何意致不厚？"阿母谓府吏："何乃太区区！此妇无礼节，举动自专由。吾意久怀忿，汝岂得自由！东家有贤女，自名秦罗敷。可怜体无比，阿母为汝求。便可速遣之！遣去慎勿留！"府吏长跪告："伏维启阿母。今若遣此妇，终老不复取！"阿母得闻之，槌床便大怒："小子无所畏，何敢助妇语！吾已失恩义，会不相从许！"府吏默无声，再拜还入户。举言谓新妇，哽咽不能语："我自不驱卿，逼迫有阿母。卿但暂还家，吾今且报府。不久当归还，还必相迎取。以此下心意，慎勿违我语！"新妇谓府吏："勿复重纷纭。往昔初阳岁，谢家来贵门。奉事循公姥，进止敢自专？昼夜勤作息，伶俜萦苦辛。谓言无罪过，供养卒大恩。仍更被驱遣，何言复来还？妾有绣腰襦，葳蕤自生光。红罗复斗帐，四角垂香囊。箱帘六七十，绿碧青丝绳。物物各自异，种种在其中。人贱物亦鄙，不足迎后人。留待作遗施，于今无会因。时时为安慰，久久莫相忘！"

鸡鸣外欲曙，新妇起严妆。著我绣夹裙，事事四五通。足下蹑丝履，头上玳瑁光。腰若流纨素，耳著明月珰。指如削葱根，口如含朱丹。纤纤作细步，精妙世无双。上堂拜阿母，阿母怒不止。——"昔作女儿时，生小出野里。本自无教训，兼愧贵家子。受母钱帛多，不堪母驱使。今日还家去，念母劳家里。"却与小姑别，泪落连珠子："新妇初来时，小姑始扶床。今日被驱遣，小姑如我长。勤心养公姥，好自相扶将！初七及下九，嬉戏莫相忘！"

出门登车去，涕落百余行。府吏马在前，新妇车在后。隐隐何甸甸，俱会大道口。下马入车中，低头共耳语："誓不相隔卿！且暂还家去，吾今且赴府。不久当还归，誓天不相负！"新妇谓府吏："感君区区怀。君既若见录，不久望君来。君当作磐石，妾当作蒲苇。蒲苇纫如丝，磐石无转移。我有亲父兄，性行暴如雷。恐不任我意，逆以煎我怀。"举手长劳劳，二情同依依。

入门上家堂，进退无颜仪。阿母大拊掌："不图子自归！十三教汝织，十四学裁衣，十五弹箜篌，十六知礼仪。十七遣汝嫁，谓言无誓违。汝今何罪过，不迎而自归？"兰芝惭阿母："儿实无罪过！"阿母大悲摧。

还家十余日，县令遣媒来："云有第三郎，窈窕世无双。年始十八九，便言多令才。"阿母谓阿女："汝可去应之！"阿女含泪答："兰芝初还时。府吏见丁宁，结誓不别离。今日违情义，恐此事非奇！自可断来信，徐徐更谓之。"阿母白媒人："贫贱有此女，始适还家门。不堪吏人妇，岂合令郎君？幸可广问讯，不得便相许。"媒人去数日，寻遣丞请还："说有兰家女，承籍有宦官。云有第五郎，骄逸未有婚。遣丞为媒人，主簿通语言：'直说太守家，有此令郎君！既欲结大义，故遣来贵门。'"阿母谢媒人："女子先有誓，老姥岂敢言？"阿兄得闻之，怅然心中烦。举言谓阿妹："作计何不量：先嫁得府吏，后嫁得郎君。否泰如天地，足以荣汝身。不嫁义郎体，其往欲何云？！"兰芝仰头答："理实如兄言。谢家事夫婿，中道还兄门。处分适兄意，那得自任专？虽与府吏要，渠会永无缘。登即相许和，便可作婚姻！"

媒人下床去，诺诺复尔尔。还部白府君："下官奉使命，言谈大有缘。"府君得闻之，心中大欢喜。视历复开书，便利此月内，六合正相应。良吉三十日，今已二十七，卿可去成婚。交语速装束，络绎如浮云。青雀白鹄舫，四角龙子幡。婀娜随风转，金车玉作轮。踯躅青骢马，流苏金镂鞍。赍钱三百万，皆用青丝穿。杂彩三百匹，交广市鲑珍。从人四五百，郁郁登郡门。

阿母谓阿女："适得府君书，明日来迎女。何不作衣裳，莫令事不举！"阿女默无声，手巾掩口啼，泪落便如泻。移我琉璃榻，出置前窗下。左手持刀尺，右手执绫罗。朝成绣夹裙，晚成单罗衫。晻晻日欲暝，愁思出门啼。府吏闻此变，因求假暂归。未至二三里，摧藏马悲哀。新妇识马声，蹑履相逢迎。怅然遥相望，知是故人来。举手拍马鞍，嗟叹使心伤："自君别我后，人事不可量。果不如先愿，又非君所详。我有亲父母，逼迫兼弟兄。以我应他人，君还何所望？"府吏谓新妇："贺卿得高迁！磐石方且厚，可以卒千年。蒲苇一时纫，便作旦夕间。卿当日胜贵，吾独向黄泉。"新妇谓府吏："何意出此言！同是被逼迫，君尔妾亦然！黄泉下相见，勿违今日言！"执手分道去，各各还家门。生人作死别，恨恨那可论？念与世间辞，千万不复全。

府吏还家去，上堂拜阿母："今日大风寒。寒风吹树木，严霜结庭兰。儿今日冥冥，令母在后单。故作不良计，勿复怨鬼神。命如南山石，四体康且直。"阿母得闻之，零泪应声落："汝是大家子，仕宦于台阁。慎勿为妇死，贵贱情何薄？东家有贤女，窈窕艳城郭。阿母为汝求，便复在旦夕。"府吏再拜还，长叹空房中，作计乃尔立。转头向户里，渐见愁煎迫。

其日牛马嘶，新妇入青庐。奄奄黄昏后，寂寂人定初。——"我命绝今日，魂去尸长留。"揽裙脱丝履，举身赴清池。府吏闻此事，心知长别离。徘徊庭树下，自挂东南枝。

两家求合葬，合葬华山傍。东西植松柏，左右种梧桐。枝枝相覆盖，叶叶相交通。中有双飞鸟，自名为鸳鸯。仰头相向鸣，夜夜达五更。行人驻脚听，寡妇起彷徨。多谢后世人，戒之慎勿忘！

《孔雀东南飞》之产生，其必具之条件有二：一为文人乐府之盛行，一为五言诗体之成熟，序云"建安中"，盖适当其时。此本绝作，如谓建安时代不能产生，则纵推而下之，以至于六朝、隋、唐、明、清，亦无能产生也！

全篇浑朴自然，犹是汉时风骨，唯以情事既奇，篇章复巨，而又历时久远，转相传写之间，不免失却几分本来面目，一犹长江大河，奔流万里，势必挟泥沙而俱下，则亦事或有之，不足为异。且如"足下蹑丝履"，张为麒《孔雀东南飞年代袪疑》，以为丝履乃六朝时物，然观曹操《内诫令》："前于江陵得杂彩丝履，以与家约，当著尽此履，不得效作也。"则汉末建安中已自有之，不始六朝矣。又如"进退无颜仪"，《袪疑》谓"仪"字非用古韵，仪字由歌入支，始于魏文帝。按李尤《良弓铭》："弓矢之作，爰自曩时。不争之美，亦以辨仪。"又蔡邕《济北崔君夫人诔》："世丧母仪，宗殒宪师。哀哀孝子，靡所瞻依。"则仪字由歌入支不始魏文矣。

又如"小子无所畏""下官奉使命"，说者谓"小子""下官"为六朝时通用口语，足见此诗不作于建安。按小子一词，经传屡见。有含自谦之意者，如《尚书·汤誓》："非台小子，敢行称乱。"有为尊时卑之称者，如《论语》："小子何莫学夫诗""吾党之小子狂简""小子鸣鼓而攻之可也"，皆孔子谓其门人者。亦有表贬斥之义者，如《诗·板》："老夫灌灌，小子蹻蹻！"襄四年《左传》："我君小子！朱儒是使。"又《后汉书·班超传》："小子安知壮士志哉！"仲卿母于盛怒之下斥其子为"小子"，夫何足异？

至于"下官"二字，最早见于《汉书·贾谊传》："君主斥罢软不胜任者，不谓罢软，曰下官不职。"为君斥臣之词。然观《后汉书·循吏·任延传》："延拜武威太守，帝（光武）戒之曰：'善事上官，无失名誉！'延对曰：'臣闻忠臣不私，私臣不忠，上下雷同，非陛下之福，善事上官，臣不敢奉诏。'"此所谓上下，即指上官下官，则已为群臣相对待之词，与诗意相近。考下之为言，本先秦两汉以来之常语，故有所谓下国、下县、下妻（见《汉书·王莽传》，即《外戚列传》所谓"小妻"），自谦则或曰下走、下才、下僚，此诗叙丞对太守而自称下官，亦情理之常。

又如"新妇入青庐"，说者引唐段成式《酉阳杂俎》："北朝婚礼，青布幔为屋，在门内外，谓之青庐，于此交拜迎妇。"遂据以断此诗为作于六朝，不作于建安。按《杂俎·贬误》篇曾引《聘北道记》云：'北方婚礼，必用青布幔为屋，谓之青庐，于此交拜迎新妇。"然则所谓北朝婚礼者，本为北方婚礼，段氏窜易原文，殊属非是。故闻人倓《古诗笺》虽引段氏《杂俎》，而仍据《聘北道记》作北方，不作北朝。《世说新语·假谲篇》："魏武少时尝与袁绍好为游侠，观人新婚，因潜入主人园中，夜叫呼，云'有偷儿贼'。青庐中人皆出现。"则是在北朝以前，北方固早有青庐之制矣。

又诗有"交广市鲑珍"，说者谓分交州置广州，始于孙权黄武五年（226年），足证其非汉作。按黄武五年上距建安，不过六年，为时甚近，与《序》云"时人为诗"之言，无甚不合，盖其事发生于汉末，而诗或作于汉末稍后，如傅玄《庞氏有烈妇》，即其例也。此其一。考元左克明《古乐府》（《四库全书》本）"交广"作"交用"，明梅鼎祚《古乐苑》《汉魏诗乘》及冯惟讷《古诗纪》，并注"广"一作"用"，而谢榛《四溟诗话》引此句亦正作"交用市鲑珍"，是"广"字已非定谳。且事在仓卒，以速为贵，交广去庐江重洋万里，非咄嗟可办，按之情理及上下文义，皆不当尔。疑后人习闻交州为产宝之区，故不觉由"交语速装束""交钱百万两走马"之交，而联想及交州之交，又因交州想及广州，因而妄改，实不足据。此其二。是故吾人即撇开此诗之风格不论，第从以上诸名物观之，亦无一能证明此诗之非汉作也。

又《史记·刺客列传》："家大人召使前击筑"，司马贞《索隐》："韦昭云：'古名男子为丈夫，尊父妪为大人。'故古诗云：'三日断五匹，大人故嫌迟'是也。"如此诗为六朝作，司马贞肯称为古诗而引以注《史记》否？是亦足为考订此诗时代之一佐证矣。（本节所论，可参阅古直先生《汉诗辩证》，王越先生《孔雀东南飞年代考》。）

此诗本文有疑难者二处：一为"阿女含泪答，兰芝初还时。府吏见丁宁，结誓不别离。今日违情义，恐此事非奇。自可断来信，徐徐更谓之"数语。纪容舒《玉台新咏考异》谓："奇字义不可通，疑为宜字之讹。"陈胤倩则云："谓暂遣复迎，人家多有，不足为异也。"释奇字亦觉牵强，女子被出，系一大事，不得谓为人家多有，不足为异。按奇读如奇偶之奇，"违情义"谓违誓言，承上"结誓"句来。犹云：今日忽违誓更嫁，恐此非我一人能独自作主之事。兰芝自不欲更嫁，故浑其词以为推脱地耳。信，使也，指人言。"断来信"，即谢绝媒人。汉魏六朝时，书是书，信是信，故多"信使"连文，杜诗犹有之。自中晚唐后，信与书始渐混而为一，如许浑《下第怀友人》云"一封书信缓归期"，又王驾《古意诗》："一行书信千行泪，寒到君边衣到无？""更谓之"，陈氏解云："更谓之，再与府吏言也。"以"之"字属府吏，亦胶固。按此语犹今人言"这件事我们慢慢再说吧"，皆一时延宕之词，所谓"缓兵之计"也。

二为"媒人去数日，寻遣丞请还。说有兰家女，承籍有宦官"以下数语，纪氏《考异》云："请还二字未详。又序云刘氏，此云兰家，或字之讹也。"闻人倓云："按县令因事而遣丞请于太守也。"又释"说有"以下数句云："按丞还而述太守之说如此。兰字或是刘字讹。"信如此说，则"说有"诸语，皆为丞对县令转述太守及主簿之言矣，显与下"阿母谢媒人"句不相衔接！按"寻遣丞请还"云者，谓不久太守复遣丞为媒人请婚而复至刘家也。"说有"以下，为丞对兰芝母转述太守及主簿之词，非对县令，故下紧接以"阿母谢媒人"云，文理固甚清晰。特上文"县令遣媒来"，用明述，此太守遣丞为媒，却用补叙，致生疑窦耳。（请参阅拙文《关于孔雀东南飞的一个疑难问题的管见》）。又"贵贱情何薄"句，黄晦闻先生曰："贵谓大家子，宦台阁，贱谓妇也。贵贱相悬，遣妇不为薄情，'何薄'，言何薄之有也？"

《艺苑卮言》曰："《孔雀东南飞》，质而不俚，乱而能整，叙事如画，叙情如诉，长篇之圣也！"陈胤倩曰："历述十许人口中语，各各肖其声情，神化之笔也！"李子德曰："叙事敷辞，俱臻神品！"实则所谓神，所谓圣，总不外情理二字，无情则理无所寄，然理失则情亦违！此诗之感人，即在合乎理而得乎情事之真。例如"低头共耳语"数句，与上"举言谓新妇"数句，虽大体相同，然情有深浅，语有缓急，文有繁略，不但不可互易，抑亦各各不能增减。盖前后境地不同，心情自异也。又如"却与小姑别，泪落连珠子"，须知"上堂拜阿母"时，便已有了此泪，然向阿母落，则为不近情理，为不合兰芝个性。又如写兰芝被遣，云"还家十余日，县令遣媒来"，"十余日"三字，便甚有分寸，大有道理。与古所谓"出妇嫁于乡曲者良妇也"（见《史记·张仪传》）同义。又下文云"阿女含泪答"，含泪得是！曰"兰芝仰头答""登即相许和"，仰头得是！登即得是！盖前答对母，是初次危机，故犹存希冀之心。后答对兄，是再度逼迫，已心知无望，故态度亦转入于决绝崛强。此等处，正所谓"叙事如画"者。（按《通鉴·唐纪》五十七："（田）弘正闻之，笑曰：'是（按指刘悟）闻除改，登即行矣，何能为哉！'"胡三省注："言登时即行也。"盖犹今言马上或立即，乃汉以后口语，唐宋元明清诗文小说中仍多有之。）

此篇与后来北朝之《木兰诗》，唐韦庄之《秦妇吟》，可称为乐府中之三杰。胡应麟谓："五言之瞻，极于《焦仲卿妻》，杂言之瞻，极于《木兰》。"使胡氏而获见《秦妇吟》，吾知其必继之曰："七言之瞻，极于《秦妇吟》。"靳荣藩云："庐江小吏一首，序述各人语气，有焦仲卿语，有仲卿妻语，有仲卿母语，有仲卿妻母语，有仲卿妻兄语，有县令语，有主簿语，有府君语，有作诗者自己语，杳杂淋漓，或繁或简，或因其繁而更繁之，或因其简而更简之，水复山重，曲折入妙，诗中创格也。"（《吴诗集览》引）信然。

（十二）田恭　两汉文人乐府，至此已可告结束，所欲附带叙述者尚有明帝时之田恭。所作有《远夷乐德》《远夷慕德》《远夷怀德》三歌，见《后汉书·西南夷传》，为乐府中第一篇翻译作品！今录《远夷乐德歌》一首，附注夷言，以为本章之殿。

大汉是治，_{提官
隗構} 与天意合。_{魏冒
踰糟} 吏译平端，_{闰译
刘脾} 不从我来。_{旁莫
支留}

闻风向化，_{征衣
随旅} 所见奇异。_{知唐
桑艾} 多赐缯布，_{邪毗
缲繍} 甘美酒食。_{推潭
仆远}

昌乐肉飞，_{拓拒
苏便} 屈伸悉备。_{局后
仍离} 蛮夷贫薄，_{偎让
龙洞} 无所报嗣。_{莫支
度由}

愿主长寿，_{阳雒
僧鳞} 子孙昌炽。_{莫穁
角存}

其余二歌，亦俱四言，"昌乐肉飞"语甚奇。《汉书·礼仪志》文颖注："舞者骨腾肉飞"，昌与倡通，则是言舞也。按《后汉书·西南夷传》："永平（明帝）中，益州刺史朱辅上书曰：今白狼等慕化归义，作诗三章，远夷之语，辞意难正，有犍为郡掾田恭与之习狎，颇晓其言，臣辄令讯其风俗，译其辞语，今遣恭护送诣阙，并上其乐诗。帝嘉之，事下史官，录其歌焉。"则此歌明为田恭所译，丁福保《全汉诗》（卷一）但题"白狼王唐菆"而不题译者之名，且略去音译，均失之。此外，蔡琰有《胡笳十八拍》，然系赝品，从略。

授课人：萧涤非

第三部分

魏晋南北朝文学

曹氏父子的"一家辞赋"/ 所谓建安七子

中朝文士与洛下文风/ 南北朝文学之地域性

南北朝乐府民歌/ 南北朝的骈文/ 魏晋南北朝的小说

第一章 曹氏父子的"一家辞赋"

东汉末以及三国时代之文风，并不能以曹氏父子为代表，其时隐逸者如管宁，他如吴蜀皆有文士，不必以曹氏父子概括尽之，所以然者，以《文选》之选文上溯建安故，而七子三曹之名特著焉（关于建安时代之文风，可参考《文心雕龙·时序篇》）。

魏武之为人，后世对之毁誉参半，按三国时足称人杰者凡三人：魏武帝、诸葛亮、司马懿。而裴松之注《三国志》时，曾多方毁谤魏武。其实魏武为人，乃东汉末一般士人之态度，时天下大乱，诸侯拥兵自雄，各以兴复汉室为口号，而成败各有不同。魏武以政治眼光招纳贤士，有三令可供参考：（1）求贤令。（2）敕有司取士勿废偏短令。（3）取贤勿拘品行令。其中"唯才是举"乃其取才之标准。又云："凡负污辱之名，见笑之行，不仁不孝而负治国用兵之术者……"一反东汉士风之所趋。《魏志·丁谧传》注引《魏略》丁斐事，载斐不敦品，常盗取公物，如官牛、官印等，人告于武帝，帝笑而为之婉解，可见其所招致人才之方法，及其人才称盛之理由。

曹氏之搜罗人才，虽父子间亦有竞争，即当时各州牧亦好罗致人才，此事可见《魏志》廿一《邯郸淳传》注引《魏略》：淳原为刘表之门客，建安十三年，荆州内附，淳入魏，文帝求为门客，子建亦求之。武帝乃令淳见植，植初不与言，既歌且舞，又谈天地玄黄及其文学诸技，淳出而大赞之。后文帝嗣位，淳不得已而来归门下，作《投壶赋》献之，由是可知曹氏父子之所以讲究文学，在借此以招致文学之士。今读其父子之诗文，斐然可观，盖其用心苦矣。

　　武帝遗令之文而外，犹工五言乐府。其时五言乐府为新体诗，武帝竟敢尝试之，且每诗皆可播之管弦。迨乎子建之作，已成文人五言诗矣。魏文亦颇工诗，又思成一家之言，与《论衡》《中论》并驾，因成《典论》之制。有学者癖，犹是东汉风气，唯子建最重文学，为文尚藻饰，雕琢之言十占六七，足与七子比肩。又魏以前以文为游戏者甚少（如王褒《僮约》），至魏而命题作文之风起，如魏文伤阮瑀寡妻，召七子之徒作《寡妻赋》，又有《宫中槐树赋》，有竞赛意味，使文人用心更深，而远违个性，由此至唐弗衰。

授课人：罗庸

第二章 所谓建安七子

七子实不通之名词，源于《典论·论文》，列孔融等七人为一串，而子建《与杨德祖书》亦遍论当时文人而不及孔融，所见甚是。《文心雕龙·时序篇》之论七子，本自《典论》与子建之书。夫七子者，并非同时相友之人，且当时能文者亦不止七子，故谓之不通。由魏文《与吴季重》二书及吴之《报魏太子书》观之，皆以七子为侍从之臣，论七子者不可不知。

七子中孔融不能入流，盖融长魏武二岁，以行辈论，当为文帝世伯，其文尤为文帝所好。建安十三年六月，融被杀时，王粲尚在荆州，二人并未谋面。后魏文下令求融遗文，强列入七子之中，实有不妥之处。说到孔融之文，可知东汉末及三国文学之转变。桓灵以上，文人以经学为主。汉末两大作家，一为蔡邕（伯喈），一为孔融，而文学史家每将此同时代之二作者分为两期人物，以蔡归之汉代，诚以其所着重在经学故也，逮至文举而辞赋之气加重，蔡犹有党锢诸贤清流之风，文举则为猖狂纵诞之士。自曹操由兖州牧兴起，朝廷中能评议时政者，唯文举一人而已，深为曹操所畏忌。后曹次第平袁绍、平陶谦，将伐荆州，过许昌，因借故诛杀之。

阮瑀为嗣宗之父，字元瑜，影响其子甚大。陈留阮氏在东汉时为旧族，瑀在家时颇有文名，魏武起自兖州，招纳贤士，而陈留适在其势力范围，世传瑀初不出，魏武以焚其村舍相挟，故不得已而出焉（此史实尚不能十分可靠）。瑀尝作《首阳山赋》（王粲及嗣宗皆有此作），作于建安十七年（荀彧死年，为反对魏武篡汉而自杀者），此作就其所作之年月观之，实有深意。瑀之死，亦在是年，而文帝所称"书记翩翩，自足乐也"，盖赞其在征刘表前后所作，而咏怀之制，当推《首阳》一赋，有不得已事魏之隐痛在焉。

刘桢，字公幹，东平人，为七子中最平凡者，亦魏武门下最不得意之人，除文集外，尚有《毛诗义问》，可知其在家时仍以治经为主。因平视甄后为武帝所怒，罚令磨石，终身不复重用，后死于时疫。文帝称其"五言诗之善者，妙绝时人"。七子中最善徐幹，盖同乡故也。

陈琳，字孔璋，广陵人，七子中生年较久，生年不可考，死时当在六十岁左右，初为何进记室，后为袁绍作讨曹之檄。建安八年为操所执，惧甚，然曹氏竟不问前情，故终身顺服，为真正文学侍从之臣，无甚怀抱可言，遗文颇多，亦死于建安廿二年时疫。

应玚，字德琏，与其弟璩（休琏）为曹氏门下最委屈之人。黄巾乱时，曹嵩位于三公，后迁于琅邪，及操为兖州牧，令应劭为保护之责，后嵩为徐州牧陶谦部下所杀。操怒，乃讨伐徐州，屠城廿五万人，劭惧，乃携二侄投北海袁绍，著《汉官仪》以试操，操不咎既往。劭未及出，于成书之次年卒。二侄居冀州，及绍死，二子争锋，为曹所破，二应俱为所得，故居门下，不敢有所作为，盖身世使之然也。

徐幹，字伟长，北海人，魏文最称其《中论》，以为"议论典雅，足传于后"。实不应列入七子，而应入于仲长统等子家者流。幹如不为曹操所强征出仕，当如管幼安、庞士元、司马德操之以隐士终。所作《中论》，乃汉末士人对时局对症下药之作，无名氏《中论序》，表彰其建安十三年后，居邺下不食魏禄，茅檐衣结，生活极苦，不与曹氏合作，建安二十三年三月卒。

王粲，字仲宣，山阳人，祖四世为三公，为七子中最光彩之人物，故陈寿特为立传，实际仍为魏文士传，粲其尤著而已。十二三岁时入长安，见知于蔡邕。建安之乱，南窜荆州（十五岁前），居十二年而赋《登楼》，第十三年劝刘琮降操，最为魏武所重，位列军谋祭酒，每有征伐，必参佐戎署，未尝以困顿终其身。建安十七年、二十年伐吴皆从，卒于建安廿二年。地位在徐、陈、应、刘之前，而书记之作，不若陈、阮之多，可想见其致力多在政治方面，只《首阳山赋》一首为同赋，仍有东汉末之文风，抱兴复汉室之志，非乘时窃位之徒也。

七子外，值得提及者尚有下列数人。

杨修，字德祖，为子建唯一畏友，文学之气味也极相投。今存与子建来往之书简若干首，后为武帝所杀。

丁仪、丁廙，亦子建至友，子建尝自谦以为弗如。

吴质，字季重，盖善于自处者也。始终不为内官，常外宦以避祸。风格近于七子。

诸人文学风格，《文心雕龙》评之为"慷慨而多气"，虽辞赋气重，而不至于冗弱者，以诸子不徒为文士，盖各有其怀抱故也。

王充《论衡》尝分人之才为若干类，但未以某人工某体文为评论，至魏文著《典论·论文》及《与吴质书》，皆各于其所长之文体而称道之，如仲宣娴于辞，阮、陈长于书，伟长长于论，德琏著

《文质论》，但无甚发挥。刘桢，魏文称其五言，但今所传者，罔见佳构。自此，"文非一体，鲜能备善"一语，成空论矣。

授课人：罗庸

第三章 中朝文士与洛下文风

旧日文学史之编辑多以个人为主，但往往忽略二点：（1）忽略时代背景。（2）忽略文体之演变。本段以文体为纲，于个别文人则略述焉。所谓中朝文士与洛下文风，乃指西晋而言，为时五十年，较三国时间为尤短，然文风之盛，文士多则过之。此五十二年中文士生活可分为两大趋势，前期为依权臣而生活者，后期为依诸王而生活者，又可分为九单元言之。

魏末晋初，竹林名士之风日衰，骨气之士日少。自武帝泰始八年始，帝纳贾充女为妃，充为国丈，凡十年之中，而文士萃于贾氏一门，计有荀凯、荀勖、冯纨等，只山涛、嵇绍（康子）二人犹存竹林余风，不俯首权门，此为第一单元。

第二单元自惠帝永熙元年迄元康元年，凡二年，执政者为太傅杨骏，西晋之文士始露头角，而多出于杨氏之门，如傅玄、孙楚皆是，此数人均为骨鲠之士，此时名士风气虽衰，然据传傅、孙对骏之行为犹数有规谏。

时广陵王遹盛招门客，多清谈之士，如何劭、裴楷、王戎、张华、杨济、和峤之辈，为西晋清谈家之萌芽，是为第三单元。

自杨骏之诛，贾谧继起，西晋文士乃蔚然称盛。贾门有所谓廿四友者，如郭彰、石崇、陆机、陆云、潘岳、挚虞、左思、牵秀、刘舆、刘琨等，事见《晋书·潘岳传》及《贾谧传》。廿四人名已不可全考，数人以郭、牵较为无名，二陆为南人，挚则较恬淡，左为外戚，中以二刘为谧客时间最短，石、潘最为媚附，有拜车尘之传说，文行不符之病兆于此矣，开南朝文士之风。此为第四单元。

元康七年，王戎为司徒，风气一变，其素日亲故皆集于门下，西晋清谈家至此而一抬头，有阮瞻（咸子）、王衍及弟澄、阮修（咸从子），乐广、胡母辅之、谢鲲、王尼、毕卓等，此包括清谈与任达两派之人。诸人未尝一一出仕，但时负高名而已。此为第五单元，为西晋文士集团之最高峰。

贾后执政期间，有张华、裴頠、贾模皆掌要职。永康元年，赵王伦诛贾后，起八王之乱，时局最不安定。西晋老辈文士凋落殆尽，文士依附权门者少，转而至诸王门下求生。此为第六单元。

其后齐王冏、成都王颖起兵讨赵，中以齐王搜罗人才最多，有刘殷、曹摅、江统、荀晞、张翰、孙惠、顾荣、王豹、陆机、陆云等。西晋初年南方文士较少，及八王之乱，南方文人渐不能立足于北方，故张季鹰（翰）托秋风莼鲈之思而南归，二陆不能见机，乃卒被杀。自此后纯文人无以自立，必带政治家之作风乃能用世，开东晋文士之风，此为第七单元。时为永宁元年，齐王冏为大司马，后冏多行不法，门客乃散，此期为时仅三年耳（按：三国时以地域之限，江左之人多不能入北，故西晋时人才仍以北人为多，大率出于鲁、豫、晋、冀等地区，而南人入北者多被认为化外之人，二陆为张华所赏而致仕实为特例，然终以不见机而致死，顾雍尝劝之，仍不自觉，由此可见季鹰秋风莼鲈之思殆有托而逃者也）。

永兴元年，东海王越征服成都王颖，重迎惠帝，而己为太傅，门下多名士，以庾凯为军中祭酒，此外有胡母辅之为中郎，郭象为主簿。阮修、谢鲲等为王戎之友，郭象属何、王一派，胡母辅之等属阮派，史称此辈多纵酒酣饮，不拘礼法，五胡之乱已渐萌芽，此为第八单元。

永嘉元年，琅邪王睿镇建业，为南渡之开端，时王导专政，北方名士尚未过江，而琅邪门下需才孔急，乃就地取士，贺循、周玘均为睿之所罗致，而卞壶、刘超、张闿、孔衍皆南人而得抬头。北方自东海王越卒，政治中心瓦解，及石勒陷洛阳，睿正位建业，而政治中心南移矣。睿门客大增，有庾亮等人，此时文人或专致力政治，以图复兴；或沉湎清谈，无为自守，故东晋一代文章特少，此第九单元。

在政治方面，西晋颇似西汉，宗室之权极盛，而文章则似东汉。南渡之后，帝位成虚，武人揽政，权臣篡夺相寻，为西晋所未有。故西晋文人多集中于朝廷或诸王门下，至南渡以来则附于权臣，个性更无由发展。又西汉人才多用选举制，下迄三国西晋不绝，而东晋则尚门阀，以北人南渡者多轻视南人故也。此风逮隋始行转变，隋唐以后，则内乱较少，人多集中力量与异族争矣。

此处有两个问题可以提出：（1）文人籍贯问题。西晋文士北人占百分之九十九，且以河北人最多，如张华即范阳人，其次为河南人，再次为山东、山西人。又放达派多河南人，清谈家多山西人，何以有此鲜明界限之划分则不可解。欲明隋唐学术思想渊源，当从此处寻索。（2）文人笔下所写作品之讨论。西晋文人以张华、傅玄为首，次有三张、二陆、两潘、一左。愈近西晋初年，愈尚辞风；愈近西晋末年，则理文大盛。文笔不必为一人所兼长，西晋文人其笔作非议礼则论政，议礼文、丧祭文又占十分之五，此现象说明二事：①子家言之析散，盖人有所见则往往入于奏记以议礼论政，故有系统之著作不复多见。又因儒风丕振，故多议礼之文，道家则尚清谈或注书。②天下一统，宗法事盛，故丧祭文特占重要地位焉。西晋文人凡能作赋者乃能称文人，能赋者，又必善作韵文，此文笔分途之标准，至陈隋而不绝。故西晋五十二年之文风凡三派：其一为笔，以议论为主；其二为文，以诗赋为主；其三为书札，以口语为主。

授课人：罗庸

第四章 南北朝文学之地域性

《北史·文苑传序》："暨永明、天监之际，太和、天保之间，洛阳江左，文雅尤盛。彼此好尚，雅有异同。江左宫商发越，贵乎情绮；河朔词义贞刚，重乎气质。气质则理胜其词，清绮则文过其意。理深者便乎时用，文华者宜于歌咏：此其南北朝词人得失之大较也。"东晋时，北朝尚未统一，故无可比较。至永明、天监之际，太和、天保之间，北魏已经统一，两者得失大较，自文学史眼光观之，北魏有笔而无文，南朝则尚文不尚笔。此外可得言者有数端：（1）中国历代文学之体变与政治关系极为密切。在春秋时，楚势力尚未膨胀之前，中国地理形势乃以函谷关为界，成东西对峙之局。后楚坐大，南北之势初有萌芽。西汉七国之乱作，此势益显。东汉时更大不同，观《论衡》所提及种种问题，南北文学之异点可见。（2）三国之际，吴魏相对，文化特色显著。及西晋有政治上之统一，而二陆入洛即代表吴之风格，最为张华所器重。东晋南迁，士大夫初甚矜持，各标门阀，不改乡音，而曾几何时，卒为南方山水所化而成纯南方之文学，故在徐庾未北之前，北方文风尚存东汉之旧，后为徐庾所变，南北乃趋一辙。（3）至唐古文家起，乃倡复古之说焉。颜之推幼长江南，晚归北朝，其遗著《颜氏家训》中对举南北文学与地域性之不同数端，大可参考。故南北文学之不同问题，提出者不自《北史》作者李延寿始。

晋室南迁，门阀相标，世族子弟为自高身价，故好逞才华，以致辞胜乎意；北朝无士族，非实用不弄文墨，故少绮丽之作。再，南朝禁止刻碑，故终南朝之世，碑记传状，遂少人作。且骈文不适于作记传，散文遂绝；北方则尚刊刻，而传记之文大盛。至唐世，古文家欲与骈文家争胜，凡文士必擅长传记，斯亦北朝之余脉也。故后世文学史者每怀偏颇之见，述史事多注重南朝，实大错误。吾人如欲明了唐宋文风之来源局面，则北朝不可忽略，材料虽少，尤须珍视。

授课人：罗庸

第五章 南北朝乐府民歌

　　南北朝乐府民歌是继周民歌和汉乐府民歌之后以比较集中的方式出现的又一批人民口头创作，是我国诗歌史上又一新的发展。它不仅反映了新的社会现实，而且创造了新的艺术形式和风格。一般说来，它篇制短小，抒情多于叙事。

　　南北朝民歌虽是同一时代的产物，但由于南北的长期对峙，北朝又受鲜卑贵族统治，政治、经济、文化以及民族风尚、自然环境等都大不相同，因而南北民歌也呈现出不同的色彩和情调。《乐府诗集》所谓"艳曲兴于南朝，胡音生于北俗"，正扼要地说明了这种不同。南歌的抒情长诗《西洲曲》和北歌的叙事长诗《木兰诗》，为这一时期民歌生色不少，《木兰诗》尤为卓绝千古。

南朝乐府民歌

　　南朝乐府民歌，以《清商曲辞》中的"吴声歌"和"西曲歌"

为主，前者计三百二十六首，后者一百四十二首。这些歌词在内容上有一共同的特点，就是几乎全是情歌，所谓"郎歌妙意曲，侬亦吐芳词"（《子夜歌》）。这些情歌十之七八出自女子之口，且有妓女婢妾所作；其中某些情歌还含有较浓厚的色情成分和脂粉气。

产生上述特点或者说局限性的主要原因，首先是由于这些民歌并不是来自广大的农村，而是以城市都邑为其策源地。《宋书·乐志》说："吴歌杂曲，并出江东，晋宋以来，稍有增广。"《乐府诗集》更指明"江东"即建业（今江苏南京）："盖自永嘉渡江之后，下及梁陈，咸都建业，吴声歌曲，起于此也。"《乐府诗集》还说："按西曲歌，出于荆、郢、樊、邓之间。"建业是当时的首都，荆、郢、樊、邓也是当时的重镇，商业都非常发达。由此可见，这些民歌其实是"都市之歌"。这也就规定了它的狭隘性，不能反映广大农村的面貌，并难免有小市民的低级趣味。梁裴子野《宋略》说当时"王侯将相，歌伎填室；鸿商富贾，舞女成群，竞相夸大，互有争夺"。当然还有为数更多的一般妓女，在上层社会这种声色生活的影响下，更不能不增加南朝民歌的不健康成分。

其次，也是由于统治阶级有意识的采集。南朝统治阶级是腐朽透顶的士族地主，他们采集民歌，丝毫也没有"观风俗，知薄厚"的意味，而只是按照他们的阶级趣味、享乐要求，来加以选择和集中。他们不但爱好民间的风情小调，而且自己能唱，如《晋书·王恭传》："尚书令谢石，因醉为委巷之歌（《晋中兴书》说"为吴歌"）。"又《南史·王俭传》也有"褚彦回弹琵琶，王僧虔、柳世隆弹琴，沈文季歌子夜来"的记载。在这种政治气候下，凡有反抗性的民歌自然在排摈之列。如《吴孙皓初童谣》："宁饮建业水，不食武昌鱼。宁还建业死，不止武昌居。"又如《将士谣》："宁作五年徒，不逢王玄谟。玄谟犹尚可，宗越更杀我。"同是五言四句的民歌，但前者反抗皇帝的迁都，后者控诉将官的残忍，所以他们便不爱听。这就是南朝民歌几乎全是情歌的关键。

因此，我们对南朝民歌的看法要有区别，有批判。既不能把它和来自广大农村的汉民歌等量齐观，也不能认为这就是南朝民歌的全部，更不能把一些色情作品或文人窜入的拟作看成真正的民歌。否则将造成错觉、误解。

尽管如此，但基本上南朝民歌还是现实主义的，因为它们在一定程度上在某些方面仍然揭露了封建社会的罪恶。

在爱情问题上，封建社会的罪恶之一，是恋爱不自由、婚姻不自由。这在南朝民歌中我们可以看到强烈的反映。这里有失败者的哀鸣，如《华山畿》：

　　懊恼不堪止。上床解腰绳，自经屏风里。

为什么要上吊呢？《懊侬歌》回答了这一问题：

　　懊恼奈何许。夜闻家中论，不得侬与汝！

按《子夜四时歌》："冶游步春露，艳觅同心郎。"可见当时青年男女为了追求爱情幸福是曾经作过斗争的。他们不顾"父母之命""媒妁之言"，而自行结识。但最后一关还是通不过，结果仍不免殉情。

但是，这里也有胜利者的喜悦。这类作品往往对爱情作赤裸裸的天真而大胆的抒写，最能显示出南朝情歌的特色。如《读曲歌》：

　　打杀长鸣鸡，弹去乌臼鸟。愿得连冥不复曙，一年都一晓！

一种"相乐相得"的喜悦心情，真是跃然纸上。徐陵曾袭用第一首作《乌栖曲》："绣帐罗帏隐灯烛，一夜千年犹不足。惟憎无赖汝南鸡，天河未落犹争啼。"便不及民歌的朴素而生动。民歌说"打杀长鸣鸡"，不言"憎"而意自见。从这首歌词所表现的爱情来看，显然，他们之间应该是一种自由结合，这类情歌正是对封建礼教的挑战的产物。

封建社会的另一罪恶，是男女不平等。这种现象在中上层社会、在大都市里更加显著。因此在这些情歌中虽有少女们青春的欢笑，但更多的却是对男子负心背约的猜疑和哀怨。如：

> 渊冰三尺，素雪覆千里。我心如松柏，君情复何似？
>
> ——《子夜冬歌》
>
> 侬作北辰星，千年无转移。欢行白日心，朝东暮复西！
>
> ——《子夜歌》
>
> 我与欢相怜，约誓底言者？常叹负情人，郎今果成诈！
>
> ——《懊侬歌》

从这些歌词中，不仅可以看出女子的坚贞爱情，而且可以看出她们的悲惨命运。在男女不平等的封建社会，男子负心，女子固然是伤心，即使男子倾心，她们也不免提心吊胆。这就是为什么当别离时或离别后她们总是"泪落便如泻"。如《华山畿》："相送劳劳渚。长江不应满，是侬泪成许！""啼著曙，泪落枕将浮，身沉被流去。"这眼泪中，有胶漆般的爱情，也有"莫作瓶落井，一去无消息"的忧虑。

南朝民歌既多来自商业发达的大都市，因而其中还有不少被屈辱的妓女们的悲诉。如《寻阳乐》："鸡亭故侬去，九里新侬还。送一却迎两，无有暂时闲。"《夜度娘》和《长乐佳》也都直接或间接地诉说了她们的酸辛。

除上述情歌外，也有少数反映劳动人民的爱情生活的。这类作品的特点是结合劳动来描写爱情。有的是女子独唱，如《拔蒲》：

> 朝发桂兰渚，昼息桑榆下。与君同拔蒲，竟日不成把。

读末二句，不禁令人想起《诗经》中"采采卷耳，不盈顷筐。嗟我怀人，置彼周行"的诗句，可谓异曲同工。有的则是男女对唱，如《那呵滩》：

> 闻欢下扬州，相送江津湾。愿得篙橹折，交郎到头还！
> 篙折当更觅，橹折当更安。各自是官人，那得到头还！

前一首为女子所唱，后一首是男子的回答。《那呵滩》另一首有"上水郎担篙，何时至江陵"的话，可以肯定这里的"郎"的身份也应该是篙工之类的船夫。因"闻"而相送，说明不是夫妻关系。"各自是官人"，语极幽默。一种应差服役身不由己的愤慨，自在言外。《采桑度》也是和劳动结合的情歌。

南朝民歌除吴歌、西曲外，尚有"神弦曲"十八首，也属于"清商曲辞"。这是江南（建业附近）民间弦歌以娱神的祭歌。据《晋书·夏统传》，当时祭神，多用女巫，"并有国色，善歌舞"，神弦曲大概就是由女巫来唱的。神弦曲所祀之神，大都是地方性的鬼神，来历多不可考。只有青溪小姑传说是三国时吴将蒋子文第三妹，所以《图书集成·博物部》统归之"杂鬼类"。

和《楚辞·九歌》相似，神弦曲也具有人神恋爱的特色。曲词中，有的赞叹男神的美貌，表现为"女悦男鬼"，如《白石郎曲》：

> 积石如玉，列松如翠。郎艳独绝，世无其二。

有的写女神的私生活，表现为"男悦女鬼"，如《青溪小姑》：

> 开门白水，侧近桥梁。小姑所居，独处无郎。

这些歌实际上都与情歌无异。朱熹评《楚辞·九歌》说："比其类则宜为'三颂'之属，而论其词则反为《国风》再变之郑卫。"（《楚辞集注·楚辞辩证》）意虽不满，但也道出了民间祭歌的一个共同特征。

在艺术形式方面，南朝民歌最突出的一个特点，是体裁短小，多是五言四句，和周、汉民歌不同。其次是语言的清新自然，《大子夜歌》说："歌谣数百种，子夜最堪怜：慷慨吐清音，明转出天然。"其实不只是《子夜歌》。第三是双关语的广泛运用。双关语是一种谐声的隐语。有一底一面。约可分为两类：一类是同音同字的。如"合散无黄连，此事复何苦？"（《读曲歌》）用药名"散"双关聚散的"散"，用黄连的"苦"双关相思的"苦"。另一类是同音异字的。如"燃灯不下炷，有油那得明？"（《读曲歌》）用点灯的"油"双关理由的"由"。但这一句的"明"字却又属于前一类。最常见的双关语，是以"莲"双关"怜"，以"丝"双关"思"，以布匹的"匹"双关匹偶的"匹"。这些巧妙的双关语，一方面增加了表情的委婉含蓄，另一方面也显示了民歌作者的丰富想象。

最后，我们叙述"杂曲歌辞"中的那首抒情长诗《西洲曲》。这首诗的作者有问题，《乐府诗集》和《古诗纪》都作"古辞"，《玉台新咏》作江淹（但宋本不载），《诗镜》等又作梁武帝。大概这首民歌曾经过文人们的润色。

这是一首"侬亦吐芳词"的闺情诗，一个少女倾诉了她的四季相思之情。诗中虽没有出现春夏秋冬等字样，但通过"折梅""采莲""望飞鸿"这类带有季节特征的人物活动，时序的变迁还是非常清楚的。此诗表情细腻，如"单衫杏子红，双鬓鸦雏色"两句，结合眼前景色，作自我写照，言外便含有无限自怜自惜之意，不惟取喻新颖，属对自然。又如从"采莲"，更生出"弄莲""怀莲"等事，便觉一往情深，无限低回。按《子夜夏歌》："郎见欲采我，我心欲怀莲。"则此处"莲"字亦属双关，有望"怜"意。又此诗运用了民歌惯用的"接字"法，首尾相衔，蝉联而下，更加强了诗的节奏美，声情摇曳，语语动人。结句"南风知我意，吹梦到西洲"，更是涉想新奇，余味无穷。范云《闺思》诗"几回明月夜，飞梦到郎边"，又李白的名句"春风复无情，吹我梦魂散""我寄愁心与明月，随风直到夜郎西"，都是从此化出的。因此我们可以说《西洲曲》标志着南朝民歌在艺术发展上的最高成就，它的产生时代不可能过早。

北朝乐府民歌

北朝文人诗，既少，又不好。严格点说，就没有一个诗人。即以北魏末年号称"三才"的温子升、邢邵、魏收而论，所作都不过寥寥十首左右，大都模拟齐梁，毫无特色。《北齐书·魏收传》载邢邵诋魏收偷窃任昉，魏收则又讥邢邵在沈约集中作贼，可见实际上都是没有出息的文人。但是，北朝民歌却放出了异彩。

北朝民歌以《乐府诗集》所载"梁鼓角横吹曲"为主。所谓横吹曲，是当时北方民族一种在马上演奏的军乐，因为乐器有鼓有角，所以也叫作"鼓角横吹曲"。这些歌词的作者也主要是鲜卑族和其他北方民族的人民。《折杨柳歌》说："我是虏家儿，不解汉儿歌。"便是明证。歌词中提到的慕容垂、广平公（姚弼）、高阳王、琅琊王等，便都是"虏家儿"的豪酋贵族。鲜卑诸民族的歌，原是所谓"其词虏音，竟不可晓"的，而现存歌词却全用汉语，这一方面是由于通晓汉语的鲜卑人或通晓鲜卑语的汉人的翻译，前者如有名的《敕勒歌》，后者如上举《折杨柳歌》；另一方面是由于鲜卑诸民族的汉化。北魏孝文帝太和十九年（495 年）曾"诏断北语，一从正音"（《魏书·咸阳王传》），"若有违者，免所居官"（《魏书·高祖纪》）。所谓"北语"，即"胡语"，亦即鲜卑语；所谓"正音"，即汉语。《北史·辛昂传》载昂"令其众皆作中国歌"，可知现存歌词当有一部分原来就是用汉语创作的。据《南齐书·东昏侯纪》《南史·茹法亮传》的有关记载，以及梁武帝和吴均所作《雍台》诗，我们知道，北朝的鼓角横吹曲曾先后输入齐、梁，并由梁乐府保存，陈释智匠著《古今乐录》因冠以"梁"字，后人遂沿用不改。其实从乐曲到歌词都是北方各民族的创作。

鼓角横吹曲现存六十多首，数量虽远不及南朝的清商曲，但内容却丰富得多，相当全面而生动地反映了北朝二百多年间的社会状况和时代特征；战斗性也较强，酷似汉乐府民歌。这可从以下几方面的反映得到证实。

（一）反映战争的。战争是北朝社会一个最突出的现象，整个北朝的历史几乎与战争相终始，在初期"五胡十六国"的一百三十多年中，战争尤为频繁。统治族与被统治族之间的复杂而尖锐的矛盾，更使得这些战争具有异乎寻常的残酷性。作为这种残酷性的集中表现，便是人民的大量死亡，汉族人民固然遭受浩劫，少数族人民也同样做了各族统治阶级用来进行争夺战的牺牲品。如《企喻歌》：

> 男儿可怜虫，出门怀死忧。尸丧狭谷口，白骨无人收。

便是当时各族人民大量死于战争的真实写照。从这首短歌中，我们还可以看出广大人民的反战情绪，这是由当时战争的罪恶性质决定的。为了保存实力，少数族（尤其是鲜卑族）的统治者还往往利用非本族的人在前冲锋陷阵，甚至迫使汉人和汉人作战。对此，北朝民歌也有所揭露。《慕容垂歌》第一首写道：

> 慕容攀墙视，吴军无边岸。我身分自当，枉杀墙外汉。

按慕容垂（鲜卑族）攻苻丕（氐族）于邺城，丕被逼降晋，晋因遣刘牢之救丕，垂逆战败绩，退守新城。胡应麟《诗薮》说"秦人（氐族人民）盖因此作歌嘲之（垂）"，这解释是可信的。"吴军"即指晋军，"我"是代慕容垂自称，实际上是嘲笑他的卑鄙怯懦。"汉"指被迫在城外抵御晋军的汉人。当时少数族每自称国人，而称汉族人民为汉人或汉儿、汉辈。在这种野蛮的大混战中，兄和弟也往往由于割据者的驱迫而处于互相攻杀的敌对地位，如《隔谷歌》：

> 兄在城中弟在外，弓无弦，箭无括。食粮乏尽若为活？救我来！救我来！

这种惨象和沉痛的呼救声，也是历来战争中所罕有的。

北歌中的杰作《木兰诗》，也正是这种战争频繁的时代环境的产物，但它具有更为深广的社会意义和思想意义，我们后面将着重论述。

（二）反映人民疾苦的。北朝社会的另一特殊现象，是和上述那种野蛮战争相辅而行的人口掳掠。几乎是每一次战争，也不论胜负，各族统治者都照例要进行一次人口掠夺。大批的人民被迫离开本土，转徙道路，因而在北朝民歌中体现了不少反映流亡生活的怀土思乡之作，而且都流露出一种绝望的悲哀和愤激，不同于一般的游子诗。如《紫骝马歌》：

> 高高山头树，风吹叶落去。一去数千里，何当还故处？

风吹叶落，一去数千里，正是被俘远徙的人民的自我写照。又如《琅琊王歌》：

> 琅琊复琅琊，琅琊大道王。鹿鸣思长草，愁人思故乡。

《陇头流水歌》更写到流离道路的苦况：

> 西上陇坂，羊肠九回。山高谷深，不觉脚酸。手攀弱枝，足逾弱泥。

写得最悲壮动人的是《陇头歌》三首：

> 陇头流水，流离山下。念吾一身，飘然旷野。
> 朝发欣城，暮宿陇头。寒不能语，舌卷入喉。
> 陇头流水，鸣声幽咽。遥望秦川，心肝断绝！

"遥望秦川"也就是遥望故乡。想到生还故处已无指望，哪能不"心肝断绝"？这些都不像一般的羁旅行役之词。

有些民歌还反映了人民饥寒交迫的悲惨生活，接触到阶级社会贫富对立的根本问题。如《雀劳利歌》：

> 雨雪霏霏雀劳利，长嘴饱满短嘴饥。

这里的"长嘴"和"短嘴"便是剥削阶级和被剥削的劳动人民的象征性的概括。又如《幽州马客吟》：

> 快马常苦瘦，剿儿常苦贫。黄禾起赢马，有钱始作人！

通过尖锐的对比揭露了阶级社会的不合理。"有钱始作人"，充分表现了劳动人民对剥削阶级的鄙视。在北朝，阶级压迫与民族压迫同时存在，不少被俘的人民沦为奴隶，阶级对立特别明显，这就不能不激起人民的反抗意识。

（三）反映北方各民族的尚武精神的。北方诸民族向以能骑善射、好勇尚武著称，这种民族特性在北朝民歌中也有很突出的表现。如《企喻歌》：

> 男儿欲作健，结伴不须多。鹞子经天飞，群雀两向波。

"欲作健"就是说要做健儿。把自己比作猛禽，把敌方比作小雀，就十分形象地表现了他们那种"以刚猛为强"的本色。他们也爱美丽的姑娘，然而却更爱"大刀"和"快马"。如《琅琊王歌》：

新买五尺刀，悬著中梁柱。一日三摩娑，剧于十五女。

又如《折杨柳歌》：

健儿须快马，快马须健儿。跋跋黄尘下，然后别雄雌。

王士祯《香祖笔记》评前一首云："是快语。语有令人'骨腾肉飞'者，此类是也。"的确，这种快语是得未曾有的。

（四）反映爱情生活的。由于北方诸民族的性格和习俗的差异，同时又不曾或很少受到礼教的约束，因而北朝的情歌也有它自己的特色：心直口直，有啥说啥，毫不遮掩，毫不扭捏。南歌说"感郎千金意，惭无倾城色"，北歌却说"女儿自言好，故入郎君怀"。在南歌中我们常常碰到汪汪的眼泪，但在北歌中却找不到一个泪字。有时情人失约不来，她们也只是说上一句："欲来不来早语我！"

对男女相悦的看法，北朝情歌也表现得更为大胆、干脆。如《捉搦歌》：

谁家女子能行步，反著夹禅后裙露。天生男女共一处，愿得两个成翁姬。

又如《地驱乐歌》：

驱羊入谷，白羊在前。老女不嫁，蹋地呼天。

和南歌的迂回婉转，大异其趣。北朝有关爱情婚姻的民歌并不多，但是其中就有两三首提到"老女不嫁"的事，这可能和战争频繁、丁壮死亡过多有关。东魏时，高欢曾"请释芒山俘桎梏，配以人间寡妇"（见《北史》卷六），寡妇之多，竟成了社会问题，这一事实也正说明这点。

除上述四方面外，反映北方民族的游牧生活和北国风光的，还有《杂歌谣辞》中的《敕勒歌》：

> 敕勒川，阴山下。天似穹庐，笼盖四野。天苍苍，野茫茫，风吹草低见牛羊。

二十七个字，便出色地画出了辽阔苍茫的草原景象，并反映了北方民族的生活面貌和精神面貌，具有无比的魅力，的确是"千古绝唱"。史称"北齐神武（高欢）使斛律金唱敕勒歌"，《乐府广题》说："其歌本鲜卑语，易为齐言，故其句长短不齐"，也许就是斛律金翻译的。

《杂歌谣辞》的另一首《陇上歌》，则是汉族人民歌颂陈安为反抗刘曜（匈奴族）的压迫而壮烈牺牲的挽歌：

> 陇上壮士有陈安，躯干虽小腹中宽，爱养将士同心肝。蹀骢父马铁锻鞍，七尺大刀奋如湍，丈八蛇矛左右盘，十荡十决无当前。战始三交失蛇矛，弃我蹀骢窜岩幽。为我外援而悬头！西流之水东流河，一去不还奈子何！

事详《晋书·刘曜载记》。史言"曜闻而嘉伤，命乐府歌之"。这自然是为缓和汉族人民愤怒的一种手段，但也足证陈安之深得民心。

北朝民歌不仅内容丰富，在艺术上也有其独创性。它的语言是质朴无华的，表情是爽直坦率的，风格是豪放刚健的。在这里没有巧妙的双关语，也没有所谓一唱三叹的袅袅余音，而是名副其实的悲壮激越的军乐、战歌。这些，都和南朝民歌形成鲜明的对比。体裁方面，北歌虽亦以五言四句为主，但同时还创造了七言四句的七绝体，并发展了七言古体和杂言体，这也是南朝民歌所不及的。

最后，我们论述北朝乐府民歌的代表作《木兰诗》。《木兰诗》是一篇歌颂女英雄木兰乔装代父从军的叙事诗，也可以说是一出喜剧。它和《孔雀东南飞》是我国诗歌史上的"双璧"，异曲同工，后先辉映。胡应麟《诗薮》说："五言之赡，极于焦仲卿妻；杂言之赡，极于木兰。"这提法和评价是很恰当的。但是和《孔雀东南飞》一样，《木兰诗》也有一个产生的时代问题，而且更为纷纭，魏、晋、齐、梁、隋、唐，各说都有。有的还提出了主名，把著作权归之曹植和韦元甫。目前我们已可肯定它是北朝民歌。陈释智匠撰《古今乐录》已著录这首诗，这是不可能作于陈以后的铁证。北朝战争频繁，好勇尚武，这首诗正反映了这一特定的社会风貌。又诗中称君主为可汗，出征地点都在北方，也都说明它只能是北朝的产品。大约作于北魏迁都洛阳以后，东、西魏分裂以前。在流传过程中，它可能经过隋唐文人的润色，以致"中杂唐调"，如"万里赴戎机"六句。但全诗看，仍然保持着北朝民歌的特色。

木兰的英雄形象出现在文学史上是具有不平凡的意义的。她是一个勤劳织布的普通姑娘，但当战争到来的时候，竟自勇敢地承担起一般妇女所不能承担的代父从军的任务，买了"骏马""长鞭"，经历黄河黑水，北到燕山朔野，万里长征，十年转战。凯旋后，功成不受赏，气概又表现得如此地磊落轩昂。回到家里，在爷娘姊弟一片热烈欢迎的气氛中，她"脱我战时袍，著我旧时裳"，同行的伙伴才惊讶地认出这个转战十年，功勋卓越的"壮士"，竟是一个"女郎"。扑朔迷离的传奇色彩，更使这个勇敢、坚毅、纯洁的姑娘显出了天真、活泼、机智的本来面目。

《木兰诗》是现实主义和浪漫主义相结合的诗篇。木兰既是现实人物，又是人民理想的化身。在北朝，妇女中出现像木兰这样勇敢善战的人物是不足为奇的。只如《北史·李安世传》所载《李波小妹歌》就提供了一个武艺卓越的妇女的真人真事："李波小妹字雍容，褰裳逐马如卷蓬。左射右射必叠双。妇女尚如此，男子安可逢！"但是木兰的形象，比之李波小妹的形象却有本质的差别。李波小妹是残害人民的豪强地主家庭的妇女，而木兰却自始至终都不失劳动人民女儿的本色。她不惜自我牺牲，也不顾"男女有别"，"弯弓征战作男儿"，既保全了老父，又捍卫了边疆。由于故事本身的正义性、传奇性，使民歌作者有可能在木兰身上集中地体现劳动人民高贵的品质，突破"女不如男"的封建传统观念，把她塑造成一个压倒须眉的女英雄，为千百年来千千万万的妇女扬眉吐气。这点在封建社会具有崭新的教育意义。

在表现手法上，《木兰诗》也具有两结合的因素。繁则极繁，简则极简。如开头一段写木兰的问答和买马都很繁。但不如此夸张铺叙就无法渲染人物的紧张心情和战争气氛。谢榛《四溟诗话》说："若一言了问答，一市买鞍马，则简而无味，殆非乐府家数。"是有道理的。又如末段写木兰还家，也很繁。但这里却不是夸张，而是精雕细琢，通过人物行动来刻画人物性格。十年征戍，艰苦备尝，事情原很多，但作者却写得极简，只用"万里赴戎机"六句三十个字就包举无遗。作为繁简的标准的是人物的特征。从全诗可以看出，作者始终是扣紧"木兰是女郎"这一特点来进行剪裁和描写的。"不闻爷娘唤女声"数句之所以动人，主要即由于切合木兰的身份，挪用不得。《木兰诗》的语言，丰富多彩，有朴素自然的口语，也有精妙绝伦的律句。但它们在生动活泼的基调上取得统一和协调。此外，如句型的或整或散、长短错综，排句的反复咏叹，譬喻的新奇幽默等，也都加强了诗的音乐性和表现力，有助于人物形象的塑造。

授课人：萧涤非

第六章 南北朝的骈文

南北朝时代，由于社会政治的原因，以及文学思潮的影响，形成了骈文畸形繁荣的局面。

在帝王和贵族左右着文坛的南北朝时代，作家们大多数都生活在帝王、贵族的周围，他们的生活、思想、艺术趣味都受到很大的束缚。为了用华丽纤巧的形式来掩饰空虚贫乏的内容，骈文这种特别注意形式美的文体，便受到当时文人们普遍的欢迎，大大地繁荣起来了。

骈文的形式技巧也比魏晋时代更加精密了。在句法上，不仅讲求对偶，而且把偶句分类归纳为言对、事对、正对、反对等等类型，加以探讨研究。句的字数也渐渐趋向骈四俪六，《文心雕龙·章句篇》说："四字密而不促，六字格而非缓。或变之以三五，盖应机之权变也。"在声律上，骈文虽然不像诗歌那样有"八病"的限制，但也要求平仄配合，"辘轳交往"。其他如用典、比喻、夸饰、物色等等的技巧，《文心雕龙》也各有专篇讨论。

由于文学的发展，特别是文学形式技巧的发展，南北朝作家们开始探索文学和非文学的区别。他们最初是把经、史、诸子划在文学范围之外，又区分文学范围以内的作品为"有韵"的"文"和"无韵"的"笔"两类。后来梁元帝萧绎认为只有"绮縠纷披，宫徵靡曼。唇吻遒会，情灵摇荡"的作品，才可以称之为"文"，至于"退则非谓成篇，进则不云取义"的章表、书记等类的实用骈散文字，则只能称之为"笔"（见萧绎《金楼子·立言篇》）。这就表现出重文轻笔的倾向。他这种理论虽然对文学界限的划分做了积极的尝试，并对文学技巧的发展有一定促进作用，但他所强调的文学独立性，实质上和他哥哥萧纲讲的"立身先须谨重，文章且须放荡"的观点是互为表里的，这就鼓励作家走上忽视文学思想内容的形式主义歧途。同时，他过分地强调形式，重文轻笔，也使原来较多地采用散文形式的各种笔体文章，都纷纷改用"绮縠纷披，宫徵靡曼"的骈体形式，这也促成了骈文更加畸形繁荣的局面。起源于两汉辞赋的骈文，到了南北朝，在形式上和骈赋的关系也就更为密切了。

骈文注重形式美，当然并不等于形式主义。但是，形式主义的作家特别喜欢骈文，形式主义文风的流行促成了骈文的畸形繁荣，而骈文的畸形繁荣又进一步造成形式主义文风的泛滥，却是非常明显的事实。

南北朝时代，除产生了大量的形式主义的骈赋和骈文之外，还有少数作家在不同程度上摆脱宫廷贵族生活的限制和浮艳文风的影响，写出了一些内容比较充实深刻，具有独创风格的骈赋和骈文。

鲍照的《芜城赋》，是他凭吊广陵（今江苏扬州）的作品。广陵在宋文帝元嘉二十七年（450年）、孝武帝大明三年（459年），曾经两次遭受战祸，后一次灾祸是竟陵王刘诞割据叛乱所引起的。鲍照在赋里借用了西汉时代曾在广陵建都的吴王刘濞叛乱失败的故事，讽刺竟陵王叛乱所带来的灾祸。这篇赋描写了刘濞称雄的气焰和悲惨的结局，对比了广陵昔盛今衰的面貌。其中描绘战后荒凉景象，尤为动人：

泽葵依井，荒葛罥涂。坛罗虺蜮，阶斗麏鼯。木魅山鬼，野鼠城狐。风嗥雨啸，昏见晨趋。饥鹰厉吻，寒鸱吓雏。伏暴藏虎，乳血飧肤。崩榛塞路，峥嵘古馗。白杨早落，塞草前衰。稜稜霜气，蔌蔌风威。孤蓬自振，惊沙坐飞。灌莽杳而无际，丛薄纷其相依。

这的确是如姚鼐所说的"驱迈苍凉之气，惊心动魄之辞"。他的《登大雷岸与妹书》，写自己"栈石星饭，结荷水宿，旅客贫辛，波路壮阔"的行役生活，写九江、庐山一带烟云变幻、气象万千的景物，在纵横排奡之中见奇丽峭拔之致，脱尽了一般骈文中常见的华靡、平庸、萎弱的作风。

齐朝孔稚圭（448—501年）的《北山移文》，用檄移的文体，假借"钟山之英，草堂之灵"的口吻，对一个"缨情好爵"的虚伪隐士加以口诛笔伐。文中写这位假隐士奉诏出山，给钟山带来了莫大的耻辱，引起了"南岳献嘲，北陇腾笑"。所以当他秩满入京，再经钟山的时候，就引起了山灵无比的愤怒，"于是，丛条瞋胆，叠颖怒魄。或飞柯以折轮，乍低枝而扫迹"。整篇文章都用妙想天开的拟人手法，使山岳草木都充满嬉笑怒骂的声音和姿态。在习用于歌功颂德的骈文中，很少看到这种辛辣有力的讽刺杂文。

江淹是南朝最优秀的骈文作家之一，向来与鲍照齐名。他的代表作《恨赋》和《别赋》是两篇主题和题材很新颖别致的骈赋。它们既非专事体物图貌，也不完全是写志抒情，而是把诗歌中咏史和代言的传统引入辞赋之中。《恨赋》写历史上著名的帝王将相、英雄烈士

"饮恨吞声"的死亡，取材和汉魏以来咏史诗传统非常接近，在构思上和他拟古的《杂体诗》也有接近之处。《别赋》写从军边塞的壮士、感恩报主的剑客、服食求仙的道士、桑中陌上的情人等不同身份的人们"黯然销魂"的离别，取材构思又与乐府的代言体相似。这两篇赋有很高的艺术技巧。如《恨赋》写秦始皇的死，着重写他空前煊赫的功业和未完成的雄图，以突出他"一旦魂断，宫车晚出"的无穷遗恨。写嵇康的死，则着重刻画他临刑时那种从容坚定的气度：

> 及夫中散下狱，神气激扬。浊醪夕饮，素琴晨张。秋日萧索，浮云无光。郁青霞之奇意，入修夜之不旸。

《别赋》或刻画临别的衔涕伤神，或描写别后的四季相思。或慷慨悲歌，或缠绵往复。也同样写得参差错落，丰富多彩。文词富丽高华，熔铸诗经、楚辞、乐府、古诗的词语句法，能做到浑成无迹，言约意丰，音韵既铿锵优美，句法又错综变化。而且善于在篇中插入富有诗意的白描，使全文映照生姿。例如：

> 下有芍药之诗，佳人之歌。桑中卫女，上官陈娥。春草碧色，春水渌波。送君南浦，伤如之何！至乃秋露如珠，秋月如珪。明月白露，光阴往来。与子之别，思心徘徊。

这一段写情人离别的文字，几乎完全采取民歌抒情独白的形式；明转天然的语言，珠圆玉润的音调，也说明作者对南朝民歌有深细的体会。

梁代陶宏景（452—536 年）、吴均的几篇短札也是历来传诵的写景名作：

山川之美，古来共谈，高峰入云，清流见底。两岸石壁，五色交辉；青林翠竹，四时俱备。晓雾将歇，猿鸟乱鸣；夕日欲颓，沉鳞竞跃。实是欲界之仙都，自康乐以来，未复有能与其奇者。

——陶宏景《答谢中书书》

风烟俱净，天山共色。从流飘荡，任意东西。自富阳至桐庐，一百许里，奇山异水，天下独绝。水皆缥碧，千丈见底；游鱼细石，直视无碍。急湍甚箭，猛浪若奔。夹岸高山，皆生寒树。负势竞上，互相轩邈，争高直指，千百成峰。泉水激石，泠泠作响；好鸟相鸣，嘤嘤成韵。蝉则千转不穷，猿则百叫无绝。鸢飞戾天者，望峰息心；经纶世务者，窥谷忘返。横柯上蔽，在昼犹昏；疏条交映，有时见日。

——吴均《与宋元思书》

这些书札虽用骈体，但直叙白描的散行句子颇多。风格简淡清新，没有浮艳气息，可以和二谢山水诗比美。吴均还有《与施从事书》《与顾章书》，也都是以善写山水为其特色。

庾信是南北朝骈赋、骈文成就最高的作家。《哀江南赋》是代表他的骈文最高成就的名作。这篇赋是他晚年在北周怀念故国、自悲身世的作品。其内容与他的《拟咏怀》诗是相为表里的。赋的序文说：

信年始二毛，即逢丧乱。藐是流离，至于暮齿。燕歌远别，悲不自胜；楚老相逢，泣将何及。畏南山之雨，忽践秦庭；让东海之滨，遂餐周粟。下亭漂泊，高桥羁旅。楚歌非取乐之方，鲁酒无忘忧之用。追为此赋，聊以记言。不无危苦之词，惟以悲哀为主。

这篇赋以叙事体的长篇结构，追叙了他的家世和他前半生的经历。追叙了梁武帝统治下"五十年中，江表无事"的时代，详述了从侯景之乱、梁元帝偏安江陵为西魏所灭，以及梁敬帝被陈霸先篡位等一系列的梁朝衰亡的史实。其中描写江陵亡后，百姓被俘掳到北方途中的景象，尤其动人：

> 水毒秦泾，山高赵陉，十里五里，长亭短亭。饥随蛰燕，暗逐流萤。秦中水黑，关上泥青。于时瓦解冰泮，风飞雹散。浑然千里，淄渑一乱。雪暗如沙，冰横似岸。逢赴洛之陆机，见离家之王粲。莫不闻陇水而掩泣，向关山而长叹。

在骈体的辞赋里，出现这样描写人民流亡的血泪淋漓的现实生活图景，是前无古人的。赋中对梁朝君臣的昏庸、苟安、猜忌、内讧，也做了沉痛的指责。至于怀念故国的深沉感情，更是时时流露，举不胜举。他的《小园赋》，在写对故国的怀念中，更突出地表现了他屈仕异国愿为隐士而不得的痛苦心情。赋中写他幻想的"数亩敝庐，寂寞人外"的生活，特多白描名句，如"鸟多闲暇，花随四时""一寸二寸之鱼，三竿两竿之竹""薄晚闲闺，老幼相携；蓬头王霸之子，椎髻梁鸿之妻；燋麦两瓮，寒菜一畦。风骚骚而树急，天惨惨而云低"。这些片断，特别显出了他善于在骈文中运用白描的杰出技巧。徐陵的骈文在梁时曾和他齐名，但最后的成就却远不及他。

授课人：萧涤非

第七章 魏晋南北朝的小说

志怪小说

魏晋南北朝时期志怪小说的大量产生，是有其现实社会原因的。这首先是和当时宗教迷信思想的盛行密切相关。鲁迅《中国小说史略》说："中国本信巫，秦汉以来，神仙之说盛行，汉末又大畅巫风，而鬼道愈炽；会小乘佛教亦入中土，渐见流传，凡此，皆张皇鬼神，称道灵异，故自晋迄隋，特多鬼神志怪之书。"这段论述很简明扼要。魏晋南北朝时期，社会动荡不安，战乱频仍，宗教迷信思想最易传播。腐朽的士族阶级不敢正视现实，妄想羽化登仙，永世享乐，多信神仙道术之事；有的则信仰佛教，寻求精神的麻醉；而劳动人民渴求摆脱贫困、饥饿和死亡，在统治阶级的愚弄下，也往往把寻求安宁、幸福和希望寄托于不现实的空中楼阁。社会上宗教迷信思想因之盛行，神鬼故事也就不断产生。这是一方面。另一方面，广大人民在极端困迫的生活里，也运用各种方式向压迫、剥削他们的反动统治阶级展开了英勇的斗争。他们常常把强烈的反抗意志和对理想的追求，通过大胆的幻想，借助于神鬼故事曲折地表现出来。志怪小说中有不少思想内容积极健康的作品，就是这些故事的记录和加工。

魏晋南北朝的志怪小说，数量很多。现在保存下来的完整与不完整的尚有三十余种。其中比较重要的有托名汉东方朔的《神异经》《十洲记》，托名郭宪的《汉武洞冥记》，托名班固的《汉武帝故事》《汉武帝内传》，托名魏曹丕（一作张华）的《列异传》，晋张华的《博物志》，王嘉的《拾遗记》，荀氏的《灵鬼志》，干宝的《搜神记》，托名陶潜的《搜神后记》，宋王琰的《冥祥记》，刘义庆的《幽明录》，梁吴均的《续齐谐记》，北齐颜之推的《冤魂志》等。干宝《搜神记》成就最高，是这类小说的代表。

志怪小说中有不小一部分是道士、佛徒自神其教的作品，即或是文人史家的著述也几乎是抱着同样的目的，如干宝著《搜神记》便自言是为了"发明神道之不诬"。因之，其中不少作品或讲神仙道术，或谈巫鬼妖怪，或夸殊方异物，或言佛教灵异，目的都在证明神仙及幽冥世界的实有和神鬼的威灵，宣扬宗教迷信思想。如《搜神记》中《阮瞻》一篇，叙述"素执无鬼论"的阮瞻被鬼吓坏的故事，显然是在证明鬼神的存在。《蒋济亡儿》一篇，写蒋济亡儿死后在阴间衙门里当差，也很明显是为宗教的迷信思想做宣传。这类作品的作用是把人民带到宗教迷信的幻境里，麻痹人民的斗志，使之屈从命运的安排，为巩固现实的统治服务。它们是志怪小说中的糟粕，对后世影响也很坏。

志怪小说中的优秀作品，可能是民间故事。它们虽然也染上了神异的色彩，袭用了迷信落后的形式，但思想倾向却是与前者根本对立的。它们是借助神怪的题材，反映广大人民的思想和愿望。其中有直接暴露封建统治者的凶残、表现人民对统治者坚决斗争的，如《搜神记》中的《干将莫邪》，记巧匠莫邪给楚王铸成雄雌二剑后被楚王杀死，其子赤为父报仇的故事。不仅揭露了封建暴君残害人民的血腥罪行，而且突出地表现了我国古代劳动人民反抗压迫的英雄行为。山中行客见义勇为、自我牺牲为子赤复仇的豪侠气概，也体现了劳动人民在反抗压迫的斗争中的团结友爱。书中写行客持子赤头见楚王一段，尤其惊心动魄：

> 客持头往见楚王，王大喜。客曰："此乃勇士头也，当于汤镬煮之。"王如其言煮头，三日三夕不烂。头踔出汤中，瞋目大怒。客曰："此儿头不烂，愿王自往临视之，是必烂也。"王即临之，客以剑拟王，王头随堕汤中，客亦自拟己头，头复堕汤中。三首俱烂，不可识别，乃分其汤肉葬之，故通名三王墓。

这种情节看来虽似离奇荒诞，却深刻地表现了在暴君统治下被迫害人民反抗的决心。又如《韩凭夫妇》，叙述宋康王霸占韩凭的妻子何氏，韩凭夫妇先后自杀的悲剧，暴露了封建统治者荒淫和凶残的本性，歌颂了韩凭夫妇生死不渝的爱情，尤其是何氏不慕富贵，不畏强暴的刚强意志。体现了劳动人民贫贱不移、威武不屈的高尚品质。

劳动人民的善良、勇敢、乐于助人、勇于自我牺牲的精神，在志怪小说中也有动人的表现。如《李寄斩蛇》，写穷苦的女孩李寄，冒着生命危险，砍死大蛇的故事。李寄的形象反映出劳动人民为民除害的勇敢和智慧，同时也说明了官吏的残酷和无能。

反映封建婚姻制度下青年男女为争取爱情幸福而斗争的故事，可以《紫玉韩重》为代表。作品叙述吴王的小女紫玉和童子韩重相爱，私订终身，吴王不许，紫玉愤恨而死。后来韩重在墓前痛哭，紫玉魂灵出现，和他在墓中结为夫妇。这个故事歌颂了他们爱情的坚贞，写出了封建时代青年男女爱情生活的不自由。《王道平》和《河间男女》也是这一类型的故事。其他如《列异传》中的《望夫石》，《搜神后记》中的《白水素女》，《幽明录》中的《庞阿》和《卖胡粉女子》，写的都是封建社会中青年男女婚姻不自由的悲剧故事，赞扬了要求婚姻自由的青年男女，客观上揭露了封建礼教的罪恶，具有反封建的意义。此外，《幽明录》中《刘晨阮肇共入天台山》一则，记载一个人仙恋爱的神话故事。唐传奇《游仙窟》在构思上显然是受了它的影响。任昉《述异记》中《园客》一则，还在劳动背景中描写了一个动人的人仙的爱情故事。

值得注意的是当道教、佛教大量编造鬼故事，宣传鬼的魔力以恐吓人民的时候，在民间却针锋相对地产生了一些不怕鬼的故事。《搜神记》和《列异传》都收录的"宋定伯捉鬼"，不仅宣传了鬼魅不可怕，而且还借捉鬼的有趣故事，反映出人民的机智。《搜神记》还有好几篇类似这样的故事。如宋大贤对狐魅的一切恐怖手段都持勇敢无畏态度，终于伺机捉杀了狐鬼。安阳城南一书生，镇静而耐心地探询清楚各个鬼魅的来历，待天明以后才逐一锄杀。这类故事正反映了人民在现实生活中对待坏人坏事的勇敢和智慧。此外如《拾遗记》的《怨碑》，《冤魂志》的《弘氏》等篇，揭露了统治者的罪恶，表达了人民的抗议，也都是较好的作品。

魏晋南北朝的志怪小说大都采用非现实的故事题材，显示出浓厚的浪漫主义色彩。但宣传宗教神怪的小说和进步的民间传说故事在本质上是绝不相同的。前者大力渲染神鬼怪异的灵验，麻痹人们的思想，削弱人们的斗志，是消极的浪漫主义。后者植根于黑暗社会人民的现实生活，以幻想的形式，表现了人民反抗强暴的意志和争取美好生活的愿望，它鼓舞人们热爱生活，激励人民为实现自己的理想而坚决斗争，因此是积极的浪漫主义。

处于小说发展初期的志怪小说，在艺术形式方面，一般还只是粗陈梗概。然而也有一些结构较完整，描写较细致生动，粗具短篇小说规模的作品。如《韩凭夫妇》《李寄斩蛇》等篇中的人物形象已比较鲜明。又如《干将莫邪》，虽篇幅很短，情节却富于变化。在古代小说形成的初期已能达到这样的水平，是非常可喜的。

志怪小说对后世有很大影响。唐代传奇就是在它的基础上发展而来的。沈既济的《枕中记》，李公佐的《南柯太守传》，就渊源于刘义庆《幽明录》的《焦湖庙祝》以及《搜神记》中"卢汾梦入蚁穴"的故事。在中国小说史上，说狐道鬼这一流派的形成，就肇始于这时的志怪小说。如宋洪迈的《夷坚志》、明瞿佑的《剪灯新话》、清蒲松龄的《聊斋志异》、纪晓岚的《阅微草堂笔记》等，都和它有一脉相承的关系。宋人平话中的"烟粉灵怪"故事也都受到它的影响。如《生死交范张鸡黍》《西湖三塔记》等，就出自《搜神记》相同题材的故事。志怪小说还给后世的戏曲和小说提供了丰富的素材：罗贯中的《三国演义》、冯梦龙的《三言》，都吸收了《搜神记》的若干材料；关汉卿的《窦娥冤》、汤显祖的《邯郸梦》，是《东海孝妇》和《焦湖庙祝》的进一步发展；至于如《干将莫邪》被鲁迅改为历史小说《铸剑》，《董永》为今天黄梅戏《天仙配》的最早蓝本，这更是大家所熟知的。

轶事小说

记录人物轶闻琐事的小说在魏晋南北朝也很盛行，这和当时社会品评人物的清谈风尚有密切关系，鲁迅说："汉末士流，已重品目，声名成毁，决于片言。魏晋以来，乃弥以标格语言相尚，惟吐属则流于玄虚，举止则故为疏放。……世之所尚，因有撰集，或者掇拾旧闻，或者记述近事，虽不过丛残小语，而俱为人间言动，遂脱志怪之牢笼也。"(《中国小说史略》)这一段话，扼要地说明了轶事小说产生和兴盛的原因。

魏晋的轶事小说，较早的有托名汉刘歆的《西京杂记》，据《唐书·经籍志》著录，实为晋葛洪所撰。这部书内容很庞杂，记述了西汉的宫室制度、风俗习惯、怪异传说等多方面内容，人物轶事只是其中的一部分，但确有一些"意绪秀异，文笔可观"的佳作。如《鹔鹴裘》描写司马相如和卓文君当垆卖酒捉弄卓王孙的故事，就很生动。《王嫱》一则，反映了宫廷生活的腐败和奸臣的弄权纳贿，颠倒黑白，有强烈的批判意义。纯粹记录人物轶事的小说，最早的作品是东晋裴启的《语林》，后来有郭澄之的《郭子》，宋刘义庆的《世说新语》，梁沈约的《俗说》，殷芸的《小说》等。这些书已大都散佚，只在类书中还保有一些遗文。比较完整流传至今的只有《世说新语》，它是魏晋轶事小说的集大成之作，是这类小说的代表作品。

《世说新语》的编撰人刘义庆（403—444年），是刘宋王朝的宗室，袭封临川王。《宋书·刘道规传》说他"性简素"，"爱好文义"，"招聚文学之士，近远必至"。《世说新语》可能就是他和手下文人杂采众书编纂润色而成。梁时刘孝标为此书作注，引用古书四百余种，更加丰富了本书的内容。

《世说新语》主要是掇拾汉末至东晋的士族阶层人物的遗闻轶事，尤详于东晋。全书按内容分类系事，计有德行、言语、政事、文学等三十六篇。作者显然是从士族阶级的观点来搜集记录这些人物轶事的，因此它的褒贬也就不能不带有严重的阶级局限性，许多是应该严格批判的东西，作者却持着欣赏赞扬的态度，这大大影响了本书的思想性。但从其内容的客观意义来说，仍然比较清楚地反映了士族阶级的精神面貌与生活方式，具有一定的暴露和认识意义。

《世说新语》的大部分篇幅是描写"魏晋风度""名士风流"，我们从中可以清楚地看到士族名士有意玩弄风度、风流自赏的情态。他们崇尚"自然"，主张适意而行，不受任何拘束。如《任诞篇》记王子猷居山阴，逢夜雪，忽忆剡县戴安道，即时登舟往访，经宿始至，及门而返，人问其故，王曰："吾本乘兴而行，兴尽而返，何必见戴。"同篇又载刘伶纵酒放达，甚至脱衣裸形在室中，有人看见讥笑他，他却说："我以天地为栋宇，屋室为裈衣，诸君何为入我裈中？"有一些放诞行为实际已流于纵欲享乐。如同篇记毕卓，他认为"一手持蟹螯，一手持酒杯，拍浮酒池中，便足了一生"。他们又以喜怒忧惧不形于色，为不失名士风度。如《雅量篇》载谢安与人围棋，适得谢玄淮上大捷消息，他看信毕，竟"默然无言"，直到有人问是何事，他才毫不在意地答道："小儿辈大破贼。"而"意色举止，不异于常"。又如同篇载顾雍集僚属围棋，得到儿子死讯，他虽"以爪掐掌，血流沾褥"，却"神气不变"，直至客散。能欣赏山水也被视为名士风雅。许询"好游山水"，又"体便登陟"，时人便称许他说："许非徒有胜情，实有济胜之具。"（《栖逸篇》）卫永不谙山水，孙绰便讥议他说："此子神情都不关山水。"（《赏誉篇》）这些名士又以隐逸为高。《排调篇》载，谢安始隐东山，后出仕为桓公司马，有人赠桓公药草远志，桓问谢："此药又名小草，何一物而有二称？"郝隆便借机讥讽谢说："此甚易解，处则为远志，出则为小草。"谢亦有愧色。士族即或身担要职，也要"不以物务婴心"，做个"朝隐"名士。所以《言语篇》记谢太傅登冶城，"悠然远想，有高世之志"。他们大都"托怀玄胜，远咏老庄"，终日"以清谈为经济"。如《文学篇》载：

> 殷中军为庾公长史，下都，王丞相为之集。桓公、王长史、王蓝田、谢镇西并在。丞相自起解帐，带麈尾，语殷曰："身今日当与君共谈析理。"既共清言，遂达三更。丞相与殷共相往反，其余诸贤，略无所关。既彼我相尽，丞相乃叹曰："向来语，乃竟未知理源所归；至于辞喻不相负，正始之音，正当尔耳。"明旦，桓宣武语人曰："昨夜听殷、王清言，甚佳，仁祖亦不寂寞，我亦时复造心，顾看两王掾，辄翣如生母狗馨。"

这正是大官僚名士生活的真实写照。此外，在《言语》《赏誉》《品藻》《任诞》《排调》等篇中，还记载了士族名士讲究仪容修饰，神态超逸，注意语言"机警多锋"，简约有味，以及好尚服药饮酒等，这些也都是魏晋风流的内容。

两晋是士族门阀社会。士族阶级依据门阀制度垄断了政治和经济，他们又袭取了汉末清议的形式，换上士族阶级的内容，制造一个精神的象牙之塔。一方面以此逃避充满矛盾的现实，一方面以此自命风雅，使士族阶级的壁垒更加森严。但是只要我们了解到这是一个"四郊多垒，宜人人自效"的时代，而士族阶级却一味风流自赏，"虚谈废务，浮文妨要"，也就可以清楚地认识到这个阶级的腐朽本质，看清所谓"名士风流"究竟是怎样一种货色了。

《世说新语》的一些记载还暴露了晋司马氏统治的黑暗恐怖。如《尤悔篇》载王导为晋明帝陈说晋得天下之由，"具叙宣王创业之始，诛夷名族，宠树同己，及文王之末高贵乡公事"，以致明帝听了也覆面着床说："若如公言，祚安得长？"又《德行篇》载阮籍"言皆玄远，未尝臧否人物"，连司马昭都说他言语"至慎"；此外，《言语篇》载司马景王取上党李喜为从事中郎，问他："昔先公辟君不就，今孤召君，何以来？"喜对曰："先公以礼见待，故得以礼进退。明公以法见绳，喜畏法而至耳。"也都透露了司马氏统治的残酷。

《世说新语》另一些记载则暴露了豪门士族穷奢极欲的生活。如《汰侈篇》记石崇和王恺斗富的情形，一个"以粝糒澳釜"，一个"用蜡烛作炊"；一个"作紫丝布步障碧绫裏四十里"，一个"作锦步障五十里"。这种对民脂民膏的大肆挥霍，真是骇人听闻。又载：

> 武帝尝降王武子家，武子供馔，并用琉璃器，婢子百余人，皆绫罗绔袴，以手擎饮食。㸉独肥美，异于常味，帝怪而问之。答曰："以人乳饮㸉。"帝甚不平，食未毕便去……

连皇帝都意不能平，王武子家的奢华程度就可想而知了。

此外，还有一些记载暴露了士族阶级凶残暴虐、贪婪悭吝等丑恶本性。如《汰侈篇》载石崇每燕客，常令美人行酒，客饮不尽，即斩美人。一次大将军王敦去作客，竟"固不饮以观其变，已斩三人，颜色如故，尚不肯饮"，当丞相王导责让他时，他却说："自杀伊家人，何预卿事！"石崇的凶暴，王敦的残忍，都令人吃惊。又《俭啬篇》记司徒王戎，"既贵且富，区宅僮牧、膏田水碓之属，洛下无比。契疏鞅掌，每与夫人烛下散筹算计"，很能说明士族贪得无厌的本色。可是这位"既贵且富"的司徒，却吝啬异常。女儿出嫁时，向他借了数万钱，此后，女儿每次归家，他都颜色不悦，直到"女还钱，乃释然"。他家有好李，怕别人得到种子，竟先"钻其核"而后出售。

除了上述内容之外，《世说新语》也记载和称颂了一些好人好事。《言语篇》"新亭对泣"一则表现了爱国思想：

> 过江诸人每至美日，辄相邀新亭，借卉饮宴。周侯中坐而叹曰："风景不殊，正自有河山之异。"皆相视流泪。唯王丞相愀然变色曰："当共戮力王室，克复神州，何至作楚囚相对！"

在当时的士族中，能够对北方国土沦陷发发感慨，并表示恢复的心愿，已是很难得的了。

《简傲》《方正》《规箴》等篇还记载了一些不阿附权势的事例。《简傲篇》载，钟会往访嵇康，"康方大树下锻，向子期为佐鼓排。康扬槌不辍，傍若无人，移时不交一言。钟起去。康曰：'何所闻而来，何所见而去？'钟曰：'闻所闻而来，见所见而去。'"魏晋易代之际，政治险恶，士族中人即使不是趋附司马氏，也要竭力韬晦，全身远害。嵇康却敢于对司马氏的心腹钟会直言相讥，表现了他的斗争性和锋芒外露的性格。又如《方正篇》载王敦兄王含作庐江郡，贪污狼藉，敦护其兄，于众坐称其兄"在郡定佳"，当时庐江人士都附和称赞，主簿何充却正色说："充即庐江人，所闻异于此。"以致使"敦默然，旁人为之反侧"。

在士族崇尚清谈遗落世事的风气里，《世说新语》也记录了一些看重事功、反对清言的事例。如《政事篇》载，王导夏月至石头看庾冰，冰正料事，导曰："暑，可小简之。"庾答曰："公之遗事，天下亦未以为允。"《轻诋篇》"桓公入洛"一则，记桓温把清谈误国的名士斥为"噉㕮豆十倍于常牛，负重致远曾不若一羸牸"的大牛，也很能揭示出清谈名士的本质。

此外，《德行篇》写荀巨伯忠于友情，不肯"败义以求生"；《识鉴篇》写郗超不计小怨，顾全大局；《自新篇》写周处勇于改过为民除害等，也都有一定教育意义。

《世说新语》有着很大的局限性。由于作者的阶级地位和生活、思想的局限，以及当时士族文人风尚的影响，它不但没有接触到广大人民与统治阶级的尖锐矛盾，而且对统治阶级生活的记载也缺乏批判的态度，这不能不大大降低了本书的思想性，并给后世读者带来消极的影响。

《世说新语》在艺术上具有较高的成就。鲁迅说它"记言则玄远冷俊，记行则高简瑰奇"，可以视作本书在艺术上的总的特色。

《世说新语》善于通过富有特征性的细节勾勒人物的性格和精神面貌，使之栩栩如生。如《忿狷篇》描写王蓝田性急，吃鸡子时"以箸刺之，不得，便大怒，举以掷地。鸡子于地圆转未止，仍下地以屐齿蹍之，又不得。瞋甚，复于地取内（纳）口中，啮破即吐之"。通过几个小动作就把王蓝田的性急，绘声绘色地刻画出来了。《世说新语》还善于用对比的手法，突出人物的性格。如《德行篇》记管宁割席的故事：

> 管宁、华歆共园中锄菜，见地有片金，管挥锄与瓦石不异，华捉而掷去之。又尝同席读书，有乘轩冕过门者，宁读如故，歆废书出看。宁割席分坐，曰："子非吾友也！"

通过管宁、华歆对金钱、对权贵的不同态度，揭示了两人品格的优劣。仅仅六十一个字，却是有情节，有动作，十分紧凑精彩。

善于把记言记事结合，也是《世说新语》在艺术上的重要特色。如《雅量篇》描写晋孝武帝见了彗星后的心情，他深夜入园中对星空举杯祝酒说："长星劝尔一杯酒，自古何时有万岁天子！"这种行动和说话，把他在见到彗星后故作达观的心理完全表露出来了。又如《贤媛篇》记李势妹在南康公主威胁之下所表现的神态和对话，反映了一个妇女不忘故国的悲痛心情。

《世说新语》的语言精练含蓄，隽永传神。明胡应麟《少室山房笔丛》说："读其语言，晋人面目气韵，恍然生动，而简约玄澹，真致不穷。"就其中一些优秀篇章的艺术成就说，这评语是确切的。

《世说新语》是记叙轶闻隽语的笔记小说的先驱，也是后来小品文的典范，它对后世文学有深远的影响。唐王方庆的《续世说新语》，宋王谠的《唐语林》，孔平仲的《续世说》，明何良俊的《何氏语林》，冯梦龙的《古今谭概》和清王晫的《今世说》等，都深受这部书的影响。《世说新语》中有许多故事或成为诗文中的典故，或成为戏剧家小说家创作的素材。如《玉镜台》（元关汉卿作）、《剪发待宾》（元秦简夫作）、《兰亭会》（明杨慎作，或题许时泉）等戏，这都是从《世说新语》的故事发展出来的；祢衡击鼓骂曹、周处除三害的故事，至今还出现在舞台上。而杨修解"黄绢幼妇"之辞、曹操叫士兵"望梅止渴"和曹植七步成诗等故事，也都为罗贯中写进《三国演义》而成为生动的情节。它如"谢女咏雪""子猷访戴"等故事，都成了后世诗文常用的典故。至于后来的许多成语，如"登龙门""枕流漱石""一往情深"等，也都出于此书。足见《世说新语》在我国文学史上地位的重要。

在魏晋南北朝的轶事小说中，还有记述诙谐言行而富有讽刺意味的《笑林》《解颐》《启颜录》等，是后来《笑林广记》一类的渊源。可惜原书失传，只有少数遗文保留下来。

授课人：萧涤非

第四部分

隋唐至五代文学

四杰 /　隋唐统一与文学之变古

中唐的新文体 /　韩愈、柳宗元及其古文

晚唐五代的文艺论

第一章 四杰

　　继承北朝系统而立国的唐朝的最初五十年代，本是一个尚质的时期，王杨卢骆都是文章家。"四杰"这徽号，如果不是专为评文而设的，至少它的主要意义是指他们的赋和四六文。谈诗而称四杰，虽是很早的事，究竟只能算借用。是借用，就难免有"削足适履"和"挂一漏万"的毛病了。

　　按通常的了解，诗中的四杰是唐诗开创期中负起了时代使命的四位作家：他们都年少而才高，官小而名大，行为都相当浪漫，遭遇尤其悲惨（四人中三人死于非命）——因为行为浪漫，所以受尽了人间的唾骂；因为遭遇悲惨，所以也赢得了不少的同情。依这样一个概括，简明，也就是肤廓的了解，"四杰"这徽号是满可以适用的，但这也就是它的适用性的最大限度。超过了这限度，假如我们还问到：这四人集团中每个单元的个别情形和相互关系，尤其他们在唐诗发展的路线网里，究竟代表着哪一条，或数条线和这线在网的整个体系中所担负的任务——假如问到这些方面，"四杰"这徽号的功用与适合性，马上就成问题了。因为诗中的四杰，并非一个单纯的、统一的宗派，而是一个大宗中包孕着两个小宗，而两小宗之间，同点恐怕还不如异点多。因之，在讨论问题时，"四杰"这名词所能给我们的方便，恐怕也不如纠葛多。数字是个很方便的东西，也是个很麻烦的东西。既在某一观点下凑成了一个数目，就不能由你在另一观点下随便拆开它。不能拆开，又不能废弃它，所以就麻烦了。"四杰"这徽号，我们不能，也不想废弃，可是我承认是抱着"息事宁人"的苦衷来接受它的。

四杰无论在人的方面，或诗的方面，都天然形成两组或两派。先从人的方面讲起。

将四人的姓氏排成"王杨卢骆"这特定的顺序，据说寓有品第文章的意义，这是我们熟知的事实。但除这人为的顺序外，好像还有一个自然的顺序，也常被人采用——那便是序齿的顺序：我们疑心张说《裴公神道碑》"在选曹见骆宾王、卢照邻、王勃、杨炯"和郗云卿《骆丞集序》"与卢照邻、王勃、杨炯文词齐名"，乃至杜诗"纵使卢王操翰墨"等语中的顺序，都属于这一类。严格的序齿应该是卢骆王杨，其间卢骆一组，王杨一组，前者比后者平均大了十岁的光景。然则卢骆的顺序，在上揭张郗二文里为什么都颠倒了呢？郗序是为了行文的方便，不用讲。张碑，我想是为了心理的缘故，因为骆与裴（行俭）交情特别深，为裴作碑，自然首先想起骆来。也许骆赴选曹本在先，所以裴也先见到他。果然如此，则先骆后卢，是采用了另一事实作标准。但无论依哪个标准说，要紧的还是在张郗两文里，前二人（骆卢）与后二人（王杨）之间的一道鸿沟（即平均十岁左右的差别）依然存在：所以即使张碑完全用的另一事实——赴选的先后作为标准，我们依然可以说，王杨赴选在卢骆之后，也正说明了他们年龄小了许多。实在，卢骆与王杨简直可算作两辈子人。据《唐会要》卷八二："显庆二年，诏徵太白山人孙思邈入京，卢照邻、宋令文、孟诜皆执师赟之礼。"令文是宋之问的父亲，而之问是杨炯同寮的好友，卢与之问的父亲同辈，而杨与之问本人同辈，那么卢与杨岂不是不能同辈了吗？明白了这一层，杨炯所谓"愧在卢前，耻居王后"，便有了确解。杨年纪比卢小得多，名字反在卢前，有愧不敢当之感。所以说"愧在卢前"。反之，他与王多分是同年，名字在王后，说"耻居王后"，正是不甘心的意思。

比年龄的距离更重要的一点，便是性格的差异：在性格上，四杰也天然形成两种类型，卢骆一类，王杨一类。诚然，四人都是历史上著名的"浮躁浅露"不能"致远"的殷鉴，每人"丑行"的事例，都被谨慎地保存在史乘里了，这里也毋庸赘述。但所谓"浮躁浅露"者，也有程度深浅的不同：杨炯，相传据裴行俭说，比较"沉静"。其实王勃除擅杀官奴那不幸事件外（杀奴在当时社会上并非一件太不平常的事），也不能算过分地"浮躁"：一个人在短短二十八年的生命里，已经完成了这样多方面的一大堆著述：

> 《舟中纂序》五卷，《周易发挥》五卷，《次论语》十卷，《汉书指瑕》十卷，《大唐千岁历》若干卷，《黄帝八十一难经注》若干卷，《合论》十卷，《续文中子书序诗序》若干篇，《玄经传》若干卷，《文集》三十卷。

能够浮躁到哪里去呢？同王勃一样，杨炯也是文人而兼有学者倾向的，这满可以从他的《天文大象赋》和《驳孙茂道苏知几冕服议》中看出。由此看来，王杨的性格确乎相近。相应地，卢骆也同属于另一类型，一种在某项观点下真可目为"浮躁"的类型。久历边塞而屡次下狱的博徒革命家骆宾王不用讲了，看《穷鱼赋》和

《狱中学骚体》，卢照邻也不像是一个安分的分子。骆宾王在《艳情代郭氏答卢照邻》里，便控告过他的薄幸。然而按骆宾王自己的口供：

但使封侯龙额贵，讵随中妇凤楼寒？

他原也是在英雄气概的烟幕下实行薄幸而已。看《忆蜀地佳人》一类诗，他并没有少给自己制造薄幸的机会。在这类事上，卢骆恐怕还是一丘之貉。最后，卢照邻那悲剧型的自杀和骆宾王的慷慨就义，不也还是一样？同是用不平凡的方式自动地结束了不平凡的一生。只是一悱恻，一悲壮，各有各的姿态罢了。

这几乎是不可避免的发展：由年龄的两辈和性格的两类型，到友谊的两个集团。果然，卢骆二人交情，可凭骆的《艳情代郭氏答卢照邻》诗来坐实，而王杨的契合，则有王的《秋日饯别序》和杨的《王勃集序》可证。反之，卢或骆与王或杨之间，就看不出这样紧凑的关系来。就现存各家集中所可考见的说，卢王有两首同题分韵的诗，卢杨有一首同题同韵的诗，可见他们两辈人确乎在文酒之会中常常见面。可是太深的交情，恐怕谈不到。他们绝少在作品里互相提到彼此的名字，有之，只杨在《王勃集序》中说到一次"薛令公朝右文宗，托末契而推一变。卢照邻人间才杰，览清规而辍九攻"。这反足以证明卢骆与王杨属于两个壁垒，虽则是两个对立而仍不失为友军的壁垒。

于是，我们便可谈到他们——卢骆与王杨——另一方面的不同了。年龄的不同辈，性格的不同类型，友谊的不同集团和作风的不同派，这些不也正是一贯的现象吗？其实，不待知道"人"方面的不同，我们早就应该发觉"诗"方面的不同了。假如不受传统名词的蒙蔽，我们早就该惊讶，为什么还非维持这"四"字不可，而不仿"前七子""后七子"的例，称卢骆为"前二杰"，王杨为"后二杰"？难道那许多迹象，还不足以证明他们两派的不同吗？

首先，卢骆擅长七言歌行，王杨专工五律，这是两派选择形式的不同。当然卢骆也作五律，甚至大部分篇什还是五律，而王杨一派中至少王勃也有些歌行流传下来，但他们的长处决不在这些方面。像卢集中的：

> 风摇十洲影，日乱九江文。(《对李荣道士》)
> 川光摇水箭，山气上云梯。(《山庄休沐》)

和骆集中这样的发端：

> 故人无与晤，安步陟山椒……(《冬日野望》)

在那贫乏的时代，何尝不是些夺目的珍宝？无奈这些有句无章的篇什，除声调的成功外，还是没有超过齐梁的水准。骆比较有些"完璧"，如《在狱咏蝉》类，可是又略无警策。同样，王的歌行，除《滕王阁歌》外，也毫不足观。便说《滕王阁歌》，和他那典丽凝重与凄情流动的五律比起来，又算得了什么呢！

杜甫《戏为六绝句》第三首说："纵使卢王操翰墨，劣于汉魏近《风》《骚》。"这里是以卢代表卢骆，王代表王杨，大概不成问题。至于"劣于汉魏近《风》《骚》"，假如可以解作王杨"劣于汉魏"，卢骆"近《风》《骚》"，倒也有它的妙处，因为卢骆那用赋的手法写成的粗线条的宫体诗，确乎是《风》《骚》的余响，而王杨的五言，虽不及汉魏，却越过齐梁，直接上晋宋了，这未必是杜诗的原意，但我们不妨借它的启示来阐明一个真理。

卢骆与王杨选择形式不同，是由于他们两派的使命不同。卢骆的歌行，是用铺张扬厉的赋法膨胀过了的乐府新曲，而乐府新曲又是宫体诗的一种新发展，所以卢骆实际上是宫体诗的改造者。他们都曾经是两京和成都市中的轻薄子，他们的使命是以市井的放纵改造宫廷的堕落，以大胆代替羞怯，以自由代替局缩，所以他们的歌声需要大开大阖的节奏，他们必须以赋为诗。正如宫体诗在卢骆手里是由宫廷走到市井，五律到王杨的时代是从台阁移至江山与塞漠。台阁上只有仪式的应制，有"绮句绘章，揣合低卬"。到了江山与塞漠，才有低回与怅惘，严肃与激昂，例如王的《别薛升华》《送杜少府之任蜀州》和杨的《从军行》《紫骝马》一类的抒情诗。抒情的形式，本无须太长，五言八句似乎恰到好处。前乎王杨，尤其应制的作品，五言长律用的还相当多。这是该注意的！五言八句的五律，到王杨才正式成为定型，同时完整的真正唐音的抒情诗也是这时才出现的。

将卢骆与王杨对照着看，真是一个说不尽的话题。我在旁处曾说明过从卢骆到刘（希夷）张（若虚）是一贯的发展，现在还要点醒，王杨与沈宋也是一脉相承。李商隐早无意道着了秘密：

　　沈宋裁辞矜变律，王杨落笔得良朋。当时自谓宗师妙，今日惟观属对能。(《漫成章》)

以沈宋与王杨并举，实在是最自然、最合理的看法。"律"之"变"，本来在王杨手里已经完成了，而沈宋也是"落笔得良朋"的妙手，并且我们已经提过，杨炯和宋之问是好朋友。如果我们再知道他们是好到如之问《祭杨盈川文》所说的那程度，我们便更能了

155

然于王杨与沈宋所以是一脉相承之故。老实说，就奠定五律基础的观点看，王杨与沈宋未尝不可视为一个集团。因此也有资格承受"四杰"的徽号，而卢骆与刘张也同样有理由，在改良宫体诗的观点下，被称为另一组"四杰"。一定要墨守着先入为主的传统观点，只看见"王杨卢骆"之为四杰，而抹杀了一切其他的观点，那只是拘泥、顽冥，甘心上传统名词的当罢了。

　　将卢骆与王杨分别地划归了刘张与沈宋两个集团后，再比一下刘张与沈宋在唐诗中的地位，便也更能了解卢骆与王杨的地位了。五律无疑是唐诗最主要的形式，在那时人心目中，五律才是诗的正宗。沈宋之被人推重，理由便在此。按时人安排的顺序，王杨的名字列在卢骆之上，也正因他们的贡献在五律，何况王杨的五律是完全成熟了的五律。而卢骆的歌行还不免于草率、粗俗的"轻薄为文"呢，论内在价值，当然王杨比卢骆高。然而，我们不要忘记卢骆曾用以毒攻毒的手段，凭他们那新式宫体诗，一举摧毁了旧式的"江左余风"的宫体诗，因而给歌行芟除了芜秽，开出一条坦途来。若没有卢骆，哪会有刘张，哪会有《长恨歌》《琵琶行》《连昌宫词》和《秦妇吟》，甚至于李杜高岑呢？看来，在文学史上，卢骆的功绩并不亚于王杨。后者是建设，前者是破坏，他们各有各的使命。负破坏使命的，本身就得牺牲，所以失败就是他们的成功。人们都以成败论事，我却愿向失败的英雄们多寄予点同情。

　　　　　　　　　　　　　　　　　　授课人：闻一多

第二章 隋唐统一与文学之变古

此段时期包括隋统一迄唐高宗武后时代。

南北朝文学之回溯

欲明隋唐文学之来源，及其与前代不同处，则南北朝大势不可不知。吾人可自三方面着眼：（1）中国史上地理之变迁。国史上地理有两天然之界线，一以潼关为中心分为东西，一以长江为中心分为南北。周代即东西对峙局面，迄秦统一皆以西方统治东方；楚之兴也，文化逐渐发展，又与汉成南北对峙之局面。东西对峙，皆在北方，故文化无多差别，而南北则迥然不同矣。三国时，历史上纵横对立皆有之，晋统一东西界限破灭，而南北文化对立生极大之差别。北方为五胡所蹂躏，文化丧零殆尽。南朝文化承东吴东晋不断之风气，无须重新整理，故蔚为大观，论文学史者亦多着眼于南朝。

自东晋以来，南北交通隔绝，政治上截然两道，迄梁及齐周时代，始渐有往来，然此交通对文化滋长仍无多效用，北方皆生吞活剥以吸收南方文化者。迄隋唐统一，始见融化，故言隋唐文学实六朝文学之末段，下逮南宋，又与东晋、北朝形势同。（2）文人出身不同，于文风亦极有关。汉代文人出身多系平民，盖由郡守举察而出者也。故两汉文人参政、读书、得名之机会，犹甚平等。三国之乱，政治沦于武人之手，文人非投武人幕府不足以成名。西晋亦贵族政治，故东晋过江名士皆名门也，以致下品无士族，上品无寒门，政治文化咸为贵族（门阀）所包办，直维持至梁代而不衰。由此文学来源日减，技巧日细，下笔风云月露而已。齐梁初，有平民文人之产生，梁中世以后，世家多所没落，而平民文人出身机会遂多，不能不产生科举制以应付之，此为新的变化。而北方华夷杂处，文化何由保存？魏末分时，有在野遗民为之撑持局面，齐周之际，既无士族，则文人多重师承，迄唐初弗绝。科举制兴，此师承制又告破坏，于是士子多以主考官为师，而避免说及其原有师承，故韩愈有《师说》，柳宗元有论师道之文，皆因时而发者也。（3）欣赏文学与应用文学为两不同之道路，在隋唐为一大变。骈文实六朝所养成，声律辞藻，均极考究，此风北朝接受甚晚，迨庾、王北渡，乃传播之。夫骈文之成立，原偏于欣赏方面，自建安已开其端；晋世少衰，宋齐又重其风，作为大规模之应用文字，故北朝承受此种文体，亦但用于应用方面而已（如书札、奏记）。迄唐初四杰为一回旋时期，后此骈文乃专作章奏书札之用，应用范围日狭，遂成定型，此唐四六之所由发生也。再变而为宋四六体。文学方面缺一大片，有待别立文体以为补充，此韩柳古文运动发生必然之势也。复次，唐宋有远谪之风，文人描写范围扩大，此地理之影响文学者。又唐宋文人既多来自民间，故多描写平民生活，较六朝贵族华贵生活之描述，别开生面。又以骈文之衰歇，隐而未现之古文，遂成唐宋文学之主流。

《北史·文苑传序》，为整个北朝文学史之叙述。在魏收未成名之前，往往温（子升）邢（劭）并称，温卒，人称大邢小魏云。此三人者为北朝文学之主干，影响后世亦大。《文苑传》称：北朝因牵于战阵，多章奏杂文，无缘情之作。自温子升起，乃有文学新潮出现，然多少仍受南朝之影响，故邢劭尝云："不能作赋者，不能作文人。"又邢魏互讥，邢讥魏窃文于沈约，魏讥邢窃文于彦升，由此可见北人对南朝文风仰慕之盛。而一部分在野之士，仍承东汉余风，主文必出于六经之说。而南朝文士久离此道，读读类书，有典可用足矣。传至朔北，遂有反动风气兴起，苏绰之拟《大诰》是也。至徐陵去齐，庾信、王褒留周，徐庾为六朝文学最末之新体（徐父摛，庾父肩吾，皆六朝宫体诗健将，其子传其风），既入北，遂成非南非北之变质文学，初唐四杰之面目盖由此而出。

而当时南朝人见北朝文，亦具恐慌之感，《魏书·温子升传》《南史·文苑传》有故事云：张皋使北，挈温子升文归，梁武帝见而叹曰："曹植、陆机复生北土，嗟我词人，数穷百六。"可见南方之文胜质，偶见北方有骨气之作，自然惊赞不置，而北人亦慕南风，遂成交流状态。隋文统一，乃以北方政治统治南方，而文风则南方柔化北方矣。唐之统一，仍沿此大势，古文虽代骈文而兴，然唐以诗为主潮，仍是南方文学之余裔也。至于文坛之主持者，则多系北人，南人之入仕者多遭歧视，如贺知章即是明例。

隋唐的科举与士风

就文化史言，科举制实为一大分水岭。自隋唐迄今，莫不如此。

虽考试科目不同，然其为目的则一，盖令士人有读书上进之机会也。先秦子家以著书干王侯，末流所趋，成为清客之流。汉文则创孝悌力田以培养礼重士人之风。有此四百年之培养，遂有东汉党锢清流诸公，然其病又在矫情，国势隳败，复成战国局面，文人再度沦为幕客，此建安七子之所由产生也。西晋为贵族政治，文人仍过依附生活，陆机、潘岳等靡不如此。其后一变而为东晋门阀把持之政局，盖魏文创九品中正之制，末流所至，上品无寒门，下品无士族，故此制终告破坏。隋大业二年（606年），建明经、进士二科，明经为国子生，进士为外县考生。唐复创制举，即由天子御试而举擢者也。士风因之改变。

隋代考试，不考诗赋杂文，仅考时务策而已（可参考《唐书·杨绾传》）。唐举制较隋为完备，京师有六学，计为国子生三百人、太学生五百人、四门学生一千三百人、律学生五十人、书学生三十人、算学生三十人。国子生多贵族子弟，不愿他去而入太学，在京师号曰国子生。六学之学生通号生徒，除算、书、律三科为专科外，余皆为普通科，可考明经。唐考进士，谓之乡贡郡举。明经考试凡二：（1）帖经（相当于默书），凡五，又帖大经。（2）策论。进士则考时务策，常人以为唐以诗赋取士而诗特盛，其实不然。高宗之前，考试全袭隋制，不考诗赋，玄宗时用立杂文之科，因有诗赋之考科焉。玄宗又立制举，由帝亲试，科目名额皆不限定，且有在礼部范围之内，相当于清代之博学鸿词科，科举制之滥，实肇于此。王应麟《困学纪闻》载，唐代制举科目多至八十六种，每种以四字为科名，如"博通坟典""洞晓玄经"等，乃学汉代之察举制。玄宗晚年笑话最多，如唐人笔记所载，尝有士人骑马来考"不求闻达"科，何其谐谑。中唐以后，尝一度停考诗赋，又凡来京应考者一例曰进士，及第者曰前进士。

自隋大业二年，迄唐高宗开耀元年（681年），科举行已七十余年，流弊盖已丛生。考功员外郎刘思立建言："明经皆抄义条，进士惟诵旧策，皆无实学，有司以人数充第。乃诏自今明经试帖十粗得六以上，进士试杂文二篇，通文律者，然后策试。"此唐代考试第一次变迁，加试诗赋盖肇于此。高宗、武后两朝，宫廷文学特盛，士人欲进身不能不注重诗赋，此与唐诗发达略有关系。

开元廿四年（736年），请托之风方盛，考功员外郎李昂持正不阿，欲矫此风，试前申令有来请托者，即予除名。有李权者，请昂岳父说情，昂果除其名，权乃纠合徒众大闹礼部，至难解决，以是考试改由礼部侍郎主持，而考生遂又包围礼部矣。代宗宝应二年（763年），礼部侍郎杨绾上书曰："幼能就学，皆诵当代之诗；长而博文，不越诸家之集。递相党与，用致虚声，'六经'则未尝开卷，'三史'则几同挂壁……祖习既深，奔竞为务，矜能者曾无愧色，勇进者但欲凌人，以毁訾为常经，以向背为己任。校刺干谒，驱驰于要津；露才扬己，喧胜于当代。"此数语不但写尽玄宗一代考试情形及士风，即有唐一代之科举内幕亦可了然，为唐代文学史之重要材料。由是引起士人怕说师承之风气，韩愈之作《师说》实由此而生之反响也。唐诗之发达殆与此有密切关系。盖士未达时，先以书寄京师亲友，以示己意；既入京，投刺宰相之门，以诗呈上，谓之行卷，久不得报，又复呈之，谓之温卷；如仍不理，乃至于三、四呈诗，退之四上宰相书，实以士风所趋，不得不如是耳。开元天宝年间，行卷者虽不得第，亦可从宰相家领取路费，故士人专精于诗技。中唐以后，行卷之诗一变而为传奇，此又韩柳古文运动之所以促成也。

自科举制兴，六朝门阀气消，而寒门穷酸之气毕露，士人生活乃大改变。杨绾以后，又有贾至上书，将安史之乱全归罪于科举，言甚沉恸，因建议各道多立学校，以救士人之空疏，又设孝廉科，以砥砺士行，惜二事均未能实行。文宗大和七年（833年），李德裕为相，主张进士停试杂文，视选学如寇仇（按：前此士人多由选学进身，故老杜令其子精熟《文选》，盖以应试）。然牛李党争极烈，及李罢相，复试杂文。文宗开成五年（840年）李复相，奏"禁进士期集参谒曲江题名"，情形较为好转，然此后藩镇渐强，文人多往依附，国定考试遂失其重要性，温庭筠数为考场枪手，即其例也。

当时士人无论考取与否均纪以诗，落第有哀愁诗，及第有欢快诗。兹以孟郊为例，《落第》诗云："晓日难为光，愁人难为肠，谁言春物荣？独见叶上霜。雕鹗失势病，鹪鹩假翼翔。弃置复弃置，情如刀剑伤。"次年又下第云："一夕九起嗟，短梦不到家。两度长安陌，空将泪溅花。"及第诗则态度语气迥异，如"昔日龌龊不足嗟，今朝放荡思无涯。春风得意马蹄疾，一日看遍长安花"。如为制举及第，则更得意，如元稹制举及第自述诗云："延英引对碧衣郎，江砚宣毫各别床。天子下帘亲考试，宫人手里过茶汤。"真可谓露才扬己之作，唐代考试制度于此可见。如久不及第，在初唐时则闹怪事以广声誉，陈子昂捶破百金胡琴即是一例。或献赋于大典礼之间，老杜献《三大礼赋》，即其例也；或跪天子车前献诗，而跻身侍驾之臣，所谓终南捷径是也；再则如温氏父子专做枪手，或落第题诗志哀，希图达官见而顾怜，种种怪事，不一而足，士人廉耻扫地，故宋代遂有理学兴起。（以上一段可考《新唐书·选举志》，《旧唐书·杨绾传》《贾至传》）

唐初南北文风之残存

唐初文人多为北籍，而文风则南化矣。此与徐庾留北有关。

吾人可从两方面考察隋唐之际诸文人：其一为原生长北方者，其二为原是南人因统一而带来北方者，然后者仅居二十分之一而已。如隋炀帝平陈，携回文人有河东柳䛒、高阳许善心、会稽虞世基，皆有北方文学根底而具南方文风者。唐初十学士中南方仅三人，如虞世南、褚亮等是，然皆不常为文，故世南固以书法名家也。

唐初的子家和史家

　　子书以立言为主，以持论为本。持论在两晋已变为清谈，故不甚发达。若葛洪之撰《抱朴子》，乃超于时代风气之外者也。故终南朝之世，但有文人而无学术，而北朝为草莽时期，末年，颜之推自南返北，乃有《颜氏家训》之作，亦可归入子书范围。隋唐之际，子书可称道者唯王通（文中子）之《中说》。此人身世极为模糊，为隐君子，故《隋书》及《新唐书》《旧唐书》皆无传。通尝讲学于龙门，唐初之文人学士，多自认出其门下。通之见于史传，盖附于其孙《王勃传》："初，祖通，隋末居白牛溪，教授门人甚众。尝起汉魏尽晋，作书百二十篇，以续古《尚书》。后亡其序，有录无书者十篇，勃补完缺逸，定著二十五篇。"此记述并未及文中子或《中说》。至开元天宝间，始有《中说》出世，阮逸为之作注，且为序曰："《中说》者，子之门人问对之书也。薛收、姚义集而名之……贞观二年，御史大夫杜淹始序《中说》及《文中子世家》，未及进用，为长孙无忌所抑，而淹等寻卒……二十三年，太宗殁，而子之门人尽矣。惟福畤兄弟传授《中说》于仲父凝，始为十篇。"《中说》来历，当以阮序记述为最早。今吾人所见《中说》面目仍是十篇，分上、下卷。上卷有王道、天地、事君、周公、问易五篇，下卷有礼乐、述史、魏相、立命、关朗五篇。由于史籍无记，此书遂为人所疑。近人有《文中子考信录》一书，可以参考。吾人叙此，不在考订此书之真伪，而在说明韩柳古文运动之前身。按六朝时，南方文学自成发展系统，而北方有二力量阻止文学发展，其一为怀念西晋文风之旧；其二为北方文学无系统发展，不得不受南方影响，而另一辈人反对之，乃提倡绝对复古，一字一句，咸模拟之，如苏绰之《大诰》是也。然徐、庾北去，北人争效其体，故隋时北方文体已归南化，故有李谔上书请正文体之事（参考《隋书·李谔传》）。此代表北方文人之保守性，既不能新创风格，又不甘同化于南方文学潮流。王通《中说》之作，即此种性格之具体表现，书仿《论语》，自成一家之言，一似扬子云之仿《论语》《易经》而作《法言》《太玄》也。唯此种复古倾向，极为笨拙，迨开元天宝间，乃渐不振，然文人复古心理，仍未尝泯灭，遂有李华、独孤及、韩、柳古文运动之勃兴。王通另一著述，按《王勃传》记述推之，当亦模仿《尚书》而成，同是代表北方复古心理之作。

南朝既倡骈文，兹体不宜于传记，故终南朝之世，可传之史书，唯范晔之《后汉书》、沈约之《宋书》与萧子显之《南齐书》耳，余皆亡佚。《晋书》至唐初始告完成。北朝有郦道元之《水经注》及杨衒之《洛阳伽蓝记》，皆以散行文书之，虽非史籍，其为记述则一也。

唐初史家有李百药，字重规，定州安平人，隋内史德林子，撰《北齐书》五十卷。姚思廉，雍州万年人，陈吏部尚书姚察子，撰《梁书》五十六卷、《陈书》三十六卷。令狐德棻，宜州华原人，撰《周书》五十卷。魏徵，字玄成，魏州曲城人，撰《隋书》八十五卷。李延寿，相州人，撰《南史》八十卷、《北史》一百卷。温大雅，字彦弘，太原祁人，撰《大唐创业起居注》三卷。《晋书》号为太宗御撰，盖其中《陆机传》与《王羲之传》太宗尝为题赞故也，此皆北方文人之作。故北朝之复古成绩，子书方面有《文中子》，史书方面有上述诸史籍，二者合流，即北朝文学之所以影响唐代古文运动者也。

唐代文学主潮之萌芽

所谓唐代文学主潮，一为唐诗，一为古文，二者均萌芽于初唐，吾人可举四人代表其开山祖。

（一）沈佺期与宋之问

《旧唐书·文苑传》："沈佺期与宋之问齐名，时人称为沈宋。"

《新唐书·文苑传》："魏自建安以后迄江左，诗律屡变，至沈约、庾信，以音韵相婉附，属对精密。及之问、佺期，又加靡丽，回忌声病，约句准篇，如锦绣成文，学者宗之，号为沈宋。"

沈佺期，字云卿，相州内黄人，约生高宗咸亨二年（671年），卒玄宗开元元年（713年），约年四十二。

宋之问，字延清，一字少连，汾州人（一云虢州弘农人），约生高宗咸亨元年（670年），卒玄宗先天元年（712年），约年四十二。

二人者最多奉和应制诗，此沿乎南朝末流之风气。唐重节令，帝王尤喜点缀令节，如上巳必修禊曲江、端阳赐樱桃、九月九日登慈恩寺塔、十月幸华清宫，为一年四大节令，每行必有诗作。沈、宋为武后侍从之属，以媚附二张得名，后亦坐是赐死。二人品格一仍陈、隋文人之旧，故作风亦如之。五七律近体诗格，即完成于二人之手。

通常咸以绝句成于律诗之后，故宋人有截句之说，实不尽然。吾人能明乎律诗之来历，则可决定沈宋之地位。五古转变在谢灵运手中为一大关键，东晋之诗与魏晋相去不远，多保留散行风格，至谢一转而为对起对结，往往奇突而起，奇突而绝。至小谢而注意结句，当时诗无一定句数，迄竟陵王子良门下一辈人乃注意音节、平仄矣。沈氏八病四声之说，对律诗完成仅为间接影响，直接影响为徐摛、庾肩吾二人，徐庾宫体诗自此而成，无形中形成十二句体，最多不能超过十六句，最少不过十句，为前古所未有之形式，至沈宋遂完成八句之律诗定体。按十二句为三节四句体所合成，四句体来自《子夜吴歌》，为避免过分板滞，梁陈人往往将两组四句外加二句，成为十句体，为对起单结。十句中易于抽出四句独立体，至四杰已成功矣，是为绝句。后感觉最后二句不称，截而去之，遂成八句，依绝句四句之起承转合，遂成律诗定体。此发展之新体，最初用于宫廷应制诗，以其堂皇靡丽故也。盛唐绝句发达，律诗多变，古诗与唐诗间之桥梁，自非沈宋莫属也。

（二）陈子昂与张九龄

陈张以前，亦有数人为复古运动者，然非陈张面目。略述于下：

富嘉谟，雍州武功人。吴少微，新安人。《唐书·富嘉谟传》："先是文士撰碑颂，皆以徐庾为宗，气调渐劣，富嘉谟与新安吴少微属词，皆以经典为本，时人钦慕之，文体一变，称吴富体。"此较苏绰之生吞活剥之仿古体已进一步。陈张之起，以个人性灵入文词中，遂开韩柳古文风气之先。

此外，当时尚有所谓燕许大手笔，苏颋、张说是也。颋，字廷硕，苏瓌子，封许国公；说，字道济，洛阳人，封益国公，皆掌制诰，时谓之燕许大手笔，然仍多承先之风气，启后之功，不能不让诸陈张也。

陈子昂，字伯玉，梓州射洪人，入《新唐书·文艺传》。唐有二文人身世特殊，子昂与太白是也，皆蜀人。蜀在三国时文学发展情形极明，自六朝迄唐代则甚模糊，子昂即在此时诞生，为文超然于时代风气之外。据其所撰乃祖父乃父之碑铭记述，其先在梁，为蜀官，世居于蜀，又与其他数姓合成二郡，俨然封建诸侯。其祖好道。子昂年十八尚任侠，不知书，闻人读书声，乃发愤，攻三年，二十一岁乃入朝，而人莫知其名，乃借碎胡琴事噪誉当世。武后闻之，召为从事。其为文章，既不似南朝之靡丽，又不似北朝之特古，盖蜀与南北朝交通阻绝故也。尝一度出征关外，既归，郁郁不得志。家富，为射洪县令段简所诟，诬下狱，以二十万贿之，仍不得出，乃忧愤卒，年四十三。《新唐书》载王适见陈咏怀诗，叹曰："此子必为天下文宗矣。"遂订交。按《感遇诗》出自阮嗣宗《咏怀》，又出自曹子建《杂诗》，皆无题，随兴陆续写成，故内容不专一事，体裁不专一体，不必为一时之作也。学阮诗者，前有士衡、渊明，整个南朝无只字可言，此可证明作者个性之泯灭，此体遂中断若干年。子昂初至长安为人所赏以此，《旧唐书》不载此诗之数，最早见于白乐天《与元九书》中，云是二十首，后人以其他无题诗凑成今见之篇幅。此诗在当代已为人所推崇，昌黎诗云："国初重文章，子昂始高蹈。"《感遇诗》人多以一组目之，实误。愚尝详考其本事，知其诗不虚作，乃作者对时代有个人之看法与批评，此为南朝士大夫所不能仰止也。直抒胸臆，不假雕饰，此唐人五古之创格，故南朝五古不能化作散文，唐五古则稍加增削便成散文，此风自子昂始。子昂诗之做法，个人并无系统之理论，有之则仅见于《与东方左史虬书》数语耳，另见《修竹篇序》："文章道弊，五百年矣。汉魏风骨，晋宋莫传，（中略），仆尝暇时观齐梁间诗，彩丽竞繁，而兴寄都绝，每以永叹。"此数语中提出"风骨"与"兴寄"两重点，信为南朝文士所未尝梦见，而作者之诗确能实践其个人所提倡之理论，故能卓然成家也。

九龄成就在其相业，而不在诗，诗固与子昂同一格调。字子寿，韶州曲江人。十三岁见广州刺史，上书言国政，张说贬岭南，见而大悦，特引荐之，至于拜相。后告归，再出为荆州令。其后以疾卒于家，封伯爵。其《感遇诗》十二首，与子昂诗同为开时代风气者。

此段自高祖开国迄开元之初，凡五十年，为八代余风之所及，盛唐面目盖胎孕于此。

授课人：罗庸

第三章 中唐的新文体

传奇文

"传奇"一名，起于唐人裴铏之小说集。"传"读去声，盖以传记体文字而记述异怪之事者也。在书写工具未发达时，有些材料多凭口传，文字工具既已发达，则可书之竹帛矣。然民间仍有不靠看书而愿听书者，故战国之世常多说书之士，韩非有《说林》，《晏子春秋》保留若干小故事，《庄子》更集寓言之大成，此即古代之"话本"也。后人乐读书矣，则有为看书者而写作之长篇出现。两晋南北朝有一般风气，即看书多而说书少，亦即琐碎材料少而系统材料多，小说文体遂衰，以小说为业之人日减。北宋、南宋产生若干"话本"，为小说文体之复兴，其间回旋即传奇文。然唐之传奇家实为看书人而写作者，后半期乃走向说书方面，与宋代话本相接。

唐末裴铏作《传奇》一书，后人因取其名而用以概括唐代之一切传奇文。《新唐书·艺文志》称子书小说家凡三十九家，包括笔记、诗话、考据诸项，与今日所指小说范围不类。

吾人所读先秦诸子中，各种小故事多系统传说材料，而游说之士遂取以为说理之例证。东汉以来，佛、道二教兴起，民间遂有神怪之谈，文人多所取材，此与先秦小说有别。六朝小说大抵不出三类：（1）言鬼神者，如干宝《搜神记》，均与佛道有关；（2）博闻之书，如张华《博物志》；（3）逸闻，如临川王刘义庆之《世说新语》。此数书共同点即为当代士绅茶余饭后资谈助者也。唐传奇即脱胎于此，然已由鬼神进到人事，会六朝小说三派潮流为一而以人事为中心，以自成一体，至中唐而极盛。自隋迄天宝百五十年中为第一期，可见之传奇凡三部：①王度《古镜记》；②《补江总白猿传》；③张鷟（文成）《游仙窟》为长篇，国内失传已久，清末始得自日本，重新印行之。推其失传原因，一为道学家为维持风纪而有意抑藏之，二为不明白文学史之发展情形。按张文成尝官五花判事于武后朝，另撰《龙筋凤髓判》，最为流行，收入《四库全书》。《游仙窟》所记为刘、阮天台一类故事，容诗甚多，且多隐语，盖为唐人行酒令所用者也。此种材料甚少，《全唐诗》末所存《酒令》《谜语》一卷，极为宝贵，《游仙窟》所载，更较全备。第二期自肃宗至代宗大历年间，凡二十年，适王室中衰，无甚名作。第三期自大历至文宗大和中，凡六十年，为唐传奇之极盛期，就其体裁可别为两大类：①单篇——有李公佐《南柯太守传》《谢小娥传》《冯媪传》，此三篇代表六朝初唐谈神怪之风转为写人事之过渡作品，篇幅较长，文亦较工。另有陈玄祐之《离魂记》，沈既济之《枕中记》《任氏记》，犹为半人半神之故事。其他如白行简之《李娃传》《三梦记》，元稹之《莺莺传》，陈鸿之《长恨传》《东城父老传》，沈亚之之《湘中怨》《异梦录》，李朝威之《柳毅传》，蒋防之《霍小玉传》，许尧佐之《柳氏传》，李景亮之《李章武传》，薛调之《无双传》，无名氏之《冥音录》《灵应传》，杜光庭之《虬髯客传》等，此皆名作，传至今日弗衰者也。总观其特色，在文学技巧上努力想把传记文作好；内容则将主人公人格化、人情化，并包括当时之社会背景，如《冥音录》等则受佛教影响甚明。此后则有总集发生，小说变成笔记，故唐末五代产生若干笔记小说焉。②总集有牛僧孺之《玄怪录》，李复言之《续玄怪录》，牛肃之《纪闻》，薛用弱之《集异记》，袁郊之《甘泽谣》，裴铏之《传奇》，苏鹗之《杜阳杂编》，高彦休之《唐阙史》，康骈之《剧谈录》，孙棨之《北里志》，范摅之《云溪友议》，段成式之《酉阳杂俎》，温庭筠之《干馔子》等，均为长篇之笔，一部书中包括若干长短篇小说故事。唐小说赖《太平广记》之收辑而传者甚多，惜其将整书打散，按类分编，不易以一目而见全璧耳。又一部分存原本《说郛》中，又存于《顾氏文房小说》《唐人说荟》诸书中。近人汪辟疆编《唐人小说》出版于神州国光社，鲁迅先生亦有《唐宋传奇集》之编印，均可参读。关于叙述考订者有日人盐谷温之《中国文学概论讲话》第六章第三节（开明译本），中多谬误，不及鲁迅先生《中国小说史略》第八—十章之论述精到。

传奇小说与唐乐府关系极密切。明乎此，则元白何以要作《新乐府》，白诗何以为老妪所能了解可以知之矣。盖唐代寺庙讲经，每有七字句长篇唱词，吾人可以想象当时必有以唱词为业之人，元、白特取此体裁而作乐府诗也。民众听惯七字句歌词，故于元、白诗多所了解。又如白氏作《长恨歌》，陈鸿为之作传，元氏有《莺莺传》而并有《会真诗》，即使听书与看书之材料并备，任听众随个人爱好而自由选择之也。沈亚之《湘中怨·序》云："从生韦敖，善撰乐府，故牵而广之，以应其请。"又作《冯燕传》，司空图因有《冯燕歌》，此发生传奇原因之一。其次原因，为进士以此作行卷工具，宋赵彦卫《云麓漫钞》云："唐世举人，先藉当世显人，以姓名达之主司，然后以所业投献，谓之行卷；逾数日又投，谓之温卷；如《幽怪录》《传奇》等皆是也。盖此等文备众体，可以见史才、诗笔、议论，至进士则多以诗为贽，今有唐诗数百种行于世者也。"以上为传奇小说发达之主要之两种原因，附带原因又有文人失志，借此以发牢骚，兼之长安地方复杂，材料丰富，足够传奇之取材。

传奇影响最大者第一为戏剧，至今犹活在民间，为宋元以来杂剧、传奇之蓝本。第二为古文家受传奇文之影响，乃产生韩柳大量小篇纪传文，此前世作家所未有者；又骈文不长于作传记，韩柳上取左史，近采传奇，合之而自成新兴文体，古文家与小说家从此不可分矣。近代翻译小说自林琴南始，此文学史背景造成者也。退之好听传奇文，张籍尝驰书相劝，凡二次，韩并有裁答，足征韩文与传奇文关系之深。第三为影响宋以后话本，传奇文之口语化，观韦瓘《周秦行纪》《无双传》，柳珵之《上清传》，往往有近于当时口语之文句，后代白话小说盖自此而扎根。第四为影响小说与戏剧形成不可分之局势。

俗讲及其他俗文学

此为近四十年敦煌材料发现后产生之问题，以湘人向达研究为最精，本人所见，略有异议。

甘肃敦煌县东南三十里三危山下有莫高窟者，旧称千佛寺，光绪二十六年（1900年），石窟墙塌，发现抄本若干卷，道士以为可治百病而卖诸乡民，后为匈牙利人斯坦因所发现，知为唐代抄本，乃大量收买而去，今存伦敦博物馆中。后法人伯希和又收买一批，时张之洞为学部大臣，始以政府之力购买余卷，即今存于北平图书馆中之卷帙是也。

在山西、陕西、甘肃边境地区，石壁甚多，人因壁刻佛经以立庙，此印度之风尚也。今考古学家所注意者唯大同石窟寺、洛阳龙门及敦煌莫高窟等寺。实则似此佛寺，北鄙不知若干。清政府所收买号称八千卷，然多为当地人所分裂者，至抗日战争前始完成其目录。日本亦尝收购若干卷。此项文物尚有待全世界学者合作研究，方能得出系统与完整之结论。

各国学者研究卷子目的各有不同，斯坦因注意其中美术部分，伯希和注意其中佛教材料，罗振玉、王国维始注意其他问题，近人郑振铎氏对敦煌学曾极力鼓吹，然论述多粗糙，不足以为定论。向达氏游欧，对此一问题进行专攻，故俗文学至现在为止，以向氏研究为较完备而精审。现存敦煌文卷计有：（1）英人斯坦因一九〇七年购三千至六千卷；一九一四年，购六百卷。（2）法人伯希和一九〇九年购一千五百卷，数字较为可靠。（3）日人橘瑞超有《敦煌将来目录》卷帙未详；大谷光瑞所藏存旅顺关东厅博物馆，据云有八百至一千二百卷。（4）中国北平图书馆共九千八百七十一卷。此外国内私家所藏以李盛铎（木斋）、罗振玉（叔言）为有名，前者已卖与日人，后者入于伪满，北平图书馆所藏则又沦于香港矣。

写本内容可分为四类：① 80% 以上为佛经，多《法华经》与《维摩诘经》；② 杂文占十分之一，俗文学即属此类；写本所标年代最早为北魏道武帝天赐三年（当晋安帝义熙二年，406 年），正在陶渊明时代，最晚者在宋太宗至道元年（995 年），前后将近六百年。不仅为写本，又有刻本，此中不仅有宋刻，且有唐咸通五年（864年）刻本，据此可打破中国刻本始于五代之说法。

此类写本胡为乎来？吾人推测当是北宋初，西夏元昊时为边患，陕甘边境常遭蹂躏，兵祸最烈者在宋真宗咸平五年（1002 年），西夏入寇灵州（今灵武），乱兵直捣凉州，疑当时私人或佛院书籍因避乱而封存于此。乱定后，人多流亡，无复知者，遂逾九百年始重见天日（迄今年止发现已四十三年矣），从此国内学术界乃有所谓"敦煌学"之出现。其贡献甚伟，盖可借以校正今日佛经之误，保存残碎之残经，以及其他当时流行之文体，词之发生，亦可于此中窥见消息，前途未可量也。（向达译斯坦因《西域考古记》第十三、十四章可供参考——中华版）

文卷目录最早者有罗福苌（振玉长子）之《伦敦博物馆敦煌书目》（《国学季刊》一卷四号），较晚者有陈垣之《敦煌劫余录》（宣统二年），次有罗振玉之《敦煌零拾》七卷。今所论俗讲，吾名之曰"佛曲"（日人朝鲜史专家羽田亨作《敦煌遗书》第一集），次有刘半农之《敦煌掇琐》（木刻三卷），为专集俗文学材料者，然并不完备。最后有向达之《敦煌丛抄》（《北平图书馆刊》五卷六号、六卷二号），又有许国霖撰《敦煌石室写经题纪》及《敦煌杂录》二册（商务出版），又向达之《唐代俗讲考》（《燕京学报》第十六号），郑振铎编《世界文库》第六册有关部分，《中国文学史》上册第五、六章，向之《唐代俗讲考》又见于《北大文科研究讲演录》。

文卷中与本段文学史有关者凡二种材料：一为俗讲，一为当时小曲。

按印度僧院规矩，寺中有所谓唱赞，传至中国而有"倡导"与"转读"（可参考《高僧传》）。唐在长安及其他大都市之佛寺均有俗讲，乃为一般平民不识字者说法，插入佛教故事，又从而唱之，如今日之宣讲者然，当时谓之俗讲。此等材料，国史中较少，日僧园仁所著《入唐求法巡礼行记》（会昌初年，841年）说俗讲情形较详。大抵白日讲经，夜间有番赞，人来听之如今之听戏说书也。按唐人笔记考之，知俗讲极盛于唐文宗时，以此而著名者有文溆。赵璘《因话录》、段安节《乐府杂录》、卢氏《杂说》(《太平广记》卷二〇四引)均如此记载。文溆出名于长庆年间，长安士女倾动一时，每说经万人空巷，其唱调亦极动人。文宗之乐工黄米饭以文溆之唱调谱之为曲，号曰"文溆子"，今词调中犹存之。帝以其招摇，发配甚远，去而复回者三四次，居长安者凡三十余年。其后逐渐演变，俗讲不一定在寺院，主讲者亦不一定为僧徒，为后世说书弹词之起源。

以今日材料考之，知俗讲之来源甚早，开元、天宝时即有之，每篇讲文下面有"变文"字样，此"变"字遂成诉讼。向达以为乃音乐名词，余以为即"地狱变相"之"变"字，胡适有《降魔变文》藏本，其叙有云"伏维我大唐汉朝圣主开元、天宝文神武应道皇帝陛下，化越千古，圣超百王"，据此可断为天宝时之写本，时去文溆讲经尚早七十年也。最晚为《目连救母变文》(杂叙本)，尾题"太平兴国二年岁在丁丑，六月五日在显德寺学士郎杨愿受一人恩，微(维)发愿作福，写尽此《目连变文》一卷"。故就题签所记变文年月考之，最早为开元天宝年间，最迟为宋太宗时代，其间相去约三百年。

俗讲常讲者有《维摩诘经》(便于居士听)、《佛本经》《阿弥陀经》《目连救母》。开始时，当是找带故事之经而讲之，并加渲染，其后，肃、代以还，则于中国故事中找材料作成变文，最早者为《昭君变文》，以下有《伍子胥变文》《舜子至孝变文》等，以此推之，则文溆所讲当不止于经典，必夹有中国故事于其间。文溆后五十年，俗讲不仅取中国故事说之，且说当时时事，如《张义潮变文》，此变文即歌颂张氏平定灵州之乱之功德也(僖宗时)。由此可知，变文已渐由佛经变成国货，职业说书人亦可赖此以为生，然甚为当世文人所鄙薄。王定保《唐摭言》记诗人张祜与白乐天之对话，张谓白《长恨歌》为近于《目连变》，盖寓有嘲讽之意，亦可据以解释白诗所以盛传民间之根本原因。《太平广记》引此故事均作《目连变》，下无"文"字，又唐张彦远《名画记》记"吴道子善绘地狱变"，故知"变"为神通变化之义，讲神通变化故事之底本即是"变文"。又从而绘画其形，即谓之"变相"。今小说犹称绣像全图，亦自变文、变相而来，再进一步即为连环画矣。吉师老（唐末五代时人）有《看蜀女转昭君变》诗云："妖姬未着石榴裙，自道家连锦水濆，檀口解知千载事，清词堪叹九秋文。翠眉颦处楚边月，画卷开时塞外云。说尽绮罗当日恨，昭君传意向文君。"佛家言变相不止于坏的方面，佛世界亦有变相之画，石室本画卷中复有佛故事画，经向达至伦敦考察结果，知相与文原相附和（吉诗可证），并知唐五代之际变文演变之三阶段：①由庙寺移至街头；②叙佛以外故事；③画事相应，后世章回小说之附绣像全图即变文之遗也。传奇中赵五娘画公婆相沿路弹唱作为敛资，亦有变文痕迹。向又引明人《游暹罗记》云："有持竹竿，举画幅于街头，按图而说故事。"可见在其余佛国亦有同样风尚。

变文流传既广，有学识较高之僧徒将变文写成卷数，普遍讲诵之用，向达游巴黎见一敦煌抄本为两面写者，一面为变文，另一面为俗讲仪式，附虔斋及讲《维摩诘经》仪式，大致情况如下：说俗讲时先作梵（皆四句偈，有若干种类），次念菩萨两声，再说押座（短文，即说经之源流及提纲），再为唱释经题。念佛一声，说开经（宣布开经），说庄严（形容佛堂盛况），又念佛一声，然后一一说以题字，再说经本义，说十婆罗密，念佛赞，发愿又念佛，回向发愿，取散。（以此仪式为说《温室经》用者）说完后，然后行讲《维摩诘经》仪式：先作梵，次念观音菩萨三两声，说押座，素唱经文，说经题，说开赞庄严，念佛一两声，法师科三分经文，念佛一两声，一一说其经题名字，入经说缘喻，说念佛赞，施主各发愿、回向发愿、取散。后世"三言二拍"之类小说，先说小故事一段引入正文，完全自俗讲仪式中发展而来，元曲"楔子"亦同此例。又俗讲时和尚手执戒尺，于是后世说书人遂有醒木，官厅亦有所谓惊堂木，均承乎俗讲之影响者也。

俗讲之章法，兹以《维摩诘经之押座文》为例说明如下："顶礼上方香积世，如喜如来化相身……火宅茫茫何日休，五欲终拓死生苦，不似听经求解脱。佛修行，能不能？能者虔恭合掌着，经题名目唱将来。"《押座》一名《缘起》，《缘起》长时则第一日不能讲正经，故末云"今日为君宣此事，明朝早来听真经"，即后章回小说"且听下回分解"之作用也。《维摩诘经》所说《经变文》（《敦煌杂录》本）开始作经云"时摩王波旬……""是时也"（讲文）所用为骈文、散文交错成篇，说时是否动听则恃说者之文学本领。后有吟唱"摩王仗队离天宫，欲恼圣人来下界……"为廿四句之七言无韵诗，后又有韵句"波旬是日出天来，乐乱清霄碧落排……"有韵而供唱者以管和之，再下又作经文，如此相同，讲完一经。后世章回小说与弹词之格式，盖全脱胎于此。

北宋时，街头说书者多将俗讲分成若干类，孟元老《东京梦华录》卷五记汴梁城东之桑家瓦子云："且小说名银字儿，如烟粉灵怪，传奇公案，扑刀杆棒，发迹变态（泰）之事，谈古论今，如水之流。"银字儿即高管，唐已有之，必是未说书前吹管以召听众，唐代小说至此遂变为话本矣。"变态"当即指变文而言，一种名曰"谈经"，即演说佛书，此为俗讲之嫡派。另一种名"说参讲"，讲宾主参禅悟道之事，此与俗讲禅宗有关，为对佛经之问难，由法师解答，由是演变而成者也；再变为"说相声"，内容多笑话，又有"说诨经"者，亦多幽默之谈，由是失其本义，变成流行之小说、弹词，遂自佛家分离而成独立之艺术。

梵赞及其他俗文学，有《开元皇帝赞》(《掇琐》本)、《太子赞》《董永行孝赞》《季布骂阵》等。《开元皇帝赞》为说玄宗之御注《孝经》，《太子赞》为说佛为太子时故事，《季布骂阵》为七言赞之始，《好住娘》与《辞娘赞》皆和声赞。又有长短句如《十恩德》为词之一种，又有《五更转》《十二时》，前者南朝梁代即已有之，均七言整齐句，篇幅不长。此外，又有散文卷子《晏子赋》《燕子赋》《开元歌》《茶酒论》等，亦传说于街头者也。

俗讲俗文学对后世文体之影响有：①俗讲本子至北宋而变为话本，又演成词话（带说带唱）、平话（有说无唱）、弹词（唱多说少）；②七言赞为元白"新乐府"之来源；③和声赞与当时"竹枝"有关；④《五更转》《十二时》演为后世词调俗曲；⑤《茶酒论》演为后世"合生话本"；⑥"老少问答"影响中晚唐诗体裁甚大，如卢仝《萧氏二三子赠答》是民间风格为诗人所借用者，香山亦有《池鹤》八绝句，晚唐皮、陆集中此体益多矣。

授课人：罗庸

第四章 韩愈、柳宗元及其古文

韩柳前文风之演变概况

单就文章来说，《新唐书》所记文风之变凡三期，今而言之，可分四期：①高祖武德初迄太宗贞观末，凡三十余年，为北朝文风之结束。②高宗永徽初迄玄宗开元末，凡九十余年，为齐梁派之结束，古文初次抬头，四杰与吴、富均在此时期中，陈子昂、卢藏用之出，可为韩柳之先驱。③自天宝初迄元和、长庆间，凡八十年，自萧颖士、李华下迄韩柳，为古文之完成时期。④自文宗大和、开成迄唐末，凡八十年，骈文、古文两衰，杂体文及公文四六流行，故五代及北宋初文体大衰，迨欧苏振起，古文又复中兴。

古文运动本身又可分为三段落：①萧颖士、李华迄柳冕。②柳冕迄韩愈。③韩愈迄李翱、张籍。今分别论之于后。下先论韩柳前之古文家。

（1）萧颖士——字茂挺，南陵人，开元二十三年（735年）进士，天宝后卒，年五十二（《旧唐书》九〇、《新唐书》二〇二本传）。如更上推，当及陈子昂（伯玉），然陈之成就在诗，且无具体理论，故论唐代古文自萧始，萧出于南朝南陵萧氏，为南方人，与李华友善。

（2）李华——字遐叔，赵州赞皇人，开元二十三年进士，肃宗立，贬官，卒于家（《旧唐书》卷一九〇、《新唐书》卷二〇三本传）。为萧同年（开元二十三年及第），二人为莫逆交。就造诣言，萧实较高于李。李尝作《吊古战场文》，杂诸古文以示萧。萧谓李如用力，亦可有此作，李大叹服其眼力。

（3）独孤及——字至之，洛阳人，开元十三年（725年）生，大历十二年（777年）卒，年五十二（《新唐书》卷一九三本传）。为李华私淑弟子。以上三人，彼此之间无系统之理论或主张，今但由各人集中披选出之。李华《萧颖士集·序》："君谓六经之后，屈原、宋玉文甚雄健而不能经世。厥后贾谊文甚详正，近于礼体……近日陈拾遗子昂文体最正……"此谓萧之提倡文体，主张实用，便于政治，古文运动盖自此发轫。独孤及《赵郡李华集序》："志非言亦不行，言非声不彰，三者相为用……自典谟缺，雅颂寝……作者往往先文字，后比兴……其结果……枝叶对比，文不足言，言不足志……公之体本于王道，大抵以五经为泉源。"此遐叔之主张文学当有内容也。梁肃《毗陵集后序》："初公视肃以友，肃仰公犹师，每申话言，必先道德而后文学，且曰后世虽有作者，六籍其不可几矣。"此论较萧、李更进一层，由文学之内容说到作家之修养矣，是为古文运动之萌芽，迄乎元结、柳冕，此风益张，而风靡于当代也。

（4）元结——字次山，河南人，天宝十三年（754年）进士，卒大历七年（772年）（《新唐书》一四三本传），此公亦无具体理论，然尝作《春陵行》，少陵之《三吏》《三别》盖受其启示者也。

唐诗之社会描写，此风自次山开之。又尝作《贼退后示官吏》、《五规》（出、处、对、心、时）、《二恶》（圆、曲）。有次山而后有少陵之社会诗，有少陵而后有香山之《新乐府》，次山无师承，无弟子，然其影响则有不可阻者焉。

（5）梁肃——字敬之，一字宽之，世居陆浑，贞元末卒，年四十一（《新唐书》二二二本传）。崔恭《唐右补阙梁肃文集序》："大约公之习尚敦古风，阅传记，硁硁然导于人以为常。"古文运动之于"阅传记"极有关系，盖古文家重道德，必读古人传记以为养性之资，是以作传记为古文之长，其能制胜骈文者以此，后世古文家必作传记，其风自肃始。而大放厥词，立古文之主张者，当推柳冕。

（6）柳冕——字敬叔，蒲州河东人，约卒于贞元末。（《旧唐书》四〇附《柳登传》，《新唐书》一三二附《柳芳传》）与友人论文书最多。《与徐给事论文书》："文章本于教化，形于治乱，系于国风，故在君子之心为志，形君子之言为文，论君子之道为教。"《答荆南裴尚书论文书》："在心为志，发言为诗谓之文，兼三才而名之曰儒。儒之用文之谓也，言而不能为，君子耻之。夫君子之儒，必有其道，有其道必有其文，道不及文则德胜，文不知道则气衰，文多道寡，斯为艺矣。"其他论述见《与权德舆书》《答杨中丞论文书》《谢杜相公论房杜二相书》《与渭州卢大夫论文书》等篇。文以载道之说盖自冕始。《与渭州卢大夫论文书》："夫文生于情，情生于哀乐，哀乐生于治乱。故君子感哀乐而为文章，以知治乱之本。屈宋以降，则感哀乐而亡雅正，魏晋以还，则感哀乐而无风教，宋齐以下，则感物色而亡兴致。"此论为较前此诸人进步多矣。退之以前，冕为大家，惜其作不及退之，故为世所忘忽耳，然冕实集前此文论之大成者也。故退之能"文起八代之衰"，诸公开路之功殆不可磨灭也。

韩柳古文之理论与成就

（1）韩愈——生大历三年（768年），卒长庆四年（824年），年五十六（《旧唐书》一六〇、《新唐书》一七六本传）。其与前辈作家之师承关系，有以下脉络可寻：①少为萧颖士子存所知；②尝从独孤及、梁肃之门人游；③李华、宗子翰每称道之；④李观亦华族子，与愈同举进士，且相友善。

退之古文渊源，实自萧李而出，故立论犹有同乎诸前辈者，如《答李秀才书》："愈之所志于古者，不唯其辞之好，好其道焉耳。"《送孟东野序》："人之为言也亦然，有不得已而后言，其歌也有思，其哭也有怀。"皆是也。其独到之处，在论作家个人修养之言，真是前无古人，后无来者。如《答尉迟生书》："夫所谓文者，必有诸其中，是故君子慎其实。实之美恶，其发也不掩，本深而末茂，实大而声宏，行峻而言厉，心醇而气和，昭晰者无疑，优游者有余，体不备不可以为成人，辞不足不可以为成文。"此数语源于《大学》"诚中形外""君子慎独"之警句，及陆机《文赋》论体性之言，合而铸之，遂成笃论。《答李翊书》："始者非三代两汉之书不敢观，非圣人之志不敢存……如是者亦有年，犹不改，然后识古书之正伪，与虽正而不至焉者，昭昭然黑白分矣。""气，水也；言，浮物也，水大而物之浮者大小皆浮。气之与言犹是也。气盛则言之短长与声之高下者皆宜。"其论文以气为主，与魏文不同。魏文所谓气，乃作者之性灵，《文心雕龙》所谓体性是也；韩之谓气，即孟子所谓"浩然正气"。唐人作文好重言之短长、声之高下，退之欲破此拘束，乃主以气涵之，其源来自《孟子·养气章》。孟子以志、气、体三者并列，称"持其志勿暴其气"。以火车喻之，其全部为列车之体，其车头气也，犹今之言生命力，司机则志也。人能以心指挥其生命力，以作种种活动，故人须守其志，勿使生命力妄动也。此孟子二种修养功夫，不能使气本能地动，故须养其气，使之从志而塞乎天地之间。入手方法在"集义"，义源于是非之心，日行一义，渐减愧怍，至于理直，理直而气壮，气壮则生死利害在所不计，乃能"富贵不能淫，贫贱不能移，威武不能屈"也。能"集义"便能"知言"，此道自孟子而后不得其传，退之有志继之，遂创此"养气为文"之理论。由此而知言，而能辨古文之真伪与虽正而不至焉者，下开宋之理学，故古文家与理学家之相连，退之实开其宗，而后世之论道统者，亦必及之。韩氏若干笔札论议，多用两扇对举之法，此学自孟子者也。《答崔立之书》尤酷似孟子，所作《原道》《原毁》正属于此系统，此韩文之一面。

唐代因科举之故，人多不愿讲师承，韩为古文取法孔孟，故力倡师承，作《师说》以申之，此韩文之又一面。又古文家重视传记，故韩喜为人作墓志，亦偶作游戏文字以为应酬，退之《送穷文》《进学解》诸作，是渊源自两汉者也。此外，随当时求仕之风而有《上宰相书》，因持道统以卫道为己任而有《谏迎佛骨表》，子厚较之，相去远矣。

然韩之立身与文风亦颇为当时士子所非议，兹举其一二诤友之言论以为例。①裴度《寄李翱书》："文人之异在气格之高下，思致之浅深，不在磔裂章句、隳废声韵也。……（昌黎韩愈）恃其绝足，往往奔放，不以文立制，而以文为戏，可矣乎？可矣乎？今之作者，不及则己，及之者，当大为防焉耳。"此书可代表当时一般人对韩之评语。②张籍《上韩昌黎书》："比见执事多尚驳杂无实之学，使人陈之于前以为观，此有以累于盛德。""且执事言论文章不谬于古文，今之所为或有不出于世之守常者，此亦未为得。"又《与昌黎第二书》："君子发言举足，不远于礼，未尝闻以驳杂无实之说为戏也。

执事每见其说，亦拊拊呼笑，是挠气害性，不得其正矣。"由以上引文观之，可见当时人士亦有不甚以韩为然者，故退之人格不甚统一，态度较孟子为逊，其性格为多方面而不能调和，故研究之颇为困难。

（2）柳宗元——生大历八年（773年），卒元和四年（809年），年三十六。（《旧唐书》一六〇、《新唐书》一六八本传）

性格与余事均与韩愈不同。韩心灵幼稚，意志不坚。柳则反是，故对韩有轻视意。就文学成就言，韩自过之；而就文学功夫言，则柳又远过于韩，惜滞于萧李阶段而未进耳。《答崔黯秀才书》："然圣人之言，期以明道，学者务求实道而遗其词。"《报袁君陈秀才避师名书》："大都文以行为本，在先诚其中，其外者当先读六经，次《论语》，孟轲书皆经言，《左氏》《国语》；庄周、屈原之言，稍采取之，穀梁子、太史公甚峻洁，可以出入，其余书俟文成异日讨也，其归在不出孔子。"其自道写作之言有《答韦中立论师道书》："故吾尝为文章，未尝敢以轻心掉之，惧其剽而不流也；未尝敢以怠心易之，惧其弛而不严也……此所以羽翼夫道也。""本之《书》以求其质……此吾所以取道之原也。参之《穀梁》以厉其气……此吾所以旁推交通而为之文。"此明柳之功夫在外，非若韩之在内也。故柳文与性格可分为二，而韩则合而不可分，曾国藩尝以韩文为阳刚，柳文为阴柔。二人者尝有匹敌之意，势均力敌。韩文高于柳者在读书录与《原道》诸篇，而柳之高于韩者为永州山水诸记。柳用心极深，韩则重感情近于自然，乘兴而动。柳以神经衰弱而终，韩则以好酒血压高而卒。总论二人成就，韩固过于柳也。

授课人：罗庸

第五章 晚唐五代的文艺论

欲以《文赋》或《文心雕龙》为标准求文艺论于唐代，则徒见其支离散落而已。关于诗论，以白氏《与元九书》、元氏《杜少陵先生墓志》(《唐检校工部员外郎杜君墓志铭》) 二文为力作，余无足观。至宋乃有大量诗话之产生，代替诗的理论大宗，然均杂乱琐碎，此风实自唐人开之。唐人诗较有系统者凡二书，一为释皎然之《杼山诗式》。皎然为诗人谢灵运十世孙，秉其家风而发扬之，为宋人诗话之来源，其书内容大致分为二部：一为作诗理论，论诗格、诗调及写作方法；一为批评前人作品，最重要者为以单字形容诗之格调，开司空图《诗品》之先河，后世以意境辩诗自此始。其辩诗体十九字为：高、逸、贞、忠、节、志、气、情、思、德、诫、闲、达、悲、怨、意、力、静、远。为唐诗发展三百年之总结，颇似《文心雕龙》之《体性篇》。主张人顺择其近于己意者而进行创作，至司空图乃完成此一理论。其次为《诗品》，此司空图（表圣，虞乡人）受《杼山诗式》影响而撰作者也。其书分二十四品，第一境界以二字标名，每首意境均以相近之笔调阐发之，此影响后人作诗论崇尚意境的风气。

附论一：刘知幾《史通》

刘子玄生高宗、武后之朝，其书成于景龙四年（710年），组织之完整，可谓空前绝后，渊源来自范蔚宗《后汉书·自叙》与刘彦和《文心雕龙》。唐初大量修史之风气极盛，在此环境中，乃培养其终身致力于史论、史法方面的研究，自古文家作史之风起，其先决条件必须懂史法与史体，子玄之作，与有功焉。然此书在当时影响甚少，至北宋欧阳公与宋子京修史，相与论列，颇近《史通》风格，于以觇其对古文家修史之影响。此书前五卷于文章无甚相关，以下数卷则颇有帮助，在《内篇》中，如《言语》《浮词》《叙事》《直书》《曲笔》《模拟》诸篇，对宋以后古文影响极为重要，与韩柳之论异矣。《外篇》中有《占烦》篇，实来自《内篇·烦省》者，故欲看宋以后之文学理论，必自此入手。唐人不敢倡言《史通》者，盖其中有《疑古》《惑经》二篇，此学自《论衡》之《问孔》《非韩》《刺孟》者，其时定儒为一尊，故人不敢和之，亦理之宜；然宋人对古书之抱怀疑态度，似又不能与子玄之书无关也。

附论二：日本空海《文镜秘府论》

此书成于日本，在中国不甚流传，近代日本学者铃木虎雄作《中国文艺论》尝略引之，乃为国人所注意，乃有汉译本之出现。在唐文宗、武宗时代，日本曾派学问僧入唐，唐文化之输入日本，此辈实为功臣。空海卒于文宗大和九年（835 年），居唐者凡十余载。密宗盛行后，国人称之为遍照金刚，日本尊之为弘法大师。其对日本功绩凡三：（1）传密教入日本，至今不衰；（2）日本原无假名，读书全为汉文，无文字代表其本国语言，时印度梵文拼音传入中土，空海乃采汉字偏旁，以梵文拼音方法，参照日本方言而创造假名，为日本有文字之始；（3）采唐代种种文艺形式理论，集而成书，凡六卷，即《文镜秘府》是也。凡在历史潮流进行中所选择保存者，必为当时较高之成就，而一般流行于社会间价值不甚高之文物，往往遭受淘汰，而空海书中所收却属于后一类者，即保留了唐代一般通行之文籍，今中土欲知究竟，反不能不借光于东瀛矣。其书分天、地、东、西、南、北六卷，内容大要如次：（1）天卷有调四声谱、调声、用声法式、八种韵、四声论，在唐代流传之琐细文物，于此可见一斑。（2）地卷有《论体势》等，分十七势、十四例、十体、六义、八阶、六志、九章，内容较为琐碎。（3）东卷有《论对》，分二十九种，笔札七种，言例，我国后世声律启蒙书之所从来也。（4）西卷有《论病》，分文二十八种病，文笔十病，得失二部分，由此见出唐律诗及四六完成所受社会流行俗论之影响。（5）南卷有《论文》，意者为今诗韵卷中所列《词林典掖》之类所渊源。（6）北卷有《论对属》（指文章）、《句端》《帝德录》《叙功业》《叙礼乐》《叙政纪恩德》，均应酬文之格式，当是唐代士子应试之《兔园册子》之类。

治文学史须注意二事：（1）注意某时代中文人必读之书本；（2）注意某时代流行之陋书，如梁萧统之《十二锦》，即供案牍运词参考之用者也，连珠体即源于此。又如北魏好刻墓志，往往千篇一律，当时必有俗书墓志格式，人死后文人为之依样画葫芦而写成之耳。

附论三：唐代佛教在文学史上的影响

1.译经、造论及纪行

中国佛教自东晋迄唐代有两大译经事件，一为姚秦之鸠摩罗什所主持，一为唐初玄奘所领导。就文体言，姚秦以前为另一风格，如《弘明集》诸作，乃尽力使佛经中国化，迁就国情，使国人读之不致刺目。鸠摩罗什来华后，则一反前此态度，力求合乎原义，不复迁就国人，观《高僧传》中记述译经之事，可知其谨严态度。至唐代，玄奘亲入印度者若许年，归而重译佛经，谓之新译，而称前者为旧译。新译经之妙，在一方面不失梵文原意，一方面又能合乎国情，译经至此，遂登峰造极矣。在姚秦李唐时代，均设有译经场，内分为若干组，每组多则七人，少则五人，其中一人为译主，其余各司一职，如证义、证文、笔受、润文等。姚秦时代译主多为外国人，润文者必为汉文名家。玄奘译经时，润文者即太宗十八学士。译经程序为：译主念一句，译术照原文直译（如梵文之动词在后，译时亦放动词于后），笔受直书之，证义乃按汉文调整之，再问译主，译主点头，然后交润文者进行加工。此种经文，按理当能影响中国人之持论谨严茂密，然当时所能接受者唯俗讲而已，能得其精华者亦仅玄奘弟子窥基与圆测二人耳。其未能发生普遍影响者，殆未能与儒家经典打成一片有关。计玄奘译经共七十五部，一千三百三十五卷，一千三百多万言。

中国古代人不多作游记，记行文每用赋体，晋法显入印度始有《佛国记》之作。玄奘西游归来，作《大唐西域记》，记述沿途地理、山川、风物、民情甚详，为中国游记开山之作。故在《徐霞客游记》出现以前，在家人所作游记，罕有超出于和尚者也。

2. 禅宗语录

此种文体，影响晚唐及宋代文学甚大。佛教入国，原走北路，至梁武帝时，菩提达摩乘舟至广州。后入金陵谒帝，为佛教之别派，重顿悟功夫，不甚投机，乃北走嵩山少林寺，面壁九年，后传至慧能而成佛教南宗。其宗风为打破一切束缚，为求传道普遍而用白话说法。记录时亦直书口语，遂成白话语录之新文体。今所见《景德传灯录》《五灯会元》诸书，即当时所流传者也。流播既广，遂影响文人写作，以白话记其理论，宋代理学家师弟问答实因袭此种新文体，而后代之白话小说，盖亦肇源于此。故禅宗对近代中国文学之贡献实有不可磨之功德焉。

3. 诗僧与僧诗

最早为王梵志，以白话说佛理，即偈是也。传至中晚唐而有寒山、拾得之诗，皆近于白话之韵语。晚唐会稽有二清（清江、清昼）者亦以诗名。五代有贯休、齐己，其诗面目与文人之作相等，已不同于佛家之偈。

授课人：罗庸

第五部分

宋元文学

宋初的诗文革新运动 / 欧阳修 / 王安石

词曲的发展和词的概况 / 苏轼的散文

关汉卿的代表作《窦娥冤》/ 王实甫的《西厢记》/ 宋元南戏

第一章 宋初的诗文革新运动

在中唐时期，韩愈提倡古文，变革南北朝以来讲求声调对偶的近于俳谐的骈文，主张规模古代典籍，读先秦两汉之书，向儒家经典、先秦诸子、贾谊、司马迁、扬雄学习，树立起古文的旗帜。这一方面是复古主义，另一方面是文体的革新运动，所谓"文起八代之衰"。支持韩愈古文主张者，有柳宗元、李翱、张籍等。

骈文需要对偶，出言必双；又要辞藻华丽，援引典故，不易写作。我们并不否认写骈文的也有大作家，但是一般的骈文是庸俗的，有辞藻而无思想，堆砌典故，空洞无物，成为唯美主义的形式主义的文体。安史之乱之后，中国社会各阶层发生了大波动，贵族门阀阶级渐趋没落，新兴的地主阶级起来。随着隋唐科举制度的推行，新兴的进士阶层出现，当时考中进士的人就有许多出自"寒门"。这些新兴人物，反对骈文，反对"连篇累牍，不出月露之形；积案盈箱，唯是风云之状"的文学，而主张服务于儒家的"道"的古文。散文骈文的交替，显示了社会发展的变迁。这不单是文体上的变革，乃是文学内容和文学思想的变革。

与韩愈、柳宗元提倡古文的同时，白居易、元稹在诗歌的创作上也提出了主张。他们反对"嘲风月，弄花草"的无聊的诗歌，主张作诗应该继承《诗经》三百篇有关于政治教化的传统，他们推崇杜甫诗歌的现实主义精神，那些能够针对社会现实、道出民生疾苦的诗。提出以情（感情）、义（意义）为根本，声（韵律）、言（语言）为枝叶，"为君为臣为民为物为事而作，不为文而作"的诗歌创作主张。韩柳的古文运动与元白的诗歌主张，是中唐时期新兴的文学思潮，同时是中唐社会的产物，是当时尖锐的阶级矛盾所激起的文学改革运动。

这个文学改革运动，在晚唐五代时期，可惜未能继续发展。在晚唐时期，藩镇节度使专权，地方势力大于中央，而五代十国时期，中国分裂成为各个独立的小国。文人多数依附主人，做幕府秘书，不能不学习骈文四六，作制诰、表奏、书启，谈不到有独立的思想，习惯于写骈四俪六的文章。李商隐、段成式、温庭筠辈的诗文，依旧是骈丽的，看重声律对偶的。在五代时期，与中原接壤、比较安定的、社会经济繁荣的是南唐和西蜀。南唐和西蜀的文风是浮靡的，依旧崇尚骈文、宫体诗、艳体词。北宋初年，朝廷上所用的，好些是由南唐西蜀转到北方的（随两国之亡，而降顺于新朝廷），如徐铉、张昭等。北方文人如陶谷，作风亦同于南方文人。

代表北宋初年的诗派是宋真宗朝（即十一世纪初年）的西昆体。诗人如杨亿、刘筠、钱惟演等都是身居高位的官僚。他们的诗歌境界极其狭窄，彼此唱和一些空洞无物的诗歌，杨亿把他们酬唱的诗汇编成帙，"取玉山策府之名，命之曰西昆酬唱集"（《西昆酬唱集·序》）。此集皆近体诗，凡二百五十首（今佚二首），作者十七人，以此三人为首。以对仗工稳、用事新僻为贵，摹仿李商隐的风格。题材很狭，以泪、柳絮等为题，各有同作，真是白居易所反对的"嘲风月，弄花草"一路。有辞藻而乏内容，使诗歌走入魔道。时人石介作《怪说》，极力攻击杨亿（杨大年）。石介是一位道学家，其文艺理论是主张恢弘圣人之大道的，谓"杨亿之穷妍极态，缀风月，弄花草，淫巧侈丽，浮华纂组。其为怪大矣！"

西昆诗人，同时也是骈文作者。

与西昆体不同，用平淡朴素的语言，力求革新绮靡诗风的，最初是王禹偁。王禹偁（954—1001年），字元之，济州巨野人，976年进士。出身寒苦，九岁能文。他遇事敢言，以直躬行道为己任，但虽有政治抱负而不得志（《宋史》卷二九三有传）。他有《小畜集》三十卷、《小畜外集》七卷。他的古文，骈散相杂。他主张"远师六经，近师吏部，使句之易道，义之易晓"（《答张扶书》）。他的《待漏院记》《黄岗竹楼记》是有名的文章。前者是骈文，写出他对于朝廷与国家的责任心；后者是古文，写他的流浪生活。他又能诗。《感流亡》写由于关辅旱灾，避地流亡的老翁与病妪，有"尔为流亡客，我为冗散官。左宦无俸禄，奉亲乏甘鲜。因思簪仕来，倏忽过十年。峨冠蠹黔首，旅进长素餐"之句，是感于乞妇的流浪，而自愧为官无助于人民，看出他的正义感与人道主义精神。诗近白居易风格，开宋诗先路。《赠（友）朱严》诗云："谁怜所好还同我，韩柳文章李杜诗。"《示子》诗云："本与乐天为后进，敢期子美是前身。"他的诗对以后欧阳修、梅尧臣的诗是有影响的。《宋诗钞·序》说："元之独开有宋风气，于是欧阳文忠得承流接响。"

与王禹偁同时爱好韩愈文章的是柳开。柳开，字仲涂，大名人，开宝六年（973年）进士。追摹韩愈（曾以"肩愈"为名），亦以能开圣道自命，所以名开而字仲涂。有《河东集》十五卷。他与范杲、高锡、梁周锡齐名，一时有"高梁范柳"之目。

王禹偁、柳开，为宋初古文运动的前驱者。稍后于柳开的古文家是范仲淹（989—1052 年），作风接近王禹偁，其名篇《岳阳楼记》亦骈散夹杂之古文。范仲淹亦有词，虽寥寥数篇，思想性艺术性皆高。此外还有古文家穆修（979—1032 年，字伯长，郓州人），尹洙（1001—1046 年，字师鲁，河南人）。

当时文学界之斗争阵线是，一面是骈文与温李诗相结合的西昆派，是富贵典丽的台阁体，非现实主义的文学，有颓废倾向的；一面是追慕圣贤、尊重儒学、尊经明道、奉韩柳为正宗的古文派，继承李杜元白现实主义传统的诗歌革新派。一直到宋仁宗时，晚唐五代文风的影响才差不多革洗净尽。这时期领导古文运动的是欧阳修。欧阳修是推进古文运动而完成古文运动的重要作家，以古文家而兼诗家。

欧阳修的朋友，以写诗著名、为欧阳修所极推崇的是梅尧臣与苏舜钦。

授课人：浦江清

第二章 欧阳修

欧阳修（1007—1072年），字永叔，江西庐陵（今吉安）人。父亲是进士出身，做过小官，早卒。修四岁而孤，少年穷苦。母亲郑氏，亲诲之学，家贫至以荻画地为书。后随叔父在隋州，借李姓藏书抄诵。得《昌黎集》残书，读之，大好。敬佩韩愈，仿作古文。二十岁，进京赴考。二十四岁中进士，出为西京（洛阳）推官。与谢绛、尹洙、梅尧臣为友，时同游。

1034年入为秘阁校理。

1036年，年三十，范仲淹忤吕夷简罢出，修致书司谏高若讷，责其不言，骂他出入朝中不知人间有羞耻事。若讷出其书于朝，修被贬为夷陵（今宜昌）令。

1040年，入朝。

1043年，知谏院。

1044年，为龙图阁直学士。

1045年，为人所排挤诬陷，罢职，出为滁州（今安徽滁州）知州。作《丰乐亭记》及《醉翁亭记》，年四十，即自号醉翁。

1048年，徙知扬州。

1049年，移知颍州，乐西湖之胜，将卜居。

1050年，改知应天府兼南京留守。

1052年，以母忧，归颍州。

1054年，为翰林学士，兼史馆修撰。

1057年，知礼部贡举。其后又入朝，为翰林学士，修《唐书》（与宋祁分任主编），知贡举。历官礼部侍郎、枢密副使、参知政事等。

1071年，告老，以太子少师致仕。

明年卒，年六十六。谥文忠。有《欧阳文忠公集》《六一词》。

欧阳修一生宗仰韩愈，又从尹师鲁游，学作古文，而造诣特高。欧阳修是文学家，不是政治家。他在政治上近于元老派，很推崇杜衍、范仲淹、富弼、韩琦等有所作为的贤相。早年还比较激进，晚年当王安石执政时，就趋向保守了。

欧阳修的思想是儒家学说的正统思想，主张发扬孔孟之道。苏轼《六一居士集序》说：

> 自汉以来，道术不出于孔氏，而乱天下者多矣。晋以老庄亡，梁以佛亡，莫或正之。五百余年而后得韩愈。学者以愈配孔子，盖庶几焉。愈之后三百有余年而后得欧阳子，其学推韩愈、孟子以达于孔氏。……

> 宋兴七十余年，民不知兵，富而教之，至天圣景祐极矣。而斯文终有愧于古，士亦因陋守旧，论卑而气弱。自欧阳子出，天下争自濯磨以通经学古为高，以救时行道为贤。

欧阳修要继承、发扬儒家道统，要"通经学古""救时行道"。他继承韩愈"原道"思想，而作《本论》。韩愈排斥佛老，尊重儒教，以周公、孔子、孟子的道统自命，合道统与文统为一。古文运动不单是文体方面的改革，同时也是思想方面的改革，内容和形式是统一的。写文章要根抵六经，发挥孔孟之道，作为巩固中央集权统治的上层建筑。欧阳修的中心思想也是如此，古文要表现的是儒家思想。《本论》之意谓中国不失教化，则夷狄之教无由入，故以固本为首要。固本包括农桑与仁义之教化。因为佛教的势力不如唐代的顽强，所以欧阳修的排佛也不像韩愈那样激切。比较《本论》和《原道》就可以明白。有佛教徒而能诗文的，他也加以奖掖，例如对释秘演、释惟俨等，为之作诗文集序。

欧阳修绝不好道求仙，他没有神仙思想、求长生等等一套观念。他认为人生飘忽，是短暂的，但是可以不朽于后世。那便是《左传》所提倡的立德、立功、立言，此为三不朽。作于嘉祐元年（1056年）的《鸣蝉赋》认为，鸣蝉喧聒一时，"有若争能"，但"忽时变以物改，咸漠然而无声！"而人则不同，"达士所齐，万物一类，人于其间，所以为贵，盖已巧其语言，又能传于文字"，故能"虽共尽于万物，乃长鸣于百世"。不过文章虽工，假定没有内容，那么等于"草木荣华之飘风，鸟兽好音之过耳"（《送徐无党南归序》）。美丽的文章与工巧的语言，不足以不朽。足以不朽的是立德、立功、立言之三不朽，而三者中又应以立德为首要。"自诗、书、《史记》所传其人，岂必皆能言之士哉！修于身矣，而不施于事、不见于言，亦可也。"（同上文）此为儒家正统思想，以蓄道德能文章为标准。劝人如此，自勉如此。

因此欧阳修主张文章要发扬道统。在《答吴充秀才书》中他强调"道胜者文不难而自至"，反对文士自认为"职于文"而"弃百事不关于心"。在《与张秀才第二书》中,他再次发挥了文学必须明道的观念。张秀才请他看古今杂文十数篇,固为为学有志,然而述三皇太古之道,舍近取远,务高言而鲜事实。他认为是不切实的。他说:"君子之于学也,务为道。为道必求知古。知古明道而后履之以身,施之于事,而又见于文章而发之,以信后世。其道周公、孔子、孟轲之徒常履而行之者是也,其文章则六经所载至今而取信者是也。其道易知而可法,其言易明而可行。……今生于孔子之绝后,而反欲求尧舜之已前,世所谓务高言而鲜事实者也。"据此可知他所谓好古,是以恢复光大孔孟之道为职志。欧阳修揭起了正统文学的旗帜。人们也推崇他道德与文章不偏废。自欧阳修以后,道学、功业、文章离开。二程、周、张得道学,王安石得政治,苏轼得文章、文艺。

古文派都以根抵六经为标帜,经术与文学合一,这当然也是科举制度发展的结果。不过比较起来,韩、欧、曾、王是古文与经术合一的。柳、三苏的思想并不纯粹。柳宗元有庄子、屈子的思想,苏洵、苏辙有纵横家的思想,苏轼参以佛老。

欧阳修一生疾恶如仇,爱贤若渴。在政治上钦佩杜衍、富弼、范仲淹、韩琦几位贤臣。作《朋党论》,认为君子有朋党,以义为结合,是真朋党;小人以利结合,利尽则散,只是伪朋党。国君应该近君子党,斥小人之伪党。"朋党"并非恶名。当时政治斗争激烈,宰相擅权,往往借朋党之名,以排挤君子,故发如此论。欧阳修既景仰先辈,同时又为援引后进,不遗余力。古文家曾巩,笃道君子,出欧门下。王安石为曾巩同乡,欧阳修亦屡热忱予以奖掖。知贡举时,得苏轼卷,大为激赏,举为进士。欧阳修谓"吾当放出一头地",许为将来文学第一人,在他自己之上。三苏皆与欧公善。北宋古文大家,称欧曾王苏(三苏),而欧阳修实为领袖。

欧阳修是宋初古文运动的领导者。韩愈的古文主张和他首创的古文运动，直到欧阳修的大力提倡，而完成之。此后骈文只是成为通行之公文与应酬文字。欧阳修有深厚的思想感情，而出之以和婉流畅的散文风格。他比之韩愈，又自不同。韩愈深厚雄博，但尚喜用古字，造句奇崛，雄健有余而流畅不足；欧公虽写古文，而选用平易习用的词汇，更明白易懂。苏洵在其《上欧阳内翰第一书》一文做了比较：

> 韩子之文，如长江大河，浑浩流转，鱼鼋蛟龙，万怪惶惑，而抑遏蔽掩，不使自露；而人望见其渊然之光，苍然之色，亦自畏避，不敢迫视。执事之文，纡余委备，往复百折，而条达舒畅，无所间断，气尽语极，急言竭论，而容与闲易，无艰难劳苦之态。

欧阳修的古文运动，经历了两条战线的斗争，一方面反对骈四俪六的浮华的骈文，一方面也反对钩章棘句、艰涩险怪的文章。其知贡举时，痛抑钩章棘句派的士子。榜出，嚣薄之士，候修入朝，群聚诋斥之，街司逻卒不能止，至为发文投其家。但自是文风稍变。

欧阳修的山水文章，不单是纯粹的流连景物。有名的《醉翁亭记》，是一篇轻松愉快的抒情散文。全篇用"也"字为节奏，似乎是游戏之作，而非常自然，可代表欧阳修的散文风格。写了滁州山水，同时主要是写太守和人民"醉能同其乐"。《丰乐亭记》同为欧阳修做滁州太守时所作。两文内容并不徒流于风景之美，主题思想在于人民安乐（负者歌于途，行者休于树），能享小康的丰乐，然后刑省政闲，太守得以宴乐而享山水清福。与他主张的贤能政治有关，不失为贤太守的风度。《泷冈阡表》是他晚年在故乡泷冈为表父亲之墓而作的。主要以母亲平时所说他的父亲平素的为人，表扬父德。他的父亲是一位进士，历任州县判官、推官，宽厚有仁德；认真处理公事，决死囚狱，反复考虑，不愿枉死一人，爱护人民。因而有遗泽，使欧阳修得以享高官厚禄。这篇文章，虽是封建正统思想的忠孝观念，而感情真挚，是应该肯定的。

欧阳修的古文，善于布局。虽平易，实为经心之作。如《醉翁亭记》《丰乐亭记》《有美堂记》《相州画锦堂记》，艺术性都强。《醉翁亭记》由滁说到山，山到峰，到泉，到亭，由大及小，然后谈山林的晦明变化，谈人，谈到太守宴，太守之乐反映滁州的太平无事。《丰乐亭记》述由乱到治，遗老尽亡，时代推移，归结于王化。《有美堂记》说山水与都会兼胜，唯杭州与金陵，而金陵荒废，独杭兼美。凡此皆宋人理路清楚，短文中有曲折布局，如山水画之美。有艺术性。在开创时代是新鲜的，后人学之便成为"古文笔法"的滥调了。

欧公长于史学。修《唐书》（与宋祁合作），修《五代史》，追慕司马迁，颇得《史记》笔力。他为朋友作墓铭，文集、诗写序、跋甚多，以表扬贤者。又搜集金石、铭刻，作《集古录》开考古金石学之先风。其《集古录目序》及《六一居士传》（仿白乐天《醉吟先生传》）表现其晚年之志趣。

欧阳修除古文外，亦善诗赋。赋不多，有《鸣蝉赋》和《秋声赋》等，深于情，而风格流畅，亦间用散语，已开宋赋作风。诗反西昆体，学韩愈、白居易。其《水谷夜行寄子美圣俞》是一篇代表作。他在秋天，从汴京出发南行，开始十句描写秋日旅途风景，颇似陶谢。下面转到怀念朋友，对苏、梅诗分别致叹赏及评论语。有比喻有议论，清切不肤泛，新鲜，不袭唐人。《啼鸟》诗是他在夷陵所作。贬于僻地，见春鸟乱鸣，感兴而作。描写许多鸟鸣，参差错落，极有风趣。其思想感情近白乐天，而语言不同。《食糟民》反映人民困苦生活，酿酒的人不能饱腹，反用酒糟来充饥。近白居易新乐府。其《赠杜默》诗云："子盍引其吭，发声通下情。上闻天子聪，次使宰相听。"其作诗主张同白居易。

《明妃曲》二首与《庐山高》是欧阳修平生最得意之作。他醉后谓其子云："我诗《庐山高》，今人不能为，惟太白能之。《明妃曲》后篇太白不能，惟子美能之。至其前篇，则子美不能，惟吾能之也。"今观《庐山高》虽造句奇峭，意思不平，不及太白远矣。唯《明妃曲》二首确为佳作。现将《明妃曲》二首与李杜诗做一比较分析：

明妃曲和王介甫作

胡人以鞍马为家，射猎为俗。泉甘草美无常处，鸟惊兽骇争驰逐。谁将汉女嫁胡儿，风沙无情貌如玉。身行不遇中国人，马上自作思归曲。推手为琵却手琶，胡人共听亦咨嗟。玉颜流落死天涯，琵琶却传来汉家。汉宫争按新声谱，遗恨已深声更苦。纤纤女手生洞房，学得琵琶不下堂。不识黄云出塞路，岂知此声能断肠？

再和明妃曲

汉宫有佳人，天子初未识。一朝随汉使，远嫁单于国。绝色天下无，一失难再得。虽能杀画工，于事竟何益。耳目所及尚如此，万里安能制夷狄。汉计诚已拙，女色难自夸。明妃去时泪，洒向枝上花。狂风日暮起，飘泊落谁家。红颜胜人多薄命，莫怨春风当自嗟。

第一首叙明妃远嫁，以"风沙无情貌如玉"句致惋惜同情的情感。在西汉时国力强盛，呼韩邪单于来向汉表示归顺之意，故汉元帝以宫女遣嫁，表示和亲政策，联络感情。王昭君有美色，其远嫁匈奴的故事，成为诗歌、小说的题材。汉人与匈奴人生活不同，远离中原，女性是被压迫者、牺牲品，所以博得人民的同情。首先作《昭君曲》或《明妃辞》者有石崇的乐府，此后南北朝、唐代都有乐府辞，述昭君事。唐时有《昭君变》说唱变文。李白有《王昭君》二首，其第一首末云：

> 燕支长寒雪作花，蛾眉憔悴没胡沙。
> 生乏黄金枉图画，死留青冢使人嗟。

第二首末云：

> 今日汉宫人，明朝胡地妾。

杜甫《咏怀古迹五首》（其三）云：

> 群山万壑赴荆门，生长明妃尚有村。
> 一去紫台连朔漠，独留青冢向黄昏。

前两句咏昭君故乡。后两句中以"青冢"对"紫台"，与李白诗以"青冢"对"黄金"略同。李杜诗均佳。因昭君既为众人作诗歌的通俗题材，写起来不易出色。而王安石、欧阳修咏昭君之诗，为宋诗中之杰作。均有深刻的说理与议论，为宋诗的特色。

欧阳修《明妃曲》第一首，多转折，愈转愈深。最后四句尤为创见。意思说，一般女子能弹昭君琵琶曲，而不能体会此曲悲哀情调。着重说明艺术是表现生活的，艺术不能脱离生活经验。唯有生活经验丰富，然后能体会艺术，表达出作者的感情来。第二首，初八句尚是泛写。"耳目所及"二句转入议论，议论精辟，亦是创造性见解。议论感慨，有老杜风格。批判汉元帝的糊涂，借以批判一般统治者的昏庸。后面再转入女色之不足恃，而慨叹于红颜薄命，立意均高。

此为和诗，故在此再与荆公原诗进行比较。王安石两首《明妃曲》意格高妙，更有创见：

明妃曲

一

明妃初出汉宫时，泪湿春风鬓脚垂。低回顾影无颜色，尚得君王不自持。归来却怪丹青手，入眼平生几曾有。意态由来画不成，当时枉杀毛延寿。一去心知更不归，可怜着尽汉宫衣。寄声欲问塞南事，只有年年鸿雁飞。家人万里传消息，好在毡城莫相忆。君不见咫尺长门闭阿娇，人生失意无南北。

二

明妃初嫁与胡儿，毡车百辆皆胡姬。含情欲语独无处，传与琵琶心自知。黄金捍拨春风手，弹看飞鸿劝胡酒。汉宫侍女暗垂泪，沙上行人却回首。汉恩自浅胡自深，人生乐在相知心。可怜青冢已芜没，尚有哀弦留至今。

"不自持"指禁不住见昭君之美而有所动于心（参看《后汉书·南匈奴传》）。意态画不成，枉杀毛延寿，比写人又深进一层，言女子之美在乎体态，非画工可以画出，毛延寿亦枉杀也。极写昭君之美，非画图可表。意思突出独立。最后君不见长门闭阿娇事，以慰昭君，亦慨叹于女性的一般薄命。女性为帝王所玩弄，即使长在宫中，也不免失宠。第二首中"黄金捍拨春风手，弹看飞鸿劝胡酒"，豪放。最后四句亦是介甫独发之议论，不同众人。谓汉帝既不能知昭君，薄待她，则恩情浅。昭君能见重于单于，则胡恩深。人心贵得知心，何分汉胡，远嫁也没有什么。人谓介甫，不近人情，发此类激烈的言论。这样说，在对祖国的感情上是说不过去的。不过后面"可怜青冢已芜没，尚有哀弦留至今"，以悲哀语作结，论昭君不幸之遭遇，并没有说昭君到匈奴后是得意的。此首大意同前首"人生失意无南北"语。

欧阳修诗近白居易，而开始变革，但不及梅圣俞、苏东坡之成熟。

欧阳修亦多作小词，与二晏并称欧晏。词集名《六一居士词》《醉翁琴趣外篇》。欧词继承花间一派婉丽作风，如《蝶恋花》数首。其中亦入《阳春集》，与冯延巳词混，不易辨明作者。欧词"六曲栏干偎碧树"(《蝶恋花》)、"庭院深深深几许"(《蝶恋花》)、"独倚危楼风细细"(《蝶恋花》)诸章，皆为名篇，情致缠绵。"衣带渐宽终不悔，为伊消得人憔悴""泪眼问花花不语，乱红飞过秋千去"皆深情语。

《踏莎行》结构极好。前半写行者，后半写居者。"离愁渐远渐无穷，迢迢不断如春水""平芜尽处是春山，行人更在春山外"，即景抒情，都达到思想性与艺术性结合的高度。

《六一词》中的《采桑子》若干篇，咏颍州西湖景物。写十二节令、七夕、重阳等景物，为时序小曲体。《渔家傲》咏荷花"年年苦在中心里"有古乐府风味。《浪淘沙》"把酒祝东风"篇，《浣溪沙》"堤上游人逐画船"篇中之"绿杨楼外出秋千"句，皆为名篇名句。"绿杨楼外出秋千"，"出"字见精神。清代徐钒《词苑丛谈》卷四云："李君实云曹无咎评欧阳永叔《浣溪沙》云，'绿杨楼外出秋千'，只一出字自是后道不到处。予按王摩诘诗'秋千竞出垂杨里'，欧阳公词总本此,晁偶忘之耶。"

总之,欧阳词高雅婉丽,出于花间南唐风格。欧晏词为北宋第一时期的词。欧公能自歌小曲,同时他的小词亦传唱于歌伎。

欧词一般写女性的多,较柔媚,似乎与"文以载道"的古文家身份相抵触。后来推崇他的人就辩解说这些词并非欧阳所作。曾慥《乐府雅词·序》云:

> 欧公一代儒宗,风流自命。词章窈眇,世所矜式。乃小人或作艳曲,谬为公词。

又蔡絛《西清诗话》云:

> 欧阳修之浅近者谓是刘辉伪作。

《名臣录》也说:

> 修知贡举,为下第刘辉等所忌,以《醉蓬莱》《望江南》诬之。

这样的辩护是不必的。陶渊明高洁,有些悠然世外,但他写有《闲情赋》。这些不是什么玉瑕珠颣。在欧阳修当时,晏殊以刚峻见称,但词极柔弱纤媚;司马光和寇准那么耿介,他们的词也婉约而澹远。欧阳修写作这样的词自是不足为怪的。

授课人:浦江清

第三章 王安石

王安石（1021—1086 年），抚州临川（今江西临川）人，字介甫，晚年号半山，又封荆国公，学者称王荆公。政治改革家，亦是文学家。

父王益，在南北各地做州县官，官至都官员外郎。王安石在二十岁以前跟着父亲到过许多地方。

1042 年中进士。

1047 年任鄞县知县。（兴水利，贷谷于农民。）

1051 年（？）舒州通判。

1055—1056 年群牧司判官。

1057 年常州知州。（计划开浚一条运河，受阻未成。）

1058 年江南东路提点刑狱。（建议罢除江南东路的榷茶法，为政府所采纳。）

1060 年三司度支判官。上仁宗皇帝（赵祯）《万言书》，仁宗并没有十分理会他。以后他在神宗朝的政治措施，主要根据他《万言书》中的主张。宋仁宗朝，阶级矛盾和民族矛盾已经加深。庆历三年（1043 年），沂州（山东临沂）军士王伦起事，宋王朝认为是心腹大患。七年（1047 年）贝州军士王则利用宗教组织起义，和当地农民结合，声势浩大，都反映了阶级矛盾。同时对辽岁纳金帛，对西夏赵元昊常有战争（1034—1044 年），西夏疲惫，宋的损失更为惨重。王安石的改革政治经济政策是为了解决缓和这两个矛盾。

1063 年仁宗死。赵曙继位（英宗），受曹后牵制，不能有所作为。1067 年宋神宗（赵顼）即位。赵顼还不满二十岁，有志改革，求富国强兵之道。他在东宫时即闻王安石之名，十分景仰。1069 年请王安石入京，参知政事。这一年，王安石四十九岁。

1069 年富弼任相，王安石出任参知政事。实行均输法、青苗法。

1070 年王安石、韩绛为相。

1074 年王安石求去，罢相知江宁府。韩绛为相，吕惠卿参知政事。

1075 年王安石复相位，吕惠卿免职。

1076 年王安石免职，吴充、王珪任相。

王安石参政、执政（1069—1076 年）约计七八年，所行均输、青苗、农田水利、募役、市易、方田均税、保甲等一系列新法是为了解决当时尖锐的阶级矛盾，抑制兼并，抑制大地主、大商人的利益，保护中小地主、农民的利益，增加国家收入，增强边防力量。新法虽行，但遭到代表大地主大官僚利益的保守派元老们的攻击与不合作，而执行上也未尽善，不能达到预期效果，朝野提出非难。反对者有富弼、韩琦、文彦博、司马光等人。帮助执行新政的有吕惠卿、章惇、苏辙等，而吕惠卿暗中又排挤王安石，苏辙亦反复，转向反对党阵营中。

宋神宗任用王安石，但他本人也是代表大地主利益的，他主要关注的是朝廷多收入，与王安石的改革主张也有距离。所以安石终于不安其位，1076年再次罢相，仍返江宁。

王安石罢居江宁城外，去钟山一半路途中，营建几间屋宇，成为小小家园，取名半山园，作经学著作及《字说》，写诗很多。

王安石罢相后，由王珪、吴充、章惇、蔡确、蒲宗孟、王安礼等人参政执政，继续推行新政，到1085年赵顼死。他的儿子赵煦继位，是为哲宗。赵煦还不满十岁，由母高氏临朝听政，起用反对新政最力的司马光、吕公著、文彦博，于是新政陆续罢却。

王安石在1084年曾得大病（捐半山园作为寺，搬进江宁城内住），1085年神宗死，大为哀悼。听到司马光入相，担心新政的被罢，以手抚床，高声叹息。此后听到保甲、市易、方田均税法等一一罢免，尚默不作声。1086年春，募役法罢，差役法恢复，王安石十分愤恨，病体更受打击，忧愤而卒。

王安石是古文名家，他也佩服韩愈、欧阳修的文章。早年与曾巩交游甚密。曾巩常与欧阳修谈及，欧阳修深重其人，属为推奖。

王安石的思想是以孔孟为正统的儒家思想，不过并非一个迂儒。他早年及中进士后，常在外方州县，了解社会现实情况。一方面推崇《周礼》《孟子》，一方面结合当时社会经济的情况提出改革主张。王安石的学术著作和散文中都表示了他的儒家思想观念，并且对先秦诸子中的几家有所批评。他的文集里有《荀卿》、《杨墨》、《老子》、《庄周》（上下二篇）诸篇。他批评荀子"载孔子之言，非孔子之言也"。认为荀卿不合圣人之道（与韩愈态度相同）。批评杨墨得圣人之一，而废其百者也。由杨子之道则不义，由墨子之道则不仁。其论老子曰：道有本有末。本者，万物之所以生，出之自然，末者，万物之所以成，涉乎形器，故待人力。老子以涉乎形器者皆不足言、不足为也，故抵去礼、乐、刑、政而唯道之称焉。是不察于理而务高之过矣。其论庄子曰，先王之泽至庄子时竭矣。庄子岂不知圣人哉，惟矫枉过正。

王安石愿做政治家与事业家，不愿做空泛的文学家。欧阳修有诗赠他，曰："翰林风月三千首，吏部文章二百年。老去自怜心尚在，后来谁与子争先。"以李白、韩愈做终身楷模。而王安石在《奉酬永叔见赠》诗中答云："欲传道义心犹在，强学文章力已穷。他日若能窥孟子，终身何敢望韩公。"言下似不以韩公为模范。他在《韩子》一诗里说韩愈"力去陈言夸末俗，可怜无补费精神"。对韩愈亦有微词，嫌其作空文太多。盖荆公一生以政治家自命，欲近孟子，不欲托空文以自见也。

王安石的古文，议论峭刻，根柢经术。风格如断岸千尺，绝无浮华。他说，作文有本意，如左右逢源（用孟子语），不必重文辞。"所谓文者，务为有补于世而已矣；所谓辞者，犹器之有刻镂绘画也。诚使巧且华，不必适用；诚使适用，亦不必巧且华。""然容亦未可已也，勿先之其可也。"（《上人书》）大文章以《上仁宗皇帝言事书》为代表作，洋洋万言，提出了"改易更革"的主张。简短而又议论深刻的文章如《进说》和《材论》。前者攻击当时的科举制度重视诗赋，并不能得到才德之士，指出取士之法度与士之才德中间的矛盾。王安石主张用古道，重士之才德，主张废科举而兴学校教育；后者攻击统治者之不欲求人才，说明天下并非没有人才，在乎人君能求，能试用。文章层层深入，扫尽浮华，议论精到。

王安石的散文抒情意味少，即使如《游褒禅山记》这样的游记，也是借物言志，借物议论和说理，说明一种勇猛精进、百折不回的道理，以自警，同时希望此中道理有补于世也。可以喻学，可以喻政。短篇文如《伤仲永》着重言天才之不足恃，唯教育为重要。《读孟尝君传》评孟尝君不能得人才，只能得鸡鸣狗盗之徒。皆精辟，有独见。《答司马谏议书》，对司马光"侵官、生事、征利、拒谏"的指责，据理以答，说明道不同，所操之术异，故意见不合，短而有力。

王安石以古文的笔调来写诗，格调高古，接近韩愈和欧阳修。荆公亦为不满杨亿、刘筠的西昆体者。多写古诗，用古文笔调，风格甚高。他从韩愈入，亦同欧阳修一派，亦欣赏梅圣俞。集中有哭梅圣俞诗，而叹惜于圣俞之终于穷困。前引荆公《韩子》诗有"力去陈言夸末俗，可怜无补费精神"句，似是对韩有所不满。但"力去陈言"用退之《答李翊书》中语："惟陈言之务去"；"可怜"句即退之《赠崔立之》诗中"可怜无意费精神"一句，唯改"益"为"补"。而荆公之古文及诗，皆受韩愈影响，毋庸讳言。

《登飞来峰》云："飞来山上千寻塔，闻说鸡鸣见日升。不畏浮云遮望眼，只缘身在最高层。"可见其立身之高，见识之卓，不为他人所蔽。王安石还有直接议论的诗，如《兼并》，以诗申说自己的政治主张。指出阶级矛盾，感之"三代子百姓，公私无异财"，而归结"俗儒不知变，兼并可无摧"。他所主张的新法，即为抑制兼并而设，但因积重难返，还不能采取平均土地的措施。《省兵》一首也是在诗中发议论，而《拟寒山拾得》是在诗中讲佛理。这样的倾向在王安石诗中是较明显的，所以《宋诗钞》的编者说道："独是议论过多，亦是一病尔。"

王安石的诗有许多爱融改前人成句。如改苏子卿诗"只言花似雪，不悟有香来"（《梅》）为"遥知不是雪，为有暗香来"。改李白"白发三千丈"为"缲成白发三千丈"。改王籍"鸟鸣山更幽"为"一鸟不鸣山更幽"。改王维"轻阴阁小雨，深院昼慵开"（《书事》）为"山中十日雨，雨晴门始开"。改陆龟蒙的"殷勤与解丁香结，从放繁枝散诞香"为"殷勤为解丁香结，放出枝头自在香"。等等，有的改得好，有的改得差。

王安石喜欢唐诗，曾编选有《唐百家诗选》。他有许多集唐人句的诗。《梦溪笔淡》云："荆公始为集句诗，多者至百韵，皆集合前人之句，语意对偶，往往亲切过于本诗。"这本来是文字游戏。他作词也集句，如《菩萨蛮》：

> 数间茅屋闲临水，窄衫短帽垂杨里。花是去年红，吹开一夜风。　娟娟新月偃，午醉醒来晚。何物最关情，黄鹂三两声。

王安石的古风，有名的如《桃源行》《明妃曲》。《桃源行》向往于劳动人民自由的独立的不受统治阶级剥削的社会。"虽有父子无君臣"，指出阶级社会为人类痛苦的根源，表现他的理想。王维的《桃源行》是杰作，但只是铺叙《桃花源记》，还杂有求仙思想。荆公此首从阶级矛盾方面着眼，更接触到本质问题。代表他在诗歌方面杰出成就的是《明妃曲》二首，议论独到，诗意不平凡，为大诗家手笔。为与欧阳修和诗做比较，已引用分析，此不赘述。

王安石的律诗，用字工稳。如"紫苋临风怯，青苔挟雨骄""草长流翠碧，花远没黄鹂"。在五律里常常爱用叠字，如"天质自森森，孤高几百寻""莽莽昔登临，秋风一散襟"。一般律诗的对偶都是很贴切的。叶梦得《石林诗话》曰："荆公诗用法甚严，尤精于对偶。"如《九日登东山寄昌叔》中有"落木云连秋水渡，乱山烟入夕阳桥"。《次春节答平甫》中有"长树老阴欺夏日，晚花幽艳敌春阳"。

荆公绝句气韵佳绝。他晚年居金陵十年中，诗的风格趋于闲淡自然，有"舒闲容与之态"，音调自然，内容恬淡。那时他在金陵钟山谢公坡筑室而居，自号半山，写了很多优美的闲适诗。"备众体，精绝句"（《寒厅诗话》）。如《北山》中"细数落花因坐久，缓寻芳草得归迟"表达舒闲容与的心境。《书湖阴先生壁》中"一水护田将绿绕，两山排闼送青来"新奇而自然。《钟山即事》："一鸟不鸣山更幽。"《梅花》："墙角数枝梅，凌寒独自开。遥知不是雪，为有暗香来。"《南浦》："南浦随花去，回舟路已迷。暗香无觅处，日落画桥西。"《江上》："江水漾西风，江花脱晚红。离情被横笛，吹过乱山东。"皆入唐人意境。所以，黄鲁直说："荆公之诗，暮年方妙。""荆公暮年作小诗，雅丽精绝，脱去流俗，每讽味之，便觉沆瀣生牙颊间。"（《后山诗话》）叶梦得说"王荆公晚年诗律尤精严，造语用字，间不容发，然意与言会，言随意遣，浑然天成，殆不见有牵率排比处""晚年始尽深婉不迫之趣"（《石林诗话》）。

王安石也写词，以《桂枝香》最有名，系金陵怀古之作，颇肃练而有气魄。《词林记事》卷四引《古今诗话》："金陵怀古，诸公寄调〔桂枝香〕者三十余家，独介甫为绝唱。东坡见之叹曰：此老乃野狐精也。"

王安石的词集叫《临川先生歌曲》，一卷，《补遗》一卷。

王安石有《临川集》一百卷，《宋史》卷三百二十七有传。

授课人：浦江清

第四章 词曲的发展和词的概况

提要

一、宋诗承唐诗而变其风格，用散文笔法，参以说理。但宋代的词，最为发达。以抒情为主，情感热烈。词是文人结合乐府歌曲而产生的，接近于俗文学，加以提高发展，在诗外另辟一个园地。

二、词的定义：配合音乐歌曲的有一定格律的用长短句形式的歌辞。

词＝辞。曲与辞的名称，古已有之，均为乐曲。唯宋词，或称小词，或称小曲，是唐宋乐府歌曲。

三、小曲源于唐代。崔令钦《教坊记》，小曲已近三百。从中唐起，晚唐五代文人已发展词（小令）。

四、词曲为各地民歌，各民族的乐曲，经乐府机关为教坊收集，配合乐舞而发展的。与妓乐的关系，为侑觞之小曲。文人引为文艺作品。俚曲淘汰，见于敦煌手卷（晚唐至北宋）。

五、词的产生缘于都市繁华，商业化的都市。唐代的长安、洛阳、扬州，多歌妓。宋代的汴京、临安、扬州、成都等商业中心，奢华享乐的生活，太平景象。

六、唯唐代歌妓往往唱诗，如大曲中唱唐代诗人绝句，如〔杨柳枝〕等小曲也是七言绝句句法。到宋代大曲小曲均用长短句句法。

长短句是五七言的解放，同时词有格律，不但句法一定，平仄也讲究，又是一种束缚。在解放与规律中成为一个诗歌艺术的类型。

七、宋代歌妓的普遍。教坊伎：男乐工、女歌唱者。男伎，女妓。官妓：各州县的官妓。家妓：民间妓女，乐户，酒楼茶馆的卖唱者。俚曲必定很多，词牌亦必定很多。不过现在保存下来的词，都是文人高雅的作品而已。

八、文人为歌妓作小词风气的普遍。举苏轼、欧阳修、晏几道为例。

柳永的流连坊曲，专作词曲，为词曲专家。

九、词的体制。小令，中调，长调。

令，引，近，慢，犯。（大曲摘遍，集曲）

十、词的思想内容。词原来是俚俗小曲，最初抒写共同的感情，以相思、别离、四季景物、及时行乐为题材。后来才扩大它的内容，变成抒写个人感慨的词，加入咏怀式的思想内容（主要是苏轼以后）。

十一、北宋文人词的分期与前期词人。

宋代文人在韵文方面，也可以说在诗歌方面，另外开辟了一个园地，就是词。词是以抒情为主的小曲。入乐歌唱的。歌曲是最能抒情的，无论合唱的歌、独唱的歌，强烈地发抒人的感情。合唱的发抒了集体的共同的感情，起共鸣作用。独唱的歌曲，倾诉内心的激动，类乎戏台上的独白。宋人的词，性质同于前代的乐府歌曲，不过体制短小，专以抒情为主，不像前代乐府歌曲有长篇叙事的。（连章应用词来叙事，也须夹杂散文。）

宋人称词为小词，也称小曲，也称曲子。就其文词而言，谓之词；就歌曲整体来称呼，称它为小曲，或曲子。属于乐歌的范围。宋人通称词曲，原无分别。在文学史上硬把金元以后的新生俗曲称曲，而把宋代的曲词称词。那是文学史上的名称。

曲的名称原来就有，例如汉代有相和曲、清商曲等。配合琴的称琴曲，配合琵琶的又有琵琶曲。那是指某一大类的歌曲。个别的歌曲例如《襄阳曲》《乌栖曲》《明妃曲》等，或为歌曲或为诗篇的名称。至于词的名称也自古有之，例如配合《陇头歌》的称《陇头歌辞》，配合《折杨柳歌》的称《折杨柳歌辞》。歌咏木兰的，称《木兰辞》。词与辞同义，即歌曲的文辞部分，特称之为辞或词。

词起于唐代。唐明皇时代的教坊乐曲，有许多的小曲。这些小曲的来源是各地方的民歌小曲、各民族的音乐歌曲。音调曲折动听，所用的歌辞主要是长短句体，不是整齐的五七言诗体。文人开始替那些小曲作词，是白居易、刘禹锡、温庭筠、韦庄等。所以说这些小曲大量收罗采集到乐府机关里，是始于盛唐，而文人为这些小曲作词，是始于中晚唐时代。到宋代便普遍流行，成为文学体制的一个大类。

词是乐府歌曲，但是有它特殊的形式。假如我们要给词一个定义，便是词是配合音乐歌唱的有一定格律的长短句形式的歌辞。歌辞随每个乐调的声音曲折而变化其句法，获得一定的语文上的格律。单说词是长短句的诗是不够的，譬如汉乐府、李白的诗往往参差错落，可不是后来的词体，因为没有一定的格律。所谓词，每一调有一个词牌名称，例如〔菩萨蛮〕〔蝶恋花〕等，都是乐曲的名称，有一定的句法和格律。不但管句法，并且管着平仄，不依它便不入乐，不好歌唱了。五七言诗，句法整齐，到词体发达，采用长短句的格式，并且能够运用新鲜活泼的语言，是一种解放，可是同时每个词牌，又有一定的格律。一边是解放，一边又是有束缚和规律，艺术性就在这里。本来诗歌是格律化的语言。没有音乐性的回旋曲折，就不成为诗歌了（古典的诗歌原理在此）。

唐代的教坊乐曲，有小曲、大曲。大曲如〔甘州〕〔凉州〕〔伊州〕〔水调〕〔六幺〕等等。采用五七言绝句入内歌唱。小曲如〔菩萨蛮〕〔调笑令〕〔抛球乐〕等，都用长短句词。小曲也已到三百之数。到了宋代教坊曲，无论大曲小曲都用长短句形式的诗句，这类的歌词总称为词。

唐代文人的诗有采入歌曲的，如王昌龄、高适的绝句，白居易、元稹的诗。然而到了宋代，欧阳修、苏轼、黄山谷的诗都不可以入乐歌唱（部分的可以倚琴而歌）。他们另外写许多小词，同样地可以入乐歌唱。他们写诗是一个态度，写词又是一个态度，例如黄庭坚的诗是高古派，可是他的词却是非常俚俗，尽量用俗言俗语的。

词曲在当时是俗文学，大众化的文艺。上自王公大人下至市井小民，都喜欢作词唱曲。本来民歌杂曲，散在各地，那是人民的文艺。不过那些歌曲，少人注意，没有能收集起来。宋词之所以发达，是都市繁华，伎乐发达所致。伎包括男伎女伎、乐工和歌唱者。合乐和歌唱的不分男女，不过基本上歌唱的以女性为主，而合乐的是男乐工。歌妓有教坊妓，承应宫廷宴会歌舞的；有家妓，豪门贵族的家妓；有官妓，各州县承应官场酒席宴会的妓女；有民间的妓女，在酒楼、茶馆、勾栏中卖唱的，而部分民间妓女也编入乐户，要承应官差的。所谓小令，多数是歌伎所唱的小调，劝酒的歌曲（所谓侑觞之曲），酒令之一种。喝酒时唱曲劝酒。当时士大夫酒席应酬往往为歌妓作小词。例如苏轼在杭州通判任上，有一次府僚湖亭高会，群妓皆集。独秀兰不来，营将督之再三乃来。府僚皆不悦。其时正值初夏，榴花盛开，秀兰以一枝献座上。东坡为作〔贺新凉〕一曲，使秀兰歌之，于是府僚大悦。即"乳燕飞华屋"一首名篇也（《古今词话》）。东坡有一习惯，如果遇到知己朋友来访，他接待清谈。假如不很知己的官僚来，往往设宴招待，请些歌妓来唱歌尽欢，敷衍一番，终席不大交谈。再例如欧阳修奉使契丹，回到北京。其时贾文元公守北都，设宴招待，使官妓办词以劝酒，妓唯唯。复使都厅召而嘱之，妓亦唯唯。公叹以为山野。既宴，妓奉觞以为寿，永叔把盏侧听，每为引满。公复怪之，召问所歌，皆欧词也（《后山丛谈》）。可见欧公之词，贾昌朝并未知道，而歌妓却很熟悉，亦可怪也。此虽出于小说，未必可信，但此事可能有的。足证当时士大夫设宴，妓乐普遍，而欧公词亦流传广远耳。又例如晏几道有《小山词》集，他自叙云：往时沈十二廉叔，陈十君龙家有莲鸿、苹云，工以清讴娱客，每得一解，即付之，吾三人听之为一笑乐（《碧鸡漫志》）。士大夫生活无聊，陶情歌曲，因此产生了这类词的文学。至于柳永，他一生沉溺在坊曲声色中，度他的浪漫生活，成为词的专家、填词的能手。坊曲中有新声，即请他填词。柳词普遍流行。西夏归朝官云，有井水处，皆能歌柳耆卿词。在开始时，词基本上是歌妓劝酒之曲。这个风气还是从唐代长安来，到了宋代更盛。

词的体制。词按长短分为小令、中调、长调，又按音乐节奏分为令、引、近、慢、犯，此外还有大曲摘遍、集曲等。

旧说五十八字以内为小令，五十九字至九十字为中调，九十一字以外为长调。（始自《草堂诗余》，分小令、中调、长调，后人因之，约略云尔。）（钱唐毛氏因而如此分划。）其实很牵强，如〔七娘子〕有五十八字者，亦有六十字者，将为小令乎？抑中调乎？又如〔雪狮儿〕有八十九字者，有九十二字者，将名之为中调乎？抑长调

乎？（《万氏词律》）

至于小令与慢词，则实有区别。晚唐五代词皆为小令，慢词未起，慢词起于北宋年间。慢词有与小令同名，似由小令加拍改为慢曲者，如〔浪淘沙〕是小令，有〔浪淘沙慢〕，〔江城子〕有〔江城子慢〕。亦有与小令无关者，如〔扬州慢〕〔石州慢〕〔苏武慢〕等。小令有称为令曲者，如〔如梦令〕〔婆罗门令〕〔六幺令〕等，多数不标令字，如〔菩萨蛮〕〔浣溪沙〕等。体制短，产生的时代早。（称令、称子、称曲等，大概是小令。）

令、引、近、慢、犯。慢、犯皆慢词。引、近介乎令、慢之间（此类曲多数被视为中调）。

引如〔清波引〕〔青门引〕〔婆罗门引〕。（唯〔云仙引〕长至九十八字。）

近如〔荔枝香近〕〔祝英台近〕。

犯如〔玲珑四犯〕〔尾犯〕（九十四字）。

词的思想内容。词原来是俚俗小曲，它的思想内容局限于相思、离别、欢情。如敦煌卷子里的词，反映商业文明和边疆作战，男女的不安定的爱情生活，以女性的生活感情为主。词最能反映封建时代的女性的感情。有它的现实性和人民性。不过词句是俚俗的。宋代的词，数量既多，题材也很丰富，大概说来，相思、离别、欢情、四时节令、四季景物、咏物。在太平时代反映都市繁华，一般人的及时行乐思想；在乱离时代，反映对过去生活的痛苦回忆。实际在苏轼以后，词的内容便已经扩大，有咏怀、怀古、登临山川、朋友赠答等等，脱离了情歌的内容，脱离了女性的生活感情，变成文人士大夫的抒情歌曲。

北宋的词曲，其真正属于民间文艺的俚俗小词，都没有保存下来。保存下来的是名家的作品和名家的词的专集。若干首无名氏或非名人的作品，见于词话所收罗的，数量极少，内容也不特殊。大概是文词可观的作品。

宋代的文人词，可以分为几个时代，就北宋一期说，可分三期：

（一）欧晏时代　小令时代。

（二）柳永时代　慢词渐盛。

（三）周邦彦时代　大制慢词，讲究音律。

宋初出现于词坛的有几位达官贵人，如寇准、韩琦、晏殊、宋祁、范仲淹、欧阳修。其中范仲淹虽则寥寥几首，风格极高。如〔苏幕遮〕〔渔家傲〕〔御街行〕。〔渔家傲〕的"将军白发征夫泪"，沉郁悲壮，可以与王昌龄、高适、岑参的边塞诗比美。〔苏幕遮〕的"碧云天，黄叶地"一首，竟已为王实甫《西厢记》送别一折的蓝本。〔御街行〕的情致也很深。可说是不同凡响。有范仲淹的思想抱负方始可以写出这样的词来。

晏殊（同叔）（991？—1055年）江西临川人。仁宗时宰相。诗文接近李商隐、杨亿一派，以典雅华丽见长。《珠玉词》一百二十余首。如〔浣溪沙〕的"无可奈何花落去，似曾相识燕归来"，如果放在七言律诗里嫌纤巧，放在词里却很大方。诗词的体制和意境各有不同。如〔木兰花〕（又名〔玉楼春〕）的"无情不似多情苦，一寸还成千万缕。天涯地角有穷时，只有相思无尽处"，达而深。

欧阳修有《六一词》和《醉翁琴趣外篇》。欧词接近南唐的冯延巳，有些〔蝶恋花〕和冯延巳的《阳春集》中词，彼此两见，混杂不分。欧词未脱小令时代，承继《花间集》和南唐词的风格。这类写柔情的小词，是为适应妓曲而作的，同时也是发抒某方面的感情的作品。假定是体贴女性的生活感情的，并不是他自己写他的爱情生活。例如"日日花前常病酒，不辞镜里朱颜瘦"，决非苍颜白发颓乎其中的一个醉翁。常常对镜看花，乃是设想美女的多情。他的词既能体贴女性的柔情，所以入之歌曲也是非常适合的。

晏几道（晏殊之子），字叔原。有《小山词》。他的词多有古乐府意味，颇近《花间集》，温韦遗风。"舞低杨柳楼心月，歌尽桃花扇底风"，《桃花扇》剧本摘取此三字，创造情节。而此〔鹧鸪天〕一调，后半阕尤佳。老杜诗："夜来更秉烛，相对如梦寐。"此是诗，并且是夫妇的感情。至如"从别后，忆相逢，几回魂梦与君同。今宵剩把银釭照，犹恐相逢是梦中"，则确乎是词，是小曲中的语言，是恋人的感情，不一定是夫妇了。和杜诗的表现手法，有些相同，也是脱胎换骨。不过这不是文学书本上学习来的，乃是体贴人情的真切。

授课人：浦江清

第五章 苏轼的散文

苏轼是古文家。唐宋八大家，三苏占其三。

苏轼的散文和欧阳修不同，自然奔放。他说："吾文如万斛泉源，不择地而出，在平地滔滔汩汩，虽一日千里无难。及其与山石曲折，随物赋形而不可知也。"（《文说》）文笔奔放，思想解放，成为苏轼散文特殊的风格。

苏轼的散文很多，有议论文，有抒情文。议论文有政论和史论。政论如《决壅蔽》，揭露当时政治弊端。史论如《范增论》《留侯论》《贾谊论》《晁错论》《六国论》等。也有评论荀卿、韩非等的文章。小传文字，如记其朋友陈慥的《方山子传》。碑铭文章以《潮州韩文公庙碑》《表忠观碑》为代表。

苏轼散文中艺术价值高、颇有独创意味的是游记、亭台记，如《石钟山记》《超然台记》《放鹤亭记》《宝绘堂记》《灵璧张氏园亭记》《李氏山房藏书记》等。这些杂记，或抒情，或议论，有不同的思想感情，不同的风格。

作为苏轼抒情佳作，最脍炙人口的是著名的赤壁二赋。赋介于诗与散文之间，是有诗意的散文，也是散文化的诗篇。苏文是散文化的赋，流动，不呆板用韵，挥洒自如，思想性和艺术性都达到高度。赤壁山在湖北嘉鱼县东北，周郎破曹兵之地。而东坡所游，实为湖北黄冈县城外之赤鼻矶，俗传亦为赤壁。赤壁二赋，东坡在黄州所作。他从御史台狱出来后，贬为黄州团练副使，赋中一无牢骚语，非常达观。《前赤壁赋》开首写月夜游江。二三知己，泛舟于赤壁之下，"诵明月之诗，歌窈窕之章。"借月光水色，发思古之幽情。洞箫客箫声呜咽，如怨、如慕，如泣、如诉，触景生情，忆古思今，感叹人生的飘忽无常，求仙与功业两虚。由长江之永恒，哀人生的短暂、飘忽。比之古诗《青青陵上柏》中所云"人生天地间，忽如远行客"，此情此景，具体感人。面对洞箫客的感叹，苏子以水月取比，见物之无穷。水不断流去，而江水源源不断，月或缺或圆，但月永远存在。说明万物变化不断是其常态，同时又是永恒的，不变的，这是矛盾的统一。人生天地间，与大自然和谐相处，"一毫而莫取"，这样，清风为声，明月成色，就能"取之无禁，用之不竭"矣。《赤壁赋》中苏子与客咏《诗经》、歌《楚辞》，引经据典，从容自然，足见其古典文学造诣之深。其形象的描写，使读者飘飘欲仙，达到一种超然的境界。苏辙谓"子瞻之文皆有奇气，至《赤壁赋》仿佛屈原、宋玉之作，汉唐诸公皆莫及也"，是一种有见地的评价。此篇最为一般人所传诵。"东坡两游赤壁"也成为象牙雕刻、绘画等的题材。

他的自由主义和无可无不可的精神，见于他所作的《灵璧张氏园亭记》："古之君子，不必仕，不必不仕。必仕则忘其身，必不仕则忘其君。譬之饮食，适于饥饱而已。然士罕能蹈其义赴其节。处者安于故而难出，出者狃于利而忘返。于是有违亲绝俗之讥，怀禄苟安之弊。"士的这一阶层的矛盾，他这样解决，以义为依归，一方面对国家有责任感，一方面也不违己强求。这是在湖州时所作。后来他更其佩服陶渊明的态度，欲仕则仕，欲隐则隐。可是他的时代和渊明时又不同，宦海生涯，欲隐不得。因此他有随遇而安的思想。

他对于人生的看法是人生如寄。尘俗的事务不能不做，要想法摆脱，此外有艺术的世界，是永久的，无尽的，可在其中求解放自由。因此他认为一生乐事，就在乎作文章。"某平生快意事，惟作文章，意之所到，则笔力曲折，无不尽意。"

《日喻》用浅显生动的比喻，说明学以致道的道理，批判士人不深入学习的风尚。"生而眇者不识日，问之有目者。或告之曰：'日之状如铜盘。'扣盘而得其声。他日闻钟，以为日也。或告之曰：'日之光如烛。'扪烛而得其形。他日揣龠，以为日也。……道之难见也，甚于日，而人之未达也，无以异于眇。达者告之，虽有巧譬善导，亦无以过于盘与烛也。"扣盘扪烛，成为典故。接着文章论断道："道可致而不可求"，"君子学以致其道"。譬如游泳一样，日与水居，七岁而能涉，十岁而能浮，十五而能没矣。所以，人不可不学而求道。

东坡有《东坡志林》五卷，《仇池笔记》二卷，所收笔记、杂感、小品、史论一类文字。其文或长或短，无不意能称物，文能逮意。其《记承天寺夜游》寥寥数十字，而饶有风趣。

他的散文，有政论、奏疏，有史论，有碑记、墓志铭、行状、祭文等，都是认真作的。又有抒情小文，游戏之作，那是最自由解放的，如《超然台记》《赤壁赋》《方山子传》等，以及《志林》。这些作品和通俗文学很接近，开晚明小品文一派。

苏轼散文艺术价值高，广为传诵，成为后人学做文章的典范。

陆游在其《老学庵笔记》中说："建炎以来，尚苏氏文章，学者翕然从之，而蜀士尤盛。有语曰：苏文熟，吃羊肉；苏文生，吃菜根。"

授课人：浦江清

第六章 关汉卿的代表作《窦娥冤》

　　现存的关汉卿剧本十八种中,《窦娥冤》是他的代表作品。王国维《宋元戏曲史》谓:"其最有悲剧之性质者,则如关汉卿之《窦娥冤》、纪君祥之《赵氏孤儿》。剧中虽有恶人交构其间,而其蹈汤赴火者,仍出于其主人翁之意志,即列之于世界大悲剧中,亦无愧色也。"《窦娥冤》描写一个善良无辜的妇女,受迫害不屈而死,具备悲剧的本质。

　　《窦娥冤》的题材,无他书可证。此故事不见于笔记、话本,但来历很悠久。此剧当是取民间流传的故事,而关氏加以处理经营者。

　　窦娥故事的来源最为古远:

　　(1)《汉书·于定国传》中东海孝妇的故事。因为冤杀了一个孝妇,东海郡枯旱三年。

　　(2)干宝《搜神记》记东海孝妇周青被冤杀,临刑车载十丈竹竿,上悬五幡,对众誓愿:青若有罪,血当顺下,青若无罪,血当逆流。

（3）《淮南子》："邹衍事燕惠王尽忠，左右谮之王，王系之狱；仰天哭，夏五月，天为之下霜。"（《太平御览》卷十四转引）又，张说《狱箴》："匹夫结愤，六月飞霜。"

凡此，皆冤狱感动天地的故事。由于一个冤狱，天降灾变，使六月飞霜，使血飞上旗，使大旱三年，都出于民间传说。想来，关汉卿并非捏合此数事以创造此剧本的故事，乃是东海孝妇等的故事在民间流传着，渐渐取得窦娥故事的形式，而关汉卿取之以为剧本的题材，而加以剪裁，写成此剧，并非他凭空结构的。

《窦娥冤》的故事有深厚、悠久的民间文学的基础。元人杂剧故事都有深厚的民间文学基础。

由周青而变为窦娥，神话式的故事到关汉卿的创造里成为现实主义的作品。《窦娥冤》以一个微小的人物被冤死而感天动地，具有深厚的人民性。

《窦娥冤》未说明它的时代，说窦天章上京赴考"远践洛阳尘"，设想时代在东汉。楚州山阳郡是宋代地名（江苏淮安县），时代不明。所写的社会情况是宋元社会。《窦娥冤》具体地描写了小市民的生活现实，真实地暴露了当时社会的黑暗。《窦娥冤》所反映的社会现实是宋元时代的社会，不是汉朝、魏晋时代。尽管窦天章赴考是去洛阳，而不去汴都或大都。像窦娥、蔡婆婆、赛卢医、桃杌太守、窦天章、张驴儿等这几个人物是宋元时代的人物。

蔡婆婆所放的高利贷，一年对本对利的。这是元代所通行的"斡脱钱"，又称"羊羔儿息"。高利贷的剥削使得贫者益贫，富者益富，是促使阶级尖锐对立的一个原因。这是迫害平民最厉害的东西。其次，加重人民灾难的是到处横行的贪官污吏。据《元史》载："成宗大德时，七道奉使宣抚使罢赃官污吏万八千七十三人。顺宗时，苏天爵抚京畿，纠贪吏九百四十九人。"（见钱穆《国史大纲》

下）又据史载，元大德七年（1303年），就有冤狱五千七百件之多。（《文学遗产》增刊一辑，李束丝《关汉卿底〈窦娥冤〉》）。元时差不多无官不贪，包括蒙古人、色目人、汉人、南人的官吏，贪污成为风气。大德在元代还称作是开明兴盛的时期，尚且如此，其他可知。剧本中虽然没有正面攻击高利贷，通过这样一个悲剧性的故事，自然可以看出高利贷剥削是一个罪恶因素。窦天章为了向蔡婆婆借债不能偿还，因此把女儿割舍了，送入死地；蔡婆婆向赛卢医讨债，几乎被勒死；财富和女色引起了不良之徒的觊觎，而最终断送了窦娥的性命。张驴儿父亲被错误地毒死，张驴儿以后被凌迟处死。这几个人的丧失生命直接间接都和这个高利贷制度有关。至于贪官污吏，在元代更为普遍。在本案里，虽然没有写到桃杌受张驴儿贿赂，可是作者刻画桃杌太守云："我做官人胜别人，告状来的要金银。""但来告状的，就是我的衣食父母。"寥寥几句话就知道，他不但是个糊涂官，而且是个贪官。糊涂——贪污——残酷，三位一体。在那个时代，贪官污吏普遍地存在，冤狱不知道有多少，所以窦娥和桃杌等都有其典型的意义。屈打成招是常事，窦娥被打得"肉都飞，血淋漓，腹中冤枉有谁知！……天那，怎么的覆盆不照太阳晖！"呼天抢地，见不到光明，眼面前只有一片黑暗。窦娥愤怒呼喊道："这都是官吏每无心正法，使百姓有口难言。""这的是衙门从古向南开，就中无个不冤哉！"这些都是强烈的正面攻击贪官污吏的话。

通过窦娥这样一个善良可爱的女性所受到的种种不幸的遭遇，使我们认识那个社会的本质。毫无疑问，反抗的矛头是指向统治阶级的。这是《窦娥冤》的现实主义和它的人民性之所在，而且它的现实性和人民性比《西厢记》更高。因此，《窦娥冤》这个剧本一向为中国人民所爱好，直到现在京戏里还有《六月雪》这一个剧本。

窦娥成为在封建社会里被压迫而有强烈反抗性的女性的一个典型人物。毫无疑问，《窦娥冤》是为人民服务的一个剧本，不是为统治阶级服务的剧本。剧的末尾，窦娥唱道："从今后把金牌势剑从头摆，将滥官污吏都杀坏，与天子分忧，万民除害。"又窦天章白："今日个将文卷重行改正，方显得王家法不使民冤。"这里似乎又有肯定统治阶级的话，我们不能如此看。这个剧本申诉出被压迫的人民的愿望，用坚强无比的斗争精神，促使统治者的反省。在封建社会里有没有清官呢？当然是可能有的，但是少数。剧本借窦娥之口说过"衙门从古向南开，就中无个不冤哉！"冤狱倒是普遍的，窦娥血债得以伸雪，靠冤死者鬼魂的控诉，足见人间许多冤案是不能得到昭雪的。所以窦娥得以伸冤，借助于天地的力量。由于她的控诉，感动了天神，显出威灵：楚州大旱三年，冥冥之中，正义得伸。固然人民受灾害，也影响了统治者的剥削，于是方始有廉访使的查案（东海孝妇的故事便是如此的）。冤狱得伸，这是偶然的。所以，《窦娥冤》剧本一无歌颂统治阶级的话，非常显然。作者的立场，自在人民这一边。

按照统治阶级的立场，像窦娥那样一个细小的市民算不得什么，冤枉杀死一个小民，有什么关系？古书上说："邹衍下狱，五月飞霜。"邹衍是一位谋臣，有了不起学问的人。《前汉书平话》说吕后杀了韩信，"其时，天昏地暗，日月无光"。这些都是冤枉所感召的。而窦娥哪能比邹衍、韩信？窦娥这样一个童养媳、寡妇、小市民的身份，竟能够感天动地。这种民间故事以及发挥民间故事的关汉卿的剧本都体现了人类平等、人民要求有人权保障的民主思想。（人命关天关地，不管是大人物或是小百姓。）

《窦娥冤》属于公案剧、社会剧，以冤狱为主题。它控诉冤枉，希望能使人心——天道——王法三者合一没有矛盾，主要以合乎人心为衡量的尺度，统一矛盾，求致封建社会的太平天下。用新观点，用阶级分析来看，这个剧本的主题应该是小市民对官僚统治的斗争。围绕这个主题，错综复杂地描写了其他各方面的真实社会风貌，有丰富的现实的内容，主要是暴露那个时代的黑暗面，人民的生活，普遍的都很苦。

剧中人物除窦娥外，其他都说不上是正面人物。赛卢医、张驴儿是反面人物。张驴儿更为无赖。桃杌太守是反面人物，糊涂官。蔡婆婆是高利贷者，但在此剧中并非纯为反面人物，其人似乎还善良，待窦娥不错，婆媳的感情，同于母女。可是她很软弱，不能反抗张驴儿父子，甚至不止一次地劝窦娥顺从张驴儿，乃是无见识的庸碌之辈，是一城市居民的形象。窦娥对她也有不少讽刺。对于窦天章，关汉卿并没把他作为反面人物写，而是作为正面人物的。这是因为关汉卿是读书人，也属于士这个阶层。知识分子求找出路，为统治阶级服务，结果是自己的女儿受屈而死，这是极惨的，所以寄予同情，可是，也并没有歌颂他。窦天章这个人物，与包公有别，包公是一个清官，体现人民的愿望，窦天章不然，他是个悲剧人物。他热衷功名富贵，用女儿抵债，等于卖掉，把自己唯一的骨肉抛弃了。第四折中窦娥的得昭雪，是由于窦娥的主动，窦天章完全被动，几度把案卷忽略过去，而鬼魂又把此卷弄上来。此景凄惨阴森。他读古书、讲礼教，非常迂腐，自己把女儿送死了，还在教训女儿鬼魂用三从四德一套大道理。关汉卿在剧里让他大讲其三从四德，怕也有讽刺意味。窦娥是正面人物，她是代表贞孝兼备的封建道德的全美人物，也是封建制度、封建道德下的被压迫者、牺牲者。她是最受压迫的。在封建时代，女性受压迫是普遍的，而她呢，又是幼年丧母，离父，为童养媳；早婚，为寡妇。凡女性的种种不幸集于一身，后来又受强梁的蓄意欺侮与太守的酷刑。但是她的性格，从关汉卿剧中所塑造的，是聪明、勤劳、稳重、仁慈、勇敢、坚贞不屈，有女性的种种美德。她聪明，有见识。如识透张驴儿父子之为人，劝婆婆不应该留着他们，识透毒药出于张驴儿之手。到官对答清楚，分析事理明白。她富于感情，如对于父亲、对婆婆、对已亡的丈夫的感情，都充分表现出来。她坚贞不屈，不肯顺从张驴儿，遭毒打也不肯招。她有反抗性，如责问天道，立下誓愿；变鬼要求昭雪，报复仇人。有这样美德的窦娥而有那样的遭遇，所以怪不得要埋怨天地，认为天地也糊涂了盗跖颜渊，欺软怕硬，顺水推船的了！天地是不是如此呢？一般说来，是如此的，所以古今不平的事真多。而《窦娥冤》这个悲剧有普遍的人民性，这也是一个原因。

有人认为关汉卿在这个剧本里宣扬贞孝观念，不能算是进步的。在市民文艺里，进步的思想表现在好几个方面。反恶霸、反贪官污吏是一种人民立场；反礼教，表现自由婚姻的又是一种进步思想。《窦娥冤》不是爱情戏剧，不以婚姻为主题，并不妨碍它是一个优秀剧本。窦娥被塑造为贞孝性格，乃是一个典型性格，她是封建时代的完人（标准的优良品性，具备真实封建道德者），因而她的被迫害，更其能够获得观众、听众的同情心，达到戏剧的效果。这本戏是严肃的，是悲剧型的。关汉卿有《救风尘》《切鲙旦》这样的喜剧，并不以贞为女性道德。《救风尘》中宋引章，既嫁周舍后，又改嫁安秀实。《切鲙旦》中女主角谭记儿是极聪明伶俐的，她原是寡妇，改嫁文人白士中。关汉卿剧中的女性人物，各有不同，不过在《窦娥冤》剧本中要求一个贞孝性格女性而已，并不宣扬贞节思想。即有，在剧本中是次要部分。

窦娥对丈夫有感情是自然的，对张驴儿憎厌也是自然的。

窦娥对蔡婆婆是好的，但说不上怎样孝顺，不失礼教而已。此与她出身有关，她是读书人的女儿。她不忍蔡婆婆挨打而屈招了，乃是对老年人的一片怜悯仁慈之心，所谓恻隐之心，人皆有之。这是一种伟大的自我牺牲精神和人道主义精神所驱使，并不是服从封建礼教中孝道的教条。她想虽一时招了，免去严刑拷打，未必即成定狱。此意在第四折中窦娥鬼魂补说于父亲前，谁知官吏们糊涂无心正法呢？

桃杌既没有受贿，为什么要毒打逼供呢？不认真、糊涂是一个原因。因为人命案件，必须要破案的，有人抵命的。所以，马马虎虎能定罪就好，出于屈打成招的一途，其事如《错斩崔宁》一样。法律重人命案，但不求细心勘案，则草菅人命。

血溅、飞雪、三年之旱，并非追求浪漫。在中世纪人们的思想意识中有天神、鬼的存在。鬼报仇，同《碾玉观音》，而更为凄惨。此因市民力量还薄弱，未形成资产阶级，封建约束力大，所以市民与封建统治阶级的斗争一般是悲剧性的，只能在天道和鬼神的帮助之下，得到胜利。反封建势力而包含有封建思想，如天道、鬼神、命运思想、善恶报应思想等，这是当时的实际。鬼魂出现一场是浪漫主义手法，体现人民的愿望，整个剧本仍是悲剧。这种誓愿报应的思想，和希腊悲剧的有些母题是相仿的。

由于窦娥的强烈反抗，责问天道，使天应验其三个誓愿，这是神话式的处理，以及第四折鬼魂出现平反案卷的场面，都带有浪漫主义（理想主义）色彩，也是现实主义精神的继续。第三、四折悲剧气氛非常浓厚，演出效果是很好的。亚里斯多德对于希腊人喜欢看悲剧的解释，认为有purification（净化）的效能，这里也可以应用。

到底"天从人愿"，天不主动，天的作为，是人心、人的意志感召的结果，人是主动的。因而，这个剧本还是积极的，并非迷信的、消极的。

结末表示愿金牌势剑把天下滥官污吏都杀尽，为天子分忧，为万民除害，是正旨，是儒家思想。此剧把天心、人意、王法统一起来，并未根本推翻封建制度，只是要去除封建社会中最为人民痛恶的一些痼疾。其进步意义在此，其局限性亦在此。

　　本剧结构严密，故事情节并无勉强巧合之处，逻辑因果，都合乎当时的社会现实。曲词是通俗的，没有华丽铺张的毛病。词曲到此，已经做到十分接近大众口语，其中最精彩的是第三折。

　　《窦娥冤》有不朽的生命，一直活到今日的剧坛。唯从《窦娥冤》到《六月雪》，故事有改动，悲剧气氛冲淡了，不如关氏原作之佳。《窦娥冤》一剧到明代传奇中改为《金锁记》，今不存全本。情节不完全知道。据程砚秋最近所排《六月雪》戏，大概即据明代传奇古本的。情节与关剧不同，张驴儿为蔡家女佣工之子，张随窦娥之夫上京赴考，途中陷之，推入河中，蔡郎并未死，而张归即以不幸闻。此后又计谋蔡婆婆，欲毒死她；蔡婆不吃此汤，递与张母吃了，张母死去。张驴儿欲霸占窦娥，窦娥不从，遂鸣官，屈打成招，判死罪。因对天鸣冤设誓，六月飞雪，遂被放回，未斩。其后，海瑞来重审，把事弄明，张驴儿判死刑。窦娥之夫中举回来，团圆结局。此类改本，实无可取。把强烈的斗争性，全给冲淡了。

授课人：浦江清

第七章 王实甫的《西厢记》

一、《西厢记》作者王实甫

元人杂剧数百种，在元代著名及演出者不少佳作，唯《西厢记》最为一般人所传诵。而北《西厢记》在明代刻本亦最多，是多数读者所喜爱的剧本，也是元剧中长篇巨型的剧本。

以作《西厢记》著名的王实甫，亦属于前期的元剧作家。《录鬼簿》著录王实甫次第第十，在马致远、吴昌龄后。但著"大都人"三字，不名官职及事迹。著录王作杂剧十四种，中有《崔莺莺待月西厢记》一种。相传《西厢记》五本，有关作王续、王作关续之说。谓王作关续者，因《西厢记》传为王实甫的作品，而第五本文笔不类，较差，遂谓关汉卿所作。以为关作王续者，因关汉卿时代较前，故而又移作此说。按《录鬼簿》于关剧六十种左右之剧目内，无《西厢记》一种。所以《西厢记》部分为关作实无所据。《西厢记》应全属于王实甫名下，而王实甫之时代应与关汉卿相接而略后，假定与马致远同时，定为1240？—1320？相差应不远。

天一阁抄本《录鬼簿》（即贾仲明续《录鬼簿》）于王实甫名下除"大都人"外，多"名德信"三字。知王实甫名德信，字实甫，但仍未明官职。著录杂剧十二种，少《破窑记》及《娇红记》二种。

《太和正音谱》谓王实甫之词"如花间美人"，著录杂剧十三种，无《娇红记》。

《录鬼簿》著录《崔莺莺待月西厢记》，未注本数；《太和正音谱》著录《西厢记》亦未注本数。

今北《西厢记》共有五本，此为特例。相传吴昌龄《西游记》有六本。《录鬼簿》及《太和正音谱》吴昌龄下皆有《西天取经》，未注本数。今《西游记》杂剧六本，或考定为杨景贤作。（杨为明初人）

王实甫身世无考。据《录鬼簿》属于前辈名公，亦为元初作家，元杂剧前期作家。王季思考谓其引用白无咎《鹦鹉曲》，大德年间尚存。（白氏《鹦鹉曲》作于1302年，王氏《丽春堂》第三折有"想天公也有安排我处"及"驾一叶扁舟睡足，抖擞着绿蓑归去"句，皆用白词。1302年为大德六年。）又《西厢记》杂剧终场"谢当今盛明唐圣主"，金圣叹批本作"谢当今垂帘双圣主"，陈寅恪谓"双圣主"谓元成宗和布尔罕皇后（成宗多病，布尔罕皇后居中用事），则《西厢记》作于大德年间（1297—1307年）。王季思谓王实甫之年代应与白无咎、冯子振不远，比关汉卿、白仁甫为晚。

然"谢当今盛明唐圣主"句弘治本，明刘龙田、张深之三本均如此。金圣叹批本改作"谢当今垂帘双圣主"，不知所据。陈寅恪据以考据，亦非。

孙楷第《元曲家考略》据苏天爵《滋溪文稿》卷二十三，《元故资政大夫中书左丞知经筵事王公行状》（王公为王结），知王结之父名德信，因疑此王德信即王实甫。王结为名臣，易州定兴人，徙家中山，武宗时官至辽阳行省、陕西行省参知政事，中书参知政事。文宗时罢政，顺帝时复拜中书左丞知经筵事。至元二年（1336年）正月卒，其父王德信则治县有声，擢拜陕西行台监察御史，与台臣议不合，年四十余即弃官不复仕。苏天爵作此王结行状，在至元三年（1337年），其时王结父德信及其妻张氏皆尚在，其年至少亦近八十云云。

按：德信之名，极为普通，未必即曲家之王实甫。苏天爵未言此德信之字为实甫也。又时代亦较晚，至1337年尚在，生年当在1260年左右。而《录鬼簿》正、续编作者钟、贾二人于戏剧家知识较多，如王实甫官至陕西行台监察御史，当为注明，何以一无所知，或漏而不举。其为易州定兴人，留家中山（金元时中山府即今定县，属保定道；定兴县亦在附近，可通称大都人），不能据为定论。

或又以王实甫即王和卿者，决非。

王作剧目存十四种，今存《西厢记》五本、《丽春堂》一种和《破窑记》一种。《芙蓉亭》、《贩茶船》各有一折在《雍熙乐府》中保存。

二、从《会真记》到《西厢记》

《西厢记》的故事出于唐代诗人元稹的《会真记》，一名《莺莺传》。

《会真记》写张生为人美风容，内秉坚孤，年二十三，未近女色。游于蒲之普救寺。时军乱，军人掠蒲，崔氏孀妇止于寺。崔氏妇，郑女也。张生亦出于郑，续亲为异派之从母（疏的姨母）。崔氏妇财产甚厚，惶骇不知所托。张与蒲将善，请吏护之，不及于难。郑德张甚，饰馔命张，出子女欢郎及莺莺。莺莺辞病，崔氏怒，强而后可，见礼。张惑其色，以游词导之，不对。私礼红娘，红娘欢之，因媒氏而娶，张不能待。婢出一计，谓莺喜文词，盍为喻情诗以乱之。张缀春词二首，莺报以"待月西厢下，迎风户半开。拂墙花影动，疑是玉人来"。张因攀杏花逾墙，认为莺莺召之。莺责以礼义，词义严正，谓"以乱易乱，其去几何！"言毕，翻然而逝。张绝望。数夕，红娘携枕至，莺莺来，度一夜。张疑梦，赋《会真诗》三十韵，遂安于西厢者一月。其后张生之长安，不数月复游于蒲。莺独夜操琴，张窃听之，愈惑之。张生复以文调及期，又当西去，愁叹崔侧，崔阴知将诀，谓"始乱之，终弃之，因其宜矣，愚不敢恨。必也君乱之，君终之，君之惠也。"其后张志亦绝。张认为崔为尤物，"不妖其身，必妖于人"。"予之德不足以胜妖孽，是用忍情。"

岁余，崔已委身于人，张亦别有所娶。适经所居，因其夫言于崔，求以外兄见。夫语之，崔终不为出。赋一章："自从消瘦减容光，万转千回懒下床；不为旁人羞不起，为郎憔悴却羞郎。"又赋一章，以谢绝之曰："弃置今何道，当时且自亲；还将旧来意，怜取眼前人。"

《会真记》是一篇动人故事，元稹写来，文笔优美，情节曲折细腻。据后人的考证，可能是元稹自己的恋爱经验，而托之于张生的。今日尚可存疑。同时期的唐代诗人李绅有《莺莺歌》，白居易也有些诗篇，为元稹的莺莺故事而作。元稹的《会真记》是一篇爱情小说的杰作，不过这篇小说的结局，不能使人满意。一对情人，始合终离，始乱终弃，张生另有所娶。鲁迅在《中国小说史略》里指出："篇末文过饰非，遂堕恶趣。"张生为什么要抛弃莺莺呢？他自己说:"大凡天之所命尤物也,不妖其身,必妖于人。""予之德不足以胜妖孽,是用忍情。"意思是说他一时感于崔氏之美而有才,此后又懊悔,认为不足为其德配,为始乱终弃作辩护。这是文过饰非的话,事实上是一个男人在得到爱情之后,不尊重女性,为了婚姻的功利企图,另娶别人而已。据陈寅恪先生的意见,唐代文人看重婚宦,讲究门第。莺莺可能是低微出身的歌妓一流人物。因为《会真记》的"真"是神仙的"仙",唐人称妓女也为"仙"。说莺莺是妓女是不对的。莺莺出身富有家庭,门第未必高,是小家碧玉。照《会真记》所写,(1)郑老夫人介绍女儿见张生,以谢其救护资财之恩。此事如属高门闺秀,是非礼的,所以莺莺不肯见,而母亲强之;(2)张生惑于莺莺之色;(3)莺莺与张生偷情,往来一月,张生出去后又回来,复有来往,老夫人未曾加以干涉,置之不问,看来颇有使莺莺嫁张生之意,如果张生得举;(4)张生考试失败,留京不回,他们通过一次信,莺莺颇有表示绝望而有情之意;(5)张生忍情不去娶她,她先嫁人,张生其后别有所娶;(6)后来张生又因其夫而要会她,她不见;(7)文中说,"张生自是惑之","以是愈惑之",又认为"予之德不足以胜妖孽"。张生认为一时惑于色不能自持,遂有此事,其后克制自己,"时人多许为善补过者"。张生因文战不利,功名未遂,而崔氏遇合富贵,不知其变化,是尤物。他不敢要,要了非福,他们的结合是不幸福的。

这里可见,(1)作者对于礼教和爱情的矛盾,指了出来,无所偏袒,抱客观主义,没有强烈的反抗性,竟使读者对于张生也有同情心,此乃元稹自述其私事之故,没有自己深刻检讨,批判不够,回护自己;(2)但是,写莺莺十分可爱,是一完人,她一方面维持礼数,一方面有深情。在封建时代,女子地位低,她谦抑,自我牺牲,也不肯强嫁张生。她也没有强烈的反抗性;(3)唐代尽管比较自由，但私情也是不被礼教所容的；（4）这故事除了诗文点缀外，乃是真有其事，是真实的，这种事情在唐代社会中可能发生的很多；（5）女子有才色，能操琴、作诗，比较普遍，唐代歌妓均能之；（6）以《会真记》和同时的《霍小玉传》相比，《霍小玉传》故事是悲剧，大责备李十郎负情，此因十郎考试胜利，另选高门，与张生文场失意不娶莺莺大不相同。《霍小玉传》将爱情突出来写，表现女性的美德，赞赏女性人格之美，《霍小玉传》思想性比《莺莺传》高。

张生前后人格不一致，偷情时是才子作风，而此后又有迂腐的道德观念。当时士流对于张生的"忍情"是惋惜的，但却不加以严厉的责备。唐代文人认为私情是不好的，他们虽惑于才色，但不是以此论嫁娶。这类的事，虽然是传奇艳遇，但并非空想。《聊斋志异》虽然写在清代，但那些人和事在唐代社会是可以实际发生的，这是人性、人情所不能已。礼教是束缚人性的，礼教也是重男轻女的，张生薄情而人不以为非，便是明证。张生认为女子有才色，是尤物，必妖于人，那么女子无才便是德，就是那时代的金科玉律。而对于莺莺来说，是一个悲剧。

《会真记》起初在士大夫阶级里流传，以后走向民间通俗说唱。北宋时期文人赵德麟（令畤）有《商调蝶恋花》鼓子词以咏其事，赵氏说："至今士大夫极谈幽玄，访奇述异，无不举此以为美谈；至于倡优女子，皆能调说大略。惜乎不比之以音律，故不能播之声乐，形之管弦。"因之，他用十二支〔蝶恋花〕曲调，比附《莺莺传》以歌诵其事。作为通俗说唱文学，于故事并未改动，且甚简略。

在北宋南宋之间，有杂剧《莺莺六幺》，用大曲歌舞故事，想来也是简短的一折，故事未改动。而《醉翁谈录》中的传奇小说话本《莺莺传》，其内容如何不可知，可能已有所发展了。

金代董解元《西厢记诸宫调》是一大创作，把始合终离的一个不完整的爱情故事改造成为爱情胜利的团圆结局，已经体现了反封建礼教的思想。他把士大夫阶级的文艺作品变成了完全能够代表市民阶级思想意识的文艺作品。

这个故事，按照市民的道德观念，应该有两个结局。一是张生中举以后别娶，莺莺报复他的负心，如王魁桂英、秦香莲、赵五娘、《霍小玉传》式的；一是张生始终如一，如《西厢记》的结局。民间流传，对这故事，采取了后者的方式，把爱情与婚姻统一起来。

宋元社会更看重女性贞操。莺莺并非妓女，元代戏曲、话本中对妓女的才子佳人故事，尚给予团圆结局，对于崔张，更乐于作合。这样不但莺莺可爱，张生亦成一鲜明的爽朗乐观的形象。与《会真记》原文相比，更其光辉灿烂了。这样，一篇文人的进步作品，一篇还不能完全摆脱封建思想的作品，到了人民大众手里，有了更高的、更活泼的发展，成为一部杰出的民间文艺作品、说唱文学。元代王实甫的《西厢记》是因袭董西厢而产生的，但不是如有人说的那样是抄袭。诚然，没有董西厢的基础，王西厢达不到今天的高度，但王西厢毕竟比董西厢跨进了一步，有它的创造性。

王西厢因袭董西厢是很多的：（1）王西厢的基本情节已为董西厢所有，说明王实甫取材于民间说唱本以创造此剧，非直接取材于《莺莺传》。（2）王西厢在辞章上因袭董西厢亦不少，比读两种可知。如王西厢第一本第一折，张生唱〔油葫芦〕〔天上乐〕二支，描写蒲州附近的黄河气象阔大，此从董西厢改进；第二折描写张生见到红娘，有"胡伶渌老不寻常"之句，说灵活的眼睛，董西厢有"虽为个侍婢，举止皆奇妙。那些儿鹘鸰那些儿掉"，又有"小颗颗的一点朱唇，溜沏沏一双渌老"。"鹘鸰""渌老"皆金元时代俗语，本不易懂，可见王西厢有所本。又如莺莺送别一节，董西厢有"莫道男儿心如铁，君不见满川红叶，尽是离人眼中血！"为王西厢"碧云天，黄花地，西风紧，北雁南飞，晓来谁染霜林醉？总是离人泪"所本。

比较董、王西厢，王西厢有改进处：（1）董词俗语、方言多，王词更为典雅；（2）董作于法聪与孙飞虎战斗一节写得太多，冗长支蔓，离题远，而王作更为集中主题。说唱文学重铺叙，戏剧重结构，主题集中；（3）人物性格，王西厢完整，董作张生、莺莺皆有软弱可笑处，如张生失望上吊为红娘扯住；张生与莺莺同时在法聪房里要上吊，为法聪策划救出；董作写张生思之"郑公，贤相也。……吾与其子争一妇人，似涉非礼。"怕得罪他，意在退让，皆与人物性格不符。

董、王西厢的故事差不多一律。把决绝变为团圆，肯定张生、莺莺、红娘为正面人物，郑氏、郑恒、孙飞虎为反面人物。王实甫《西厢记》与《会真记》相比，人物情节发生很大变化：张生是尚书之子，莺莺为相国之女，门当户对；彼此一见倾心，十分顾盼。真的爱情，定于初见，很像小说里写的浪漫派；孙飞虎包围普救寺，要抢莺莺为妻，郑氏说明谁能救莺莺，许配他，因此张生、莺莺的结合属于正义的一边；张生救了他们一家，郑氏以崔相国在时崔将莺莺许配郑恒为由悔婚；张生气愤而病，莺莺托红娘问病，张生寄柬，红娘传简，莺莺酬诗约见，责以礼义，这是受《会真记》的影响，莺莺顾忌礼教，表现女性心理矛盾，礼教与爱情的矛盾完全体现出来，以后酬简私奔，是强烈反抗礼教的，这是很大的变化和发展；红娘反责备郑氏失信一段，为剧中主眼，词严义正，大快人心，她是不受礼教束缚的健康的女性，一个不识字的丫环，通透女性心理；张生进京考试，反映科举时代看重功名，而莺莺惜别表示女性重爱情；后来虽有小波折，但终以团圆结局。

元稹《会真记》面世以后，从士大夫走向民间，经过历代人民大众和文人的创造，到董、王西厢的出现，达到了现实主义创作的高度，而且做到了现实主义和积极浪漫主义的完美结合。董西厢过去不受重视，不太流行。王西厢被人看作出于董西厢，文词也有抄袭，而影响却超过董西厢。实则应该看到，从董解元的说唱文学到王实甫的戏剧文学，改变了一个文学类型。有些地方，可以抄袭，大部分要自己创造。此所以董西厢反被湮没之故。

西厢故事历来在小说、戏曲、说唱艺术中的发展，概说如下：

1. 元稹的《会真记》(一名《莺莺传》)（唐代《太平广记》及近代各种选本）。

2. 北宋赵德麟的《商调蝶恋花》(《侯鲭录》，刘刻《暖红室汇刻传奇》本附)。近于抒情诗，并不铺叙故事，不团圆。

3. 两宋说话人的底本《莺莺传》，小说家传奇类，所说内容不详。

4. 南宋官本杂剧中的《莺莺六幺》，内容不详，以大曲铺叙故事。

5. 金代董解元《西厢记诸宫调》。

6. 元代王实甫《西厢记》北杂剧五本二十折。

7. 南《西厢记》，李日华、陆采（天池）二人皆有作品。现在昆曲所唱的几出，是根据李日华本，由俗人删改的李本保存北《西厢记》之处甚多，改北词就南曲。陆本不上舞台，文人制作。此两本皆见《暖红室汇刻传奇》中《西厢十则》。

8. 卓珂月《新西厢》、查伊璜《续西厢》等。

9. 今地方戏中，如越剧改编的《西厢记》。

10. 今苏州人说书弹词中的《西厢记》。

从故事内容看：

1. 元稹《莺莺传》，不团圆，赵德麟《商调蝶恋花》同；

2. 董解元《西厢记》，团圆结局，以后王西厢一直沿续下来，遂成定局。

三、《西厢记》的结构

《西厢记》采用五本杂剧相连而构成一个长篇巨型的剧本，在元人杂剧中是独一无二的。《西厢记》虽然是长篇剧本，但是与南戏或后来的传奇有别。《西厢记》整本二十折（或二十一折）皆用北曲，这二十折可以分划开来，是四折一楔子，合乎杂剧体例的五本。其中遵守着元杂剧的体例，而稍稍加以变化，有末本与旦本，及旦末合本。

第一本楔子（老旦唱），一、二、三、四折皆张生唱——末本戏。

第二本第一折（旦唱），楔子（惠明唱），二折（红唱），三、四折（旦唱）。此本是莺、红分唱——旦本戏。

第三本楔子（红唱），一、二、三、四折皆红娘唱——旦本戏。

第四本楔子（红唱），一折（末），二折（红），三折（旦），四折（末），此本变化较多，莺、红、张生各有主唱之折——旦末合本戏。

第五本楔子（末），一折（旦），二折（末），三折（红），四折（末、红、末、旦、红），此本亦是旦末合本，而更有变化，第四折以张生主唱，而插入旦、红分唱几支曲子。

《西厢记》整个剧本主要角色是张生、莺莺、红娘三人，其中张生主唱八折，莺莺主唱五折，红娘主唱七折。三个主角，分配平均。

元剧中有不少以爱情为主题的剧本，例如《曲江池》《倩女离魂》《青衫泪》《张生煮海》等等，均以女性为主角，是旦本戏。主要因为受元剧体例的限制，只限于一人主唱。而此类爱情剧本，选择女主角主唱，来得细腻，可以有许多优美动听的歌曲，可以充分表现恋爱的情绪，动人心弦。这种安排是适宜的，但是美中不足的地方是作为爱情的对方的男人，陷于配角的地位，没有主唱的部分，显得被动而无力。《西厢记》不是这样的，以爱情为主题，而使张生和莺莺都作为主角，都有歌曲可唱，都有戏可演，使观众充分看到张生热烈的追求的一方面，也看到莺莺对于张生热情的反应，以及复杂的心理变化，面面俱到。红娘为主角中的辅导角色，为相国女儿展示爱情所必需的，活泼、生动。《西厢记》所再现的生活面是完整的，没有遗漏。《西厢记》的结构是立体式的，它变平面的抒情歌剧为主体的两方对照，更有戏剧性。

以情节而论，《西厢记》故事并不比《曲江池》等特别曲折复杂，假如要以一本杂剧四折一楔子来写，也是可能的。不过由于董西厢的创造，已经把这个故事发展为一个巨型的说唱本了，描写得特别细致了，所以必须采取五本的长剧，方始能够达到艺术创造上的完整性。我们可以说是内容决定形式。采取了这样一个长本戏的形式，使张生、莺莺、红娘三个角色来分别主唱，又丰富了剧本的内容。

因此，我们可以把《西厢记》的结构作为文艺理论上内容决定形式、形式反作用于内容的一个定律的证明。

这是王实甫《西厢记》的独创性之一。

《西厢记》五本，第一本写张生见到莺莺，一见倾心，引起热情的追求。这是故事的开端；第二本写孙飞虎包围普救寺，崔家陷入困难的境地，赖张生设法退兵，老夫人许婚而又变卦。这是故事的发展，是热闹的剧情紧张的场面。第三本展开生旦双方心理活动的具体的描写。莺莺心理上的矛盾冲突，充分表现受封建礼教束缚下的闺秀，对于爱情有强烈要求的矛盾心理，是静的场面，而巧妙地以红娘主唱，关联双方；第四本是全剧的顶点，青年男女为了追求爱情，终于摆脱封建礼教的束缚，达到胜利，《送别》，《惊梦》，完全是抒情；第五本是余波，以团圆结局。此本较为平弱，但也是必需的。董西厢已有此结局。非此，故事不完全。全剧结构谨严，引人入胜，无冗淡之处，胜于明代传奇，竟有一折不可少之感。

四、《西厢记》的思想性与艺术性

《西厢记》是元曲中最通俗流行的一个剧本，从王实甫到现在已经有六百多年。西厢故事是为中国人民所普遍爱好的。不过向来一般人爱读《西厢记》，因为它是写才子佳人的文学作品，故事情节曲折，王实甫的辞章华美而已。贾仲明吊王实甫云："作词章风韵美，士林中等辈伏低。新杂剧，旧传奇，《西厢记》天下夺魁。"金圣叹推王实甫《西厢记》为第六才子书，而切去它的团圆结局，至草桥惊梦为止，对前四本也不少改窜。金圣叹批改《西厢记》，《第六才子书》是通俗流行的，他的批改本是宣传他的唯心论的世界观的，归结成人生如梦，无可奈何的消遣。他把《西厢记》不曾当作淫书，是他的进步，而是把它当作闲书，当作非现实的东西，是文人才子梦境的书！

向来古典文学不少优秀的作品，伟大的创作，是被封建时代的正统派批评家所歪曲了的。例如《诗经·国风》里面充满了健康的爱情诗，或者被看作"后妃之德"，或者被看作淫奔之诗。

《西厢记》在旧社会，或被看作淫书，或被看作闲书。《西厢记》不是一部淫书，因为《西厢记》里面的爱情是真挚的，不是玩弄性的。男女是平等的，一对一的，爱情与婚姻是统一的。《西厢记》不是一部闲书，因为并不单是提供勾栏里面演出娱乐消遣的东西，这里面有血有泪，展示了在封建礼教的压迫下，一对青年男女，如何地为了追求自由幸福的生活而斗争，终于达到完全胜利的、符合人民大众愿望的喜剧效果。《西厢记》是古典现实主义和积极的浪漫主义结合的文艺创作。《西厢记》有浪漫主义成分，因为莺莺的美貌多才，张生的才学和热烈追求，红娘这一个丫头角色，以及孙飞虎的包围普救寺，郑恒的触阶自杀等，都是不太寻常的。说它是现实主义的作品，因为人物性格都是真实典型，而情节布局都是入情入理，没有巧合和离奇古怪的部分。

《西厢记》以才子佳人为主角，这是采取了前代相传的传奇故事。元人杂剧的爱情剧，从唐人传奇和话本小说中取材，男女主角以才子佳人为多，一般的平民老百姓的爱情还没有被取为题材（直到明代小说），这是时代的限制。《西厢记》中有"才子佳人信有之"的曲文，但是我们不能把它当作才子佳人剧。因为后世的才子佳人戏剧、小说越来越趋于公式化、概念化，而《西厢记》反映了生活真实，是追求人性解放，不庸俗的。事实上，爱情并非只是才子佳人的特权，这部作品有反封建的普遍性。作者发下一个宏愿："愿普天下有情的都成了眷属。"张生、莺莺的故事不过树立了一个斗争的典范而已。

反对父母之命、媒妁之言的门当户对的封建婚姻制度，冲破礼教束缚，追求以爱情为基础的自由美好的婚姻是《西厢记》的主题。

《西厢记》的主题是爱情。爱情也是文学中的一个主要题目。欧洲文学从荷马史诗开始，十年战争为了男女爱情的争夺。中国《诗经》里面也多情诗。后来中国诗的发展，和民歌距离远，成为士大夫抒情达意的工具，因此在正统派的诗里面，充分反映士大夫的思想意识、士大夫的生活。政治是重要的题材，大诗人杜甫、李白、白居易很少写情诗。散文方面，尤其是古文，文以载道言志，很少写爱情的。古典文学在这方面显得贫乏。主要由于：①中国封建社会礼教严，男女接触很少，没有社交，没有交际；②中国古典文学中的士大夫文学，作者没有爱情生活，只有政治生活，没有生活，就写不出东西来。俗文学，也是市民大众文学的戏曲、小说中以爱情为主题的作品，非常之多。所谓言情之作，如《西厢记》《牡丹亭》《红楼梦》，是其中突出的。以爱情为题材的文学来自人民大众，原始社会中就有情歌、舞蹈；《诗经·国风》、汉乐府的情歌都很健康；《楚辞》湘君、湘夫人的情歌，缥缈空灵，爱而不见，情志缠绵的；南朝乐府中的民歌，如《子夜歌》《懊侬曲》等，都以男女欢爱、诀别为内容，是天真的。而此时产生的宫体诗，不免有轻艳。唐宋小曲由妓女歌唱，都是言情之作。元代散曲有许多采自民歌，或由通俗文人所作为妓女歌唱，庸俗的也不少，色情、秽亵的部分也不免。狎客妓女的接触，缺乏精神上的恋爱，因此情歌就流于色情。所谓风流，原本是一个好名词，后来成为偷香窃玉的代名词了。

在中国漫长的封建社会时代，在旧礼教的统治下，青年男女没有公开社交的机会。爱情成为一种禁忌，婚姻不自由，必须服从礼教。或者是买卖式的，或者是掠夺式的婚姻，给女性以压迫和迫害。《西厢记》反对这些。老夫人是代表封建礼教的典型人物，把一个女儿"行监坐守"，提防拘系的紧，只怕她辱没了相府门第。莺莺处在精神牢狱里面。《西厢记》描写了在旧礼教压抑下的女性，如何地想挣脱这精神牢狱的枷锁。孙飞虎是想用暴力欺压女性、企图实行掠夺婚姻的反面人物。豪强掠夺，尤其在金元时代异族统治下，这种现象是普遍的。《西厢记》里的莺莺、张生、惠明是向掠夺、残暴的统治势力斗争的。老夫人在普救寺被围时，无可奈何，说要把莺莺许配给能退贼兵的人，但是孙飞虎退了，她又反悔起来，"先生纵有活我之恩，奈小姐先相国在日，曾许下老身侄儿郑恒。即日有书赴京唤去了，未见来。如若此子至，其事将如之何？莫若多以金帛相酬，先生拣豪门贵宅之女，别为之求，先生台意如何？"这是她的自私自利，不遵守信义，把婚姻当作一件买卖的事。事实上是她看不起张生，只看见他是一个穷秀才。张生和莺莺有了私情之后，经过红娘的说服，她才无可奈何地把婚姻许了，但是要张生上京去赴考，表现了庸俗的功名思想。

在唐人传奇里有著名的爱情故事，如《李娃传》《霍小玉传》《任氏传》等，托之于妓女和妖狐。名门闺秀，礼教森严，不能有爱情的举动，一般文人也是不敢写的。才子与妓女的爱情是不平等的，是男性中心社会的产物。《西厢记》却不同。莺莺不是妓女，不是妖狐，而是相国的女儿。作者更为大胆，更能达到反封建的效果。它揭穿了封建礼教的虚伪与残酷，指出其软弱性，是可以动摇的。

《西厢记》第四本第二折，俗名"拷红"。红娘对老夫人一段话，义正词严，又晓之以利害："信者人之根本，'人而无信，不知其可也……。'当日军围普救，夫人所许退军者，以女妻之。张生非慕小姐颜色，岂肯区区建退兵之策？兵退身安，夫人悔却前言，岂得不为失信乎？既然不肯成其事，只合酬之以金帛，令张生舍此而去。却不当留请张生于书院，使怨女旷夫，各相早晚窥视，所以夫人有此一端。目下老夫人若不息其事，一来辱没相国家谱；二来张生日后名重天下，施恩于人，忍令反受其辱哉？使至官司，夫人亦得治家不严之罪。官司若推其详，亦知老夫人背义而忘恩，岂得为贤哉？红娘不敢自专，乞望夫人台鉴：莫若恕其小过，成就大事，捆之以去其污，岂不为长便乎？"这是威胁而带恳求的话。

红娘的机智、勇敢，救了张生、莺莺二人。红娘说服老夫人的话，是代表作者和观众对于这个社会现实的批评，是一种进步的思想。

《西厢记》的反礼教、反宗法社会达到了一定的深度和广度。宋元社会，作为封建统治的上层建筑的是虚伪的儒家思想，即程朱理学思想，还有佛教的宗教势力。《西厢记》蔑视圣经贤传，看轻功名富贵，向儒家思想斗争。同时这个浪漫的男女偷情的行动，在一个佛寺里发生，把一座梵王宫，化作了武陵源，给佛教的统治势力以无情的讽刺。

　　《西厢记》的艺术性：

　　（1）故事情节的安排是为主题思想服务的。长至二十一折，均为必需的情节，不支蔓冗沓。是一部建立纯粹爱情婚姻关系的典型代表作品。如《拜月亭》《牡丹亭》等长本的爱情为主题的剧本，加入别的题材太多，有不必要的杂乱的感情。

　　（2）人物的刻画，赋予鲜明的形象及其真实性。人物的性格随着故事情节的发展而发展，不是孤立的、静止的、抽象的，而是具体的、有发展的。不追求离奇曲折的悲欢离合情节以吸引人。如《荆钗记》《春灯谜》《风筝误》等离奇变幻，故意造设。《西厢记》非在写事，而是写人，展示人物心理变化，极其成功。

　　（3）辞章的华美。《西厢记》辞章美丽似"花间美人"。因为戏曲是歌剧，歌曲部分很重要。王实甫的文学修养高，语言有其特殊的风格，俏皮、诙谐、大方、泼辣、有变化，雅俗共赏。《西厢记》题材是美的，而王实甫又把辞章美化，理想化，而文笔又服从内容的要求，不追求词藻的泛美，《西厢记》的美是天然的美，语言和人物性格是协调的。特别精彩的是《送别》一折。整部《西厢记》是一首长诗。《西厢记》是歌剧，也是诗剧。王实甫是戏曲家，同时也是一位大诗人。他的创作比之唐代诗人元稹的《会真记》高。

　　《西厢记》有浪漫主义的成分。取材于唐人传奇，爱情为主题，一见倾心的爱情。莺莺的美貌，张生的痴情，普救寺的环境，孙飞虎抢亲的情节，中状元的团圆结局，整个故事好像一篇抒情诗歌，风格接近李白的风流、浪漫、豪放。是李白型，非杜甫型。王实甫的风格，非关汉卿的风格。当然《西厢记》基本上仍是现实主义的。

授课人：浦江清

第八章 宋元南戏

　　元代以北杂剧占戏曲中之主导地位，唯除北杂剧以外，尚有流行于浙江一带的南戏。南戏是一种地方戏，产生在浙江的永嘉（即温州），初起时名"温州杂剧"，或"永嘉杂剧"。南戏起源的时间在南宋光宗朝（1190—1194 年），换言之即始于十二世纪之末年是也。与北方所产生在金元之际的北杂剧，约同时，或更早。北杂剧的兴盛在第十三世纪，其起源亦当在十二世纪末年也。

　　明中叶嘉靖年间，徐渭（文长）的《南词叙录》说：

　　　　南戏始于宋光宗朝。永嘉人所作《赵贞女》《王魁》二种实首之。故刘后村有"死后是非谁管得，满村听唱蔡中郎"之句，或云："宣和间已滥觞，其盛行则自南渡，号曰'永嘉杂剧'，又曰'鹘伶声嗽'。"其曲，则宋人词而益以里巷歌谣，不叶宫调，故士夫罕有留意者。元初，北方杂剧流入南徼，一时靡然向风，宋词遂绝，而南戏亦衰。顺帝朝，忽又亲南而疏北，作者猬兴，语多鄙下，不若北之有名人题咏也。

徐渭，山阴人。他据古老传闻，得其梗概。可知南戏兴起的地点，是永嘉。最早的剧本是《赵贞女蔡二郎》及《王魁负桂英》二种。时间则始于宋光宗朝，或曰宣和间已滥觞。至于刘后村诗，实为陆游诗之误。陆游此诗作于宋宁宗时，而所谓负鼓盲翁之作场则不是演戏，不是唱南戏戏文，乃是说唱文学，但与南戏中之《赵贞女蔡二郎》当为同一故事耳。

当南戏在永嘉附近兴起时，北杂剧已起于金统治地区。北剧与南戏同时兴起，同样起于民间，对于宋代的教坊官本杂剧在宫廷演出者，起革命作用。它们把剧本增长：北剧由宋金杂剧之一折或前后三段，增长至四折一楔子。南戏则不限出数，可长可短。短则四五出，长至二三十出。都比宋杂剧、金院本为长。盖宋杂剧、金院本采取一节故事来表演，仍以歌曲、歌舞为主。至元杂剧、宋元南戏，则敷衍全本传奇故事，不能不长了。又，歌曲方面，北杂剧不因袭宋词曲词，都采取金元时代的北方俗曲，部分地吸收北宋时代唱赚中诸宫调的曲。南戏则部分地吸收宋词、诸宫调、唱赚中曲，大量吸收和创制南方俗曲，给典雅名。貌似宋词曲调名，实为新曲。南戏中所用曲调，通名南曲（其中亦有偶与北曲同名称者，唯句法不同）。如南戏《张协状元》中所用曲调，有〔缕缕金〕〔思园春〕〔菊花新〕〔锁南枝〕〔风入松〕〔孝顺歌〕〔麻婆子〕等，皆为南曲。从南戏发展为传奇，已在明中叶以后，南北曲可以合用。早期的传奇，都用南曲。此后传奇亦有夹以北曲数出的，如明代汤显祖所作传奇。

温州为沿海城市，有繁荣的市民经济。南戏当是农村中劳动人民与城市的伎艺人所合作创造而发展起来的一个剧种。南戏初起，粗野简陋而又自由活泼。南戏与北杂剧在体制上的不同：

1. 剧本长短不拘，原不分出，并无四折一楔子的严格体例。每出亦不拘短长，以各人都下场为一出。通常一本戏前有引子（序幕），有一引戏人概说剧本内容，称为"家门"。此为引戏人所演的一幕，与北杂剧的楔子性质不同。此幕过后，方为正本戏。北杂剧主角上场，是先有一段说白，然后唱曲。南戏主角上场，通常是先曲后白。正本戏短则三四出，长至二三十出。其后发展至传奇，可到四五十出。

2. 南戏所用曲子部分保留宋代词曲的牌子，多数是南方本地的俗曲，均可称为南曲。与北杂剧均用北曲者不同。后来南戏发展，也夹入少量的北曲。

3. 南戏每出不限一个宫调。在南戏初期，根本上曲不系宫调。宋元时期如此。直至明代传奇，方把南曲分系宫调。也讲究音律起来。一出中也不限于一韵到底，随时可换韵。

4. 南戏角色有生、旦、净、丑、末、外、贴等。与北杂剧相比，生＝末（正末），末＝冲末，丑＝净，贴＝贴旦、小旦、旦儿，旦＝旦，外＝外、孛老，老旦＝卜儿。

5. 所有角色，生旦净丑，均可唱，非一人主唱。

6. 北剧伴奏主导乐器是弦乐，南戏及传奇用箫笛为主导乐器，三弦月琴等为辅。

南戏起于温州，但在南宋末年已流行在杭州。刘一清《钱塘遗事》云："贾似道少时，佻达尤甚。自入相后，犹微服间行，或饮于伎家。至戊辰、己巳间，《王焕》戏文，盛行于都下，始自太学有黄可道者为之。"戊辰、己巳是1268—1269年，宋度宗咸淳四、五年，此时已有《王焕》戏文在临安演唱。南戏剧本亦为书会中人所编，知名者有九山书会，专编永嘉杂剧的戏本。宋元旧编南戏，见于《南词叙录》者有六十五本。其中《闵子骞单衣记》题高则诚作，另《蔡伯喈琵琶记》虽未题名，亦知为高作。其余六十三种皆未题作者，为无名氏作。可知在高则诚以前，少有些知名之士夫为南戏编剧本也。此即徐渭所谓"士夫罕有留意者，不若北剧之有名人题咏（即撰作）也"。

在元代，南戏为北杂剧所掩，其不能盛行之原因在于：元蒙统治时期，在政治上及文化上继承金朝，以北中国为中心，南方文艺被忽视。北杂剧占统治势力，南戏只是一种野生野长的地方戏。在语言方面，南戏中的语言存留不少浙江方言，与文言夹杂，比之北剧之用北方普通话，不易普遍流行。其又一原因，则为缺乏有高度文学修养的人撰作剧本，剧本的文学价值低。

到元末时，南戏繁盛起来。在明朝，南戏盛行，处于主导剧坛的地位，而北剧渐趋衰落。南戏的剧本，被称为传奇。一般的比北杂剧为长，为长本戏。早期传奇，都用南曲，明中叶后也吸收北曲在内，并同时讲究曲律、宫调，南曲也分别宫调了。今天的昆曲接近于南戏。

南戏的题材多有与北杂剧相同的，如《莺莺西厢记》《拜月亭》《赵氏孤儿》《杀狗劝夫》《吕蒙正破窑记》之类。南戏的题材主要以爱情、婚姻、夫妇悲欢离合故事为多，即烟粉、传奇故事占上风，如《蔡伯喈琵琶记》《王魁负桂英》《王十朋荆钗记》《蒋世隆拜月亭》《乐昌公主破镜重圆》《苏小卿月夜贩茶船》《董秀英花月东墙记》《百花亭》等等为典型故事。亦有些历史剧如《秦桧东窗事犯》《苏武牧羊记》《赵氏孤儿》等，此在南宋及元代皆有特殊意义。亦有些孝子故事剧、神仙剧，但均属少数。

总之，南戏题材与北剧相同，唯偏于情爱婚姻家庭、悲欢离合，不如北剧之广泛。也有现实意义，表扬情爱之坚贞信义，鞭挞负心负义者。周密《癸辛杂识》载，温州乐清县僧祖杰不法，虐害良民，

行贿于官。民间乃撰为戏文以广其事，众言难掩，毙之于狱。此尤有现实意义。（周贻白《中国戏剧史》178页）

今存南戏完整的有三种，时代在宋元之间，而保存在《永乐大典》中（《永乐大典》为明初类书，收戏文三十余种，今仅存三种）：

1.《小孙屠》（古杭书会编撰），约十余出，其中夹有北曲，为南北曲合套。而南北曲合用出于元中叶后。《录鬼簿》著录萧德祥名下有《小孙屠》，又云"又有南曲戏文"，疑即此。

这是奸情公案戏，剧写开封孙必达、必贵兄弟。必达妾李琼梅本妓女，有情夫。为婢所识破，乃杀婢，披上琼梅衣而遁。必达报官，反被捕入狱。其弟至狱送饭，亦被陷入狱，且赇置于死地。得东岳神救活之，后得包龙图审清其事。

2.《宦门子弟错立身》（古杭才人新编），仅三十余曲，约可分五六出。其中有"课牙比不得杜善甫"语，杜仁杰，字善夫（善甫），元曲家。此剧亦当为元人作。元李直夫及赵文殷有同名之杂剧。

剧叙河南府同知之子，女真人完颜寿马（延寿马）与散乐歌妓王金榜恋爱，不为家庭所容，被其父逐出。他背叛自己的阶级，随金榜演戏，做了行院人家女婿，倒很快乐。后其父巡回地方观政，公事余暇，要听院本为乐，召来的艺人即是他的儿子与王金榜，父亲大为感动，承认他们的婚姻。

3.《张协状元》（九山书会所编），约可分三十余出，此剧最长。

张协西川人，应科举，上汴京，过五鸡山，雪中遇盗，钱物被掠，负伤而投一古庙，得庙边一贫女看护奉养。经近邻李大公做媒，二人遂为夫妇。张协上京赴考，得中状元，枢密使王德用欲招赘之，张未允，王女郁郁而死。贫女至京寻夫，张协不认，令门子打出。

此后张协任梓州金判，再过五鸡山，遇贫女，嫌其微贱，绝情用剑斫之。贫女受伤，为李大公夫妇所救，归古庙休养。而王德用任梓州通判，携眷赴任，途中借宿此庙。见贫女怜之，收为义女，至梓州，称为己女，以嫁张协。新人原为旧人，贫女数说张协一顿，以"棒打薄情郎"式结束。

此剧冗蔓，思想性亦不突出，唯情节离奇耳。

以上三种均无名氏作，原不分出。宋元时代，南戏约在百种以上，可惜今只存下三种。之所以如此，原因是：一般藏书家的轻视；古籍的毁灭（如《永乐大典》被毁）；文学价值不高，戏曲艺术还不够完美；偏于一地，未普遍流行。到元末，北剧的黄金时代已经过去，南戏开始盛行。明代传奇吸收了北剧的优点改进了南戏，成为全国通行的戏剧，进入了全盛时代。

授课人：浦江清

第六部分

明清文学

《三国演义》/ 《水浒传》/ 《西游记》

汤显祖《还魂记》及其戏剧风格特征 / 《金瓶梅》/ "三言""两拍"

孔尚任及《桃花扇》/ 蒲松龄的《聊斋志异》/ 《红楼梦》

第一章 《三国演义》

罗贯中与《三国志通俗演义》

《三国演义》的作者罗贯中（约1330—1400年），抄本贾仲明《续录鬼簿》云："罗贯中，太原人，号湖海散人。与人寡合。乐府、隐语，极为清新。与余为忘年交。遭时多故，天各一方。至正甲辰复会，别来又六十余年，竟不知其所终。"一说罗氏是钱塘人，或谓罗氏曾参加张士诚起义。《续录鬼簿》载罗贯中剧目有《赵太祖龙虎风云会》《三平章死哭蜚（飞）虎子》《忠正（臣）孝子连环谏》三种。

至正甲辰是1364年，离元朝亡国不过四年。此后六十年为1424年，即永乐二十二年（永乐末年）。知贾仲明卒于永乐以后。贾与罗为忘年交，必罗比贾年长得多。罗当卒在1400年以前，即洪武年间也。又明王圻《稗史汇编》云："文至院本、说书，其变极矣。然非绝世轶材，自不妄作。如宗秀、罗贯中、国初葛可久，皆有志图王者，乃遇真主，而葛寄神医工，罗传神稗史。"可见罗贯中志气不凡。王圻提到《水浒传》，没有提及《三国演义》。《三国演义》也是一部详细分析政治矛盾战争策略的书，与有志图王的旨趣相合。罗贯中所作的《赵太祖龙虎风云会》（见《元明杂剧》），比较平庸，主题思想是君臣际遇，和《三国演义》的题材也有相同之处。

罗贯中所编通俗小说极多，除《三国演义》外，还有《水浒传》，相传是施、罗两公的作品。还有《隋唐演义》《平妖传》《粉妆楼》等，甚至有他编过《十七史通俗演义》之说。这是因为后来编通俗演义的人，或者是书坊中人，要托名于他，以便流传的缘故。

《三国志通俗演义》有明刊本，前列弘治甲寅（1494）年庸愚子序，称"东原罗贯中以平阳陈寿传，考诸国史，自汉灵帝中平元年，终于晋太康元年之事，留心损益，目之曰《三国志通俗演义》。文不甚深，言不甚俗，事纪其实，亦庶几乎史，盖欲读诵者，人人得而知之。若诗所谓里巷歌谣之义也"。这里说明了明代文人对于通俗史书的看法。此本据版本家考订实为嘉靖（1522）刊本，不过有此弘治甲寅的序（商务影印本据此本）。

《三国演义》是把三国时代的战争作为题材的历史小说。我们可以把《三国演义》称为历史小说；它是中国古典的民族形式的历史小说，和世界文学里的所谓历史小说有性质上的差别。欧洲的长篇小说产生在资本主义社会，是个别作家的文艺作品，内中有把某一个历史时期作为背景，用大部分虚构的人物故事来充实描写这个时期的社会生活的，叫作历史小说。我国的历史小说产生在封建时代。有通俗说书业者，约略根据史书，对人民大众讲说历史上的战争故事和英雄人物，讲说某一个朝代的兴亡始末；原来是口头的文艺创作，从他们的累代相传的讲说底本称为"话本"的东西，通过文艺作家的加工编写，产生了大批演义小说。《东周列国志》《三国演义》《隋唐演义》等等，都属于这一类。向来被称为演义小说的，按照它们的内容，可以叫作历史小说。它们是民族形式的历史小说，像欧洲中世纪的英雄传说、编年纪、年代纪那类介乎历史与小说之间的东西，同样渊源于人民口头创作，同样是封建时代的文艺作品。《三国演义》的作者罗贯中，生活在元末明初，是一位伟大的通俗文艺作家。三国故事流传到了他的时代已经有五百年的历史。他继承了丰富的民间文学遗产，比照正史，除陈寿《三国志》外，兼采裴松之注、《后汉书》等等，取其有趣的故事、可写入小说者，取其有利于他的拥刘反曹的立场的材料，编写成这部历史和文艺融合得恰到好处的天才杰作，在演义小说中是一部典范的、最成功的作品。

晚唐诗人杜牧有一首绝句《赤壁》：

折戟沉沙铁未销，自将磨洗认前朝。
东风不与周郎便，铜雀春深锁二乔。

赤壁之战是历史上有名的一仗，这首短短的绝句也是唐诗中间有名的。"铜雀春深锁二乔"这样一个鲜明的形象，把当时东吴的危机和周郎侥幸成功的这个历史事实着重表现出来。同是晚唐诗人的李商隐在《骄儿诗》里描摹他小孩的淘气情况，有"或谑张飞胡，或笑邓艾吃"两句诗，可见在晚唐时代三国故事已经普遍流行。《东京梦华录》记载北宋首都汴京（今开封）的"京瓦伎艺"中间有"霍四究说三分，尹常卖五代史"。京瓦是京城的瓦市，热闹的人民市场，活跃着各色各样的大众化的娱乐杂伎。霍四究不知是何等样人。"常卖"是京都的俗语，指在街头叫卖小商品的，大概讲五代史的尹先生曾经是这样一个行当出身的。由此推想，霍四究也不会是怎样博雅的人物吧？据记载，北宋的汴都和南宋的都城临安（今杭州），演说史书的名家有孙宽、李孝祥、乔万卷、许贡士、张解元、张小娘子、宋小娘子等。这里贡士、解元等称呼不是真的科举上的身份，乃是社会上对于一般读书人的美称。演史家要按照史书编造故事，其中尽有些有相当学问的读书人，不过这班读书人必定是穷得可以的，在科举上断了念头，不想往统治阶级里爬了，他们转向为人民大众服务，坐在茶馆里说古书了。这样他们把掌握在封建统治阶级手里的历史知识搬运给人民，同时结合人民的道德标准批评了历史人物，结合人民大众的艺术创造能力把历史事件越发故事化了。在说书界中还有和演史家并立的"小说"家，讲说传奇、鬼怪和反映社会现实生活的短篇小说。这派的说书艺人捏合故事的本领更高，不像演史家的一定要依据史书，带点书卷气的。这派的有名艺人中，有故衣毛三、枣儿徐荣等。从他们的称号可以推想他们的阶级出身，大概是卖过旧衣服，开过枣儿铺。总之无论读书人也好，做小买卖出身的也好，他们现在同属于一个阶层，就是在市场里说书讲故事的伎艺人。讲说的是他们，编造话本的也是他们。他们属于小市民阶层，处在社会下层，是被压迫者，是老百姓。他们的口头文艺创作，主要反映市民阶层的思想意识。不过在都城里活跃的说书业者，原是从各个城市里集中来的，说书业普遍于全国，普遍于城市，也深入到农村。说书的是走江湖卖伎艺的，他们接近广泛的人民大众，所以他们的文艺创作是合乎人民大众的口味、反映人民大众的愿望的。封建时代有两种文化，一种是封建统治者的文化，一种是人民大众所创造的文化。说书艺人的口头创作集中表现了人民大众的文艺创作才能，从这里成长出民族形式的小说，替施耐庵、罗贯中、吴承恩、吴敬梓、曹雪芹的文艺天才开辟了广阔的道路。

宋代说三分的话本可惜没有能够流传下来。我们所看到的最古的三国故事的话本是元刊本《三国志平话》。书分三卷，上面是连环图画式的插图，下面是话本的本文。我们可以看到老百姓所创造的三国故事，是生动灵活的，可是但具轮廓，缺乏细致的描写。三国故事经过多少人的讲说，若干代的创造，面貌未必相同，这不过是某一时期的某一种本子罢了。那些话本本来是简陋的，留出供说书者铺张增饰的余地。从师傅传徒弟，徒弟再传徒弟，各有巧妙，各有创造，不可能完全记录下来。《三国志平话》可以见到元代说话家所说三国故事的面目。有的说得很野，如司马仲相断狱的一个楔子和刘关张到太行山落草，汉献帝诛十常侍，以首级招安他们等等。这是人民口头流传野史的面貌。在元代戏曲文学里，涌现出好些三国故事的剧本，这些剧本帮助增加三国故事的情节和三国人物的性格刻画。罗贯中总结了这笔丰富的文艺遗产，重新创造，重新考订史实，在不违背历史事实的原则下进行文艺创造的工作。三国故事到了他的手里，才成为完整的杰出文艺读物，比之元刊本《三国志平话》大不相同了。

宋人笔记说："讲史书者，谓讲说《通鉴》、汉、唐历代书史文传兴废战争之事。""讲史"一称"演史"，各人标榜一部正史，有讲《汉书》的，有讲《三国志》的，尽管讲得很野。"演义"，就是根据正史演说大意，铺叙发挥的意思。讲史家的话本，叫作"平话"或者"演义"（在当时，它们不叫作"小说"，"小说"指短篇故事）。《三国演义》的正名应该是《三国志通俗演义》，或者《三国志演义》。说《三国演义》是简称。嘉靖刊本三国演义题书名作《三国志通俗演义》，里面标题："晋平阳侯陈寿史传，后学罗本贯中编次"。陈寿的《三国志》就是二十四史里的正史，其实《三国演义》和陈寿《三国志》根本是两部书，性质完全不同。这样标题的原因，一是说明这部小说的史料依据，一是还要抬出正史来希望见重于知识阶级。还有一个重要的原因是罗贯中确实在史书里用过一番功夫，做了史书材料和人民口头创作双方融合统一的重编工作。他把向来话本中间离开历史事实太远的部分删去了，并且根据史实的轮廓添加文艺性的描绘。因此《三国演义》获得了"雅俗共赏"的优点。《三国演义》是讲史家话本小说的优秀代表作品，本来是演史家的书，不应称为小说。不过元末明初，演史与小说两家的分界已经混泯。我们今天称它为历史小说，一半是历史，一半是小说。不离乎史实，又有文艺创造，"文不甚深，言不甚俗"。《三国演义》的雅俗共赏在乎此。

章学诚《丙辰札记》说《三国演义》七分实事，三分虚构。其实，与其说七实三虚，不如说三实七虚。人物是历史上所有的，人物性格与故事大部分是小说家的创造。三实七虚，在不违背历史事实的原则下大量吸取元代平话家的文艺创造。比较《三国志平话》来看，罗贯中删去了司马仲相断狱的有因果报应思想的一段入话，删去了刘关张太行山落草的一段不合史实的故事（纯出于民间传说）。他把"平话"中只有简单情节的故事，用细致的描写做了加工。例如三顾茅庐一段，"平话"只有三顾茅庐与孔明下山两段共不过一千字，到罗本扩充到五六千字，原甚简陋粗糙，今则成为艺术杰构，引人入胜。"平话"中张飞很活跃，而《三国演义》保存之，突出地写了孔明与关羽。罗贯中自己为一知识分子，处在元末乱世，有权谋策略而不曾施展，也是有抱负而不遇明主的人，所以对于诸葛亮的才能与际遇，尤其向往。诸葛亮在《三国演义》中几乎成为最重要的主角，是一般知识分子的理想人物。罗氏喜欢读史，写通俗演义，对于读《春秋》、明大义的关羽这类智勇双全的人物也加以突出的塑造。总之，《三国演义》三实七虚，文艺的部分多于历史；是文艺，不是历史，是通俗小说而非历史教本，小说书与历史书应该区别开来。尤其在今天，必须分开，否则会纠缠到孰为进步的问题。

罗贯中《三国志通俗演义》分二十四卷，每卷十节。到了清初毛宗岗（序始），把罗本《三国演义》加上评赞，改为一百二十回。原来罗本每节用七言一句标目，毛本每回用七言或八言两句对偶诗作为回目。毛本对罗本稍有细节的修改、语义上的润饰，大体均一仍原文。我们通行本所见的《三国演义》是毛宗岗本（一名《第一才子书》，并且假托了金圣叹的一篇序文）。毛本基本上与罗本没有多少出入的。

《三国演义》的思想性与人民性

罗贯中《三国演义》和陈寿《三国志》立场、观点和方法绝然不同。陈氏《三国志》以曹魏为正统，列《魏书》在前，《蜀书》《吴书》在后。《三国演义》以刘备为正统，蜀汉继承后汉。原因是陈寿为西晋文人，虽撰私史，后来作为官书。西晋司马氏的帝位，从曹魏来。不承认曹魏正统，即不承认西晋的合法统治政权。到东晋时代，汉族的统治政权偏安在南方了。习凿齿作《汉晋春秋》，即以蜀汉继承后汉，不承认曹魏的伪朝。据说习凿齿为桓温的别驾，桓温有篡窃帝位的思想，习凿齿痛抑曹操、曹丕，为了纠正这个思想。此事亦不尽然。把曹魏作为正统，自是西晋统治阶级的思想。当时的历史事实是后汉末年，天下分裂，鼎足而三，谁也不曾统一。为什么一定要挑选一个王朝作为正统呢？正统论，产生于统一的要求，分清敌我，以为斗争的目标。正统思想反映人民要求统一的愿望，不单纯是统治阶级的思想。假定中国分裂，每个国家都认为是合法的政府，那么就没有要求统一的斗争。所以历史家有正与闰、正统与窃伪的分别。秦汉是统一的，两晋也是统一的，他们都是正统。三国是分裂的，因而引起帝魏帝蜀的争论。《三国志》于《魏书》称帝，《蜀书》称先主、后主，《吴书》径称孙权等姓名。南北朝是分裂的，南宋和金是分裂的，汉族的历史家只承认南朝和南宋为正统王朝，而以北朝和金为窃据。

统治阶级的历史家向来以曹魏作为正统，是因为从曹魏以后，统治政权的转移都用禅让的方式，汉—魏—晋—（东晋）—宋—齐—梁—陈。隋灭陈后得到正统。隋禅让给唐（李唐虽然利用隋末农民大起义得天下，但取得合法帝位还用禅让方式。李渊受隋恭帝禅让）。在北朝，东魏—齐，西魏—周，周—隋，也都是禅代。北宋赵匡胤受军人拥戴自立为帝，但也用从周帝禅代的仪式。为统治阶级服务的史臣，一直到司马光的《资治通鉴》不能不以曹魏为正统（到司马光时已有争论，不过他仍以魏年号纪年）。因为，魏受汉禅是后来一系列禅代的祖本，不承认它，即不承认本朝的合法地位。

正史家如此，人民的演说史书者却从人民的角度来看问题。这一系列的禅代方式是丑恶的、残酷的、没有正义的，所以要批驳。说三分的人就开始拥刘反曹了。为了忠奸之辨，为了爱憎，为了真伪，为了是非。以刘备为正统是比较民主的，反统治的。北宋说话人已经是这样说了，毫无顾忌。虽然赵匡胤得天下也用禅代方式。这里证明认为《三国演义》宣传正统思想是统治阶级思想的这个说法是不对的。事实上是批判了历代开国皇帝的丑恶行为的。《三国演义》着重描写曹操专权，挟天子以令诸侯，名为汉相，实为汉贼。逼宫杀伏皇后（六十六回）（见《后汉书·伏皇后纪》）、曹丕废帝（八十回）、司马昭杀曹髦（一百十四回）、司马炎废曹奂（一百十九回），种种事端的描写，使读者有分明的同情和憎恶。这两代篡夺禅代的黑幕，残酷的史实，《三国志》作者陈寿都把它们隐蔽起来了。《三国演义》的材料从《后汉书》《魏略》《汉晋春秋》来。不一定是罗贯中参考了这些书，乃是历代相传说《三国志》者都愤愤不平，把真相揭露。

民间三国故事在南宋和元蒙统治时期，把刘备作为正统，拥刘反曹，更有深刻的意义，反映了汉族人民的民族意识，忠于汉室，尊汉的思想。南宋偏安在江南，中原为异族割据。这时朱熹的《通鉴纲目》也以刘备为正统，以蜀汉纪年继承后汉了。陆游"得建业倅郑觉民书，言虏乱，自淮以北，民苦征调，皆望王师之至"一诗云："邦命中兴汉，天心大讨曹。"把金虏、张邦昌、刘豫等比之曹魏，把宋高宗比之刘备。汉成为汉族的汉，因此，刘、关、张、诸葛亮的斗争取得了民族意义。岳飞常常写诸葛亮的《出师表》，以抒他的忠义抗战的决心。元末农民大起义，反抗蒙古贵族的统治，忠汉的思想更其重要。

《三国演义》有其人民性、积极斗争的一面。文天祥在公元1277年从梅州出兵江西时，吉赣两州农民响应者有十几万人。张世杰支持南宋流亡政府于1279年遁守崖山时，民兵追随的有三十万人（参见王丹岑《中国革命史话》）。元末农民起义领袖刘福通推韩山童为明王（利用宗教），并宣称韩山童为宋徽宗八世孙，其后立韩林儿为小明王，即以宋为国号。这是利用正统思想，以忠于大宋旧主为号召。《三国演义》和《水浒传》在明代有合刊的本子，称为《汉宋奇书》。一汉一宋，都是反元蒙的。这两部书在元末明初出现，而在明代大为流行有其历史背景。是对元蒙统治的斗争，而和朱明统治利益不冲突的（指政治上，非经济上）。因为朱元璋出身农民，是农民起义军的领袖，同时也曾拥戴过小明王韩林儿，用大宋龙凤年号，起义成功后重新建立了汉族统一政权。他就成为刘备、宋江的合身，且又斗争胜利的人物。

因此，《三国演义》的正统思想，在《三国演义》产生的历史时期是有人民性的，并非反动的。

这是《三国演义》的主题思想之一。

有人认为《水浒传》反映农民起义，描写人民向统治阶级的斗争，《三国演义》不然，所歌颂的是刘、关、张和诸葛亮，也是统治阶级的人物，刘备等曾镇压过黄巾起义而立功，不是反人民的人物吗？

这里我们要辨别全书的主题思想和其枝节部分。《三国演义》以蜀魏吴三国斗争为主题，黄巾起义一段，只在开始部分。抽象地写，对读者爱憎影响有限。在正史上看刘备参加镇压黄巾起义与否，还成疑问。曹操曾经参加过。主要镇压黄巾起义的是皇甫嵩和朱隽。

《三国演义》不是历史课本而是文艺，是人民口传的英雄故事。无可否认的是在封建时代的某一时期，文艺作品中歌颂过帝王将相。不过这些帝王将相是人民所塑造的形象，赋予了人民的优秀品质的。

《三国演义》中写刘备出身是"幼孤，事母至孝，家贫，贩履织席为业"（其父刘弘，曾举孝廉，亦尝作吏，早丧。刘备虽为中山靖王之后，但住在楼桑村，接近农民）。张飞，颇有庄田，卖酒屠猪。关羽出现时推一辆车子，是流浪汉（杀一势豪，逃难江湖者）。诸葛亮隐居卧龙岗。这几位英雄都可以说是平民出身，和袁绍、曹操等出于贵族官僚者大不同。刘、关、张和诸葛亮的出身与《水浒传》中宋江、晁盖、吴用、卢俊义等距离不远。

勤王锄奸是《三国演义》前部分的主题思想，其中心部分是三国斗争，龙争虎斗，争天下的思想。所谓有志图王者的书。刘备、曹操、孙权三人都是有大志争霸业的人物，同《水浒传》有类似之处。假如没有《三国演义》刻画诸葛亮这个典型人物，便不会有《水浒传》中的吴用（加亮先生）。《三国演义》决不为残暴的统治阶级服务。在封建时代，农民起义成功，也不过是改朝换代。《三国演义》所写的故事是三国时代，其实三国人物具有典型性格，已脱离三国时期的真实历史人物。《三国演义》所写的政治斗争和军事斗争也有概括性，这部书能教给人民政治斗争和军事斗争知识，因此，这部书成为张献忠、李自成、洪秀全等所喜爱的书。（鲁迅先生《小说旧闻钞》引黄摩西《小说小话》云，张献忠、李自成及近世张格尔、洪秀全等初起……闻其皆以《三国演义》中战案为玉帐唯一之秘本。）清代带有民族革命色彩的洪门会中，新会员入会必须敬三炷半香，其中第二炷就是敬桃园结义刘、关、张。足见《三国演义》对农民起义、人民团结影响之大（至今海外侨胞做买卖的崇拜刘、关、张。西南兄弟民族崇拜诸葛亮）。

《三国演义》倡导争王霸之业、独立建国、争取统一的思想。刘备、曹操、孙权都有大志。刘备幼时，与乡中小儿戏于树下，曰：“我为天子，当乘此车盖。”这里写他从小就有做皇帝的思想了。在《三国演义》第七十三回"玄德进位汉中王"，孔明引法正等入见时说：“今曹操专权，百姓无主；主公仁义著于天下，今已抚有两川之地，可以应天顺人，即皇帝位，名正言顺，以讨国贼。”玄德大惊曰：“刘备虽然汉之宗室，乃臣子也；若为此事，是反汉矣。"孔明曰:"非也。方今天下分崩,英雄并起,各霸一方,四海才德之士,舍死亡生而事其上者,皆欲攀龙附凤,建立功名也。今主公避嫌守义,恐失众人之望。愿主公熟思之。"玄德曰:"要吾僭居尊位,吾必不敢。可再商议长策。"诸将齐言曰:"主公若只推却,众心解矣。"后来孔明请玄德暂为汉中王,玄德还要待天子明诏,孔明认为可以从权。张飞大叫曰:"异姓之人,皆欲为君,何况哥哥乃汉朝宗派!莫说汉中王,就称皇帝,有何不可!"张飞的声音,很像《水浒传》里的李逵。反映农民起义拥戴农民领袖的思想。

《三国演义》八十回写"曹丕废帝篡炎刘,汉王正位续大统"。这回是史家笔法。诸葛亮托病不出,计与群臣拥刘备称帝。诸葛亮说:"名不正,则言不顺。""天与弗取,反受其咎。"这情景令人想到赵匡胤黄袍加身的一段历史。这是政治史的形象概括。《三国演义》第四十三回与四十四回,写东吴降战未决,鲁肃力排众议,周瑜接见文臣,文臣一致主张降;接见武将,武将一致主张战,令人想到南宋的局面。尤其是诸葛亮舌战群儒的描写,更显出小说家传神写照之笔。《三国演义》写曹魏方面,虚伪欺诈残酷。写东吴也有贬辞,无能、屈服、贪小便宜。如八十二回"孙权降魏受九锡",即大有贬意。

这种争王图霸的中国历史现实,是各个时代所共同的。演史家的小说从《东周列国志》到《隋唐演义》等都写的是这样一个内容。不过《三国演义》写得特别好。所暴露的政治斗争和军事斗争的情况,有现实意义,并不局限于三国故事,有典型的概括性。

《三国演义》倡导斗争到底,反对投降主义。赤壁之战、诸葛亮六出祁山、姜维伐魏,都加以煊赫描写和歌颂。反之,如张昭等的投降政策、孙权的降魏受九锡、刘禅孙皓失德亡国，使读者憎恨和惋惜。诸葛亮的鞠躬尽瘁、死而后已、知其不可为而为之，尤为后代忠心耿耿为国家、为人民图生存的典范。

授课人：浦江清

第二章 《水浒传》

北宋末年的腐朽政治和宋江故事的流传

北宋末年宋徽宗统治的时代（即十二世纪初 1101—1125 年）的二十多年，尤其是最后十年，是政治最腐朽、阶级矛盾最尖锐的时期。徽宗赵佶是一个昏庸荒淫的皇帝，正如《宣和遗事》所描绘的，私游倡家李师师。自己又是书画家，他一味只图享乐，过其风流艺术家的生活。建造宫苑花园，搜刮天下奇花异石，奉命者骚扰百姓，无所不至。他不务政治，任用六贼（六贼是陈东所称呼的），搜刮财物。六贼者，蔡京、王黼做宰相，巧立法令，刻剥人命；阉人童贯做上将，虚夸军功，浪费犒赏；阉人梁师成掌代写御笔号令，出卖官爵；阉人李彦掌括公田，任意指民田良田为荒地，充作公田；朱勔掌花石纲，专搜东南（江浙）奇花异石，运往东京。六贼累积大量私有赃物，豪富惊人。人民遭受的痛苦无处申诉。宣和时京西一带饥荒，人相食。李彦不顾饥荒，在京东西照旧括田，发民夫运奇物进贡，民夫多自缢车辕下。朝廷视民命系草芥那样微贱，人民也就对朝廷痛心疾首，像仇雠那样怨恨。

在这样残酷的剥削下，人民纷纷起义。据《中国通史简编》记载："有方腊在睦州，攻陷六州五十二县；张万仙在东京，有众五万；贾进在山东，有众十万；高托天在河北，有众十余万；宋江在淮南，转掠十郡。"

宋江是北宋末年一支农民起义军的领袖。这支军队是流动的武装部队。宋江三十六人的根据地是苏北（最大的可能是由一个贩私盐的集团扩大而成的）。流动打夺山东、河南一带城池（转掠十郡）。宋江和梁山泊没有关系。

梁山泊（泺）在山东济州、郓州一带，乃黄河决口汇而成泊。自后晋开运初（944年）至北宋熙宁十年（1077年）共130余年，黄河凡三次决口，遂使汴、曹、单、濮、郓、澶、济、徐所灌之水汇而为一，梁山泊面积乃至周围达八百里。其地本渔民所出没。《宋史·任谅传》载，徽宗时，眉山任谅"提点京东刑狱。梁山泺渔者习为盗，荡无名籍"。《宋史·许几传》："郓州梁山泺多盗，皆渔者窟穴也。"李彦掌括公田，任意指民田良田为荒地，充作公田，起初行于京东西，后来推行到山东。《宋史·杨戬传》载，杨戬在政和四年（1114年）为侵夺公田，设立"西城所"，也把梁山泊收为"公有"，向来济、郓数州的人民，本是赖蒲鱼之利以为生的，这时要出很高的税额，漏税者以盗处罚。对于沿湖各县的剥削，在经常赋税之外，每县增租年十余万贯，水旱皆不得免。《水浒传》中三阮所谈，乃是当时真实的情况。

梁山泊在宋徽宗时代前后，为渔民聚义的地点，但是否为宋江等三十六人的根据地，史无明文。

北宋后期，全国垦田的六分之五是官田和官僚大地主的田，不负担赋税的。全部田赋的负担落在耕种不到六分之一的垦田的贫苦农民肩上。全国人口的三分之二以上是佃农。各州县"以衙前主官物，以里正、户长、乡书手课督赋税，以耆长、弓手、壮丁逐捕盗贼。……县曹司至押录，州曹司至孔目官，下至杂职虞候、拣掏等人，各以乡户等第定差"，"役之重者，自里正、乡户，为衙前，主典府库，或辇运官物，往往破产"（《宋史·食货志》）。诸县以第一等户为里正，第二等户为户长（有力赔负之故）。如役户逃亡，官府迫使里正户长赔累，轻则倾家荡产，流配远方，重则丧失性命。这说明《水浒传》中晁盖、宋江之辈如不劫生辰纲、不杀阎婆惜，也只有跟逃亡户一起，参加起义队伍。朱仝、雷横等则为逐捕盗贼的弓手之长。

正史及野史记载宋江材料不多，零碎片断，且有矛盾冲突之点，约略言之：

宋江被称为淮南盗，同时又被称为河北剧贼、京东贼，又有"宋江起河朔""山东盗"的说法，可知宋江横行在河朔、山东、京东、淮南，地点并不固定，乃是流动性的武装部队，官军对他没有办法。

《宋史·侯蒙传》："宋江寇京东，蒙上书言江以三十六人，横行齐魏，官军数万，无敢抗者，其才必过人。今清溪盗起，不如赦江，使讨方腊以自赎。"

《宋史·徽宗纪》：宣和三年（1121年）二月，"方腊陷处州，淮南盗宋江等犯淮阳军，遣将讨捕，又犯京东、江北，入楚海州界，命知州张叔夜招降之"。

张叔夜招降，是伏兵诱战。宣和三年春夏间，宋江等由沭阳将至海州。海州守张叔夜遣人侦察其所向，见其径趋海滨。"劫巨舟十余，载卤获，于是募死士，得千人，设伏近城，而出轻兵距海诱

（一作使）之战。先匿壮卒海旁，伺兵合，举火焚其舟。贼闻之皆无斗志，伏兵乘之，擒其贼副（一作副贼），江乃降。"（《宋史·张叔夜传》）同年十二月十九日，宋徽宗有一道御笔诏书说："河北群贼自呼赛保义等，昨与大名府界往来作过。"（《宋会要辑稿》兵十二卷二十七页）既称"赛保义"，或与宋江有关，是否宋江余党未全捕获？

睦州方腊起义在宣和二年（1120年）。宣和三年四月，被讨平。宋江有没有参与征讨方腊之役，历史家尚未论定。根据《三朝北盟会编》五十二引《中兴姓氏奸邪录》有"以贯为江浙宣抚使，领刘延庆、刘光世、辛企宗、宋江等军二十余万，往讨之"之文；根据《东都事略十一·徽宗纪》，宣和三年四月，童贯以其将辛兴宗，与方腊战于清溪，擒之，五月，宋江就擒。

1939年陕西省府谷县出土了一块折可存的墓志铭（宋故武功大夫河东第二将折公墓志铭，华阳范杰书撰）云：

> 公讳可存……宣和初……方腊之叛，用第四将从军。诸人藉方玄以推公，公遂兼率三将兵，奋然先登，士皆用命。腊贼就擒（1121年4月），迁武节大夫。班师过国门，奉御笔捕草寇宋江，不逾月继获，迁武功大夫。

折可存《宋史》无传。《杨震传》中谓可存问计于震，生得吕师囊等。另据《泊宅编》，吕师囊、陈十四公等略温、台诸县，四年三月，讨平之。

是则可存班师过国门当在宣和四年（1122年）之五、六月，其不逾月继获宋江，更应在此以后。此说与《张叔夜传》显相牴牾，莫知所从。

最大的可能性是：宋江为张叔夜诱降后，加入征讨方腊队伍，使立功自赎，而方腊平后，即用阴谋擒杀之。

宋江的史事，因史料缺乏，尚未能下正确之结论。但《水浒传》所写是取材于人民口头所流传的宋江故事，同正史上的宋江又当分别开来看的。

宋江横行齐魏，其才过人。在北宋末期，人民不堪腐朽、黑暗的统治势力，他领导着一支反抗贪官污吏、为老百姓抱不平的武装部队，冲州撞府，官军无可奈何。最后他归降朝廷，并且"立了功"，为童贯所暗害而擒杀。这三十六人的英雄故事，流传于人口。不但故事流传，并且形于像赞。

周密《癸辛杂识续集》记南宋画家兼文学家龚开作《宋江三十六人赞并序》云："宋江事见于街谈巷语，不足采著。虽有高如、李嵩辈传写，士大夫亦不见黜。余年少时壮其人，欲存之画赞。"传写指临摹，高如、李嵩乃画家。

南宋时期，太行山是汉族人民自卫抗金的游击部队、称为忠义军的一个根据地。《三国志平话》把刘备、关羽、张飞说成曾经到太行山落草，所以宋江等英雄故事在南宋说书人的口头流传下，也有了三十六人出没于太行山、梁山泊两地的这个说法。龚开的"赞"，称卢俊义"风尘太行"、张横"太行好汉"、穆弘"出没太行"等等。据龚开"画赞"，似英雄活动的地区在太行山。

熊克《中兴小记》说：自靖康以来，中原之民不从金者，于太行山相保聚。初，太原张横者，有众二万，往来岚宪之境，岚宪知州、同知领兵一千五百人入山捕之，为横所败。两同知俱被执。

李心传《建炎以来系年要录》：贼史斌据兴州，僭号称帝。斌本宋江之党，至是作乱。

《三朝北盟会编》引《靖康小雅》：招安巨寇杨志为边锋，首不战，由间道径归。

王象春《齐音》：金人薄济南，有勇将关胜者，善用大刀，屡陷虏阵。及金人贿通刘豫，许以帝齐，豫诳胜出战，遂缚胜于西郊，送虏营，百计说之不降，骂贼见杀，且自啖其睛。

《宣和遗事》抄录若干小说成文，显得很凌乱，说"晁盖等八个劫了生辰纲，同杨志等十二人，共有二十个结为兄弟，前往太行山梁山泊去了"。太行山与梁山泊距离很远，实在是南宋人口头所流传的宋江故事，是多种方式而没有得到整理统一的现象。但是《宣和遗事》的短短记录，显出了水浒故事在南宋时期流传着的一个轮廓。

后来太行山英雄与梁山泊英雄合流。李玄伯百回本《水浒传序》上说明此事。聂绀弩《水浒是怎样写成的》一论文（《人民文学》1953年6月）推演此说。他说把宋江和梁山泊结合怕是元代的事。元陈泰《所安遗集补遗·江南曲序》云：

> 余童卯时，闻长老言宋江事，未究其详。至治癸亥秋九月十六日，舟过梁山泊，遥见一峰，嶙峋雄跨。问之篙师，曰，此安山也。昔宋江□事处，绝湖为池，阔九十里，皆菰荷菱芡。相传以为宋妻所植。宋之为人，勇悍狂狭，其党如宋者三十六人。至今山下有分赃台，置石座三十六所。俗所谓来时三十六，归时十八双，意其自誓之辞也。始予过此，荷花弥望，今无复存者，唯残香相送耳。因记王荆公诗云："三十六陂春水，白首相见江南。"味其词，作《江南曲》以叙游历，且以慰宋妻植荷之意云。

宋江起义本为流动性的武装力量。人民口头传说把他结合到太行山。因为在北宋末年和南宋初年，太行山是抗金武装民兵的根据地。

据《中国通史简编》说：太行山民兵为表示对国家的血诚，面上自刻"赤心报国，誓杀金贼"八字。因此王彦部都号"八字军"（据《三朝北盟会编》，王彦，河内人。部下面刺八字，招集忠义民兵。未提太行山）。

《宋史·岳飞传》："六年，太行忠义军梁兴等百余人慕飞义，率众来归。"

《三国志平话》有刘关张在太行山落草、受招安事。皆受北宋末年、南宋初年忠义军以太行山为根据地的影响。《忠义水浒传》的名称也有受此影响的因素。

《宋史》有忠义军、忠义社、忠义巡社等名称，这是人民武装勤王御侮、民族意识的表现。

但是，宋江的故事原是一个阶级斗争的故事，虽然在某一时期与民族抗争意识结合，而它的本来的阶级斗争的内容仍不可湮没。把淮南、齐鲁、楚海州的流动武装力量硬说成在太行山，于地理亦不合。参《宋史》任谅、杨戬、蔡居厚传，梁山人民有英勇抗争，反抗统治者的严刑峻法。一定有人民口头流传的梁山泊英雄，或系三阮、杜迁、宋万等，与宋江故事又相结合。

《宣和遗事》这部书的写作年代，应该是宋末元初。它是抄录若干种野史与小说成书的。其中所保存的有杨志卖刀、晁盖智取生辰纲、宋江杀死阎婆惜、受玄女天书、收呼延灼、三十六人聚义、受招安、平方腊。这一段书，有些地方叙述较详，有些几句话带过。给我们一个《水浒传》的轮廓，是南宋人街谈巷语宋江传的大略。

《醉翁谈录》载："言石头孙立、戴嗣宗，此乃谓之公案。青面兽，此乃为朴刀局段。言花和尚、武行者，此为杆棒之序头。"《醉翁谈录》所记的公案、朴刀、杆棒中的水浒人物的故事是小说家所说，说明后来的《水浒传》数十万言乃至一百余万言，是由小说家话本的朴刀、杆棒、公案一派演化发展而来，非出讲史。除了南宋人讲说外，北方金人统治下，亦必有之。到了元代，演说水浒故事的话本，应该是存在着的。不过没有保存下来。而元人杂剧中，却有近三十种的水浒戏，有关于李逵、宋江、鲁智深、武松、燕青、花荣、杨雄、张顺、王矮虎等人的戏剧情节，尤以李逵戏为多，塑造他的性格尤为突出。今保存有十种（可能有明初人撰作在内），加上周宪王两种，共十二种。这是水浒故事的一大发展（有闹元宵、劫法场等大情节）。

南宋国势很弱，人民口头流传着宋江故事。到了元代，阶级矛盾十分尖锐，人民歌颂梁山泊英雄，说梁山泊英雄的保境安民、替天行道。人民遭受迫害，希望跑到梁山去诉说，有梁山英雄替他们报仇，尤其喜欢李逵那样见义勇为的人物，都有其特殊的原因。

这充分说明水浒故事在宋元社会里得到发展生长的缘由。

《水浒传》是反映农民起义的小说

《水浒传》是以描写北宋末年的一次农民起义为主题的长篇小说。尽管《水浒传》里所写的宋江和北宋末年的宋江出入很大，不过作者所描写的北宋末年的社会生活是真实的。《水浒传》直接描写当时的现实政治，直接描写当时的社会生活，直接描写当时的阶级斗争。《水浒传》以火一般的愤怒之情揭露了当时封建统治阶级怎样欺压良民、迫害人民的暗无天日的罪行。

《三国演义》是作家根据演史家的话本对证正史及野史材料编写的。虚实相生，真人真事还是比较多的；而《水浒传》则是根据人民口头所传的宋江等水浒英雄的故事，正史的材料很少，更允许小说家的自由创造。

　　在正史上有"淮南盗宋江，转掠十郡""宋江以三十六人横行齐魏，官军莫敢撄其锋"的史实。宋江所代表的武装力量，是农民反抗地主阶级残酷剥削的力量，并不是其他的力量。是因为北宋末年有李彦、杨戬、朱勔等攘农民的田地作为公田，把湖荡的蒲鱼之利收归统治阶级所有，无限制地搜刮民财，以致民不聊生，起而为"盗"为"寇"。封建时代的基本矛盾是农民阶级和地主阶级的矛盾。尽管宋江和梁山泊英雄的一部分不是农民阶级出身的，这些英雄人物和起义的农民群众是不能割裂开来看的。这些英雄人物只要是和农民群众在一起举行起义，只要他们的斗争是属于农民阶级的革命斗争，那么，写这些英雄人物的这种斗争，也就是写农民群众的斗争。在元曲里提到"三十六大伙，七十二小伙"，在《水浒传》里也说到各个山头，除梁山泊外，绿林好汉所聚会的地方有少华山（第二回）、桃花山（第五回）、二龙山（第十七回）、清风山（第三十三回）、对影山（三十五回）、饮马川（四十四回）、登云山（四十九回）、白虎山（五十七回）、芒砀山（第五十九回）等。聚义地点的基本群众是没有土地的农民。《水浒传》着重描写了几个英雄人物，为官司所逼，上山落草。他们加入了农民队伍，为了农民利益而斗争。劫富济贫，替天行道，消除阶级的不平，主要是为了农民的利益的。所以《水浒传》真实地反映农民起义的情况。把宋江故事作为材料，人民口头创作和文艺家的加工制造的这一部大书，带有典型性和概括性。不是个别的一次农民起义，乃是历史上农民起义的概括描写。

《水浒传》第十五回，阮小五道："如今那官司，一处处动弹便害百姓。但一声下乡村来，倒先把好百姓家养的猪、羊、鸡、鹅尽都吃了，又要盘缠打发他。如今也好教这伙人奈何。那捕盗官司的人，那里敢下乡村来。若是那上司官员差他们缉捕人来，都吓得尿屎齐流，怎敢正眼儿看他。"阮小二道："我虽然不打得大鱼，也省了若干科差。"阮小五道："他们不怕天，不怕地，不怕官司。论秤分金银，异样穿绸锦。成瓮吃酒，大块吃肉。如何不快活！我们弟兄三个，空有一身本事，怎地学得他们？"这里说出了统治政权的苛捐杂税，压迫人民，使人民不得不反抗，因而上山落草，入湖聚义。三阮是渔民，属于农民阶级，代表劳动人民的思想感情。第十六回，白胜挑着酒桶唱："赤日炎炎似火烧，野田禾稻半枯焦。农夫心内如汤煮，公子王孙把扇摇。"这首民歌道出了劳动人民与剥削阶级的苦乐悬殊，深刻地指出阶级矛盾和阶级不平。第四十九回描写了地主阶级分子毛太公诬诈猎户解珍、解宝的情景。《水浒传》写梁山英雄三打祝家庄，祝家庄代表大地主的武装势力。

水浒英雄属于农民阶级出身的有李俊（艄公），阮小二、阮小五、阮小七（渔户），石秀（卖柴的），解珍、解宝（猎户），燕青（奴仆），王英（车脚夫），童威、童猛（贩私盐），陶宗旺（田户），邹渊、邹润（闲汉），白胜（闲汉）；手工艺者有雷横（铁匠），凌振（炮手），金大坚（刻碑匠），孟康（打船匠），侯健（裁缝），郑天寿（银匠），汤隆（铁匠）；小商人有燕顺（贩羊马），吕方（贩生药），郭盛（贩水银），曹正（屠户、酒家），朱富（酒家），孙新（酒家），顾大嫂（酒家）；其他如安道全（太医），皇甫端（兽医），公孙胜（云游道士）；其他军官、衙吏、押狱、刽子手等。总之，出于社会下层占十之八九。只有卢俊义、柴进等极少数人属于富贵的阶级。

在历代农民起义群众中允许有非农民成分的人参加在内，这也是事实。这些人的共同之处是有武艺、有义气，紧密地团结。农民起义的领袖人物，除了有武艺以外，还需要有智谋，有魄力。《水浒传》的领袖人物是为人公正的晁天王晁盖，江湖上知名的及时雨、呼保义宋公明、智多星吴用、入云龙公孙胜、玉麒麟卢俊义等。第三十九回浔阳楼宋江吟反诗，《西江月》云："他年若得报冤仇，血染浔阳江口。"又有诗云："他时若遂凌云志，敢笑黄巢不丈夫。"隐然以农民起义领袖自居。这些人中，不乏知识分子。没有知识分子参加，农民起义不会成功。

《水浒传》描写了市民阶层人物和农民阶层人物的大团结。被压迫者的大团结，展开了对统治者的武装斗争。具体地描写了"官逼民反"，英雄好汉逼上梁山，以及"盗亦有道""劫富济贫"，专杀滥官污吏，扫除地方上的恶霸，保护善良的人们。乃至于自己组织一个社会，竖立起"替天行道"的旗帜，反对奸臣，反对朝廷，乃至于"兀自要和大宋皇帝做个对头"（三十九回）。在政府统治区进行了好多次游击战争，不止一次地打退了官兵，最后还粉碎了童贯率领的十万人和高俅率领的十三万人的围剿大军（第七十六回至八十回）。

《水浒传》的主要部分，它的精华是在前边的七十一回，到梁山泊英雄排座次为止。《水浒传》的理想社会，是乌托邦的平等社会。梁山泊实际上已成为一个初级性的农民政权。梁山泊的纪律严明，在自己统治范围内，已经开始"保境安民"。例如扬子江边一个老人（王定六的父亲）说："他山上宋头领，不劫来往客人，又不杀害人性命，只是替天行道。""老汉听得说，宋江这伙端的仁义。只是救济老，哪里似我这里草贼。若得他来这里，百姓都快活，不吃这伙滥污官吏蒿恼。"听了王定六父亲的话，张顺道："宋头领专以忠义为主，不害良民，只怪滥官污吏。"一席对话，道出了梁山农民政权的真实情况（第六十五回）。

《水浒传》概括地写出了在封建社会里——在特定的宋元社会这一个历史阶段，当时市民阶层已经有力量，同时又是被压迫者——农民起义的真实情况，也为后来的被压迫阶层指点了出路，树立农民起义的良好组织的典范，也是积极的浪漫主义和写实主义手法融合的结晶。

至于小说里直接写农村生活和农村面貌的地方，确乎很少。精彩的部分是写社会各阶层的人物如何被逼到梁山聚义的过程。作者自己以及宋元说话人的出身是市民阶层，所以对于市民生活最熟悉。

宋元白话话本小说，是平民文学，属于人民的文艺。它们的根深入群众当中，为群众所理解，并为他们所喜爱，但是内中最富于人民性的是《水浒传》，它代表了人民的爱和憎。演史一派的《五代史》《三国演义》等故事也能引人入胜，但是先代故事，不够接触现实和人民的思想感情；小说一派说烟粉、灵怪、传奇、公案、朴刀、杆棒，接触人民的现实生活，但篇幅短，力量不足，而且捏合故事，以消遣为主，以情节离奇、曲折，娓娓动听为主，属浪漫传奇性质。《水浒传》合演史、小说两家之长，都是人的故事，不是鬼的故事；不谈爱情，只谈英雄。所写都是路见不平拔刀相助的英雄好汉故事。他们有组织地反抗朝廷，专杀官兵，保护老百姓。他们是锄奸扶善、劫富济贫、替天行道的一班好汉。他们身上寄托着人民的理想。《水浒传》暴露统治阶级的种种罪恶，有强烈的反抗性。

聂绀弩在《论〈水浒〉的思想性和艺术性是逐渐提高的》(《人

民文学》1954 年 5 月）一文中说："差不多两千年前,《史记》的作者司马迁,如火如荼地描写过陈涉、吴广等斩木揭竿的起义,把下层的朱家、郭家等游侠之士捧上了历史舞台,以无限同情塑造了一个起义失败的英雄巨像——项羽,给以后人民作家开辟了广阔的道路。但司马迁以后,这样的英雄们常常被埋没,被抹杀,被歪曲或者被写得奄奄无生气了。《水浒传》直接上承司马迁的人民性的传统,又打破了史书真人真事的局限性,把从北宋末年起两百多年间在民间传说着的各种起义的人物和故事,汇集成为一部大书,一个整体。它不只是北宋末年一次农民起义的反映,也不只是北宋末年以后两百多年的起义人物和故事的汇集,而是历史上的人民,现代人民祖先反抗压迫者的战斗史,是司马迁以后差不多两千年间无数农民起义的缩影,是那些起义的唯一的、高级意义的忠实和正确的反映。"

聂绀弩说明了《水浒传》这部小说的基本性质,说明了文艺作品的概括性,也说明了像《水浒传》这样一部伟大的作品是承继着司马迁那样一位大史家的优良的现实主义文学的传统的。可以补充说明的是,文艺作品的概括性和特殊性是辩证统一的。《水浒传》是通过北宋末年的一次农民起义,通过宋江故事,梁山泊英雄聚义的这一个人民口头相传的故事来表现在封建时代的屡次农民起义的真实性的,有其特殊性和概括性。宋江起义和陈涉起义有共同之点也有特殊不同之点。水浒人物活动在一个特定的社会环境里。《水浒传》写出了典型环境中的典型人物。通过《水浒》的人物形象,我们认识了宋代的社会,也认识了封建社会的本质。现实主义的文艺作品是反映社会发展道路和规律的。

司马迁的《史记》固然是伟大的著作,但是他的主要部分是写了帝王将相统治阶级的生活。《水浒传》不然,主要是写了下层社会的生活，下层阶级的人们的思想感情。读《水浒传》比读《陈涉世家》《游侠列传》《刺客列传》，觉得内容更其充实，描写更其详细，更能激动、鼓舞人民的感情。《水浒传》的语言是宋元社会的人民语言，从中看到了从宋代以来说话人的伟大成就，也看到了施耐庵、罗贯中那样的天才文艺作家的伟大成就。

授课人：浦江清

第三章 《西游记》

唐僧取经故事的流传与吴承恩的《西游记》

唐玄奘取经故事，大概在唐代就在人民中间流传。玄奘自己所著的《大唐西域记》是记述他经历西域到印度去求经的旅途见闻，是游记和地理书，也记载了西域各国的风俗以及佛教圣迹和故事。慧立、彦悰所写《慈恩法师传》记述玄奘生平及求法译经始末，中间写到玄奘经历沙漠，在沙漠中见到许多幻影，以及冒许多险难，到高昌国，高昌王信仰佛法，以玄奘为弟等等。这两部书是纪实的书，属于史地类。唐代寺院俗讲，可能已把唐玄奘故事渲染得更其生动。

《慈恩法师传》说，法师在蜀，曾见一病人，身疮臭秽，衣服破污。玄奘施以饮食衣服，病者授以《般若心经》，因常诵习。及玄奘西游，过莫贺延碛，古曰沙河，上无飞鸟，下无走兽，复无水草。是时顾影唯一心念观音菩萨及《般若心经》。"逢诸恶鬼，奇状异类，绕人前后，虽念观音，不得全去，即诵此经，发声皆散。在危获济，实所凭焉。"至《太平广记》卷九十二，则谓玄奘西游，至罽宾国，道险多虎豹，不可过。玄奘见一老僧，头面疮痍，身体脓血，在房独坐，莫知来由。乃礼拜勤求，僧口授《多心经》一卷，令奘诵之，遂得山川平易，道路开辟，虎豹藏形，魔鬼潜迹，遂至佛国，取经六百余部而归云云。已加装点。又《太平广记》同卷，记玄奘在灵岩寺，手摩松枝，"曰：'吾西去求佛教，汝可西长，若吾归，即却东回，使吾弟子知之。'及去，其枝年年西指，约长数丈，一年，忽东回。门人弟子曰：'教主归矣。'乃西迎之，奘果还。至今众谓此松曰摩顶松。"今《西游记》第十九回有浮屠山乌巢禅师授法师《多心经》故事（《摩诃般若波罗蜜多心经》，本为《心经》，小说乃误为《多心经》）。又第一百回长安洪福寺僧见松枝一棵棵头俱向东，知法师东回。罽宾国变成浮屠山，灵岩寺变为洪福寺。这两个故事都是唐代和尚们讲经说佛所流传的。

欧阳修《于役志》记载扬州寿宁寺有南唐壁画。唯经藏院画玄奘取经一壁独在，尤为绝笔。此壁画是画玄奘取经故事的。

小说起于《大唐三藏取经诗话》。《大唐三藏取经诗话》，残卷，南宋临安瓦肆所刊行。今存在日本。分三卷十七段。文中多夹杂诗句，故曰"诗话"。另是一体，颇像变文的嫡派。而唱酬多诗，文白夹杂，文章雅洁，内容新鲜。散文多，韵文少。

《诗话》中有唐僧、猴行者、深沙神等。猴行者是一白衣秀才，遇到唐僧往西天取经，他说："和尚前生两回到西天取经，中路遭难，此回若去，千死万死。"法师云："你如何得知？"秀才曰："我不是别人，是花果山紫云洞八万四千铜头铁额猕猴王。我今来助和尚取经。"当即改称猴行者。和尚借行者神通，偕入大梵王宫去讲经，梵王赐隐形帽一顶，金环锡杖一条，钵盂一只，三件齐全。猴行者说："此去百万程途，经过三十六国，多有祸难之处。"又有深沙神，原是流沙河边的妖怪，吃过几次取经人的。其后经大蛇岭、九龙池危地，都赖行者法力，安稳行进。王母池边蟠桃，食之可寿至数千岁，法师使猴行者取桃，猴行者到王母池偷桃。蟠桃入池化为小孩形，亦即人参果的故事（今《西游记》中把齐天大圣偷桃和在五庄观镇元仙处偷人参果分化为两个故事）。又有经历树人国、鬼子母国、女人国等种种险难怪异。

这是把玄奘取经这一不寻常的事件神话传说化了，是受了佛经中本来有的印度文学成分影响而产生的中印文化交流的民间文艺作品。

这本《大唐三藏取经诗话》是很可宝贵的，是从变文发展到话本的过渡东西。足见南宋时代有说唐三藏西天取经的故事，也许是和尚们讲的。不过这个本子很简洁，同《碾玉观音》等不同，是可以根据来讲话，而不是说话体的成熟的小说。

元代戏曲中有吴昌龄的《唐三藏西天取经》一个剧本，今佚；但存《纳书楹曲谱》中《回回》一出。明初戏剧家杨景贤作《西游记》杂剧六本，今存。第一本是唐僧出身，乃《西游记》第九回江流儿故事。第二本是唐僧登程求法，木叉送火龙马的情节。第三本是孙行者出身，在花果山紫云洞做通天大圣，摄着火轮金鼎国王女为妻。他偷了西王母的仙衣、银丝长春帽、仙桃百颗，要给王女。天上派李天王和哪吒来拿他，又派二十八宿天神天将包围防守。天王与哪吒不能降伏，结果是观音出场，把他压在花果山下，要待唐僧西天取经，随往西天。此后是唐僧从花果山下经过，揭字放出，观音传与紧箍咒，收伏了他。孙行者又降伏了沙和尚。扫除黄风山妖怪，又遇鬼子母红孩儿的难，观音救了他们。第四本是猪八戒的事。第五本女王逼配，以及到火焰山与铁扇公主战斗事。第六本参佛取经，归东土，唐僧上灵山会朝佛结束。此杂剧仍以唐僧取经为中心故事，孙行者、猪八戒故事已有特写，与唐僧鼎足而三。

杨景贤的《西游记》杂剧六本二十四出，《西游记》故事已见梗概。这个剧本在《纳书楹曲谱》里存有《撒子》《认子》《胖姑》《伏虎》《女还》《借扇》（《续集》二）。又《饯行》《定心》《揭钵》《女国》（《补遗》）。

西游故事在元代逐渐发展，比之《取经诗话》更显得丰富，多幻想。

《也是园藏书目》又有《二郎神锁齐天大圣》一本（今存《孤本元明杂剧》中）。

元代除了戏曲外，已有粗具规模的《西游记》小说。佚文见于《永乐大典》的一三—三九卷，系魏徵梦斩泾河龙的一段。情节与今本《西游记》同，而文章比较朴素。

嘉靖、隆庆、万历三朝是明代文学发展的高潮时期。推翻元朝统治之后，明初减轻赋税，解放手工业的大量奴隶，生产力提高，同时海外贸易也大大发展。在南洋一带，三宝太监郑和下西洋，即为了国外贸易。而欧洲人环行全球，东西交通发展也在明代（哥伦布到美洲，1492年；葡人至印度，1498年；麦哲伦至菲律宾，1521年）。所以，在十六世纪里中国的商业资本很发达。在此情况下，刻书业也发达。明版书最多的是嘉靖、隆庆、万历刊本。文化出现高潮，古文家王世贞等后七子就活跃在这一时期，此后万历朝公安派、竟陵派抬头，笔记小说也发展起来。

《西游记》这类小说就产生于海外交通发达的时代，外国的珍闻异说，亦有如《天方夜谭》之类。

《西游记》故事的轮廓在元末明初已经完成。明代中叶同时有三种《西游记》小说出现。其一为杨志和的《西游记传》，四卷四十一回，题齐云杨志和编。（在明万历年间。余象斗合刊之《四游记》中之一。其余，《东游记》，写八仙故事，《南游记》即《华光天王南游志传》，《北游记》即《北方真武祖师玄天上帝出身志传》。）前九回写孙行者出身。孙悟空为石猴，寻得水源为猴王，就师得道，闹天宫，玉帝不得已封为齐天大圣。又扰蟠桃会，帝使二郎神与之战，为老君所暗算，遂被擒，如来压之五行山下。次四回，即魏徵斩龙，太宗入冥，刘全进瓜，及玄奘受诏西行。十四回以后，玄奘道中收徒及遇难故事，灾难只三十余次。文字草率无味。鲁迅谓吴承恩书出于此简本而扩大的，胡适谓吴书在前，此是坊间删节本。

其二，为朱鼎臣之《唐三藏西游释厄传》十卷。隆万间（十六世纪七十年代，1570—1580年）福建书商刘莲台所刻。有陈光蕊（即唐僧父）故事，其余同杨志和《西游记传》，但凌乱不及杨书。

其三，为今本《西游记》一百回，则为吴承恩（1500？—1582？年）作。吴生于明孝宗弘治年间，卒于明神宗万历初年，书刊于其死后十年，金陵世德堂本，二十卷，每卷五回（刊于1592年，万历二十年）。吴、杨《西游记》均无陈光蕊、江流儿事，而清乾隆间刊《新说西游记》一百回，补入此段。据近人考据推测，唐僧出身应为吴原本所有，世德堂刊本因其亵渎圣僧故将此故事删去，此论可信。

唯吴承恩作与朱、杨两作，孰为前后，则很难定，可能是三人都据元代话本改编，可能是吴氏取元话本大加创造，而朱、杨取吴本删节以就刊书之简便者。吴本文笔优美、诙谐，为艺术上的杰作，而朱、杨本为朴素故事，文艺价值不高，自然被淘汰了。

《西游记》是最重要的一部神话小说（鲁迅称之为"神魔小说"），是神话故事的大集合，包括：①古代神仙传说的成分；②佛经故事的成分；③海外奇谈，间接吸收印度、阿拉伯故事。在人民大众融合铸造中创造了一部伟大的神话寓言小说，带有童话意味的冒险小说。

印度史诗 *Ramayana*（《罗摩衍那》）中有哈奴曼（Hanuman），是猴子国大将，神通广大，能在空中飞行，一跳可以从印度到锡兰。又善变化，能忽大忽小，有一次魔把他吞入肚中，他把身体变大，那老魔不得已也跟着大，大到顶天立地；他忽然变小，从魔的耳朵里出来了。

在《大唐三藏取经诗话》里，猴行者还没有这些神通。而在《西游记》小说里，孙行者变成齐天大圣，有了不得的神通了。孙行者成为主角。这孙行者的故事，自然有多方的来源：①神猿，如唐人小说《江总白猿传》；②唐人传奇无支祁的故事；③ *Ramayana* 的哈奴曼；④其他来源，如谭正璧说二郎神与美猴王斗法一段，颇似《天方夜谭》里《说炉》故事中皇后与魔的战争。

锡兰有女人区域（见《慈恩法师传》），此成为《西游记》女儿国所本。又《慈恩法师传》云，取经回程，风波翻船，经被打湿，此成为《西游记》白鼋负经过河，因唐僧忘了她的嘱托，经沉入水的根据。

总之，西游记故事的轮廓在元末明初已经完成。明代中叶嘉靖年间由杰出小说家编成《西游记》一百回小说，其中创造性部分很多。西游记故事受佛经中故事、印度故事的影响，但主要还是中国人的创造。

《西游记》的内容及其思想性

《西游记》为神话（或神魔）小说，它别开生面，内容丰富多彩，充满幻想，有极强的想象力。《西游记》虽演唐僧取经的故事，实际上以孙行者为全书的主角。

《西游记》可以分为三个部分：第一至七回写孙行者之出身及闹天宫，被镇压在五行山下，为热闹文字；第八至十二回，述唐僧出身及西游求法缘起，奉旨到西天取经事；第十三至一百回，书的主体，唐僧与孙行者、猪八戒、沙僧师徒四人，往西天去取经，路上经过八十一磨难，终于功德圆满，返长安事。八十一磨难至九十八回止，九十九至一百回，总结及回国。

（一）《西游记》中所包含的民间故事。八至十二回的内容及其思想性

《西游记》小说吸取民间故事，其叙述唐僧出身的江流儿故事、魏徵梦斩泾河龙、唐太宗入冥、刘全进瓜，这几个故事是相连接的，成为一个结构，叙说唐僧西游的缘由。

江流儿故事，说明唐僧出身的高贵，父为状元，母为宰相的女儿。这个出身，当然并非史实，而是民间说书人把唐僧说成那样一个出身。江流儿故事，在《西游记》杂剧中已完成，则在元人《西游记》小说中当已有之。杂剧云陈光蕊，淮阴海州弘农人，《西游记》云海州人。陈光蕊上京赴考，唐王御笔亲赐状元，跨马游街，丞相（杂剧则为将军）殷开山之女名温娇，又名满堂娇，正结彩楼，抛球招亲。球中陈光蕊，即为婚配。授官江州，夫妻二人并接母亲张氏上任。到旅店中，张氏病。陈光蕊买一鲤鱼，欲烹享母，见鲤鱼闪眼有异而放生之。其后母病未能行，暂留店中。夫妻雇船而行，艄子刘洪见殷氏美，起了不良之心，推光蕊江中。殷氏有身孕，强

从贼。生下小孩后，刘洪逼之，乃弃之于江。咬去左脚一小指，以为记认。取汗衫包裹，并写血书记父母姓名。此儿在木板上流至金山寺，为法明和尚所收养。长大到十八岁，认母报仇。其父陈光蕊沉江中为龙王所救，尸身不坏，十八年后江边还魂复活。陈光蕊母张氏先在店中，久后无钱，叫化度日，双目已盲。玄奘与婆婆舔眼，须臾之间，双目舔开，仍复如初。殷丞相府亦父母与女重见。这个故事所褒扬的是孝道和戒杀生，是中印思想的结合。刘洪冒名上任，到光蕊报仇，又似一公案小说（《西游记》谓团圆后殷氏毕竟从容自尽，杂剧无此情节。此乃明人重贞操观念所添增之笔）。

1. 江流儿故事写唐僧世俗出身之高，父为状元，母为宰相女，此乃民间传说所常用之套，极为天真。弃江及复仇表示唐僧一出世即蒙大难。父之慈爱救及鱼类，母之屈节从贼，弃其爱儿，皆于此见。尘世多难，逼出出家求法之心，佛教故事如此布局。

江流儿故事中写抛球招亲，好比《吕蒙正风雪破窑记》那样，富于人情味，根本离经叛道的。打破宗教故事的严肃性，而接近现实生活。上任遇盗，暴露社会的黑暗面。陈光蕊不忍杀生，把鲤鱼放生，因此遇救，是本于佛教戒杀生的教义的。此鲤鱼乃是龙王，有童话色彩。殷小姐与玄奘母子相会，说明母子的天性，是动人的。这故事说明，唐僧在出世前、刚出世时，其父母、其本人即遭到磨难，直到报仇为止，共有四个磨难，是在八十一磨难之中的。

这故事是天真的，有些地方不合情理。例如刘洪假冒陈光蕊上任，做官十八年，并未调动，殷小姐之父，身为宰相，其女儿女婿出外以后，十八年中不通消息，竟未查问。殷小姐从贼到任，何以与父母不通信，报告其遇难等等，都说不通。尽管不通，仍富于民间传说、民间故事的情味。

2. 魏徵梦斩泾河龙的故事颇类唐人传奇小说，亦很奇妙，出神入化（《太平广记》卷四百一十八引《续玄怪录》有李靖代龙王行雨故事，与此性质不同）。一开始用渔樵对答诗词起，颇似入话。这个故事也可以单立，但是本身又为"唐太宗入冥"故事的引子。从渔樵对答，引起龙王对于袁守诚的忌刻，这故事有其积极性。我们不能把袁守诚的卜卦看成迷信，它反映一种思想，那便是天道也是可知的。在人与神的斗争中，人得到胜利。人的智慧可以掌握自然的规律，反映人有征服自然的愿望。龙王行雨，是农民们的迷信，但是雨量的多少服从自然的规律。龙王想陷害人，结果是害了自己，傲慢自私之所致。这个龙王是坏的龙王，与江流儿故事中的龙王知恩报恩又不同了。龙王好坏的评价，以对于人类有利有害与否为标准，即是否为人类服务为标准的。虽龙王亦须守法，可见天宫法律之严。它劝人守纪律，并有宿命论思想，一切皆天定。

3. 唐太宗入冥一段，来源很古。《太平广记》引张鷟《朝野佥载》有李淳风算定太宗当死又还魂，在冥府见判官，乃生人而判冥事者。情节非常简单，并无多少意义。又敦煌唐写本中有《唐太宗入冥记》小说残本，谓判官姓崔名子玉。

《西游记》小说此段文章里增加了许多深刻的讽刺。《西游记》一开始，就说南赡部洲（指中国境内）的人"都是为名为利之徒，更无一个为身命者"。这里特别把一个历史上有名的皇帝，作为讽刺的对象。

（1）唐太宗被龙王控诉，因为他失信，所以他要受谴责。

（2）不但阳世间官官相护，多通关节，即阴世亦然。阴间勾太宗生魂三曹对案，魏徵作书与地下判官崔珏，道及交情有云："辱爱弟魏徵，顿首书拜……万祈俯念生日交情，方便一二。"替唐太宗说情。此是讽刺（崔府君，崔珏，为宋人所崇奉立庙的一个神，宋代崔府君庙极盛。见《梦粱录》等类书）。

（3）唐太宗一到阴间，即有其兄建成、弟元吉上前道："世民来了！世民来了！"就来揪打索命。崔判官把唐太宗放走了，他走到枉死城边，见一伙拖腰折臂、有足无头的鬼魅，上前拦住，都叫道："李世民来了！李世民来了！""还我命来！还我命来！"崔判官说，那些人都是那"六十四处烟尘，七十二处草寇"，即被李世民扫荡杀害的隋末农民起义的人民。这里是对当时所谓英明君主有力的鞭挞！

（4）崔判官替他解围，要李世民拿出些钱钞来给他们，救济此类孤寒饿鬼。太宗道："寡人空身到此，却哪里得有钱钞？"足见贵为君王，富有四海，到了阴间，竟也一钱莫名了，这也是极大的讽刺！判官道："陛下，阳间有一人，金银若干，在我这阴司里寄放。陛下可出名立一约，小判可作保，且借他一库，给散这些饿鬼，方得过去。"于是唐太宗借了河南开封府相良的银子。相良有十三库金银存在阴司。如此这般，太宗方得脱身，离了枉死城。临走时，判官道："陛下到阳间，千万做个'水陆大会'，超度那无主的冤魂，切勿忘了。若是阴司里无报怨之声，阳世间方得享太平之庆。"虽以神道设教，意在诫君王不要好杀，为官要理冤狱。包含的真理是有冤枉死亡的人多，国家便永不得太平。后来唐王差尉迟公到开封府觅相良还金银。相公、相婆二人乃是好善的穷人，是贩卖乌盆瓦器的，平日斋僧布施，买金银纸锭，故有此善果。唐王见他们苦辞金钱之赠，乃为敕建相国寺。这段故事说明了汴京相国寺的起源，当系民间传说，而有深刻的教育意义的。贵为天子的，在阴间便不名一文，而穷如卖瓦盆的，可是积德，在阴间有莫大富贵。德和财富的对比，这是民间哲学。当然其中包含着劝人为善，斋僧布施思想。（相国寺为汴京名寺，其来历当然不是如此。此故事当为北宋时代小说家采用本地风光的寺院起源加以捏合了。）

4. 刘全进瓜的故事。这也是民间所创造的故事。李世民对十殿阎王说："朕回阳世，无物可酬谢，惟答瓜果而已。"十王喜曰："我处颇有东瓜、西瓜，只少南瓜。"地府何以缺少南瓜，亦不可究诘。后来太宗还阳后，募一人肯到地府进瓜的，刘全应募。刘全，均州人，有万贯之财，因妻李翠莲在门首拔金钗斋僧，刘全骂她几句，说她不遵妇道，擅出闺门。李氏忍气不过，自缢而死。撇下一双儿女年幼，昼夜悲啼，刘全没有办法，情愿以死进瓜。刘全头顶一对南瓜，服毒而死。到阴府后，十王谢他厚意，检生死簿见夫妻都有登仙之寿，不但使刘全还阳，并且使李翠莲借了唐太宗御妹之尸还魂。因而太宗把御妹的妆奁衣物、首饰都赏给刘全。这个故事也是一个奇闻，但无甚深刻的意义。李翠莲借尸还魂，与宋人话本《快嘴李翠莲》故事有关而不相同。李翠莲当为讲佛教故事者所流传的一个角色。刘全进瓜故事，殊不知意义所在。

（第十二回玄奘临行时嘱咐徒弟说：我去之后，或三二年，或五七年，但看那山门里松林头向东，我即回来。此段神异，见《太平广记》九十二。又玄奘西游，原史事是未经太宗许可的，此小说中则改成为奉旨西游，太宗以玄奘为"御弟"。）

上面几个故事，包含有戒杀生、轮回、冥报等思想，是说佛家的故事，但是极有趣味。江流儿故事中表扬了孝道；泾河龙故事中有神奇善卜的袁守诚，脱胎于佛经故事而中土化了，是中印文化交流的文艺创作。我们不觉得宣扬宗教，有现实意味（刘全进瓜一段，无甚意思）。作为儿童读物，也还健康。

（二）第一至七回写孙行者出身及其闹天宫的故事

孙悟空实际上是《西游记》的主角。这个英雄形象是《西游记》

小说的独创，为中国人民所喜爱的，是一个不朽的创造。

据胡适等人考证，认为《西游记》的孙悟空与印度史诗 *Ramayana* 中的哈奴曼（猴子国王）有关，是从印度传来的。我们读 *Ramayana*，觉得类似之点不多。《西游记》的孙悟空神通比哈奴曼又大得多。*Ramayana* 一书，向来在中国没有翻译，而中国所译佛经，包含有不少故事，恰巧没有 *Ramayana* 书中故事的片段。所以，说《西游记》中孙悟空形象受外来影响可以，把孙悟空说成从哈奴曼脱胎而来，是好奇的无根之谈。孙悟空深深植根于中华民族传统文化中。

《大唐三藏取经诗话》中的猴行者有跟随唐僧西天取经一段，而未详叙其出身。《西游记》杂剧中有之，故事也不同，他摄着一个金鼎国王的女儿，也不像《西游记》故事中的孙行者来得正派，而且是被李天王、哪吒所围攻，观音把他收服。杂剧中的形象很简单，无特写。

然而孙行者在《西游记》杂剧中已经和《大唐三藏取经诗话》不同，成为一个叛逆性的形象，但是杂剧写他摄取国王女为妻，还带有妖魔性。在吴承恩笔下，加强了他的叛逆性，而减去他的妖魔性，成为一个完全正派的形象，一个英雄形象，成为《西游记》中实际的主角。

前七回的孙行者，表现他勇敢（开始寻水源时，独纵身入瀑布中）、谦虚，远游访道，对须菩提祖师的敬礼；机智，了解祖师的暗示；合群的精神，爱护小猴，结交七弟兄（七个魔王），善良天真（听太白金星招安的话）。他的信念是要求得道，免去生死轮回，他的反抗性，表现在闹龙宫、地府及天宫。

孙悟空是一个革命者的形象。最初他不过想做世外桃源中的一个国王，找寻安身之地，享乐天真。不过他想到暗中有阎王老子管着，便悲观起来，于是出去寻求长生不老之道。第一场战斗是报复混世魔王对他部下小猴的欺凌，过后想到需要兵器，教小猴练武，保卫水帘洞。他向龙王借兵器盔甲，到地府注销了生死簿。这样一来，龙宫地府联合上表章奏到玉帝那里，才引起后来一大段战斗。

在孙悟空闹天宫的故事里，玉皇大帝的朝廷是封建王朝朝廷的一个模本。孙行者闹天宫就是农民起义反叛朝廷的一个社会现实的反映。须菩提祖师把许多法力教给了孙悟空以后，对他说："你这去，定生不良，凭你怎么惹祸行凶，却不许说是我的徒弟。"为什么这样呢？这是因为在封建时代，封建统治者用的是愚民政策，而社会上存在着统治者与被统治者的对立矛盾。所以有知识有能力的人，要出头便要反抗统治阶级，而统治阶级是构成一个体系的（官官相护的，例如龙宫、地府受了孙悟空的气，便联合上奏到玉皇大帝处），其结果非到反叛朝廷不可，这样便是因行凶而惹祸了。孙行者原来不过是要些兵器，要注销生死簿，最后就得反到天上去了。因为天宫实在很好，天上神仙所过的是快乐逍遥的生活，吃蟠桃、喝仙酒、下下棋。长生不老的享乐生活，谁不喜欢得到呢？孙行者也愿意有份，而且想做个统治者，他说："皇帝轮流做，明年到我家。"这是孙行者的思想。

劳动人民一天到晚辛勤劳动，却过着牛马似的生活，他们要求解放自由，渴望享受神仙般的享乐生活。这也是神仙故事在劳动人民中间流传的一个原因。而封建统治者利用宗教把天界、地府构成一套封建秩序，构成阶级社会的体系，作为精神上压迫人民的工具。《西游记》塑造了孙悟空这个形象，他神通广大，敢于大闹龙宫、大闹地府、大闹天宫，虽然他没有做成玉皇大帝，但经他这么一闹，封建秩序是动摇了。这也是大快人心的。这是孙悟空得到人民喜爱的一个原因。他植根在阶级社会里，面对社会上种种不平等的现象，斗争是不可避免的。

吴承恩运用讽刺笔墨，嘲笑了地府、龙宫以及天神天将在孙悟空面前的无能。太白金星两次出招安的主意，玉帝给孙悟空弼马温这样一个官职，愚弄他。孙悟空一气之下，反下天去，说："不好说！不好说！活活的羞杀人，那玉帝不会用人，他见老孙这般模样，封我做个什么'弼马温'，原来是与他养马，未入流品之类。"因此，他自封为齐天大圣。玉帝派天神天将去收伏他，打不过，没有办法，只能再招安，就封他做齐天大圣，不过是加他个官衔，有官无禄罢了。这又是太白金星的主意，并且建造了齐天大圣府，府内设安静、宁神二司，希望他从此安静、宁神，再不胡为了。这些都刻画了封建王朝对于叛逆者无法收伏而用羁縻政策的手段。儿童们读《西游记》看见热闹有趣味的故事，成年人读《西游记》就看见其中有味的诙谐讽刺性，是针对那个时代的政治、社会现实的。

孙行者与二郎神一场恶斗，他并没有输，结果是被太上老君祭起法宝，来一个暗算，方始被擒的。但是太上老君收不伏他，放在八卦炉里炼，还是被他打出来了。最后是被如来佛收伏的。尽管他神通广大，但一个筋斗跳不出如来佛的手掌之中。这表明：

（1）是因为《西游记》本身是说西天取经的事，因而显示佛法无边；

（2）封建时代的人跳不出封建制度；

（3）给自高自大的人一个教训。神话故事所反映的思想是多方面的，不能做简单的分析。

（三）西天取经故事

在西天取经故事中，孙行者是作为一个保护唐僧、扫荡妖魔的英雄形象出现的。师徒数人，同样为了追求一个理想而奋斗。这里面唐僧代表佛家的仁慈和平，具有坚定的信念，但是他不能分别善恶，常为妖魔所迷，看不清楚伪善者。而孙行者则不然，他机智、勇敢，能看清谁是妖魔。唐僧与孙行者的矛盾，造设了许多曲折的故事。那些妖魔并非人民的形象，而是剥削者的形象，恶霸地主之类。《西游记》中孙行者所扫落的妖魔，多数是凶恶残暴的、吃人的妖魔，也有迷惑人的，人面兽心的。例如第二十七回"尸魔三戏唐三藏"，孙行者所打死的白骨夫人。例如第四十四、四十五、四十六回车迟国的虎力大仙、鹿力大仙、羊力大仙，都是成精的山兽，欺骗国王、压迫和尚们做苦工的。其他吃人的妖魔很多，不一一列举。重要的一点是有些为非作恶的妖魔，实在是从上界降下来的。例如碗子山波月洞黄袍怪，摄了宝象国的百花公主。在宝象国宫中饮宴，把个弹琵琶的女子吃了。黄袍怪乃是天上的奎星（奎木狼，所以有狼子野心之说）偷跑下来的。金角大王、银角大王是太上老君看金银炉的童子，偷了五件宝贝，在下界作怪。乌鸡国魔王是文殊菩萨座下的狮子成精，比丘国王的丈人老道是寿星的白鹿下来成精作怪，其余尚有不少是与天界统治者有关系者。这种妖魔，并非正面形象，实在可以作为和最高统治者有关的皇亲国戚贪官恶霸之类的象征。

《西游记》第四十五回，借着孙行者使天神布雷时说："老邓！仔细替我看那贪赃坏法之官，忤逆不孝之子，多打死几个示众！"可见作者把妖魔和贪赃枉法之官一并看作应该扫荡的对象。

《西游记》特别赞美观音。观音是人民所信仰的救苦救难的菩萨，同别的菩萨不同，是最同情人民苦难的（张天翼认为是复仇之神，不很贴切，她并不站在统治阶级方面），在《西游记》中作为慈爱、救苦救难的象征，法力也最大。例如，五庄观镇元仙的人参果树被孙行者推倒了，再无法力能使树复活。第二十六回孙悟空三岛求方，福禄寿三星的仙丹没用，东华帝君的九转太乙还丹也没用，九老也无方，只有观音菩萨的净瓶甘露水能起死回生。观音赦红孩儿（牛魔王之子）为善财童子。孙行者斗不过妖魔了，没法便求观音。《西游记》作者认为佛教为正法。固然因为《西游记》的中心主题为西天求法，也因为一般人民心目中认为佛法是代表慈爱平等的。观音可以作为和平之神的象征。

《西游记》寓意丰富，充满人情味。唐僧、孙行者、猪八戒性格刻画各有特点，是不同性格特点的典型人物。唐僧忠厚、无用、慈悲、大量。孙行者意志坚强、机警，但急躁是猴子性格。猪八戒憨直，但贪欲、懒惰，有猪的特点。

孙行者胸怀大志，忠心报主，而不为唐僧所了解，屡次被逐。他相信如果没有他，唐僧去不了西天。《西游记》写唐僧逐孙行者一段："你看他忍气别了师傅，纵筋斗云，径回花果山水帘洞去了。独自个凄凄惨惨，忽闻得水声聒耳。大圣在那半空里看时，原来是东洋大海潮发的声响。一见了，又想起唐僧，止不住腮边泪坠，停云住步，良久方去。"这反映在封建社会里有作为的人往往不得志，为人所误解。只有庸碌之辈，能够上升。但是当不平乱世，做事业的人就要用非常的人才，而这些人才处在庸人底下，憋得闷气。如唐僧，民间所谓福人，孙行者是能人，有才能的人为有福的人所用。最后取经回来，功成圆满，孙行者觉得从此英雄无用武之地了。

《西游记》是神话而有人情味的。好比希腊神话、史诗，印度、阿拉伯神怪故事。外来影响和中国固有的神仙变化说结合。可以作为儿童读物，也可以为成人所欣赏的。可是以前批评家把它当作证道书，称其含儒道释三教真理在内，牵强附会，有"新说""原旨""真诠""正旨"等名目（《西游记》有许多注释本，如《西游证道书》《西游真诠》《新说西游记》《西游原旨》等，不是把《西游记》

当文艺作品，而是附会许多儒释道的原理，不着痛痒，且多乱评之处）。通行的如山阴悟一子陈士斌作的《西游真诠》。

《西游记》的主题思想

《西游记》的主题思想是反抗至高无上的势力，要求解放；追求慈爱、平等的"正法"，扫荡凶暴吃人的妖怪。

《西游记》演说唐三藏西天取经的故事。此故事到了吴承恩，或者在吴氏以前的元人平话《西游记》里，已经把以唐僧为主角的故事，转移到以孙行者为主角的小说了。整部《西游记》以孙行者为小说中的英雄主角，《西游记》的战斗性也表现在孙行者的形象塑造上。

《西游记》是神话小说（鲁迅谓是神魔小说），是积极浪漫主义作品。神魔本来是非现实的，但《西游记》并不完全超现实。在神魔故事中作为寓有对现实社会的嘲讽，是它们现实主义的倾向性成分。

《西游记》的主题思想在开卷写孙行者出身故事和闹天宫一段表现得很明显。孙行者有强烈的反统治思想，其战斗精神是反对至高无上的统治权力的。

孙行者是东胜神洲感受日月精华的花果山上的一块仙石孕育的一个石猴。做了众猴之王，称为花果山水帘洞的美猴王。后来又到西牛贺洲的灵台方寸山、斜月三星洞，从须菩提祖师学道，得其特别传授心法，并题名为孙悟空，又得到七十二变化，勤修苦练（灵台方寸、斜月三星都是"心"，所以孙悟空又名"心猿"），因此神通广大。他是个捣乱分子，先闹四海龙王，到水晶宫取得武器，又闹十殿阎王，阎王取消了他的寿限，打出幽冥界。四海龙王和地藏王对他无可奈何，便拜本奏上玉帝，孙悟空遂又大闹天宫。这一段作者借题发挥，天宫自然是封建朝廷的投影。

许多天神天将打不过一个孙行者，表示统治阶级的无能。太白金星招安政策是迎合天帝意旨的，是不失朝廷尊严、一贯的羁縻手段的体现。可是用在孙行者身上是失败了。读者同情他的这种捣乱行为。

《西游记》反映的阶级斗争，前七回是很显著的。对于统治阶级的无能，用诙谐的笔触加以讽刺。孙行者是劳动人民的英雄形象。

从第十四回"心猿归正"以后，孙行者的战斗精神便用之于扫荡妖魔、保护唐僧西行取经上面了。张天翼认为书中的妖魔实在都很可爱，乃是被压迫者，这种看法是值得商榷的。

《西游记》神话故事反映现实，概括起来有以下方面：

1. 统治阶级的互相通连，官官相护，玉皇大帝为最高统治者，反抗者最后得与玉皇大帝做斗争。

2. 封建统治势力的软弱性，无能而要面子。如玉帝的听太白金星的话，用招安办法。历代统治者对农民起义的两面手法：镇压与招安。《西游记》里的孙行者的战斗性更强烈于《水浒传》里的宋江。

3. 统治者不能用人，对于才能之士只有羁縻而无诚意。明代政治尤其如此。

4. 孙行者被擒是遭老君暗算，虽败犹荣。

5. 对孙行者也有讽刺。他神通虽大，能千变万化，却不能藏住自己的尾巴。

6. 孙行者逃不出如来佛的掌心，逃不出五行山。暗示人类还不能征服自然，还不能摆脱封建时代宗教的约束。神话中表现其时代思想、历史条件。

7.孙行者对如来说，"他虽年幼修长，也不应久占在此。常言道：'皇帝轮流做，明年到我家。'只教他搬出去，将天宫让与我，便罢了；如若不让，定要搅攘，永不清平！"这是很大胆的，也是很幽默诙谐的。

《西游记》有追求解放的思想和平等观念。对于封建社会看得深刻，作者有生活经验和识别、表达能力，将这些巧妙地表达在文艺作品中。内里所包含的思想是丰富深刻的，所以儿童读它有味，成年人读它也有味。

授课人：浦江清

第四章　汤显祖《还魂记》及其戏剧风格特征

《还魂记》故事的独创性及其感动人心

《还魂记》，写柳梦梅、杜丽娘事，俗名《牡丹亭》。有万历二十六年戊戌（1598 年）之自序，则成书已在四十九岁。唯谑庵居士（王季重）之清晖阁评本《还魂记·序》有"往见吾乡徐文长批其卷首"云云。文长卒于万历二十一年（1593 年），则二十一年前或已有稿行世欤？不知若者为误。

此剧计共五十五出。

故事为汤显祖所造设。略有所本者，如作者于《牡丹亭记题词》中所云："传杜太守事者，仿佛晋武都守李仲文、广州守冯孝将儿女事。予稍为更而演之。至于杜守收拷柳生，亦如汉睢阳王收拷谈生也。"《法苑珠林》载李仲文女与张世之男人鬼交欢事（发棺太早，不得复生）。《法苑珠林》又载冯孝将儿马子与北海太守徐元方女鬼事，徐女托梦使发棺，再生为夫妻。《列异传》载睢阳王收拷谈生事。谈生有鬼妻，必三年方可复生，谈生以火照之，遂不得复生，赠生一珠袍。此女为睢阳王女。谈生以袍诣市，为王所买，见是葬女之袍，疑为盗墓贼，乃拷问之。后悉女冢完好如初，并悉府蕴，遂以谈生为婿（《法苑珠林》二条，亦见《搜神后记》，唯《太平广记》引作《法苑珠林》）。俞樾《茶香室丛钞》又引宋·郭象之《睽车志》，其中绚娘与丽娘相近，唯为马姓耳。蒋瑞藻《小说考证》又引《坚瓠集》，载明时木姓秀才及杜抚军女事，几与《牡丹亭》故事全同。蒋氏以为乃汤若士所本，情节最为吻合。今按《坚瓠集》为褚人获所作，出《牡丹亭》后，必好事者传《牡丹亭》之本事而造此故事耳。

此剧有万历戊戌清远道人自题辞云："天下女子有情，宁有如杜丽娘者乎！梦其人即病，病即弥连，至手画形容，传于世而后死。死三年矣，复能溟莫中求得其所梦者而生。如丽娘者，乃可谓之有情人耳。情不知所起，一往而深。生者可以死，死可以生。生而不可与死，死而不可复生者，皆非情之至也。梦中之情，何必非真？天下岂少梦中之人耶？"

《牡丹亭》剧本感动人心，以其能曲折表达少女怀春之情，使其幽暗深微之处见到光明，给当时封建社会的女性带来了叛逆性的呼声。此是极大胆的。实际女性为情抑郁而死是很多的，此剧表达了女性的愿望，有现实意义和典型性。因而，女子耽读之者不少。相传娄江女子俞二娘，酷嗜《牡丹亭》曲，断肠而死，故义仍作诗哀之（《静志居诗话》十五，《剧说》二）。又杭州女伶商小玲，于《还魂记》尤擅场，尝有所属意，而势不得通，遂郁郁成疾。一日演《寻梦》折，随声仆死台上（《剧说》六）。又内江一女子，读《还魂记》而悦之，愿奉箕帚，及见其人，皤然一翁，失望投水而死（《剧说》二）。又扬州女子金凤钿，读《还魂记》成癖，临死遗言以《还魂记》为殉云（《小说考证》引《三借庐笔谈》）。

又如《女史》载冯小青有"冷前幽窗不可听，挑灯闲看《牡丹亭》，人间亦有痴于我，岂独伤心是小青"之句，吴炳据以铺衍而作《疗妒羹》，足见《牡丹亭》故事的深入人心。

《还魂记》的优点与缺点

优点：描述青春少女心理，能尽其曲折幽微之处。创造杜丽娘这样一个闺阁典型人物。肯定爱情，强调爱情有起死回生的作用。这个剧本的主题思想是反封建的，有斗争性的。在明代以程朱理学为统治思想，汤显祖显然是反统治的，他认为人欲是合乎天理的，天理不是去除人欲，因此他肯定了情欲，杜宝和陈最良等迂腐人物是讽刺的对象。故优点之一是思想的进步性，至少是不迂腐。优点之二是文词的优美，不呆滞而生动，典雅而不庸俗。得力于熟读元曲。

缺点：（1）感伤主义。《顾曲杂言》云："汤义仍新作《牡丹亭记》，真是一种奇文。未知于王实甫、施君美如何？恐断非近日诸贤所办也。"又曰："《牡丹亭梦》一出，家传户诵，几令《西厢》减价……乃才情自足不朽也。"自《西厢》以后言情者以《牡丹亭》为巨擘。故《红楼梦》中宝黛言情，则读《会真记》（即《西厢记》），复有《牡丹亭艳曲警芳心》一回书，可见在中国文学中爱情文学发展中的重要性（是一个环节），不过比之《西厢》是不健康的。《西厢记》无感伤主义。汤显祖作品不近于王实甫而近于郑德辉（郑之《倩女离魂》有感伤主义）。汤氏取鬼妻故事固甚离奇，但缺乏血肉，所以黯淡凄凉之至。复生以后，也不够活跃。此亦为时代所限。（2）关目冗慢。此为明代一般传奇的缺点，汤氏亦不能免。此剧长至五十五出，不免冗长。而中间宋金战事之穿插于发挥主题思想上实非必要。《拜月亭》之穿插战事是必要的，因为此爱情故事即以战乱为背景之故，而《牡丹亭》实无必要。有些情节不为主题服务。

比较起来是优点胜于缺点，所以至今传诵，而且在昆剧中至今演出几折。是明代戏曲中的第一流作品。

《牡丹亭》的性心理描写和梦的分析影响了《红楼梦》。其描写鬼之情又影响了《聊斋志异》。

汤氏戏曲的风格特征

配合着他的思想新颖，汤临川戏曲的风格也一新耳目。当时戏曲界有本色与文辞两派。文辞派病于骈丽繁缛，曲文堆砌辞藻，宾白对偶呆板。本色派病在朴质俚俗。汤显祖以才情胜，无往而不可，有极典丽处，也有极本色语，实能融合辞藻与口语，生动别致者。此因汤氏得力于元曲之故，继承元曲的优点。汤氏藏元曲，不下千种，有非《太和正音谱》所载者。其佳处往往口能成诵。汤氏妍丽似郑德辉，其《邯郸》《南柯》则又融合马致远之长。博学在马郑之上，因而参佛理，格物入于虫蚁之微，实又在马郑之上。

诙谐亦为其风格特征之一。

汤氏不屑于曲律。《牡丹亭》因有若干处不合曲律，所以有各家改本。汤尝谓伶人云："《牡丹亭记》要依我原本。其吕家改的，切不可从。虽增减一二字以便俗唱，却与我原作的意趣大不相同了。"又因见《牡丹亭记》改窜而失笑，乃赋一绝："醉汉琼筵风味殊，通仙铁笛海云孤。纵饶割就时人景，却愧王维旧雪图。"汤氏不肯迁就曲律，亦是其作风的特点。但汤氏之曲，有其文艺价值，因而曲谱学家，特为制谱，迁就其词，固甚美听也。

授课人：浦江清

第五章 《金瓶梅》

展开小说史新页的个人创作——《金瓶梅》

《金瓶梅》的作者，署名兰陵笑笑生。生平不可考。

兰陵今属山东峄县。书中亦多山东方言。作者当是山东人。这部书先有抄本，出现在万历年间（1573—1620 年）。沈德符的《野获编》提到这部书，说袁宏道欣赏这部小说，把它与《水浒传》相提并论。袁宏道有《觞政》，把它配《水浒传》。袁氏《觞政》成于万历三十四年（1606 年）以前，说是为嘉靖间大名士的手笔。有归于王世贞者，其说不可靠。王世贞是太仓人，不可能写这部书，是因"嘉靖间大名士"而附会的。《野获编》提到，1606 年以后不久，苏州就有刊本。今我们所见《金瓶梅词话》，是 1617 年东吴弄珠客万历丁巳年序的刊本。《金瓶梅词话》的刊行离开作者成书当不甚远，此书当成于十六世纪末、十七世纪初年，其初刊本应该在 1617 年以前五六年。

全书一百回，称词话，是拟话本。中间夹杂着许多词曲。词话是宋元小说的别名。因为演说小说的，除说书外夹上弹唱。《金瓶梅》保存这个体例。它从烟粉灵怪传奇的小说体例中脱胎出来，有长篇巨制的结构。除了诗词、四六骈体的穿插以描写景物及抒情以外，常用当时通行的词曲，全书有六十多支通行小曲。但虽是词话体例，事实上并非说书者的话本，不是从说书艺人的话本改编的，乃是一位小说家的创作。如果不是一人所独成，也只是一二位作家所创制的，不过用词话体例而已（因为书中极淫荡秽亵之处，说书者也无法说。这些秽亵部分，是只能形诸笔墨而不能公开说唱的，而它们是书中有机部分，并非另有人所加）。

现实主义的长篇小说《金瓶梅》

《金瓶梅》的故事，出于《水浒传》。小说从《水浒传》中摘取一段，即西门庆与潘金莲私通。武松为武大报仇，追杀西门庆，误杀另一人，西门庆得以脱逃。武松发配，西门庆偷娶潘金莲为妾。

书名"金瓶梅"，取自书中三个女性的名字：潘金莲、李瓶儿、春梅。

全书着重描写西门庆一家妻妾：妻，吴月娘；妾，孟玉楼、李瓶儿、潘金莲、孙雪娥；婢，春梅。此外有婿，陈经济。

西门庆"原是清河县一个破落户财主，就县门前开着个生药铺。从小儿也是个好浮浪子弟，使得些好拳棒，又会赌博，双陆象棋，抹牌道字，无不通晓。近来发迹有钱，专在县里管些公事，与人把揽说事过钱，交通官吏"。"知县知府都和他往来。近日又与东京杨提督结亲，都是四门亲家，谁人敢惹他。"

西门庆是一个小城市的恶霸，是有钱有势的人物。他原是破落户的浮浪子弟，结识了浮浪子弟九人，结拜为十弟兄。靠着生药铺、高利贷剥削。此后便用玩弄妇女谋害朋友的手腕发横财。私通了他的结拜朋友花子虚的老婆李瓶儿，把花子虚害死了，谋得了钱财，又娶李瓶儿为妾，再包揽词讼，结识当地官吏。再用他的钱财，结交蔡御史，勾结东京权贵杨戬和蔡京。蔡京提拔他做了提刑副千户。蔡京的生辰到了，他亲自带了厚厚的一份礼，二十担金银缎匹去拜寿，拜蔡京为干爷，便升了正千户提刑官。于是进京引奏谢恩，进一步和朝中执政的官僚们勾结。这样一个小城市的开生药铺的老板由此列入于官绅阶级。小说集中写这个恶霸家庭，同时旁及社会黑暗的各个方面。全书除武松的出现不关重要以外，没有一个正面人物，都是些极丑恶的人物。《金瓶梅》虽假托宋代故事，书中所写实在是明代中叶，即嘉靖万历年间的中国社会的黑暗面，剥削阶级（官绅，和官绅勾结的不法商人）的荒淫贪酷的全貌。小说大胆地暴露现实，成为照透那个时代那个社会的一面镜子。

除西门庆以外，小说还写了像应伯爵那样的帮闲人物（破落户出身，家财没了，专跟富家子弟帮闲贴食的）。伯爵＝白嚼。是跟着西门庆玩弄妇女，专说笑话帮衬的。谢希大，好踢气球，赌博，游手好闲。吴典恩（无点恩），是本县阴阳生被革退的，专一在县前与官吏保债。

《金瓶梅》的书名，取自三个女性，潘金莲、李瓶儿、春梅。潘、李因争宠而互相嫉妒。潘金莲阴狠毒辣，因为李瓶儿生子，设计把李瓶儿之子惊死。李瓶儿也亡故。潘金莲私通陈经济等，是典型的荡妇。春梅是一个丫头，先为西门庆所收用，后来也私通陈经济。在西门庆家的妾中，孙雪娥是被压迫者，孟玉楼无声无臭。吴月娘是一个软弱无用的人，根本管不了家，一任西门庆和小老婆们胡闹，喜欢尼姑出家人奉承，听听说佛书。

西门庆往往用风流手段，甜言蜜语，诱骗女性。骗到手里，便换了魔王一样的面孔，高兴时叫你两声小淫妇，发起脾气来，把女人脱得精光，用皮鞭打得皮破血流。

《金瓶梅》着重写这样一个家庭，声色货利，肉欲与财贿的世界，为最堕落的社会的写照。全书一百回，从这个家庭的兴盛写到衰败。

《金瓶梅》不能被认为是自然主义的作品，而是现实主义的作品。因为作者所写，并非偶然的、琐碎的社会生活，而是典型的、一个真实社会的横剖面。作者通过西门庆、应伯爵、潘金莲等艺术形象的具体表现，使我们认识这社会的无可掩饰的、如是种种丑恶，引起人们无比的愤怒与憎恨的情感。

《金瓶梅》虽只写了清河县一个剥削阶级家庭，但从这个家庭中的人物与社会各方面的关系，可以看出那个时代整个社会的面貌。这是它的现实主义的广度和深度。它揭露了当时一般剥削阶级的荒淫堕落（从皇帝到官绅巨商莫不如此）。我们读明代中叶的笔记野史，认识此书所写，确是写实，并不夸大。嘉靖、隆庆、万历间，一般的风俗是淫靡堕落的，士大夫也奔竞成风，廉耻尽丧，商人富户尤其淫靡，当时的社会真实情况如此。《金瓶梅》是一部大胆暴露现实的小说。

《金瓶梅》的艺术成就

1. 是我国第一部有完整结构的长篇小说。在此之前的如《水浒传》《西游记》等，全书可以拆散为零篇故事，《金瓶梅》不然。它写一个家庭的事情，几个人物从头至尾贯穿全书。小说描写家庭琐屑的日常生活，而规模巨大，至一百回之长，结构宏伟。此无先例，具有特创性。

2. 全书以描写人物形象为主，并无多少故事情节。人物占第一位，不重情节，不靠故事，故事的发展是人物个性和行动的自然结果，有必然性，合乎客观事物发展的规律。没有浪漫主义、离奇曲折的情节。描写细腻深刻。

以上两点开《红楼梦》先声。

小说创造了诸如西门庆、潘金莲等典型的反面人物。他们是封建社会末期，堕落腐朽的统治阶级中的典型人物。正如东吴弄珠客在《金瓶梅序》中所说："借西门庆以描画世之大净，应伯爵以描画世之小丑，诸淫妇以描画世之丑婆、净婆，令人读之汗下。"这一群男女是声色货利、各种欲望的奴隶。分别开来说，女性又为男性的奴隶。

3. 口语的运用（文学语言的创造性），达到高度。语言全部是口语，用山东方言。生动泼辣，绘影绘声。纯粹白描，不加修饰。描绘淫鄙妇女的口吻，惟妙惟肖，如潘金莲和人吵嘴等，栩栩欲活，如闻其声。

授课人：浦江清

第六章 "三言""两拍"

"三言""两拍"与其他拟话本短篇小说

明代中叶刊印小说的风气很盛。章回小说如《三国演义》《水浒传》《西游记》，成书在元末明初，或明代中叶改编，刊印都在嘉靖万历年间。短篇小说亦不例外。宋元话本小说如《京本通俗小说》与《清平山堂话本》亦刊印在明代中叶。为了市民读者的需要，除了刊印旧话本小说外，还加入了新创作的拟话本短篇小说，活跃在明中叶到明末。

首先重要的是冯梦龙的"三言"，即《喻世明言》《警世通言》《醒世恒言》。

冯梦龙，字犹龙，别号龙子犹，亦号墨憨斋主人，江苏长洲（今属苏州）人。崇祯年间（1628—1644 年），由贡生选拔为寿宁县知县。1646 年清军攻陷南京、福州后，忧愤而死。江南有名文人，有经学著作等。也写诗，正统文人认为是打油诗。亦为曲家。

对于市民文学最有研究。编了些词曲和小说书。他曾经整理改编明代俗曲，如《山歌》《挂枝儿》等，又有《黄山谜》，中间有谜语及山歌。

《喻世明言》，一名《古今小说》，天许斋原刊本（原本藏日本）。有绿天馆主人序，云编者为茂苑野史，据考定即冯梦龙，茂苑者即长洲。王古鲁照相回国，商务印书馆据以排印。共四十回。

《警世通言》，天启四年（1624年）刊本，有无碍居士序。四十回（前燕大所藏有二十余回，《世界文库》本有三十九回，缺《山亭儿》一回）。王古鲁有四十回全本（最近傅惜华先生印《宋元话本集》收入《山亭儿》一回。也有中央书店通行铅印本，亦缺《山亭儿》一回）。

《醒世恒言》，四十回（旧燕大藏本，缺二十三回《金海陵纵欲亡身》）。

"三言"一共一百二十回，其中有宋元旧本，有明人作品，而明人作品中包括冯梦龙自己的创作在内。

"三言"以外，有凌濛初的《拍案惊奇》与《二刻拍案惊奇》（合称"两拍"）。几乎全部是凌氏的创作，很少几篇是根据旧编的。

凌濛初（1580—1644年），号初成，别号即空观主人。浙江乌程人。副贡生，崇祯初授上海县丞，后升徐州通判。刊书甚多，戏曲俗文学书。凌刊甚名贵。亦为曲家，除小说创作外，还有戏曲作品，如《红拂传》（《北红拂》）。凌氏一方面是市民文艺的爱好者，一方面反对农民起义。在徐州通判任上，甲申年（1644年）被李自成起义军围困，呕血而死。

《初刻拍案惊奇》，最早是崇祯元年刊本（尚友堂刊本），有四十回。日本藏有。今国内所见者仅三十六回。

《二刻拍案惊奇》，只有在日本藏有。王古鲁有手抄本。

《二刻》中二十三回《大姊魂游完宿愿　小姨病起续前缘》与《初刻》同。大概原书不是如此，缺了此回，遂以《初刻》二十三回补之。另外，第四十回为《宋公明闹元宵杂剧》，为戏曲而非小说。可能日本所藏之刊本，已非最早刊本，亦可能此书凌氏为应书坊人急印之故而未编好者也。

选本《今古奇观》：

值得提出的是短篇小说的精选本《今古奇观》，是三言两拍的选本。明末书店人所为。到清初，统治者不喜欢市民文艺，因为它反映阶级矛盾，便借了消灭淫书之名，把三言两拍都禁止印行了。只有《今古奇观》未被禁行，独流传了三百年。

《今古奇观》的选者是抱瓮老人。也许是职业文人，而为书坊所聘请者。《今古奇观》所选实为三言两拍之菁华，内四分之三选自三言，而四分之一出于两拍。其选三言两拍中之小说，另有一点，即不选宋元旧本，皆为明代人作品，当以冯、凌两氏之创作为多。

"三言""两拍"题材的多样性

从题材的来源看：

1. 历史的题材。如《晏平仲二桃杀三士》《羊角哀舍命全交》《梁武帝累修成佛》《李谪仙醉草吓蛮书》等。

2. 根据唐人传奇、《太平广记》、元人杂剧等改写的。如《薛录事鱼服证仙》、《包龙图智赚合同文》、《闹阴司司马貌断狱》（从《三国志平话》中来）、《苏知县罗衫再合》（明无名氏有《白罗衫》传奇即演此）等。

3. 取材于当代民间流传的故事。如《蒋兴哥重会珍珠衫》《乔太守乱点鸳鸯谱》等。

从题材内容的分配上看：

以爱情故事为最多，占三分之一以上。其次是以义气为主题的（同情弱者，讲报恩、复仇等）。另外是暴露社会黑暗面的（描写地主的贪财好色及其愚蠢）。再有些是写政治故事，统治阶级内部的矛盾与斗争（如《沈小霞相会出师表》《卢太学诗酒傲王侯》），写市民力量与统治者的斗争（如《汪信之一死救全家》），写农民起义后财主的境况（如《钱多处白丁横带》）。

"三言""两拍"的思想内容及其进步性

"三言""两拍"中的小说充分反映了市民阶层的生活和思想。不论是通过爱情故事，通过歌颂信义的故事，通过暴露封建社会内部矛盾的故事，都反映了市民的眼光和要求。市民阶层包括手工业者、商人和中下层知识分子。爱情故事和婚姻自由是突破封建宗法社会的重要环节。信义对于市民极为重要，他们是依靠团结友爱以争取属于他们阶级的利益的。

商人形象作为正面人物而出现。这些商人具有劳动人民的品质。例如《两县令竞义婚孤女》，内中有一商人贾昌，有同情弱者、济困扶危的心怀，不是唯利是图的。又如《卖油郎独占花魁》中的卖油郎，过着劳动人民的生活，勤勤苦苦的。《刘小官雌雄兄弟》中的刘方、刘奇，有聪明智慧，两个都是商人形象。"三言""两拍"中描写商人有前途，地主没有前途，如《转运汉巧遇洞庭红》。又，《赠

芝麻识破假形　撷草药巧偕真偶》虽是写狐狸的故事，却也反映商人逐渐受重视。缙绅马少卿招赘客商蒋生，说："江浙名邦，原非异地，经商亦是善业，不是贱流。"

在爱情故事里，反映了对于女性的歌颂与同情。爱情故事有它的现实意义。当时是程朱理学作为统治阶级压迫人民的工具，对于中下层百姓的约束力量很大，但是统治阶级自己是荒淫无耻的，如《金瓶梅》所写。市民文艺作品中冲决藩篱，贞操问题不是提得很高，如《蒋兴哥重会珍珠衫》中蒋兴哥对待失贞的妻子三巧儿的态度。《杜十娘怒沉百宝箱》《宋金郎团圆破毡笠》《陈御史巧勘金钗钿》等，写爱情冲破贫富贱贵的界限（"十娘钟情所欢，不以贫窭易心，此乃女中豪杰"）。《乔太守乱点鸳鸯谱》，使人皆大欢喜，突破父母之命媒妁之言。《通闺闼坚心灯火　闹图圄捷报旗铃》写择婿，考中了什么都行了，考不中什么都不行，有讽刺性。《错调情贾母晋女　误告状孙郎得妻》写一死而复生的故事。女家姓贾，男家姓孙。孙小官与贾闰娘为邻，青梅竹马。一日贾母穿着女儿的衣服，孙小官看见她，误认为是贾闰娘，说了几句玩笑话。贾母为此辱骂女儿。女儿气不过，上吊自杀。贾母赚孙小官来陪尸，而自己去报官。结果闰娘复活了，孙、贾反成婚配。此为极大讽刺礼教之作（贾母无知识而充满一脑子的礼教观念）。小说歌颂自择丈夫的女性，如《苏小妹三难新郎》《同窗友认假作真　女秀才移花接木》。又如《钱秀才错占凤凰俦》，说明才貌相当才宜婚配，不管礼聘。骗局终于失败。

"三言""两拍"中也有写爱情悲剧的。大抵是男子负心。少年贫贱时谈爱情，有钱有势以后便负心，如《金玉奴棒打薄情郎》。也有描写玩弄女性的作品。

《硬勘案大儒争闲气　甘受刑侠女著芳名》，写朱熹与唐仲友有隙，辱官妓严蕊，诬其与唐仲友有私情（此故事见周密《齐东野语》）。小说讽刺理学家。晦庵不但生心与唐仲友为难，认为唐仲友是风流人物，必定与严蕊有关系，而且认为女性柔脆，受刑必招。而严蕊却始终不招。又有绍兴太守，也是讲理学的，见严蕊有貌，认为"从来有色者必然无德"。严蕊宁可被置于死地，不肯诬人，小说中说她"堪比古来义侠之伦"。

"三言""两拍"中也有正面描写夫妇爱情者，如《崔待诏生死冤家》《崔俊臣巧会芙蓉屏》《陈多寿生死夫妻》。

"三言""两拍"中肯定义气。如《两县令竞义婚孤女》《裴晋公义还原配》《吴保安弃家赎友》《羊角哀舍命全交》。写朋友关系者如羊角哀、俞伯牙。再如《李汧公穷邸遇侠客》，写出对于房德的憎恨，极端鞭挞忘恩负义的人。《蔡小姐忍辱报仇》中，蔡小姐身陷贼手时，心中暗想："我若死了，一家之仇，哪个去报？且含羞忍辱，待报仇之后，死亦未迟。"在此，贞操是第二位，报仇是第一位。

小说中暴露了统治阶级内部矛盾。写正派官僚反对奸党的，如《沈小霞相会出师表》。其中也有商人形象，重义气的，如《汪信之一死救全家》，汪信之是烧炭冶铁的企业家，被诬谋反。此写与封建统治者的矛盾。

写地主掠夺劳动人民的，如《灌园叟晚逢仙女》。

有故事散漫零碎的，如《宋四公大闹禁魂张》，描写小偷的本领，极佳。宋四公、赵正等盗贼专与悭吝的禁魂张过不去。肯定了小偷的智慧而暴露财主的剥削。《神偷寄兴一枝梅　侠盗惯行三昧戏》亦类似。故事散漫但有集中的思想。

拟话本短篇小说有共同性，各篇都含劝世意，作者站在市民的角度看问题，对市民生活做真实描写。作为主要人物的商人形象有

正义感，讲义气。好赌、好色、好利的大都是地主和官僚，对官僚
地主和封建统治者进行鞭挞。

授课人：浦江清

第七章 孔尚任及《桃花扇》

　　有明一代，传奇不下数百种，能够比得上《琵琶》《拜月》《荆钗》《白兔》者实属寥寥，只有汤显祖的《牡丹亭》可以作为天才的创作。《琵琶》《拜月》等原是从民间文艺的南戏剧本改编的，好比罗贯中的《三国演义》，施耐庵的《水浒传》，来源在民间。汤显祖的《牡丹亭》，确乎是个人创作。到了清初康熙年间，却有两部历史剧本产生，《桃花扇》与《长生殿》，几乎是同时写作成功的，作者孔尚任与洪升有"南洪北孔"之目，二人同为曲家齐名并世。这两部剧本是文人所创制的传奇的高峰，同时也是传奇文学的后劲了。它们产生在昆剧已经发展到顶点，而有往下没落倾向的时代。以思想性而论，《桃花扇》比《长生殿》更高些。这两大剧本，远非李渔的纤巧尖新的喜剧可比。

　　这两部都是结构宏伟的历史剧，产生在清初康熙年间，不为无因。清贵族入关以后，明末遗老，有气节的如顾炎武、黄宗羲、王夫之等，他们都注意于史学。对于现实社会有所不满，钻向古书，喜欢考古考据，也喜欢谈掌故，发思古之幽情。孔尚任是孔子后代，讲究古礼古乐，也喜欢古董。《桃花扇》一开始，就借老赞礼的话"古董先生谁似我，非玉非铜，满面包浆裹"，自命为一块肉古董，有怎样一肚皮不合时宜的思想。孔尚任真的喜欢古董，曾经用不少钱买了唐代一件称为"小忽雷"的乐器，还特地为小忽雷的掌故而同友人顾彩写了一个传奇剧本名为《小忽雷》。他写《桃花扇》，就是参考了许多关于南明的掌故，才编成这样一部传奇的。洪升的写作《长生殿》也如此，用功于天宝年间的历史掌故书籍很久，取材极博。他们的创作态度，都很严肃，结合历史和文学。这是和他们所处时代的学术潮流、明末清初的史学和考据学的发达分不开的。

孔尚任的生平及其著作

孔尚任（1648—1718 年），字聘之，又字季重，号东塘、岸堂、云亭山人。山东曲阜人，孔子六十四代孙。早年在曲阜乡下石门山中读书。是秀才，但也许没有出来应过举。是一个饱学而不合时宜的人，他在研究古礼和古乐。到三十六岁，衍圣公孔毓圻请他出山，主修家谱和《阙里志》。孔尚任为李塨作《大学辨业序》云："予自幼留意礼乐兵农诸学。"又《湖海集》卷十二："乐律深邃精微，非狂鄙所能窥。但夙承家学……二十年来，悉心考证。"1683 年，在孔毓圻处教演礼乐，邹鲁弟子秀者七百人，同宗族万人，释业于庙。1684 年康熙皇帝到江南去游玩，称为"南巡"，回来路上经过曲阜，便要祭孔。孔毓圻使孔尚任参加祭礼，主持礼节。尚任以监生充讲书官，在御前进讲经书，又一一详述文庙礼器，称旨。清统治者以尊孔、尊经学、尊古礼乐为统治全国人民、收买汉族知识分子的策略。康熙帝特为赏识孔尚任的学问和人才，破格提升，命他入北京，为国子监博士。这是尊重孔家学者之意。

孔尚任到北京任国子监博士二年，便出差到扬州一带跟孙在丰治下河水患，逗留在淮上有三年之久。当时淮河一带常有水灾，人民遭受着苦难，而官吏并不当它一回事，治河不切实际，虚耗钱财，耗时费日，一无所成。他接触清朝官僚实际，又亲见民生疾苦，颇有感慨。面对现实，原想立功立业的念头也瓦解冰消了。他写了不少发牢骚的诗，此外便在旅居无聊中酝酿着《桃花扇》的创作。

孔尚任作《桃花扇》，动机很早。《桃花扇本末》云，作者舅翁秦光仪，明末避乱南京亲戚孔方训家，详悉福王遗事，归乡后为作者语之，因此始想作此。孔方训是他的族兄，崇祯时在南京为南部曹，亲见亲闻明末弘光朝事。孔尚任自己生时已是顺治五年，距离弘光被杀已三年了。所以《桃花扇》的老赞礼一半是作者自比，一半是他族兄的影子。他久已乎想写一个剧本，把"南朝兴亡，系之桃花扇底"。此次逗留南方，曾到扬州梅花岭史可法葬地，到南京游秦淮河、谒明孝陵，也接触当时老辈，多闻晚明掌故，于是把南明亡国惨事编入传奇的心愿格外强烈了。孔东塘从扬州回北京是1689年。回京仍任国子监博士。博士本是闲职，正可努力写作。他原来喜欢音律，并喜辞章，因此作曲不难。他先同曲友顾彩合作《小忽雷》传奇。小忽雷是唐朝韩滉伐蜀得奇木，所制乐器大小忽雷之一，为文宗时宫中女官郑中丞所常弹者。后郑中丞因事得罪，缢投于河，又遇救为梁厚本妻。使赎寄修乐器赵家之小忽雷而弹之。忽雷乃琵琶之一种也。孔尚任于康熙辛未年（1691年）得于北京市上，重其为八百年前古乐器，又有唐人小说中的故事，因与顾彩谱此事为传奇。1694年《小忽雷》传奇脱稿，大部分成于顾彩之手。唯孔氏于此始驰骋于词曲。至1699年6月，则《桃花扇》脱稿。距第二次到北京任博士，已有十年。十年中，孔氏升户部主事，寻又升户部员外郎。作《小忽雷》时，因友人顾彩善音律，托之代填。此作因顾彩不在都中，故自填之，而得苏州曲师王寿熙之指点，择时优熟解之曲牌填之。依谱填词，按节而歌，使无聱牙之病。

《桃花扇》本文四十出，前后加四出，共计四十四出，结构宏伟。孔尚任陆续写作，非一时所作，数易其稿，前后十年而成。零碎片段即有人传阅，至1699年6月全剧脱稿，即盛传于京。7月，宫内索阅，且索阅甚急，匆匆呈进。孔氏即以此年罢官。宫内索阅为闻《桃花扇》名，欲演习云云。而孔氏之罢官不知何因，或与《桃花扇》不无关系。因为虽剧本开始有歌颂太平之言，但整部剧本的思想内容，是哀悼明代亡国，表扬史可法等忠烈，而富于遗民思想的，所以必定招清统治者之忌。康熙对孔氏破格提拔，引进孔圣后代，含有笼络人心之意，但东塘既无意迎合帝王及大官僚，不合时宜，遂遭罢斥。

孔尚任罢官后，还乡隐居至1718年而卒。《桃花扇》先盛行于京师，而刊刻于1708年，乃天津人佟蔗村出资助刻者，则孔氏晚年亦贫。

孔尚任为一诗人，有《湖海集》传世，十三卷。七卷为诗，后六卷为文。诗文皆奉使淮扬时所作，起康熙二十五年（1686年），讫康熙二十八年（1689年）。诗共六百余首。其后之诗文未辑成书，遂散佚。

《桃花扇》和南明史实

《桃花扇》题名取晏几道词"舞低杨柳楼心月，歌尽桃花扇底风"中之三字，从南京名妓李香君碰楼血染扇面、杨龙友为之点染、画折枝桃花而得名。名称极香艳，剧亦谱侯方域、李香君故事。其实整个剧本描写了弘光朝的起讫，于歌舞中寓家国兴亡感慨。正如《先声》一出老赞礼所言："借离合之情，写兴亡之感。"

《桃花扇》以侯李二人情爱为题，此实传奇家的一种手法。一部大戏要包罗生旦净丑诸角，尤其不能离开生旦之角。《桃花扇》的题材阔大，侯李情爱事贯串全剧，也作为一个线索，"借离合之情"，主题是写南明弘光朝的腐朽政治、南明亡国的哀史。南明遗事，当孔尚任早年在石门山读书时，即闻之于族兄，开始酝酿此剧。亲自到南京扬州一带时，又与遗老耆旧接触，丰富了题材，久秘不出。到再度入京时，始三易稿而成。剧作为南明史实，大体写实，中间经他布置腾挪穿插虚构，集中了几个人物。

大事均有依据。开始于1643年（崇祯十六年），南京复社文人吴应箕、陈贞慧与阉党阮大铖的斗争。阮大铖托杨文聪拉拢侯方域以为排解。侯方域与李香君遇合。李自成的农民起义军攻陷北京（1644年），崇祯缢死于煤山（虚写）。马士英、阮大铖迎立福王，史可法持异议，争之不得。福王由崧乃福王常洵之子。常洵为神宗万历帝的宠儿，封藩于开封，富可敌国，弄权贪贿荒淫无耻，素为东林党的敌人，是压迫东林党的。马阮迎立由崧，在南京弄一小朝廷，继续荒淫无耻的生活。马阮等以迎立功邀宠，马士英为内阁大学士，出史可法于扬州。崇祯的太子到了南京，福王的原妻也到南京，被认为伪太子、伪妃，捶掠至死。左良玉在武昌以清君侧为辞，移兵向南京（实乃避李自成、张献忠之农民军力量）。良玉叛变。马士英移江北三镇军，防截左良玉，江北撤防，清兵南下，史可法战死。福王出奔入芜湖黄得功营中，为黄得功部下田雄所劫以献清兵。黄得功殉难，福王被杀。结束了弘光朝小朝廷（1645年）。历史事实，前后三年。（侯李爱情故事以栖霞山重逢，入道为结束。张瑶星说："呵呸！两个痴虫，你看国在那里，家在那里，君在那里，父在那里，偏是这点花月情根，割他不断么？"在政治悲剧的大氛围中，爱情由痴迷而觉悟，不以团圆为结束。）

四十出戏，集中故事的时间是三年。极紧凑。

全剧大事均实，但《桃花扇》是文学作品，不同于真实历史，在不违背历史事实的基础上，允许作者虚构与创造，使得人物生动，性格突出。这是传奇的体制。故多腾挪穿插，与史实稍有出入：

例如，复社文人吴应箕、陈贞慧攻击阮大铖，发《留都防乱揭帖》在崇祯十一年（1638年），侯方域交陈、吴二人主盟复社在1639年，其与李香君相识亦在是年，今移置在1642及1643年。阮大铖托王将军结交侯方域，今改为杨龙友。史可法在清兵攻陷扬州时殉难，骑白驴与自投长江事系传闻，非史实。侯方域颇有资财，梳栊李香君系自己出资，非由阮大铖馈送。李香君并无却奁事，只有提醒侯方域勿受王将军的拉拢，能识大体，聪明有见识，不同一般女子。李香君不愿受田仰之聘，亦实有其事，但与侯方域无关。其碰楼、面血溅扇及苏昆生寄扇等节，怕是作者所创造的。《桃花扇本末》云："独香姬面血溅扇，杨龙友以画笔点之，此则龙友小史言于方训公者。"此为孔东塘所自述。但可能此段哀艳情节，为作者自己所创造、所设想，而托于龙友小史之言。南朝以歌舞享乐的小朝廷而亡国，正是"舞低杨柳楼心月，歌尽桃花扇底风""所谓南朝兴亡，遂系之桃花扇底"（指斥弘光朝的荒淫享乐）。故《入道》一出下场诗谓："桃花扇底送南朝"。

《桃花扇》的人物都是实有其人的，即是李笠翁所谓用实在史事则全为真人，故事则有所依据，而加以创造的穿插。《桃花扇》集中表现了弘光朝的政治全貌，是非常真实的。对这些历史事实做些修改，以便组织得更紧凑以及表现人物性格更突出是必要的。《桃花扇》是艺术作品，不是信史，但是它真实、正确地反映了历史现实。作历史小说及剧本者可以学习其处理方法。

《桃花扇》剧本与南明史实出入之处，可参考梁启超之注（今文学古籍刊行社的本子，即为梁注本）。此为考据功夫。

《桃花扇》的主题思想和它的现实主义精神
——《桃花扇》是朱明王朝的沉痛挽歌

孔氏在《先声》中借老赞礼口说："昨在太平园中，看一本新出传奇，名为《桃花扇》，就是明朝末年南京近事。借离合之情，写兴亡之感，实事实人，有凭有据。""借离合之情，写兴亡之感"，所以《桃花扇》以侯李故事为主要线索而主题是明末弘光一朝的亡国哀史。作者虽然被招出山，但目击清代贵族统治下汉族人民遭受苦难，故而用剧作来寄托遗老感慨。他用艺术形象描写进步人士与阉党余孽的激烈斗争，暴露南明弘光朝的腐朽政治、君臣的荒淫无耻，指明了统治中国二百八十年的明帝国的一朝衰朽和灭亡的责任，哀痛爱国主义者在民族危机无可挽救时的坚强反抗，表扬他们的民族气节。是高度爱国主义的作品。作为一部历史悲剧，是朱明王朝沉痛的挽歌。作者把历史现象熔铸在一部大歌剧、大诗剧中，从而获得了艺术上的不朽。

作者生于清代，仕于清朝，其时正任户部员外郎，他写这个剧本是很大胆的。所以在开头用了一段歌颂太平的话，说"尧舜临轩，禹皋在位，处处四民安乐，年年五谷丰登。今乃康熙二十三年，见了祥瑞一十二种"，不能不做此掩护。此为照例颂扬，非由衷之言。

又在史可法困守扬州时，特地不使清兵出场。在剧本中称清兵为北兵。不能不如此。但是他描写了左良玉的哭主，描写了史可法的沉江（骑白驴自沉长江）："那滚滚雪浪拍天，流不尽湘累怨。"（用屈原典故）"你看茫茫世界，留着俺史可法何处安放。累死英雄，到此日看江山换主，无可留恋。"黄得功见刘良佐、刘泽清两镇要劫宝（弘光帝）献与北朝，便骂："哇！你们两个要来干这勾当，我黄闯子怎么容得！"喊："好反贼，好反贼！""望风便生降，望风便生降，好似波斯样。职贡朝天，思将奇货擎双掌；倒戈劫君，争功邀赏。顿丧心，全反面，真贼党。"必须注意，这里骂降清的是贼。尽管作者在前面歌颂升平，在《余韵》一出里，写柳敬亭、苏昆生已成为樵夫渔翁，还是舌头不烂，唱曲哀悼亡明。清廷征求隐逸，竟要派公差来捉拿："你们不晓得，那些文人名士，都是识时务的俊杰，从三年前俱已出山了。目下正要访拿你辈哩。""啐，征求隐逸，乃朝廷盛典，公祖父母俱当以礼相聘，怎么要拿起来！"这是对清统治者的笼络政策与一班屈节士大夫的莫大讽刺。这样一个剧本终于使孔尚任被罢职。

孔氏写了一部结构完整、热闹有剧情的剧本（以宾白情节为主的），但和李渔不同，有深刻的社会意义。

孔氏作为孔子后代，其为人不脱离孔教儒家正统思想。因此，此剧有继承祖先作为《春秋》《雅》《颂》之作的用意。他在《先声》一出中自己声明："但看他有褒有贬，作春秋必赖祖传；可咏可歌，正雅颂岂无庭训！"这不是把俗文学中的戏曲提高到与《春秋》《诗经》同样的地位吗？其实，俗文学继续正统文学正宗的地位早已获得。而褒贬就是倾向性。孔氏对人物的爱憎与人民的爱憎是一致的。他歌颂史可法、侯方域、陈、吴等人，同时特别写出了几个市民的正面形象，如名妓李香君、柳、苏等，此外蔡益所、蓝瑛等也是清白人物。文学的倾向性是区别现实主义文学与非现实主义文学的标准。

虽然孔氏在《桃花扇》中称李自成、张献忠为寇贼，不免露出他自己的身份也是统治阶级的历史家（受时代与阶级出身的限制），但是在《逃难》一出中，还是痛快地描写了人民痛打马士英、阮大铖，出了人民的怨气（同《水浒传》一样）（那是人民出气的时候）。

《桃花扇》最后的衰飒，与山林隐逸思想、色空观念，具体表现在锦衣卫张瑶星的离官修道、侯李的修道上。张瑶星的怒喝振聋发聩，使侯李猛醒，但也只能隐遁入道。明亡后，有志气人士逃于佛道者多，山林隐逸思想是可以理解的。

此所谓遗民思想。

在清代康熙年间，在戏台上大声疾呼"国在那里""君在那里"，是反清思想的积极表现。《余韵》一出则唱出了朱明王朝的沉痛挽歌。《桃花扇》在清末特别为人所重。清末的爱国人士，提倡晚明学术、晚明遗老文学。《桃花扇》对旧民主主义革命、排满运动有帮助。因而此剧为梁启超所爱好，而特为作注。

授课人：浦江清

第八章 蒲松龄的《聊斋志异》

胡适有不正确的文学史观，认为中国文学史的进化是文言进化成白话，所以唐人传奇以后，宋元话本小说产生，文言小说便趋向没落了，戏剧到李渔时代已经重视宾白，有话剧化的趋势。这种看法是完全形式主义的。李渔以后有《长生殿》《桃花扇》，歌剧还有伟大的作品，并未趋向话剧。而"三言""两拍"以后，蒲松龄的《聊斋志异》极为通行，文言笔记小说并未没落。决定文学作品的真价值，不在于形式而在于它的内容。

《聊斋志异》的内容，向来为偏狭的单重形式主义的文学史家如胡适等人所贬低。其实，"三言""两拍"是白话小说中的现实主义作品，而《聊斋志异》是文言小说中的现实主义作品。

胡适以文言、白话定好坏，否定了《聊斋志异》。他又说，为什么明末的"三言""两拍"到了清代销声匿迹呢？因为在清初起来了许多文言短篇小说，《聊斋》兴而"三言""两拍"失运。这种看法，抹杀一个历史事实，即清初曾经禁止"三言""两拍"的流行，表面上说为了禁止淫书，实际上是因为那些小说的现实主义与反抗性，不利于统治阶级。

中国以文言写故事有悠久的历史与优秀的传统，《左传》——《史记》——唐人传奇。宋元明时代，一方面用语体写作的小说与讲史繁兴，另方面，传奇、志怪的笔记小说并未间断。宋人传奇文有乐史的《绿珠传》《杨太真外传》，无名氏的《大业拾遗记》等，志怪之书则有南唐徐铉的《稽神录》，宋代吴淑的《江淮异人录》，洪迈的《夷坚志》等。这些文言的笔记文学也影响于通俗说书者，为他们的小说和讲史所取材。明代的笔记小说，有瞿佑（1341—1427年，明初永乐年间人）（整理者注：瞿佑生卒年，近人已考定为1347—1433年）的《剪灯新话》，李祯（1376—1452年）的《剪灯余话》，合传奇志怪，多言人间男女离合悲欢及神鬼狐妖情爱故事，实乃烟粉灵怪传奇小说而用文言写的。蒲松龄继承了这方面的传统，他以高度的文艺创作才能总结了志怪小说的成就，在唐人传奇小说外别立一帜，《聊斋志异》可谓集笔记小说之大成。它虽是文言，但很接近于口语。好像是口语而翻成文言的，很亲切。《聊斋》当然是受过"三言""两拍"的影响的。此后又有不少模仿者，但没有人能够超过《聊斋志异》的成就。《聊斋》总结文言小说的优点，是空前的，而且是绝后的。正如杜甫于诗。

《聊斋志异》八卷，包括四百三十一篇小说，为众所爱好。其中名篇为说书人采用作为小说资料，剧作家采用为剧本，至今不绝。它的影响很大，有深刻而普遍的社会教育意义。

蒲松龄的生平及其思想

蒲松龄，其生卒年有 1630—1715 年与 1640—1715 年两说。据其自题画像，康熙癸巳（1713 年）年七十有四：

> 尔貌则寝，尔躯则修。行年七十有四，此两万五千余日，所成何事，而忽已白头？奕世对尔孙子，亦孔之羞。康熙癸巳自题。

则其生卒年应为 1640—1715 年，享年七十六。

卒年康熙五十四年（1715 年），据张元所作《柳泉蒲先生墓表》（《聊斋文集》前附）。然张元谓享年八十有六，实为七十有六之误。鲁迅《中国小说史略》谓其生卒年为 1630—1715 年，亦误。

蒲氏名松龄，字留仙，号柳泉。其书斋名聊斋。山东淄川县（济南东）人。生于明崇祯十三年，明亡时仅数龄。其家祖上大概是世为举子业者，至其父则始操童子业，苦不售，家贫甚，遂去而学贾，积二十余年，称素封（《元配刘孺人行实》）。是松龄出身于商人兼地主家庭。但其父因久无子嗣，周贫建寺，不再居积，非富裕者。其后嫡生三子，庶生一子，家口多，遂复贫。松龄为其第三子。早婚，夫人姓刘（父为秀才）。兄弟析居，松龄夫妇得农场老屋三间，旷无四壁，小树丛丛，蓬蒿满之。

松龄初应童子试，即以县、府、道连取三个第一，补博士弟子员（案首秀才）。文名藉藉诸生间，然入棘闱辄见斥（即终未中举）。遂舍去举业而致力于古文辞。"性朴厚，笃交游，重名义"（《柳泉蒲先生墓表》），以旧道德眼光来看，是一正派人。中秀才后，与朋辈结郢中诗社。

蒲松龄年轻时考科举，至五十余岁尚未考上。早年一度出为幕宾，游四方，道路见闻很广，然颇不得志。有诗云："烟波万里一身遥。"又有诗云："十年尘土梦，百事与心违。"可知他游幕之年亦甚久。二十岁后，在同邑缙绅家坐馆。他不交际达官贵人。唯王渔洋赏识其文才，欲致之门下。松龄对渔洋致敬而已（《聊斋文集》中有二札致阮亭）（按，阮亭与松龄年龄伯仲间）。诗集中亦有《红桥和孔季重韵》一首七律，知其与孔尚任亦相识也（与王、孔大概都因山东同乡关系）。

《聊斋志异》一书，初次结集于康熙十八年（1679年），五十岁以后，多居家乡，搜集异闻，陆续修订增删。另著有诗文、俗曲。在他六七十岁时，他的儿子、孙子都考上了秀才，而他自己也被选拔为贡生。他因为科举失志，颇厌弃功名，但他与吴敬梓不同，非深恶痛绝科举制度。其子孙考上科举，不免大为高兴。

蒲氏生在崇祯末年，这是农民起义的时代，南明挣扎的时代。入清后又逢康熙大用武力镇压反满武装。对此，蒲松龄虽未亲身体验，但生在此动乱的时代中。唯1703—1704年淄川大闹灾荒，此为他亲身遇到的。蒲氏于1704年有《上布政司救荒策》，述淄川灾情："山右之奇荒，千年仅见，而淄邑尤甚。盖他处尚有麦可以接济，尚有苗可望收成，而淄自去年六月不雨，直至于今，又加虫灾，禾麦全无，赤地千里。民之饿死者十之三，而逃亡又倍之……"并提出五条救灾之策，足见其对于农民的深切同情。

当时清政府用闭关自守政策，缩小对外贸易面。照顾农村，并多给地主以利益，轻视商业及手工业者。此比之明代中叶以来至明末更不同，扼杀了资本主义的萌芽（明代的对外贸易，舶来品都是奢侈品，增加了地主阶级的消费）。因为清统治者对于汉族地主阶级的照顾，官吏与地方上乡绅势力勾结，冤狱多。故《聊斋志异》中对于贪官污吏多加鞭挞。

由于他自己失意于功名，而且考过多次，有生活体验，因此蒲松龄反对科举，比较细致深入。因为他是寒士，所以特别同情寒士，对于念书人更了解得深刻。因其生长在农村，所以同情农民。他对于商人也注意。当时资本主义的萌芽被压抑，好比一块大石头底下的草，曲曲折折地生长着。因之《聊斋志异》中有抑郁悲凉的气氛，但并不是完全消极的。

小说中有对于人情世故的深入讽刺，鞭辟入里，此蒲松龄与吴敬梓所同有。

松龄的《聊斋志异》是遣兴之作，也是寄托孤愤之作。其《聊斋自志》云："才非干宝，雅爱搜神；情类黄州，喜人谈鬼：闻则命笔，遂以成编。久之，四方同人，又以邮筒相寄，因而物以好聚，所积益夥。……集腋为裘，妄续幽冥之录；浮白载笔，仅成孤愤之书：寄托如此，亦足悲矣！"则此书借鬼狐故事而讽世，与六朝纯为志怪小说，性质不同。同吴承恩写《禹鼎志》之动机，寓劝世意。吴书不传，可能以鬼怪为可憎可恶之人的形象，而蒲留仙则不同，鬼狐均有人情味，多正面的，可爱可亲的（鲁迅谓"使花妖狐魅多具人情，和易可亲，忘为异类"）。

《聊斋志异》既是短篇小说，不能说成于何时，必随时有所添增。必作于中晚年。

作品的产生与故事的来源，据其《自志》说，或据之于野史，或据之于朋友所示，或农村中听人叙说，当然也有大部分是他自己所创作。《柳泉蒲先生墓表》云："……而蕴结未尽，则又搜抉奇怪者为《志异》一书。虽事涉荒幻，而断引谨严。要归于警发薄俗，扶持道教。"（道教指儒道与教化）蒲氏有正统思想，但因为他并非迂儒，所以没有头巾气。他胸中郁结，悲愤感慨，所以作品中又有悲凉的气氛："惊霜寒雀，抱树无温；吊月秋虫，偎阑自热。"

《聊斋文集》中有《原天》一文，云："欲知天地之始终，不于天地求之，得之方寸中耳。""苟凝神默会，则盈虚消息，了无遗瞩。昭昭方寸，彼行列次舍，常变吉凶，不过取以证合吾天耳。"可见其世界观也是唯心论的。写狐鬼故事变幻随心，是浪漫主义笔墨。但作为幻想之素材，实是现实生活。是对于现实生活的不满加以讽刺，或为对理想生活的追求。此皆现实主义精神之所在。又有《与诸弟侄》，论作文方法，以避实击虚为法："盖意乘间则巧，笔翻空则奇，局逆振则险，词旁搜曲引则畅。"《志异》之笔法超绝，亦贵在虚实处用笔。

《志异》故事虽说是听人所说，实际上是自己创造居多。结构奇幻，变化莫测。于短篇幅中，有生活细节之描写，有生动表现人物性格的对话，是文言小说而能吸收白话小说的优点者。出于古文，而变化古文，亦一语文宗匠。

蒲氏的著述，除《聊斋志异》，还有诗、词、文、笔记等。他还写有许多民间文艺作品，有七种鼓词、十一种俗曲，陆续出现，真伪莫辨。今发现《聊斋志异》稿本，残存半部，共二百三十七篇。此外尚有其他遗著发现。

《聊斋志异》的思想性

《聊斋志异》八卷（亦作十六卷），长短合计共四百三十一篇。

故事包括神仙、狐、鬼、花妖木魅及世俗琐闻逸事，合传奇、志怪、琐闻，总合历来笔记小说的各类题材。

故事来源，据云蒲松龄在家乡"为村中童子师时，食贫自给。

每临晨，携大磁罂、贮苦茗，具淡巴菰一包"，使行道过者休憩，拉人讲故事。"搜奇说异，随人所知。偶闻一事，归而粉饰之。"如是二十余寒暑，积成此书，笔法超绝（《三借庐笔谈》）。而《聊斋自志》则云："才非干宝，雅爱搜神；情类黄州，喜人谈鬼：闻则命笔，遂以成编。久之，四方同人，又以邮筒相寄，因而物以好聚，所积益夥。……集腋为裘，妄续幽冥之录；浮白载笔，仅成孤愤之书：寄托如此，亦足悲矣！"总之，其中有听来的故事而加以自己的润饰，尤其多的是他自己所创造的虚构的故事，写仙、鬼、妖、狐，寄寓其对于现实社会的批评与讽刺。

王渔洋曾借其稿读之，于若干篇加评语，并题一绝云："姑妄言之妄听之，豆棚瓜架雨如丝。料应厌作人间语，爱听秋坟鬼唱时。"（《桐荫清话》）阮亭亦目为《齐东野语》也。传说又谓阮亭欲以三千金买其稿，代为刊之，聊斋未许之。

《聊斋志异》自序写于康熙己未，即1679年，此时蒲松龄年近四十。此书在其生前，流传有抄本。恐其年近四十时即成书，以后尚陆续有所增订者。蒲氏生前著作甚多，终因贫而未刊行。《志异》之刊行，在乾隆时，约在蒲氏卒后五六十年，距《志异》成书已近百年矣。后有但明伦、吕湛恩二人为之作注，流传甚遍，甚至成为学文言之课本。

有人认为蒲留仙生于明末清初，有遗老思想，《志异》中多反满思想，讽刺清朝的统治，如《夜叉国》《罗刹海市》皆讽刺满人，讽刺时政。按《夜叉国》《罗刹海市》皆述飘洋海外，异域珍闻，是以夜叉国、罗刹国的传说为题材，并未见得对清人而发（《罗刹海市》述罗刹国人自言："我国所重，不在文章而在形貌：其美之极者，为上卿；次，任民社……"所谓极美，实即极丑。罗刹国与中华国相反，妍媸颠倒，此为普遍的讽刺，决非针对清朝者）。亦有认为聊斋所谈狐，狐即是胡，指满人而言。按《聊斋志异》中谈狐仙，只有以狐之深情高义，讽刺世俗人之薄情少义，同唐人小说《任氏传》等风格，更不能说是指斥妖狐。强调它的反满思想和情绪是牵强附会的。

蒲松龄憎恨贪官污吏，《聊斋志异》中有不少篇揭露了封建统治阶级的残暴、贪酷。

例如《韩方》篇，在"异史氏曰"一段中指出，甲戌、乙亥间（康熙三十三、三十四年）各州县使民捐谷，名为"乐输"，而极尽其敲朴之酷，官捉民赴城，皆为"比追乐输"。此为明说。此指州县官之奉承圣旨而横敛也。

如《续黄粱》篇，则写一新进士，妄想做二十年太平宰相。梦中真为宰相，弄权纳贿，擅作威福，结果为包龙图所劾，孤身远谪，乃至为盗所杀。死后入地狱，上刀山，饮三百二十一万（其生前所贪之贿赂）金钱之汁，受诸种苦。文笔酣畅。

《梦狼》篇，鞭挞贪官污吏。其异史氏曰："窃叹天下之官虎而吏狼者，比比也。即官不为虎，而吏且将为狼，况有猛于虎者耶！"在虎狼官吏的衙门里，人民的白骨堆积如山。形象化。

《王者》篇写巡抚的贪污，为剑客所惩。

《席方平》篇述席方平为父冤入冥申理。终不得直。"念阴曹之暗昧，尤甚于阳间。"但席在阴间坚决反抗统治者，结果是借助于二郎神，使阎王坐囚车。作者借二郎神的一篇判词泄愤，此真所谓"仅成孤愤之书：寄托如此，亦足悲矣"。富于人民性。

《促织》篇说因天子要斗促织娱乐，使民间采贡促织，扰民虐政。而统治者对于人民的压迫，竟至到了非要取得人的灵魂的地步。

《天宫》篇写权贵家庭中的荒淫，女性的苦闷。

其他讽刺官吏贪污，不一而足。此皆不写明何代。要之明清两朝之现实政治如此，亦反映蒲松龄所处之社会现实是这样黑暗的。

其次是对于势豪的描写。如《红玉》篇，写退居林下的御史，任意抢掠民妇。《石清虚》篇写势豪某抢走邢云飞心爱的奇石。《辛十四娘》写势宦公子，因为别人一句话感到不快，竟设计欲置人于死地。

蒲松龄鞭挞功名富贵思想，讽刺科举和八股文。如《王子安》讽刺失第秀才的热衷科举，爱慕功名，醉后发疯，乃至为狐所笑弄。结末"异史氏曰"，说秀才进考场有七似：似丐、似囚、似秋末之冷蜂、似出笼之病鸟、似被絷之猱、似饵毒之蝇、似破卵之鸠，"如此情况，当局者痛哭欲死，而自旁观者视之，其可笑孰甚焉"。所谈甚切。《司文郎》讽刺考官的狗屁不通。余杭生得中后，盲僧叹曰："仆虽盲于目，而不盲于鼻；帘中人并鼻盲矣。"蒲松龄反科举不如吴敬梓的彻底，但是他自己赴考的经验与体会多，所以讽刺得更细腻。

《志异》所着重的道德观念，是孝道（如《席方平》），兄弟之间的友爱（如《曾友于》《向杲》），朋友之间的义气。歌颂心地善良、诚朴的人，反对浮薄、势利，皆为封建时代的社会下针砭。

如《夏雪》，由称谓之变化讽刺世风，"下者益谄，上者益骄"。

《宅妖》讽刺官僚仗官势吓鬼，反被鬼嗤笑。

《镜听》写科举得失对兄弟妯娌关系的影响。对功名利禄的追求造成了家庭中的势利。即小见大。

《雨钱》写秀才与狐狸交友而贪利谋钱，受到老狐的怒斥："我本与君文字交，不谋与君作贼。便如秀才意，合寻梁上君子交好方得。"《钱流》与《雨钱》有共同之点。《沂水秀才》亦写秀才而爱钱的。

《种梨》讽刺吝啬者。《劳山道士》讽刺不劳而获的思想。

《堪舆》《佟客》皆讽刺虚伪的孝道。《堪舆》写兄弟为觅葬父吉地，负气相争，竟至委父枢于路侧多年。《佟客》写侠客教武艺，非忠臣孝子不传。董生自诩忠孝，其父有难，却贪生怕死，不敢相救。

《鸽异》讽刺庸俗和贪欲。

《志异》的故事，一方面为对现实社会的讽刺，另方面为对理想生活的追求。出入三界：神仙界，冥界，人间世。以赏善惩恶为宗旨，基本上是乐观主义的，表现了对于人生的热爱与执着。

爱情故事，离奇曲折，最为动人。有许多情痴的故事。肯定痴情的男子，即感情真挚、天真诚实的人。如选讲的《阿宝》《婴宁》《王桂庵》三篇，皆可为代表。《阿宝》中的孙子楚为痴情人的典型性格。因为女方嫌他骈指，以刀砍去一指。其情痴同于《红楼梦》中的宝玉。冥王谓其"生平朴诚"，朴诚得可爱，人谓之痴。《婴宁》篇写婴宁的憨笑，令人读后难忘。是文艺创作中一个极成功的女性形象。

《霍女》篇的霍女是另一性格的女性，奇女子。连嫁三夫，打破贞操观念，似乎是玩弄男性的，然有侠义。她说："妾生平于吝者则破之，于邪者则诳之也。"乃是抓住男性的某一弱点，想法惩罚他们。她对于贫穷的读书人黄生，却有真感情，尽力帮助他。

《聊斋志异》最看重品德，最看重才能、智慧。品德好的、有文才的穷读书人，往往得奇遇。而写女性的多情与聪明智慧，有为人间女子者，有托于狐鬼者。人与鬼狐精怪的爱情故事数量最多。鬼、狐、精、怪要求变人，足见其对于人生的热爱，爱情不离人生的基础。如《伍秋月》（鬼）、《爱奴》（鬼）、《小谢》（鬼）、《红玉》（狐）、《香玉》（花精）、《白秋练》（鱼精）等。爱情超越一切，打破人与非人的关系。爱情超越一切，对宗法封建社会是打击。也只有在资本主义萌芽时代，才有这种思想。

《志异》中有许多可爱的女性，以各种类型的女性作为正面人物。如《仇大娘》、《乔女》、《侠女》、《霍女》、《恒娘》(狐)。

此外如《石清虚》中的邢云飞，为了爱石头而不惜倾家荡产。在暴露统治阶级残暴的同时，更写出了他对于现实人生的执着。

这些鬼、狐、花精、木怪的故事是超世间的，非现实的，但都以现实人生为基础。狐鬼等都有人性，有情爱，恋着人世间的生活；有悲哀，有欢乐，足以表现《聊斋志异》的热爱人生，是积极的，并非消极避世的思想。从公安派竟陵派以来的山林思想，逃避斗争，消极遁世，至《聊斋志异》为对人生现实的执着所战胜。《志异》追求理想的生活，自由的、平等的、无剥削的生活。这些是《志异》故事所以普遍地为人所爱好的一个原因。

《聊斋志异》四百多篇，长短不一。人物众多，题材庞杂，曲折地反映了蒲松龄时代的社会真实，人民的思想感情。

《聊斋志异》的艺术性

1. 故事情节的奇妙。能写超世间的东西，上天入地，如《西游记》，变幻无穷。而还是以现实人生为根据。是现实主义与浪漫主义的结合。

2. 极其讲究结构。布局谋篇都尽离奇曲折之妙。如善画山水者的章法布置，引人入胜。读篇首不容易猜到它的结局。

3. 创造了众多生动的人物形象。人物形象鲜明，有个性。

4. 在文学语言上有特殊的创造。是用文言文写的最好的小说。吸收白话小说语言的好处，口语翻成文言，生动灵活，有独特的风格。有文言的简练，有语体的生动。以往笔记小说、传奇爱情故事，多用骈文，或夹入诗词，粉饰甚多，以为绮丽。《聊斋志异》则以写人物个性及对话明爽为长。虽用古文笔调，而对话生动，寥寥数语，口吻毕肖。是白描的，简净的。因此，有真正的美丽。

5. 诙谐，有机趣。讽刺深刻。如《种梨》《劳山道士》，篇幅虽短，均诙谐，讽刺深刻。《种梨》讽刺不肯小破费而以后反有大损失的悭吝人。《劳山道士》讽刺面触及很广。讽刺不肯下苦功而希望有所成就的懒汉；讽刺略有所得而卖弄夸人的人；讽刺为人所诳，自己不知其不能，终于碰壁失败的人。《画皮》讽刺人不能真辨善恶，魔鬼有美貌外衣，龌龊乞丐，实为真仙。

《聊斋志异》各篇后往往有"异史氏曰"（效法《史记》有"太史公曰"）作为评赞，或抉发篇中寓意，或更为推论、补充，使寓意更为深刻。

6. 长于避实就虚的笔法。《聊斋文集》中有《与诸弟侄》书，论作文方法，以避实击虚为法。"盖意乘间则巧，笔翻空则奇，局逆振则险，词旁搜曲引则畅。"《志异》之笔法超绝，亦在于蒲松龄善用避实击虚之法。无中生有，而又合于情理。

授课人：浦江清

第九章 《红楼梦》

曹雪芹的家世及其写作《红楼梦》

《红楼梦》有两个作者，前八十回是曹雪芹所作，后四十回是高鹗等所补。

《红楼梦》第一回，把《红楼梦》这部书作为大荒山无稽崖青埂峰下一块石头上的记录，由空空道人抄写下来，问世传奇的。东鲁孔梅溪题曰《风月宝鉴》。后因曹雪芹于悼红轩中披阅十载，增删五次，纂成目录，分出章回，又题曰《金陵十二钗》。即此便是《石头记》的缘起。空空道人当然并无其人，而孔梅溪其人亦不知有无。

甲戌脂砚斋评本有批云：

> 雪芹旧有《风月宝鉴》之书，乃其弟棠村序也。今棠村已逝，余睹新怀旧，故仍因之。

是曹雪芹写《红楼梦》，先有旧稿，其弟棠村为序，名《风月宝鉴》。则孔梅溪者，或棠村之托名欤？其后又加扩大，成《金陵十二钗》，一名《石头记》，亦名《红楼梦》。唯雪芹实未完成此书，完整之部分唯八十回，此后有些残稿，遗失不存。

《红楼梦》前八十回，应定为曹雪芹作。

甲戌本批云：

> 若云雪芹披阅增删，然则开卷至此这一篇楔子又系谁撰，足见作者之笔，狡猾之甚。后文如此者不少。这正是作者用画家烟云模糊处，观者万不可被作者瞒蔽了去，方是巨眼。

袁枚《随园诗话》卷二云：

> 康熙间，曹练亭（应为"楝亭"）为江宁织造……。其子雪芹撰《红楼梦》一书，备记风月繁华之盛。

是乾隆时人以《红楼梦》为曹雪芹作。

唯袁枚以为曹雪芹是曹楝亭之子实误。雪芹为曹楝亭（寅）之孙。杨钟羲《雪桥诗话》续集卷六谓曹雪芹（霑），楝亭通政孙。杨氏所据，为雪芹之友敦诚《四松堂集》，最为可信。

曹雪芹（1723？—1763年）名霑，字梦阮，号雪芹。又号芹溪、芹圃、芹溪居士。

雪芹卒于壬午除夕（乾隆二十七年，1762年，除夕在1763年1月。据甲戌本脂批）；生年不详，唯敦诚的《四松堂集》稿本有挽曹雪芹诗（注甲申年），有"四十年华付杳冥"之句，今定为曹雪芹死时年四十，当生于1723年，即雍正元年。

曹氏始祖原是汉人，原籍东北。始祖曹锡远归依满洲人，随满人入关有军功。为汉军旗人，属正白旗。或云正白旗包衣（包衣，满洲话，意为奴、罪人家人、没入军中者）。入关后住河北丰润，为丰润人（或原为丰润人，清人入关后，始入伍为汉军旗者。或说为奉天人，即东北人，与丰润曹氏同族而已）。

曹锡远在顺治初年即官驻扎江南织造郎中。雪芹高祖曹振彦顺治时官山西吉州知州、大同府知府、浙江盐法道。

曾祖曹玺，驻扎江南织造郎中，赠工部尚书衔。

祖父曹寅（1658—1712年），字子清，号楝亭。管理苏州、江宁织造，通政司通政使，巡视两淮盐漕监察御史，兼校理扬州书局。在康熙朝。

曹寅有文才，交际学者名流文士，如尤侗等。有诗文集，名《楝亭集》。有《虎口余生》传奇。刻书有"楝亭十二种"。是清代官僚中风雅者。年五十五卒，终江宁织造之职。曹寅卒时，雪芹尚未出生。

曹寅死后，江宁织造为其子曹颙袭职，有亏空。苏州织造由其妻兄李煦（山东人，亦占旗籍）任职。颙卒于1715年，由其弟曹頫袭职。1727年（雍正五年）李煦得罪下狱（因通于阿其那，即胤禩），而曹頫亦罢任，由满人隋赫德继任。1728年，曹氏家产没入官。

雪芹有颙之子、頫之子二说，比较起来，可能是曹頫的儿子。曹頫非曹寅的嫡子，乃是嗣子而袭官的。曹颙无嗣，死时可能有一遗腹子（李玄伯以遗腹子当雪芹。曹颙卒于1715年，如有遗腹子生于此年则至乾隆二十七年，1762年，为四十八岁，太大，与敦诚诗不合，不可能也。雪芹如非曹頫子则为曹寅之族孙矣）。

江宁织造、苏州织造之职，曹家、李家等任职时间排列如下：

$$\text{江宁织造} \begin{cases} 1663\text{—}1684 \text{ 曹玺} \\ 1684\text{—}1692 \text{ 桑格} \\ 1692\text{—}1713 \text{ 曹寅} \\ 1713\text{—}1715 \text{ 曹颙} \\ 1715\text{—}1728 \text{ 曹𫖯} \end{cases}$$

$$\text{苏州织造} \begin{cases} 1690\text{—}1693 \text{ 曹寅} \\ 1693\text{—}1722 \text{ 李煦} \end{cases}$$

（1722 年，康熙六十一年，即康熙末年）

曹家在康熙朝为全盛时期，曹氏三代为江宁织造。康熙六次南巡，其中四次到南京时驻驾江宁织造署，曹寅接驾四次。曹寅有一个女儿，嫁镶红旗王子为福晋。曹寅在东华门外特为置房产以居其婿。

曹寅做江宁织造时，并兼做四次两淮巡盐御史。他又为道政司职衔。

李煦做苏州织造，也兼做过两淮盐运使。

江宁织造署和苏州织造署，乃是在江南丝织业发达的区域所设立的机构，专供应朝廷及内府需要的丝织品、奢侈品，是常驻在江南的皇室采办性质。想来就在江南的赋税里提出银两，按年进献织造品到京。尚兼带其他差事，进款很多。但弄得不好，内府太监需索很多，也要赔累。

江宁织造这官，直接与内府打交道。在地方上可以密奏事件。曹家为顺治、康熙二帝所信任，在江南刺探官僚的密情，可以密奏。在江苏地方，大小事件，多有所闻，也要奏闻（观熊赐履及科场案两事可知）。康熙五十七年批曹𫖯折尾云：

朕安，尔虽无知小孩，但所关非细，念尔父出力年久，故特恩至此。虽不管地方之事，亦可以所闻大小事，照尔父密密奏闻，是与非朕自有洞鉴。就是笑话也罢，叫老主子笑笑也好。

似乎是江南一带的密探。因而也必然牵涉到朝廷政治上去。在康熙时，曹家及李煦家均煊赫。到雍正即位便衰败，并革职查办了。

曹寅卒时，公项亏空五十四万九千六百余两。康熙令李煦代任盐差一年，以便还清。曹𫖯继任，同李煦把此款还清了。多下三万两，康熙赏给曹𫖯，以偿私债。

据此可知，江宁织造、苏州织造供应内府的织品，系向江南织造厂家收买来的，两款项用的是两淮的盐税，所以织造官常兼盐运之职。

曹𫖯为雍正所不喜（雍正夺位上台后新用一批耳目），革职查办，由隋赫德继任，他的家产一齐没收，而赏给隋赫德。隋赫德奏折云：

特命管理江宁织造，于未到之先，总督范时绎已将曹𫖯家管事数人拿去，夹讯监禁。奴才到后，细查其房屋并家人住房十三处，计四百八十三间。地八处，共十九顷零六十七亩，家人大小男女共一百十四口。……再曹𫖯所有田产房屋人口等项，奴才蒙皇上浩荡天恩，特加赏赉，宠荣已极。

此为雍正六年（1728年）事。此时曹雪芹不过是五六岁的小孩。曹家抄家后，"蒙恩谕少留房屋，以资养赡"，而其家属不久回京住。

1735年秋，乾隆帝即位，曹𫖯又起官内务府员外郎。至乾隆十

346

年，雪芹年二十余而曹家再败。此则周汝昌《红楼梦新证》所考。唯周氏实混《红楼梦》小说中事与真实史料为一。可信否，尚待稽查。

曹雪芹似乎曾经留在南京及扬州过其少年生活。敦敏诗有"燕市狂歌悲遇合，秦淮残梦忆繁华"。敦诚诗有"扬州旧梦久已绝（原稿作'觉'），且著临邛犊鼻裈"。言其夫妇住京郊西山村，南京、扬州的少年生活不过是残梦而已。约二十余岁以后，则久居北京。三十岁以后直到他年过四十卒时，住在北京西郊外西山村中，过着其贫穷而自由的生活。

雪芹虽出身于满洲官僚家庭，而爱好文学艺术，能诗善画。生性旷达，落拓不羁，喜欢喝酒。在北京西郊住着时，与宗室敦敏、敦诚二人为友。敦敏能诗，有《懋斋诗钞》，敦诚能诗文，有《四松堂集》，又有《琵琶行传奇》一折。据敦敏、敦诚的描写，曹雪芹的性格和生活状况是：

1. 诗风似李贺。"爱君诗笔有奇气，直追昌谷披篱樊。"（敦诚《寄怀曹雪芹》）（今雪芹诗均佚，只有"白傅诗灵应喜甚，定教樊素鬼排场"二句，见《题敦诚〈琵琶行传奇〉》。）

2. 高谈雄辩，诙谐洒脱。敦诚《寄怀曹雪芹》中有"接䍦倒著容君傲，高谈雄辩虱手扪"的诗句。

3. 有傲骨，胸有魄磊。喜欢画石头，见其傲骨嶙峋。敦敏《题芹圃画石》诗云："傲骨如君世已奇，嶙峋更见此支离。醉余奋扫如椽笔，写出胸中魄磊时。"敦诚《赠曹芹圃》一诗中有"步兵白眼向人斜"，称其似阮籍。

4. 喜欢喝酒，酒渴如狂，似刘伶。"牛鬼遗文悲李贺，鹿车荷锸葬刘伶。"（敦诚《挽曹雪芹》）"满径蓬蒿老不华，举家食粥酒常赊。"（敦诚《赠曹芹圃》）敦诚又有《佩刀质酒歌》，写其"秋晓遇雪芹于槐园，风雨淋涔，朝寒袭袂，时主人未出，雪芹酒渴如狂，余因解佩刀沽酒而饮之。雪芹欢甚，作长歌以谢余，余亦作此答之"。答诗中有"曹子大笑称快哉，击石作歌声琅琅。知君诗胆昔如铁，堪与刀颖交寒光"的诗句。

5. 生活贫穷。从下面诗句中可见一斑："至今环堵蓬蒿屯"（敦诚）。"劝君莫弹食客铗，劝君莫叩富儿门。残杯冷炙有德色，不若著书黄叶村。"（敦诚）"卖画钱来付酒家"（敦敏）。

6. 其西郊山村所居，幽静可爱。敦敏《赠芹圃》诗云："碧水青山曲径遐，薜萝门巷足烟霞。寻诗人去留僧舍，卖画钱来付酒家。燕市哭歌悲遇合，秦淮风月忆繁华。新愁旧恨知多少，一醉酕醄白眼斜。"

7. 卒时当在壬午除夕（一说癸未年底，1763 或 1764 年）。敦诚挽诗有"孤儿渺漠魂应逐（自注：前数月，伊子殇，因感伤成疾），新妇飘零目岂瞑"之句，雪芹卒时有新妇做未亡人。据敦诚挽诗"四十年华付杳冥"，据张宜泉《春柳堂诗稿》："其人素性放达，好饮，又善诗画，年未五旬而卒。"

曹雪芹在西山村居，写作《红楼梦》，"披阅十载，增删五次"，二十余岁动笔，直到死时仅完成八十回，此外，有些残稿已失。八十回本完成在近四十岁时，此后，似不曾写作。

裕瑞《枣窗闲笔》云："'雪芹'二字，想系其字与号耳，其名不得知。曹姓，汉军人，亦不知其隶何旗。闻前辈姻戚有与之交好者，其人身胖头广而色黑。善谈吐，风雅游戏，触境生春，闻其奇谈，娓娓然令人终日不倦，是以其书绝妙尽致。"

又云："余曾于程、高二人未刻《红楼梦》版之前，见抄本一部，其措词命意，与刻本前八十回多有不同。抄本中增处、减处、直截处、委婉处，较刻本总当，亦不知其为删改至第几次之本。

八十回书后，唯有目录，未有书文，目录有大观园抄家诸条。与刻本后四十回四美钓鱼等目录，迥然不同。盖曹雪芹于后四十回虽久蓄志全成，甫立纲领，尚未行文，时不待人矣。又闻其尝作戏语云：若有人欲快睹我书不难，惟日以南酒烧鸭享我，即为之作书云。"

据此，曹雪芹写作《红楼梦》，实未写完，就逝世了。真可谓中国文学史上一个不可偿补的损失！

其人虽滑稽诙谐，其写作《红楼梦》的精神是认真严肃的。第一回诗云："满纸荒唐言，一把辛酸泪！都云作者痴，谁解其中味？"

《红楼梦》一书的名称：

1.《石头记》。女娲补天所未用的一块顽石，被一僧一道带往世间经历一番，把经历刻在石头上，故名《石头记》。

2.《情僧录》。空空道人检阅抄录之后，改为《情僧录》，空空道人自改名为情僧。

3.《风月宝鉴》。东鲁孔梅溪题。脂砚斋有批云："雪芹旧有《风月宝鉴》一书，乃其弟棠村序也。"书中说，梅溪，乃棠村的影射，雪芹一号芹溪。脂本评语中亦有梅溪评。题此名说明起初计划是一部劝人脱离情欲的书。

4.《金陵十二钗》。"曹雪芹于悼红轩中，披阅十载，增删五次，纂成目录，分出章回，又题曰《金陵十二钗》。"这是为女性立传的书。

5.《红楼梦》。脂砚斋本有"至吴玉峰题曰《红楼梦》"一句。此从第五回中宝玉梦中听唱《红楼梦》一套曲子而来。"因此上演出这悲金悼玉的红楼梦"。金玉皆无好收场，笼括全书意旨，富贵荣华，情爱都为一梦。使人从幻境中醒悟，体味真实人生的苦味。

6.《金玉缘》。坊间俗称。此一种最为俗气。

此书在坊间流行，用了三种名称：（1）《石头记》；（2）《红楼梦》；（3）《金玉缘》。而《石头记》实在是最好的，是自始至终的总名，含蓄。

《红楼梦》今有脂砚斋评本：

1. 甲戌脂砚斋重评本（1754 年，雪芹年三十二岁）（残存十六回）。胡适所藏。

2. 己卯冬脂砚斋四阅评本（1759 年，雪芹年三十七岁）（残存三十八回）。

3. 庚辰秋脂砚斋四阅评本（1760 年，雪芹年三十八岁）（凡七十八回，缺六十四、六十七两回）。北大所藏。

4. 有正书局石印戚蓼生序抄本，年代不明，八十回。

5. 甲辰菊月，梦觉主人序本，八十回（1784 年）。

最后一本改动较多，已近于一百二十回之前八十回。

《红楼梦》产生的时代和作者对自己创作动机的表述

《红楼梦》产生在清初乾隆年间，是封建社会从繁荣到崩溃的时期。书中所写的一个贵族家庭的没落，也反映整个时代走向没落，是封建社会的末期。在西洋，初期资本主义已经抬头，在中国，尚是清代统治国力强盛的时期，然而外强中干。乾隆的好大喜功和几次南巡，开了淫靡之风，清代统治慢慢走上下坡路。

书中写贾府常用外国东西。贾府是贵族世家，薛家是商业资本的家庭。

在这时，一般满贵族家庭，都已汉化。子弟们靠世袭官爵，不拘于科举出身，故而过着悠闲的生活。公子哥儿们的嗜好，俗一点的是声色、荒淫、赌博、禽鸟、唱戏、弄官做；雅一点的是喜欢构园亭、做诗词、刻书，讲究花木、禽鸟、古董、书画。曹雪芹生长于这种家庭，所以写出这样一部小说来描绘他自己熟悉的家庭生活。

当他终日忙忙在这热闹场中，生活享受很好的时候，是写不出深刻的文艺作品来的；乃是在他家败以后，自己穷愁潦倒，方始能够写这样一部伟大小说。冷静中回忆热闹，有留恋与幻灭的矛盾心理。

《红楼梦》产生在太平盛世，不是流离战乱的年代，书中没有战争，没有忠臣烈士，只写家庭琐碎，儿女私情。集中写一个家庭、几个女性。在《水浒》《西游》《三国》《金瓶梅》《儒林外史》以外，另树一帜。

《红楼梦》产生于古典文学和艺术成熟的时期，古典文学和艺术发展到一个新的阶段，诗词、小说、戏曲、音乐、绘画、园亭结构等为贵族和名士所欣赏。纳兰性德的词，诗歌中主神韵的王渔洋、主性灵的袁枚，音乐、戏曲包括昆曲，比如《桃花扇》《长生殿》对作者都有影响，书法、绘画，如倪云林、唐寅、文徵明、祝枝山、清初以山水画著称的四王等，都为作者所熟知。作者对这些雅事，无不精通，加之以灯谜、酒令、花草、禽鸟、烹饪，乃至医道等等，也无不知晓。《红楼梦》书中有诗、词、曲、骚、赋，可谓古典文学的教本。书中也有谈庄子哲学、谈禅的话题。总之，包罗万象，内容极其丰富。

《红楼梦》是中国古典文学艺术最成熟的作品，也是最后的殿军。它孕育着反封建的、民主个人自由主义的思想。

《红楼梦》总结了上起《诗经》、《楚辞》、汉乐府、六朝的宫体诗、《世说新语》，下至唐人小说、宋元白话小说、《西厢记》、《牡丹亭》乃至书画、园亭、医道、优伶等等艺术和人生的种种方面。

《红楼梦》是小说中的巨擘，是整个社会的最高艺术创造，是一幅详尽的图画，包括贵族生活和平民生活。

《红楼梦》也合于中国最早小说的传统。桓谭《新论》中说："小说家合<u>残</u>丛小语，近取譬喻，以作短书，治身理家，有可观之辞。"

小说家需要多方面的知识，不是单写几个人物故事的。

写癞头和尚、跛足道人、甄士隐等，似《列仙传》；

写贾母、探春、李纨等，作为治家典型；

写贾雨村、贾政是官鉴；

写宝黛是言情；

写柳湘莲、尤三姐是奇仪。

作者是一洒脱人物，怀才不遇，自伤好比女娲补天未用的一块顽石，不合流俗。

一生崇拜女性，情痴，有情爱而未团圆的遗憾。

在全书开头部分，作者透露了其写作《红楼梦》的动机：

1. 本身经历过富贵家庭的生活，伤悼这个家庭由盛而衰、没落无可挽救的情况。

2. 本人流落穷困，"背父母教育之恩，负师友规训之德，以致今日一技无成，半生潦倒"，但深于感情，为性情中人，不慕热利，颇佩"闺阁中历历有人，万不可因我之不肖，自护己短，一并使其泯灭也"，故特为闺阁立传，作《金陵十二钗》一书，所写女子或有才，或有貌，一概红颜薄命，随着这个家庭的没落而没落。

3. 作者深感于向来才子佳人的书，都不真实。"开口文君，满篇子建，千部一腔，千人一面……假捏出男女二人名姓，又必旁添一小人拨乱其间，如戏中小丑一般。……大不近情，自相矛盾。"《红楼梦》作者自云所写系"半世亲见亲闻的这几个女子，……其间离合悲欢，兴衰际遇，俱是按迹循踪，不敢稍加穿凿，至失其真。只愿世人当那醉余睡醒之时，或避事消愁之际，把此一玩，不但洗了旧套，换新眼目，却也省了些寿命筋力。"（第一回）作者又借贾母之口批评才子佳人书，"开口都是乡绅门第，父亲不是尚书的，就是宰相。……小姐必是通文知礼，无所不晓，竟是绝代佳人。只见了一个清俊男人，不管是亲是友，想起他的终身大事来，父母也忘了，书也忘了，鬼不成鬼，贼不成贼，那一点像个佳人。……凡有这样的事，就只小姐和紧跟的一个丫头。……"（第五十四回）

《红楼梦》为反庸俗的才子佳人书而作。它的作风是现实主义的。虽然不是历史上的真实，乃是情理上的真实，真正的文艺创作，合乎典型环境、典型人物的法则。

《红楼梦》作者不借汉唐名色，无朝代年纪可考，假托作天上一块石头，被女娲氏锻炼后，已经通灵，可大可小，自来自去，被僧道携带到尘世来一番，到昌明隆盛之邦（中国），诗礼簪缨之族（官宦），花柳繁华地（京都），温柔富贵乡（贵族家庭，公子小姐们的情爱生活）经历一番，得到觉悟、忏悔。

"无才补天、幻形入世，被那茫茫大士，渺渺真人，携入红尘，引登彼岸。"这些经历，刻在石头上，空空道人见了抄录下来，就是《石头记》这部书。

作者自言此书内容是家庭琐事，闺阁闲情，无大贤大忠，有痴情故事。大旨不过谈情，绝无伤时淫秽之病。

《红楼梦》同别的小说一样有"因缘"。此书在程本中石头化为神瑛侍者（在警幻仙子处），瑛＝石＝宝玉，与绛珠仙草有一段灌溉之恩及在尘世以眼泪报答的一段公案。在戚本中神瑛侍者是一人，而此石变为通灵宝玉，夹带入世，成为宝玉所衔的玉。石是玉，侍者是宝玉前身。大概是修改而未定者。

此书人物所处时代，作者未说明何朝，但书中第二回谈到"近日倪云林、唐伯虎、祝枝山"。假定在明代，书中绝不述及清代。

书中提到金陵省，无此省名。大观园在京都（刘姥姥和妙玉的话里都说到长安），而实在是北京，但南北景物都有，如竹、梅、桂是南方植物。

第十五回"王凤姐弄权铁槛寺"文中有长安县、长安府、长安节度使。

凡此种种，系作者故弄狡狯，迷离其词。

八十六回，薛蝌呈子有"胞兄薛蟠，本籍南京，寄寓西京"语，坐实长安，乃续作所写，实非雪芹原意。

《红楼梦》的自传性问题及程高续本问题

曹雪芹写作《红楼梦》的态度是认真的，"字字看来都是血，十年辛苦不寻常"，可惜他没有写完，而由高鹗等续成。这部小说因为文笔高雅，故事动人，在封建社会中被爱好文艺者所欣赏，但并未得到应有的重视，而只作为消遣的读物，没有当作正经文学作品去研究。有些人作评赞，画大观园图，作为一部"才子书"。有些人研究清代历史的，把《石头记》故事附会到清宫史料和满汉政治矛盾上去，有谓黛玉是董鄂妃、宝玉是顺治皇帝者；有谓宝玉是纳兰性德者；有谓宝玉是允礽，黛玉影射朱彝尊，宝钗影射高士奇者；谓书中男人皆指满人，而女子则为汉人者（参看蔡元培《石头记索隐》）。直到"五四"新文化运动，中国古典小说的地位，才得到相当的提高。但是胡适、俞平伯等研究《红楼梦》，由于资产阶级不正确的文艺观点，对《红楼梦》没有做出正确的评价。

一九五四年秋天以来，开展了《红楼梦》讨论，批判了：（1）胡适的把《红楼梦》作为曹雪芹的自传，把《红楼梦》化为平淡无奇的自然主义小说，以及胡适派研究曹氏家谱，以琐碎的考据代替《红楼梦》研究的不正确的作风；（2）单着重文学形式（如白话文学、文言文学），单着重艺术技巧而取消文艺作品的社会意义的形式主义与为艺术而艺术的文艺批评家的观点；（3）俞平伯的以"情场忏悔""为十二钗立传"、敷演"色空"观念作为《红楼梦》主题思想的看法；（4）俞平伯的"钗黛合流"，一无爱憎，取消《红楼梦》的倾向性的看法；（5）以考究怡红院群芳开夜宴的座位次序为研究题目的从资产阶级趣味出发的研究作风；（6）俞平伯一派极力贬低高鹗续书的价值，只承认脂砚斋本《红楼梦》，把整部《红楼梦》分割开来，以脂评作为唯一指导的研究作风。

　　通过这次讨论和批评，我们重新认识了《红楼梦》的伟大现实主义创作精神，重新认识了《红楼梦》的思想内容，重新认识了《红楼梦》小说的社会意义。

　　《红楼梦》是一部有高度现实主义创作精神的中国古典小说中的杰出著作。曹雪芹写作《红楼梦》，以爱情与婚姻问题作为小说的主题之一。曹雪芹生于官僚大家庭，他熟悉清代贵族家庭的生活。他用生活体验及冷静观察所得的材料，创造出这部伟大的现实主义作品，决不是"自然主义的自叙传"，也决不是自己的"情场忏悔录"。他不满于以往的才子佳人小说（指明末清初所流传的如《好逑传》《玉娇梨》等），作品中没有真实的人物个性，没有真实地反映社会生活，是文人们在书房中的空想，从概念出发而写成的爱情小说。他说：

　　　　至于才子佳人等书，则又开口文君，满篇子建，千部一腔，千人一面，且终不能不涉淫滥。……假捏出男女二人名姓，又必旁添一小人拨乱其间，如戏中小丑一般。……大不近情，自相矛盾。竟不如我半世亲见亲闻的这几个女子，……其间离合悲欢，兴衰际遇，则又按迹循踪，不敢稍加穿凿，至失其真。

他还说，他这书不假借汉唐名色，无朝代年纪可考，"只按自己的事体情理，反倒新鲜别致"。

出身于没落的满洲官僚大家庭的曹雪芹，亲闻眼见清代旗人贵族家庭生活情景非常之多。《红楼梦》中的贾府，只是封建贵族家庭的概括，作为艺术上的典型，并非即是曹家。曹家还没有贾府那样气派。贾府是世袭公爵，有女儿为皇妃，这是曹家没有的。曹雪芹八九岁时，曹家家产已被没收，而《红楼梦》中的宝二爷却一直生长在温柔富贵之乡。宝玉是曹雪芹笔下塑造的人物，虽然他的思想感情为作者所寄托，但并非实有其人。戚蓼生序本《红楼梦》第十九回有一批（大概是脂批）云："按此书写一宝玉，其宝玉之为人是我辈于书中见而知有此人，实目所未曾亲睹者。又写宝玉之言，每每令人不解，宝玉之生性，件件令人可笑。不独世上睹这样的人不曾，即阅古今之小说传奇中，亦未见这样的文字。"此为曹雪芹戚友所批，此可证雪芹之戚友不以《红楼梦》为雪芹自传、宝玉即雪芹也。前面引裕瑞《枣窗闲笔》说雪芹"其人身胖，头广而色黑，善谈吐，风雅游戏，触境生春"，与《红楼梦》中贾宝玉"面若中秋之月，色如春晓之花""无故寻愁觅恨，有时似傻如狂"的形象并不完全相合，因此知宝玉是雪芹所创造之形象，在体貌上不以自己为蓝本。

所谓"亲见亲闻"，不能呆看作真人真事。把贾宝玉看作纳兰性德，或者认为是顺治皇帝，而林黛玉是董小宛，那些索隐派固然荒谬，把贾宝玉当作曹雪芹自己同样地错误。王国维认为"所谓亲见亲闻者，亦可自旁观者之口言之，未必躬为剧中之人物。"书中的主角，诚然为作者思想感情的集中反映，但生活的细节不必全同。《红楼梦》有自传意味，但决非真实的自传，而是作者的投影。所以说，把贾府等于曹府，贾宝玉等于曹雪芹自己，那样的研究是以烦琐的考证代替小说研究，根本与文艺学的原理相抵触了。

假如《红楼梦》是自传，那么，它只有史料价值，只是个别家庭的兴衰际遇，不能有高度的典型性与概括性。唯其是曹雪芹根据他的生活体验，加以艺术上的创造力，才有文艺的真实性与典型性。正如《红楼梦》第四十二回借薛宝钗论绘画时的一段议论，不能如实把园子照画下来，乃是该添的要添，该减的要减，远近布置，必有章法，方始成为绘画。小说创作与绘画、诗歌有共同之点。雪芹能诗善画，他把诗画艺术创作方法运用到小说创作中，形成了他的现实主义创作作风。

他假托此书是天上一块顽石经历人世繁华的记录，而不借汉唐名色，亦是识见高超之处。一则，他要如实地揭露封建贵族家庭的内幕、它的丑恶面目，揭露它的本质，如果说明是当代的事情将被当作"谤书"，是触犯忌讳的；二则如借汉唐故事，则不易写实。如《镜花缘》借唐朝故事，写得不像唐朝，《儒林外史》假托明代故事，也很模糊不实。所以《红楼梦》不如不明时代，于地名只出金陵、姑苏、京都、长安等等，于官名、男女服色，均不显著著上某时代的色彩。他所写的是社会人情小说，并非历史小说。这样做法，概括性反而大；不拘泥，而更为自由。只按"事体情理"，不记时间与地点。"曾有此事，不明朝代"，在小说中是别致的（从佛教故事中得到启发）。所以大观园似乎在北京，而同时又有南方花木（如梅、竹等），这是诗意的创造。欲考其地点，实是笨伯。

所谓"按迹循踪，不敢稍加穿凿"者，就是小说家创造人物，创造故事，悲欢离合的故事，必须依从于人物性格的发展，人物性格的发展依从于客观环境的发展与人与人之间的错综复杂的关系；一个家庭环境的发展又依从于更大的社会环境的发展。"按迹循踪"，就明白了事物发展的因果律。这里面不允许作者主观的改造。加以主观的改造，就不合情理。小说家如果对于事物的发展的因果关系，不透彻理解，以意为之，便是穿凿。写得人物勉强，脉络不清，使读者无法按迹循踪。《红楼梦》详细描写了贾府的生活情况，详细描写了宝玉、黛玉的爱情发展过程，详细描写了宝玉、黛玉、宝钗三个人物的性格，在爱情上的矛盾冲突，详细描写了封建家庭中的内部矛盾，而显示宝黛爱情悲剧的必然性。作者主观上要把他们写成喜剧也是不可能的。而这个悲剧所以发生，前因后果，都有迹象可寻，明明白白，并无一点穿凿勉强的。虽然曹雪芹死了，高鹗续下去，也只能是黛玉归天，宝玉成亲、宝玉出家的结局。不如此也是不可能的。后来有些《红楼后梦》《红楼圆梦》的书，看了令人作呕，正是非现实主义的恶果。

曹雪芹创作了一部真实的爱情小说，超过了以往的成就，就在于他深切地体验生活，用"按迹循踪"的现实主义创造方法之故。

授课人：浦江清

[全书完]

西南联大文学课

出版监制 _ 吴高林　　装帧设计 _ 人马艺术设计 · 储平

产品经理 _ 于志远　　执行印制 _ 赵　明　赵　聪

特约编辑 _ 王　静　　营销编辑 _ 肖　瑶

图书在版编目（CIP）数据

西南联大文学课 / 朱自清等著. –– 北京：北京联
合出版公司，2023.4

ISBN 978–7–5596–6686–4

Ⅰ.①西… Ⅱ.①朱… Ⅲ.①中国文学－文学史－文
集 Ⅳ.①I209–53

中国国家版本馆CIP数据核字（2023）第031451号

本书部分作品著作权由中国文字著作权协会授权
电话：010–65978917，传真：010–65978926，E–mail: wenzhuxie@126.com

西南联大文学课

作　　者：朱自清　等　　　　产品经理：于志远
出 品 人：赵红仕　　　　　　责任编辑：徐　樟
特约编辑：王　静　　　　　　出版监制：吴高林
内文排版：山　吹　　　　　　装帧设计：人马艺术设计·储平

- -

北京联合出版公司出版
（北京市西城区德外大街83号楼9层　100088）
北京联合天畅文化传播公司发行
捷鹰印刷（天津）有限公司印刷　新华书店经销
字数 277千字　787毫米×1092毫米　1/32　11.5印张
2023年4月第1版　2023年4月第1次印刷
ISBN 978–7–5596–6686–4
定价：68.00元

- -